Wüstenfeuer

VERA

Dieses Buch ist auch als eBook erhältlich.

Weitere Romane von Katherine V. Forrest
bei Krug & Schadenberg:

Seltsamer Wein
Die Fremde im Pool
Das Gebot der Stunde

Katherine V. Forrests Bücher wurden vielfach preisgekrönt und sind in zahlreiche Sprachen übersetzt worden, einschließlich der lesbischen Klassiker *Seltsamer Wein* und *Die Fremde im Pool* sowie ihre *Kate-Delafield-Krimireihe*. Katherine V. Forrest lebt mit ihrer langjährigen Gefährtin in der südkalifornischen Wüste.

Katherine V. Forrest

Wüstenfeuer

Ein Kate-Delafield-Roman

Aus dem amerikanischen Englisch
von Adele Marx

Krug & Schadenberg

1

Mai 2008

Das Schrillen der Türklingel ließ Kate Delafield aus ihrem Ruhesessel hochfahren. Adrenalin schoss durch ihre Adern, sie rang um Atem und seufzte erleichtert auf, als sie die vertraute Umgebung wahrnahm. Sie schüttelte den Kopf, um die Schreckensbilder zu vertreiben.

»Reiß dich zusammen – reiß dich zusammen – reiß dich zusammen!«, befahl sie sich.

Wie hatte sie bloß in dieser Situation einschlafen können?

Sie vergewisserte sich, dass ihr Hemd ordentlich in die Hose gesteckt war, warf einen letzten Rundblick durch ihr Wohnzimmer und beeilte sich dann, die Tür ihrer Eigentumswohnung zu öffnen.

Sie wusste, dass sie nicht den besten Eindruck machte – ihre Nerven litten noch unter den Nachwirkungen ihres Traumes. Doch als Captain Carolina Walcott ihren Blick über sie gleiten ließ, registrierte Kate bestürzt die Überraschung, die kurz in deren dunkelbraunen Augen aufblitzte.

»Captain«, sagte Kate und wunderte sich, dass ihre Stimme so normal klang. Sie streckte ihr die Hand hin. »Kommen Sie herein! Schön, Sie zu sehen.«

»Freut mich ebenso, Kate.« Walcott ergriff ihre Hand und hielt sie einen Moment länger als üblich; ihr Lächeln war breit, ihr Blick voller Zuneigung.

»Machen Sie es sich bequem.« Kate wies auf das Sofa. Auf dem Couchtisch befand sich ein Tablett mit einem Teller Plätzchen, einer Kanne Kaffee und zwei dunkelblauen Kaffeebechern, auf denen in goldenen Lettern LAPD prangte. Sie ließ Walcott den Vortritt, atmete zweimal tief durch, um das Adrenalin abzubauen und die Nachwirkungen des Traumes endgültig zu verscheuchen, und wünschte, sie könnte sich einen großzügig bemessenen Scotch einschenken.

Während Walcott zum Sofa hinüberging, ließ sie ihren professionellen Polizeiblick über das Wohnzimmer mit der Essecke und der Küchenzeile schweifen. Als sie ruhig und gelassen auf der cremefarbenen Couch Platz genommen hatte, verlieh die von den Bäumen gefilterte Spätnachmittagssonne, die durch die offenen Balkontüren hereinfiel, dem Beige ihrer Uniform und ihrer milchschokoladefarbenen Haut einen warmen Schimmer. Sie sah adrett und attraktiv aus, würdevoll, Respekt einflößend. Kate hatte sich inzwischen von den Nachwirkungen ihres Traumes erholt; sie fühlte sich nackt und verletzlich unter Walcotts prüfendem Blick, dem die Details ihres Heimes und ihrer eigenen Aufmachung sicher nicht entgingen: Freizeithosen, ein Hemd, Sneakers. Walcotts Anruf hatte sie eine knappe Stunde zuvor erreicht, und auch wenn Kate aus ihrem Trainingsanzug geschlüpft war und sich Mühe mit ihrer Garderobe gegeben hatte – sie hatte ja wohl kaum ihre frühere Dienstkleidung anziehen können, einschließlich eines Sakkos, wie sie es Tag für Tag in der Wilshire Division getragen hatte.

Dass ein Captain des Los Angeles Police Departments zu Besuch kam, hatte Kate noch nie erlebt. Captains besuchten ihre Untergebenen nicht zu Hause – sie beorderten sie in ihr Büro. Auch wenn Kate genau genommen nicht länger eine Untergebene war, griff die in Fleisch und Blut übergegangene Polizeihierarchie immer noch, und sie verspürte eine Unterlegenheit, die eindeutig Walcotts Rang geschuldet war.

»Ich habe gerade nicht viel im Haus«, sagte sie, »aber ich weiß noch, dass Sie die hier mögen.« Sie ergriff den Teller und bot ihn Walcott an. »Hafertaler.« Sie hatte die Packung im Vorratsschrank gefunden, das Verfallsdatum war noch einen Monat entfernt.

Wieder lächelte Walcott liebenswürdig, was ihre habichtartigen Züge milderte. Sie nahm einen Hafertaler. »Wie schön, dass Sie sich daran erinnern.«

Kate hatte das Bedürfnis, gerade und aufrecht zu sitzen und nahm in dem Sessel neben Walcott Platz, statt in dem hinterhältigen Lederrecliner, der sie in den Schlaf gelullt hatte. Eine Brise, zu kühl für Anfang Mai, wehte durch die Balkontüren herein, kündigte den Abend an und brachte einen schwachen Laubduft mit sich.

Walcott ergriff die Kaffeekanne und schenkte ihnen beiden ein. Es standen weder Milch noch Zucker auf dem Tablett. Wie praktisch alle Cops tranken die beiden Frauen ihren Kaffee stark und schwarz. Walcott reichte Kate eine Tasse und sagte: »Kaum zu glauben, dass es schon vier Monate her ist.«

»Fast fünf.« Kate setzte ein angemessenes Lächeln auf

und nahm den Kaffee entgegen. Walcott meinte offenbar, erst die üblichen höflichen Nachfragen und Nettigkeiten austauschen zu müssen, ehe sie ansprach, weswegen sie gekommen war.

Sie musterte Kate mit den verschatteten, ausdruckslosen Augen eines Cops im Dienst. »Wie ist es Ihnen ergangen, Kate?« Doch ehe Kate antworten konnte, fuhr Walcott fort: »Ach, ich sollte es besser wissen, als einem Detective eine so nichtssagende Frage zu stellen. Was haben Sie in letzter Zeit unternommen?«

Kate hätte die erste Frage entschieden bevorzugt – es war eine Frage, auf die sie mit allen möglichen Platitüden hätte antworten können. »Ach, nichts Besonderes, wissen Sie. Ich bin ein bisschen herumgereist, ich habe Schlaf nachgeholt, gelesen, einfach entspannt und es ruhig angehen lassen.« Einiges davon stimmte. Sie war in Big Bear gewesen und hatte jede Menge Bücher verschlungen. Mit einer vagen Geste wies sie um sich. »Es gab hier einiges zu tun, und das habe ich gemacht. Neuer Teppichboden, die Wände gestrichen ...«

In Wirklichkeit waren die Veränderungen weit radikaler gewesen. Von den Wohnzimmermöbeln hatte sie nur den Ruhesessel behalten und die beruflichen Erinnerungsstücke, die an den Wänden hingen. Das Schlafzimmer war komplett neu, bis auf ihre Kleidung; alles andere in dem Raum war ersetzt worden – einschließlich des Radioweckers. Im Arbeitszimmer war bis auf ihren Computer und den Drucker alles neu. Selbst die Barhocker am Frühstückstresen waren ausgetauscht worden. Kate hatte keine andere Möglichkeit gesehen – sie war an einem Punkt gewesen, an dem sie es nicht mehr ertrug, ihr Zuhause zu betreten, und die Wohnung zu verkaufen hatte sie nicht über sich gebracht. Sie *brauchte* ihre Wohnung. Sie war das einzige Vertraute und Verlässliche in ihrem Leben, das ihr noch geblieben war.

»Schön«, sagte Walcott. »Sie haben eine sehr schöne Wohnung, Kate.«

»Danke«, erwiderte Kate und spielte den Ball gleich wieder zurück. »Und Sie, Captain? Wie läuft die Verbrecherjagd?«

»Wir lösen jeden Fall, und in den Augen der dankbaren Bevölkerung sind wir die reinsten Helden.«

Die beiden Frauen schmunzelten komplizinnenhaft. Der Druck, Fälle aufzuklären, war von jeher gnadenlos, und die Kritik seitens der Öffentlichkeit, wenn nicht gar unverhohlene Geringschätzung der Strafverfolgungsbehörden, war stete Begleiterin in allen neunzehn Polizeidirektionen, die in Kürze auf einundzwanzig erweitert werden würden. Walcott nahm sich eine der kleinen Papierservietten, legte sie um einen Hafertaler und lehnte sich auf Kates Ledersofa zurück, den Kaffee in der einen Hand, das Plätzchen in der anderen. »Bislang sind es nur Mutmaßungen, aber es könnte sein, dass die Direktion West Einsatzkräfte an Mitte und Süd abgeben muss.«

Kate hob erstaunt die Brauen. Sie fühlte sich geschmeichelt, dass Walcott ihr etwas aus den Strategiesitzungen der Führungsetage erzählte, noch dazu eine unbestätigte Nachricht diesen Ausmaßes. Als Kates Vorgesetzte in der Wilshire Division hatte Carolina Walcott nie ein Blatt vor den Mund genommen; sie war schonungslos offen gewesen, manchmal derb und hatte ihre Detectives oft mehr als schroff behandelt. Aber abgesehen von einigen herablassenden allgemeinen Äußerungen hatte sie ihre Ansichten über die Politik des LAPD für sich behalten, und somit bedeutete diese Enthüllung, dass sie Kate wichtige, vertrauliche Informationen offenbarte. »Der neue Chief ist ein mutiger Mann«, erlaubte Kate sich zu sagen.

Walcott grinste. »Mutig? So kann man es auch nennen. Wie einfach ist es, Einsatzkräfte zu verlagern, wenn man fünfunddreißigtausend hat, um eine Stadt wie New York abzudecken? Er wird früh genug herausfinden, wie es ist, weniger als zehntausend über die fünfhundert Quadratmeilen von L.A. umzuverteilen.« Walcott biss ein Stück von ihrem Hafertaler ab, verspeiste es genüsslich und trank einen Schluck Kaffee hinterher.

Was will sie von mir? In Kates Kopf überschlugen sich die Möglichkeiten. *Irgendeine gravierende neue Entwicklung in einem meiner alten Fälle? Nein, dann hätte sie mich einfach angerufen. Ein Einsatz? Unmöglich.*

Walcott fügte hinzu: »Warten Sie nur, bis die Leute, die glauben, sie verdienten besseren Schutz, herausfinden, dass ein beträchtlicher Teil der Einsatzkräfte für Menschen abgezogen wurde, die sie als weit unter sich betrachten.«

Noch während Kate über diese Bemerkung lächelte, begriff sie, dass Walcotts ungewohnte Freimütigkeit, was die internen Strategieüberlegungen des LAPD anging, auch Kates veränderten Status widerspiegelte – sie war draußen, sie war keine Insiderin mehr, sie war vom Strom der Gerüchte abgeschnitten. Nichtsdestotrotz freute sie sich, dass Walcott ihr diese Information anvertraut hatte. »Glauben Sie, dass das passieren wird?«

»Zweifelsohne. Er ist, wie Sie sagten, ein mutiger Mann. Und anders als gewisse Menschen, die wir kennen, hat er kein Interesse daran, für das Bürgermeisteramt zu kandidieren.«

Amüsiert rief Kate sich die Ambitionen eines früheren Polizeichefs in Erinnerung. Sie nahm ihre Kaffeetasse und lehnte sich in ihrem Sessel zurück; sie genoss das reiche Aroma und die heiße herbe Note des Kaffees, wünschte sich aber dennoch, er wäre mit einem Schuss Scotch angereichert. Sie erwiderte nichts auf Walcotts letzte Bemerkung; sie hatte beschlossen, die Konversation von sich aus nicht fortzuführen. Sie wollte erfahren, was Walcott mit diesem Besuch bezweckte.

Walcott trank einen weiteren Schluck Kaffee. Und fragte dann: »Haben Sie in letzter Zeit von Cameron gehört?«

Eine weitere höfliche Nachfrage. Aber diese traf einen wunden Punkt. Kate wollte Walcott jedoch nicht wissen lassen, wie abgeschnitten sie sich von Joe Cameron fühlte, wie sehr ihr früherer Partner sie durch seine mangelnde Rückmeldung verletzt hatte, und so antwortete sie leichthin: »In letzter Zeit nicht.« Und fügte dann hinzu: »Aber er hat sich, abgesehen von seinem Urlaub, auch krankschreiben lassen.« Das wusste ihr Gegenüber natürlich längst.

Walcott nickte. Ihr Blick war abwägend auf Kate geheftet. »Hat er erwähnt, dass ich ihn angewiesen habe, sich arbeitsunfähig zu melden?«

»Nein, das hat er nicht erwähnt.« Typisch Cameron.

»Gestresst bis zum Anschlag. Wir Cops geben nie zu, dass wir völlig ausgebrannt und am Ende sind. Aber er hat keine Einwände erhoben. Ich vermute, Sie wissen, dass er der leitende Ermittler im Fall Carter war?«

»Und ob. Er hat von nichts anderem geredet. Der Fall hat ihm keine Ruhe gelassen.«

Alle Detectives der Mordkommission hatten Fälle, die ihnen persönlich sehr nahegingen. Kate hatte während ihrer Laufbahn mehrere davon gehabt. Die fünfzehnjährige Tamara Carter war Camerons erster Fall ohne Kate gewesen, eine Vergewaltigung mit Todesfolge, und der Anblick des brutal misshandelten Opfers hatte einen Zorn in ihm entfacht, der unauslöschlich schien. Als es keine neuen Spuren mehr gab und der weitere Fortgang von den Ergebnissen abhing, die das Labor des FBI erbringen würde, hatte Cameron erneut die Familie, die Freundinnen, Freunde und Bekannten von Tamara Carter befragt und wie besessen über jedem einzelnen Detail in den Ermittlungsakten gebrütet.

»Wie oft hören Sie gewöhnlich von ihm?«

»Anfangs jede Woche«, erwiderte Kate. »Manchmal öfter. Aber jetzt hat er sich schon seit drei Wochen nicht gemeldet. Wir – wir hatten ein ziemlich enges Verhältnis, wissen Sie.«

Wieder lächelte Walcott, diesmal spontan und entwaffnend. »Was Sie nicht sagen. Zu eng. Er war wie ein übermütiges Fohlen, als er zu uns kam, und er hat meine erfahrenste Ermittlerin ebenfalls in ein Fohlen verwandelt.«

Kate musste lächeln. Walcott hatte ja keine Ahnung.

»Ich bin sicher, es gibt vieles, von dem ich nichts weiß«, fügte Walçott hinzu.

Kate schüttelte den Kopf. Seit wann konnte diese Frau Gedanken lesen?

»Er hat Ihnen gutgetan, Kate, also habe ich Sie beide gewähren lassen, wann immer es möglich war. Sie haben sich gegenseitig gutgetan.«

»Das stimmt. Joe war der beste Partner, den ich je hatte.«

»Soweit ich weiß, war die Konkurrenz nicht sehr groß.«

Nun ja … Kate zuckte die Achseln. Was gab es dazu zu sagen? Ed Taylor hatte einer früheren Epoche angehört, und mit seinem minimalistischen Ansatz in Sachen Mordermittlung würde er in keinem modernen Ermittlungsteam auch nur einen Tag bestehen. Egal, über die Toten nichts als Gutes. Es war inzwischen schon fünf Jahre her – ein Herzinfarkt in den frühen Morgenstunden – er war zwischen den Avocadobäumen auf seinem Grundstück in Fallbrook einfach zusammengebrochen. Marie Taylor hatte Kate angerufen und es ihr erzählt, und sie hatte einen unerwartet melancholischen Samstag verbracht; sie war zu seiner Beerdigung gegangen und hatte Schulter an Schulter mit einigen anderen Kolleginnen und Kollegen am Grab gestanden und war bei den auf sie einstürmenden Erinnerungen an die gemeinsamen Jahre und die Fälle, die sie zusammen bearbeitet hatten, überraschend nostalgisch geworden. Was ihre nächste Partnerin anbelangte, Torrie Holden – nach ihrem Verhalten im Anschluss an eine misslungene Verhaftung, bei der Kate eine Kugel in die Schulter abbekam, und nach Torries Vertuschung einer Pflichtverletzung beim Vollzug einer Durchsuchung, die einen Mörder beinahe hätte davonkommen lassen, hatte Lieutenant Mike Bodwin dafür gesorgt, dass sie Kate nicht mehr unter die Augen kam, ehe Kate ihr womöglich den Hals umdrehte. Kurz darauf hatte Torrie das Morddezernat in Hollenbeck verlassen; sie war nach West Valley versetzt worden, wo sie als Streifenpolizistin vermutlich weniger Unheil anrichtete.

»Sie hatten einen guten Partner verdient, Kate, und Sie haben Joe eine Menge beigebracht. Sie haben ihn die Professionalität und die Gründlichkeit gelehrt, die ihm gefehlt haben. Es ist fast drei Wochen her, sagen Sie? Irgendeine Ahnung, was es mit diesem Schweigen auf sich hat?«

Kate schüttelte den Kopf. »Ehrlich gesagt, bin ich ziemlich sauer auf ihn.« Insbesondere in Anbetracht der Last, die zurzeit auf ihren Schultern ruhte. Sie hatte schließlich angenommen, dass ihre partnerschaftliche Verbundenheit einfach mehr und mehr verblasste, je weiter ihr gemeinsamer Polizeialltag in die Ferne rückte. Die so harmlos erscheinenden Fragen Walcotts machten sie zunehmend nervös und versetzten sie in Alarmbereitschaft. »Ich habe zwei Nachrichten hinterlassen, aber er hat nicht zurückgerufen.« Sie trank einen Schluck Kaffee und beobachtete Walcott, die kaum würde einschätzen können, ob Camerons Verhalten unüblich war oder nicht.

»Ist das normal?«

Ein plötzlicher Schauer der Besorgnis lief ihre Arme hinauf und weiter bis zum Haaransatz in ihrem Nacken. »Worum geht es hier eigentlich, Captain?«

Walcott änderte ihre Sitzhaltung und legte eine Hand auf die lederne Fläche des Sofas, als wollte sie sich wappnen. Kate hatte einen Erinnerungsblitz: wie sie in das Büro des Captains der Wilshire Division gerufen wurde und zur Salzsäule erstarrte, als sie erfuhr, dass ihre Lebensgefährtin, mit der sie zwölf Jahre zusammengewesen war, die erste Frau, die sie je geliebt hatte, bei einem Unfall auf dem Hollywood Freeway ums Leben gekommen war – ein Tanklaster hatte Annes Auto zerquetscht und war in Flammen aufgegangen. Sie konnte immer noch spüren, wie das Messer ihr ins Herz schnitt – fünfundzwanzig Jahre später.

Ist Cameron … Könnte er …?

Nach der neuen Verfahrensweise waren Mordermittler angehalten, mit der Übermittlung von Todesnachrichten zu warten, bis sie so viele Informationen wie möglich gesammelt hatten – ein Vorgehen, das auf der kühlen Berechnung basierte, dass die zu befragende Person ansonsten vor Schock und Trauer zu hilfreichen Auskünften nicht mehr in der Lage war. Carolina Walcott war eine Mordermittlerin, und zwar eine verdammt gute, und alle guten Mordermittlerinnen waren gute Schauspielerinnen. Doch Walcotts Verhalten insgesamt ließ nicht darauf schließen, dass etwas ernsthaft nicht stimmte, mochte sie auch eine noch so gute Schauspielerin sein. Und dennoch war Kate keineswegs beruhigt.

»Worum geht es hier eigentlich?«, fragte sie noch einmal. »Sagen Sie mir, warum Sie gekommen sind, Captain.«

Walcott hob beschwichtigend die Hand. »Möglicherweise … wahrscheinlich ist weiter gar nichts.«

Sie legte die Serviette mit den Plätzchenkrümeln auf das Tablett und beugte sich zu Kate vor, die Ellbogen auf die Schenkel gestützt, die Hände gefaltet. »Es hat mit dem Fall Carter zu tun. Als ich ihn im Januar auf den Tisch bekam, habe ich die Spurensicherung erneut auf den Fall angesetzt und den gesamten Tatort noch einmal auf das Penibelste analysieren lassen –«

»Das hat Joe mir alles erzählt«, unterbrach Kate sie ungeduldig und gab ihrerseits eine Zusammenfassung, damit Walcott sich nicht weiter damit aufhielt. »Kein Sperma, kein Blut, keine Haare, außer ihren eigenen, aber Joe sagte, es habe einen guten Fingerabdruck an der Wand am Kopfende des Bettes gegeben. Er meinte, der Typ habe sich mit einer Hand hinter dem Kopfbrett abgestützt, als er gewaltsam in ihre Kehle eingedrungen ist.«

Walcott nickte. »Sie wissen, wie überlastet das FBI-Labor ist, und keinem Fall wird je Priorität eingeräumt, es sei denn, es klemmt sich jemand Gewichtiges dahinter, und ein LAPD-Captain hat beim FBI kaum Gewicht. Aber ich habe Joe versprochen, am Ball zu bleiben, und zwar höchstpersönlich, und es ihn wissen zu lassen, falls wir einen Durchbruch erzielen. Ich könnte mir denken, dass jemand in Quantico von dem Fall erfahren hat, der selbst eine fünfzehnjährige Tochter hat, denn vor einer Woche habe ich tatsächlich etwas gehört. Ich kann mir nicht vorstellen, dass Joe mich nicht zurückrufen würde, Kate – nicht nachdem ich ihm die Nachricht hinterlassen habe, dass wir einen Durchbruch in dem Fall erzielt haben – egal, was er tut, egal, wo er auch ist. Und unter keinen Umständen würde er ohne sein Handy unterwegs sein – das wissen wir beide.«

Kate nickte. In ihrem Kopf überschlugen sich die Gedanken. Walcott hatte in allen Punkten recht. Joe wäre sofort auf die Nachricht angesprungen.

»Irgendwelche Ideen?« Walcott lehnte sich zurück, legte einen Arm auf die Rückenlehne des Sofas und schlug die Beine übereinander, bereit, die Sache durchzusprechen, wie lange es auch dauern mochte.

»Ja. Vermutlich zu viele. Hat jemand sein Haus überprüft?«

»Ich. Letzte Woche.«

Kate sah sie erstaunt an.

Walcott zuckte die Achseln und schaute ein wenig verlegen drein, als sie sagte: »Ich bin bloß dran vorbeigefahren. Sein Wagen stand da, und noch ein weiterer Wagen, ein Ford Escort mit dem Firmenemblem von Marvel Maids auf der Tür. Ich dachte, wenn er im Haus ist und irgendwas nicht stimmt, dann würde die Putzfrau es doch wohl bemerken.« Sie lächelte flüchtig. »Ich habe ihn vom Auto aus noch mal angerufen. Nichts.«

Cameron war in der Lage, auf sich aufzupassen, versuchte Kate sich zu beruhigen. Bestimmt war alles in Ordnung mit ihm. Es musste eine logische Erklärung geben. »Irgendwas Bemerkenswertes, was seine alten Fälle angeht? Irgendjemand auf Bewährung draußen, der auf Rache aus sein könnte?«

»Nicht dass ich wüsste. Ich kann nicht weiter nachforschen, ohne schlafende Hunde zu wecken. Niemand in seinem beruflichen Umfeld kennt ihn besser als Sie, Kate. Wissen Sie von irgendeinem ... persönlichen Problem, das ihn belasten könnte?«

Kate rutschte in ihrem Sessel herum und erwiderte schließlich Walcotts Blick. »Fragen Sie mich, ob ich irgendwas weiß, das Joe veranlasst haben könnte, einen Abgang zu machen?«

»Wissen Sie denn etwas?«

»Nein!«, erwiderte sie nachdrücklich. »Ich meine, selbst wenn es da etwas gäbe, würde er das nicht tun.« Cameron war weitaus hartgesottener als sie, und während sie einige sehr dunkle Stellen in sich barg, vor allem dieser Tage, käme sie doch nie auf diesen Gedanken. »Nein, ganz bestimmt nicht«, wiederholte sie. »Das sähe ihm überhaupt nicht ähnlich.«

»Es sehen auch nicht viele Mörder wie Mörder aus.« Walcotts Ton klang herausfordernd.

Kate schüttelte den Kopf. »Auf keinen Fall, Captain. Sie sagten, Sie sind vor einer Woche dort gewesen?« Der Grund für Walcotts Besuch war nun deprimierend klar: um herauszufinden, was Kate wusste. Was nicht viel war. Was aber immer noch nicht erklärte, warum sie Kate nicht ins Präsidium gebeten oder am Telefon befragt hatte.

»Ich hatte gehofft, Sie würden sich die Sache mal ansehen, Kate. Sehr diskret.«

Kate versuchte ihre Überraschung zu kaschieren und sagte gleichmütig: »Nach allem, was ich gehört habe, würde ich das sowieso. Aber warum diskret?«

»Es ist zwar jetzt schon eine Woche her, aber dennoch

gibt es keinen Grund für eine offizielle Untersuchung. Er ist quasi beurlaubt. Unkonventionelles Verhalten ist kein Anlass, Alarm zu schlagen. Wenn es eine vernünftige Erklärung gibt – prima. Wenn es ein Problem gibt, gucken wir es uns näher an. Was den Volltreffer des FBI angeht, so besteht kein Grund zur Eile, denn es handelt sich um jemanden, der hinter Schloss und Riegel sitzt. Rasmussen kann ich nicht ins Bild setzen – Sie wissen, dass Joes neuer Partner ein Frischling ist. Ich setze noch kein Vertrauen in ihn oder sein Urteilsvermögen. Ihnen jedoch vertraue ich voll und ganz. Abgesehen davon würde Paul Rasmussen nichts anderes tun, als das, was ich bereits getan habe – er würde ihn wegen der neuen Entwicklung des Falles anrufen. Ich habe ihn beiläufig gefragt, ob Joe irgendwelche Pläne für seinen Urlaub hat, aber er meinte, Joe hätte in der Richtung nichts verlauten lassen. Was ich sagen will: Ich möchte, dass die Sache unter uns bleibt, bis wir mehr wissen. Denn ich arbeite daran, dass er von der Sonderermittlung Mord in der RHD übernommen wird.«

Kate nickte heftig. Sie freute sich für Cameron. »Er wäre die perfekte Besetzung.« Die Stellen in der Robbery-Homicide Division waren hoch angesehen und sehr begehrt, umso mehr weil endlich ein neues Präsidiumsgebäude im Bau war, um das veraltete Parker Center zu ersetzen, und eine Neustrukturierung innerhalb der LAPD im Gange war, um die besten Einsatzkräfte in Elite-Ermittlungsteams zu bündeln.

»Was seine Karriere angeht, steht er makellos da«, sagte Walcott. »Bei all den Ecken und Kanten, die er hatte, als er bei der Mordkommission anfing, ist dieses Wunder in erster Linie Ihnen zu verdanken. Ich möchte nicht, dass die Gerüchteküche jetzt irgendwas in die Welt setzt, das womöglich an ihm haften bleibt.«

»Verstehe. Wann genau, sagten Sie, waren die Marvel Maids da?«

Walcotts Grinsen verriet, dass sie wusste, worauf Kate hinauswollte. »Cameron verdient nicht weniger als die beste Ermittlerin, die er kennt. Wenn wir davon ausgehen, dass sein Haus jede Woche gereinigt wird –«

»Wird es. Da ist er ziemlich pingelig.«

»Dann also morgen. Als ich vorbeifuhr, war es ungefähr halb zwölf.«

Was bedeutete, dass Walcotts heutiger Besuch zeitlich exakt geplant war. »Ich checke die Lage und melde mich bei Ihnen.«

Walcott stand auf, als sei die Sache damit erledigt, aber statt zur Wohnzimmertür zu gehen, wandte sie sich dem Balkon zu.

Was nun?, fragte Kate sich. Sie folgte Walcott durch die geöffneten Schiebetüren nach draußen.

Walcott stützte sich mit beiden Armen auf die Balkonbrüstung und blickte auf die dunstverhangenen Hollywood Hills in der Ferne; dann ließ sie den Blick aus der Höhe des zweiten Stockwerks über die Kings Road schweifen. »So viele prächtige Bäume«, sagte sie voller Bewunderung, und ihr Gesicht wurde weicher vor Freude. »Eine schöne Straße, eine schöne Gegend, viele guterhaltene, wunderbare alte Häuser. Parkmöglichkeiten am Straßenrand –

eine Seltenheit heutzutage. Sie haben es sehr gut getroffen, Kate.«

»Ich hatte einfach sehr viel Glück, Captain. Ich bin ’94 nach West Hollywood gekommen – also bevor die Gegend beschloss, sich zu einem sehr viel besseren Viertel zu wandeln.« Kate trat neben sie an die Brüstung und schaute mit neuer Wertschätzung auf die Fülle von stattlichen Bäumen, eine Mischung aus Pappeln, Lorbeeren, Kiefern und verschiedenen Palmenarten, welche den zwei- bis dreistöckigen Apartmenthäusern an ihrem Abschnitt der Kings Road Schatten spendeten.

»Ich wünschte, ich wäre schlau genug gewesen, von Simi Valley hierherzuziehen«, fuhr Walcott fort, »ehe in L.A. nur noch Verkehrschaos herrscht.« Sie beobachtete zwei junge Männer, die vorüberschlenderten und einen Kinderwagen schoben. »Und ehe das LAPD von den Scheißkerlen der Rampart Division gegen die Wand gefahren wurde.«

Kate nickte und schwieg. Walcott warf ihr einen kurzen Blick zu und sagte dann ruhig: »Ich habe für Sie getan, was ich konnte, Kate. Ich hoffe, das wissen Sie.«

»Ja, das weiß ich, Captain«, antwortete Kate ebenso ruhig. »Ich bin froh, die fünf Jahre gehabt zu haben. Auch wenn es aus den falschen Gründen war. Ich schätze mich aus einer ganzen Reihe von Gründen glücklich.«

»Dann sind wir schon zwei. Schlimm genug, dass Sie in der Abteilung ›Internal Affairs‹ tätig werden mussten, aber Sie und Torrie hätten auch als leitende Ermittlerinnen bei dem verdammten Fall eingesetzt werden können. Und ich hätte auch früher, statt später versetzt werden und die Verantwortung übertragen bekommen können.«

Walcott schwieg. Sie schien in das Treiben auf der Straße versunken zu sein, und Kate hing ihren eigenen Gedanken nach. Nicht mal eine Romanschreiberin hätte sich ausmalen können, dass die Ermordung eines Rap-Stars auf offener Straße im März 1997 – wie aufsehenerregend dies damals auch gewesen war – sich zu einem zehn Jahre währenden Tumult für die Wilshire Division und das gesamte LAPD auswachsen würde. Der Mord an Notorious B.I.G., der in seinem SUV an einer roten Ampel aus einem anderen Wagen heraus auf dem Wilshire Boulevard erschossen worden war – aus Rache für die Ermordung des Rap-Stars Tupac Shakur in Las Vegas, munkelte man –, hatte ein Kreuzfeuer von wechselseitigen Beschuldigungen ausgelöst, die zwei korrupte Cops in der CRASH Unit der Rampart Division, die das Straßengang-Unwesen bekämpfen sollte, als Verdächtige in dem Mordfall erscheinen ließen. In der Rampart Division herrschte gesetzwidriges Verhalten; Beweismaterial wurde gefälscht und untergeschoben, Fälle mussten neu aufgerollt werden, und schließlich befasste sich das FBI mit den Untersuchungen, während gleichzeitig endlose Gerichtsverfahren angestrengt wurden und die Wilshire Division beschuldigt wurde, die Ermordung des Rappers vertuschen zu wollen. Die Moral war im Keller, die Demütigung wegen der FBI-Ermittlungen saß tief. Der Korruptionsskandal zerstörte etliche Polizeikarrieren und Reputationen, und Kates hätte ohne weiteres dazugehören können.

Kate teilte den Zorn und die Beschämung ihrer Kolleginnen und Kollegen angesichts der Ereignisse und Entlarvungen, nicht jedoch deren Frustration. Für sie hatte sich aus dem Desaster eine Verlängerung ihrer Dienstzeit ergeben – fünf Jahre über die übliche Spanne von dreißig Jahren hinaus. Man hatte in der angespannten Situation nicht auf sie verzichten können, und der Polizeichef persönlich hatte die Verlängerung ihrer Dienstzeit im DROP-Programm, dem ›Deferred Retirement Option Program‹, befürwortet und unterzeichnet. Doch nach dieser Verlängerung war keine weitere möglich gewesen, und so war Kates Pensionierung im Dezember amtlich geworden.

Kate musterte Walcotts finstere Miene und griff nach dem einzigen hoffnungverheißenden Strohhalm, der sich ihr bot: »Ich habe den Eindruck, dass die Dinge sich ändern, Captain. Dass die Welt sich schließlich zum Besseren wendet. Ist es nicht wunderbar, dass wir heute einen afroamerikanischen Präsidentschaftskandidaten haben und dass er tatsächlich sogar eine Chance hat?«

Walcotts Lächeln verscheuchte den Grimm aus ihrem Gesicht. »Das glaube ich erst, wenn ich's erlebe. Aber ja, man spürt die Hoffnung in der Stadt, Kate. Und im Land.« Sie wandte sich von der Brüstung ab und kehrte in die Wohnung zurück.

Kate folgte ihr. Sie sah zu, wie Walcott in ihrem Wohnzimmer umherspazierte und die gerahmten Erinnerungen an den Wänden betrachtete. Walcott verschwendete niemals Zeit; sie hatte noch weitere Dinge auf ihrer Agenda. Aber sie ging es gemächlich an und betrachtete kommentarlos die Fotos aus Kates Polizeikarriere – Kate in Uniform bei offiziellen Anlässen, informelle Fotos im Dienstraum ihrer Abteilung, Fotos aus der *Los Angeles Times* von Kate und ihren Kolleginnen und Kollegen an verschiedenen Tatorten, Beförderungsurkunden, Preise und Auszeichnungen, den kleinen Schaukasten mit dem Replikat von Kates goldener Polizeimarke mit ihrer Dienstnummer, das Aimee vor Jahren für sie hatte anfertigen lassen.

Walcott sah sie nicht an, als sie fragte: »Seit wann trinken Sie wieder, Kate?«

Kate fühlte sich augenblicklich in die Enge getrieben. Sie spürte, wie ihr Gesicht zu brennen anfing und heißer Zorn in ihr aufstieg. *Cameron. Er hat es ihr gesagt.*

»Wieso?«, fauchte sie. »Ich bin im Ruhestand. Was geht Sie das an?«

Walcott wandte sich zu ihr um, die Arme vor der Brust verschränkt. »Es gibt Menschen, denen Sie am Herzen liegen, Kate. Außerdem sehen Sie furchtbar aus.«

»Wie ich aussehe und was ich tue, ist allein meine Sache.«

»Wo ist Aimee?«

»Meine Sache.«

»Hat sie Sie verlassen?«

Kate hatte Mühe, ihren Zorn im Zaum zu halten und die Frau nicht hochkant hinauszuwerfen. Sie antwortete nicht.

»Sie haben natürlich recht. Es ist Ihre Sache.«

Walcott löste die Arme, und einen Augenblick lang dachte Kate, sie würde sie nach ihr ausstrecken. Stattdessen ließ sie sie einfach sinken. »Eines müssen Sie wissen, Kate. Sie genießen hohe Wertschätzung. Man vermisst Sie sehr. Sie gehören immer noch zur Polizeifamilie. Sie sind mir – uns – ebenso wichtig wie Joe Cameron. Viele von uns mögen Sie sehr. Und noch etwas …« Sie griff in ihre Jackentasche. »Kurz nach Ihnen hat uns noch jemand verlassen. Auch sie ist heute frei und niemandem mehr verpflichtet. Sie hat Ihnen schon einmal geholfen. Gut möglich, dass sie erneut dazu bereit ist.«

Walcott zog eine Visitenkarte aus der Tasche und legte sie auf den Couchtisch. »Danke für Ihre Gastfreundschaft. Ich finde allein hinaus.«

Als sich die Tür hinter Walcott schloss, war Kate schon auf dem Weg in die Küche. Sie schnappte sich die Flasche Cutty Sark aus dem Schrank, knallte ein Glas auf den Küchentresen, schenkte sich großzügig ein, nahm einen tiefen Schluck und dann noch einen.

Sie warf einen giftigen Blick auf die geschlossene Wohnungstür. *Sie wissen einen Scheiß über mich und die Hölle, in der ich lebe.*

Der Alkohol, der ihr in Mund und Kehle brannte, machte alles leichter und beruhigte sie. Sie nahm das Glas mit und betrat das Zimmer, das Aimees Büro gewesen war. Miss Marple protestierte laut miauend, stolzierte hinaus und verschwand über den Flur in Richtung Wohnzimmer. Kate folgte ihr. Sie nahm die Visitenkarte vom Couchtisch, stellte ihren Drink auf den Beistelltisch neben dem Ruhesessel und legte die Visitenkarte daneben. Schwer ließ sie sich in den Sessel sinken und rieb sich mit beiden Händen das Gesicht. Miss Marple sprang auf ihren Schoß; sie begann zu schnurren und stieß mehrmals mit dem Kopf gegen Kates Ellbogen.

Kate kraulte sie hinter den zarten Ohren und flüsterte: »Miss Marple, du bist nach wie vor das einzige weibliche Wesen, das mich versteht.«

Dann nahm sie die Visitenkarte und betrachtete eine Weile die weiße Rückseite, ehe sie sie schließlich umdrehte und las, was da in schlichten schwarzen Buchstaben stand:

Dr. Calla Dearborn
Approbierte Psychotherapeutin
Liz. Nr. PSY 705536
Tel.: 323-555-1954

2

Am nächsten Morgen, nachdem der schlimmste Rush-Hour-Verkehr ein wenig abgeflaut war, fuhr Kate ohne große Aufmerksamkeit für ihre Umgebung und mit pochenden Schläfen durch den diesigen Dunst zum Sunset Boulevard und die Fountain Avenue entlang und folgte dann dem sanften Bogen der Hyperion Avenue in Silverlake. Sie parkte den Focus unter einer der Eichen, die das abgeschiedene Haus verbargen, das mitten in einer bewaldeten Enklave von bescheidenen Fachwerkhäusern und Bungalows lag. Das ethnisch bunt gemischte Silverlake mit seiner Nähe zu Downtown war in den vergangenen zehn Jahren zu einem angesagten Wohnviertel geworden, und der Wert der schlichten Häuser war mit dem neuen Prestige ins Unverhältnismäßige gestiegen. Kate unterdrückte die Missbilligung, die sich automatisch einstellte, und rief sich in Erinnerung, dass sie sich geschworen hatte, unausweichlichen Veränderungen mit einer gewissen Flexibilität zu begegnen und sie zu akzeptieren. Zusammen mit den vom Verkehr gnadenlos verstopften Straßen und dem turbulenten politischen Treiben einer vielschichtigen Stadt, war Silverlake nun einmal Teil eines sich beständig entwickelnden Los Angeles, ob Kate der eine oder andere Aspekt nun gefiel oder nicht, und wie Maggie ihr oft gesagt hatte: »Alles verändert sich, Kate. Nichts bleibt, wie es ist.«

Sie ließ Stevie Nicks »Rhiannon« zu Ende singen, stellte dann das Radio aus und saß einen Augenblick lang einfach nur da, trank ihren großen starken Starbucks-Kaffee, lauschte den Vögeln und dem Ticken des abkühlenden Motors und wartete darauf, dass das Koffein Wirkung zeigte und den Schmerz milderte, der in ihrem Kopf wütete wie Blitzeinschläge. Schließlich gab sie auf, öffnete das Handschuhfach und kramte darin herum, bis sie das Fläschchen Tylenol fand. Sie warf drei Schmerztabletten ein und spülte sie mit dem Rest des Kaffees hinunter.

»Komm in die Hufe«, murmelte sie vor sich hin. Doch sie rührte sich nicht, saß da wie in einer Art Starre und wartete darauf, dass sich die Willenskraft einstellte, die sie brauchte, um aus dem Wagen zu steigen. Diese Willenskraft aufzubringen schien bei jedem Besuch länger zu dauern.

Nach all den Jahren, in denen sie auf Mordschauplätzen eingetroffen und ihrer Arbeit souverän und voller Selbstvertrauen nachgegangen war und aus nächster Nähe geschundene, bisweilen zerstückelte Tote in alptraumhaft blutigen Szenarien unter die Lupe genommen hatte – warum fiel ihr das hier jetzt so schwer? Weil aus jenen Menschen bereits alles Leben gewichen war, gab sie sich selbst die Antwort, es waren nur noch die irdischen Hüllen, und ihre Aufgabe, ihre Mission war es, herauszufinden, wer die Verantwortung für diesen ultimativen Raub trug: für das Auslöschen des Lebens und aller Verheißung, die dieses Leben für alle im Umfeld des Mordopfers gehabt hatte. So strapaziös es manchmal auch gewesen war, Stund um Stund im Angesicht der Auswüchse schlimmster menschlicher Grausamkeit Beweismittel und Informationen zu sammeln, es schien ihr nicht so schwierig, wie sich der Ankunft des nahenden Todes zu stellen und bei einer Frau zu sein, die sich an dessen Schwelle befand – einer Frau, die zu verlieren sie nicht ertrug.

Sie griff nach einer Starbucks-Tüte und zwang sich auszusteigen.

Das schmiedeeiserne Tor öffnete sich auf einen glatten asphaltierten Weg, der eine laubbedeckte Grünfläche teilte und zu einem schmucklosen und doch architektonisch ansprechenden weißen Gebäude führte, das einen Großteil des Grundstücks einnahm. Die zahlreichen zweiflügeligen Fenster erlaubten den Blick auf eine bunte Mischung aus Jacaranda, Feigenbäumen, Fächerpalmen, Paradiesvogelbüschen, scharlachroten Bougainvilleen und gelben Wandelröschen in voller Maienblüte.

Kate öffnete eine große Eichentür und betrat einen lichtdurchfluteten Raum, der an ein Wohnzimmer denken ließ. Auf dem hellen Parkettboden lagen leuchtendbunte Teppiche mit geometrischen Mustern, Sofas, Sessel und Stühle in heiteren Bonbonfarben waren zu drei Sitzgruppen arrangiert. Allein die Rezeption aus warmem Kirschholz, die von der Wand neben der Eingangstür aus in den Raum hineinragte, und ein schwacher Geruch, undefinierbar, aber ausgeprägt und adstringierend, verrieten, dass es sich hier nicht um ein großzügig geschnittenes Eigenheim handelte. Die Sitzgruppe vor dem dunkelblau gekachelten Kamin war von drei Menschen besetzt – zwei korpulente Frauen mit ergrauendem Haar saßen links und rechts von einem weißhaarigen Mann mit eingesunkenen Schultern und zitterndem Kopf, der wiederum in einem Rollstuhl saß. Die Frauen hielten jeweils eine Hand des Mannes und blickten nicht auf, als die automatische Tür sich zischend hinter Kate schloss.

Die Rezeption war nicht besetzt. Mit ruhigen Schritten durchquerte Kate die Eingangshalle und bog am Ende in einen Gang ein. Sie nickte dem weißgekleideten Pfleger zu, der ein Tablett trug. An der Tür zum vierten Zimmer auf der linken Seite blieb sie stehen.

In dem schmalen Bett am Fenster lag Maggie Schaeffer und blickte auf die üppige Pflanzenpracht hinaus; eine leichte Decke lag auf ihrem ausgezehrten Körper, eine durchscheinende Hand ruhte auf dem Buch, das neben ihr lag. Ihre neue Zimmergenossin, der Kate noch nicht begegnet war, eine uralte, runzelige Frau mit gelblichem Teint und grauem Haar, das so dünn war, dass ihre Kopfhaut hindurchschimmerte, schlief in dem Bett an der Wand und schnarchte beim Ausatmen leise blubbernd vor sich hin.

Der Fernseher oben an der Wand lief, war aber stumm gestellt.

Kate blieb in der Tür stehen und betrachtete Maggie. Die Erinnerung an ihre erste Begegnung in der Nightwood Bar durchzuckte sie. Eine kräftige, ziemlich selbstbewusste Maggie Schaeffer, die ein lilafarbenes T-Shirt trug und mit vielen Reißverschlüssen verzierte Shorts. In späteren Jahren sah sie eine Maggie Schaeffer mit wettergegerbtem Teint, stets gebräunt von der Sonne im San Fernando Valley, das attraktive Gesicht von einer reinweißen Mähne gerahmt, die mit ihren lesbischen Gästen flirtete, während sie ihnen in der fröhlichen Geselligkeit der Nightwood Bar ihre Drinks servierte. Die gespenstisch dünne Frau in dem Bett, deren Kopf nach der Chemotherapie nun mit einem zarten Pusteblumenflaum bewachsen war und von deren Nase ein Schlauch zu einer Sauerstoffflasche am Kopfende des Bettes führte, erschien ihr wie ein grausames Abbild. Das einzige unveränderte Merkmal, das diese Person mit jener früheren lebenssprühenden Frau verband, war der Kaffeebecher aus glasierter Keramik, der auf Maggies Nachttisch stand – der Kaffeebecher, der in den dreiundzwanzig Jahren, die Kate Maggie kannte, fest zum Inventar von Maggies Häuschen in Pacoima gehört hatte und ständig in Maggies Reichweite gewesen war. Er gehörte zu den wenigen Dingen, die Maggie in ihr letztes Domizil mitgenommen hatte.

»Ich sehe dich da stehen«, sagte Maggie mit dünner Stimme, ohne den Kopf zu wenden.

Kate war die außergewöhnliche Wahrnehmung, über die

Maggie seit einiger Zeit verfügte, inzwischen vertraut. Sie hielt die Starbucks-Tüte hoch. »Ich habe dir deinen guten alten Freund Frappuccino mitgebracht.«

Nun wandte Maggie ihr den Kopf zu, und die durchscheinende Haut über ihrem ausgezehrten Gesicht straffte sich über ihren Wangenknochen, als sie lächelte, und schimmerte weiß. Mit einer leichten Kopfbewegung wies sie auf das zweite Bett. »Das ist Alice. Sie ist gestern hier im Todestrakt angekommen.«

Das Hospiz beherbergte zehn Menschen, zwei in jedem Zimmer, und ein Bett war stets nur kurze Zeit nicht belegt. Maggie hatte keine Familie – man hatte die Tochter, die unbeirrt als Butch ihren Weg ging, schon Jahrzehnte zuvor verstoßen. Kurz nach der Diagnose ›Krebs im Endstadium‹ hatte Kate recherchiert, Silverlake Haven entdeckt und unter die Lupe genommen – ein wichtiges Kriterium war die Aufgeschlossenheit gegenüber LGBT-Menschen – und Maggie auf die Warteliste setzen lassen. Als irgendwann klar wurde, dass Palliativbetreuung rund um die Uhr alles war, was man noch für Maggie tun konnte, stand ihr Name bereits oben auf der Liste, und Kate hatte sie mit einem privaten Krankentransport herbringen lassen.

Kate füllte den Frappuccino in den Keramikbecher, steckte den biegsamen Strohhalm aus Maggies Wasserglas hinein und servierte ihn ihr. Maggie hob den Kopf und trank genießerisch einen Schluck. »Gut. Das hier auch.« Sie hob das Buch hoch, einen Roman von KG MacGregor. »Patton hat mir gestern das letzte Kapitel vorgelesen.«

Kate nickte. »Ich bringe dir morgen etwas von einer deiner Lieblingsautorinnen mit – den neuen Roman von Karin Kallmaker.« Sie holte einen Blaubeermuffin aus der Tüte. »Wie geht's dir?«, fragte sie pflichtschuldig und setzte sich auf den Stuhl neben dem Bett.

»Ging mir nie besser. Iss du den Muffin«, sagte sie zu Kate. »Ich will ihn nicht – es sei denn, er enthält die Pillen, um die ich dich gebeten habe.«

Kate warf einen raschen Blick auf die neue Zimmergenossin, die aufzuwachen schien, und schüttelte den Kopf. »Fang nicht wieder davon an, Maggie.«

»Warum nicht? Ich habe eine neue Idee, die all deine Gewissensbisse ausräumen wird. Wie wär's, wenn du das nächste Mal zwei Revolver mitbringst, mir den einen gibst und mich dann in Notwehr erschießt?«

Kate musste wider Willen laut auflachen, und von Alice aus dem anderen Bett ertönte ein Schnauben, das keineswegs wie Schnarchen klang.

Maggie sprach mit leicht pfeifendem Atem und einiger Mühe, aber immerhin ohne zu husten. Das war vermutlich den neuen Medikamenten zu verdanken, die sie über den Sauerstoffschlauch inhalierte und die die Atemwege heute freizuhalten schienen.

Kate wusste, dass Maggie möglicherweise nicht an Lungenversagen sterben würde. Im vierten Stadium hatte der Lungenkrebs bereits Tochtergeschwülste in die Leber gesetzt. Man hatte Kate gesagt, dass es nur eine Frage von Wochen, wenn nicht gar Tagen war, bis eine oder mehrere Vitalfunktionen ausfallen würden.

»Kate, als Audie Schlaftabletten genommen hat, fandst

du das in Ordnung. Du warst der Meinung, sie habe das Recht zu tun, was sie getan hat, als ihr Krebs –«

Kate runzelte die Stirn. *Aber sie hat es selbst getan. Und Audies Leichnam zu finden hat beinahe auch noch Raney umgebracht.*

»Kate, wie kannst du deiner besten Freundin wünschen, wochenlang dahinzusiechen?«

Weil ich nicht einmal den Gedanken ertrage, dich zu verlieren. »Darüber haben wir schon gesprochen.«

»Sei froh, dass du das Rauchen schon vor langer Zeit aufgegeben hast, Kate.«

»Wenn Anne nicht gewesen wäre …« Sie brachte den Satz nicht zu Ende, denn sie mochte nicht sagen, dass sie dankbar war. Wenn Anne sie nicht dazu gebracht hätte aufzuhören, wäre sie wahrscheinlich dumm genug, immer noch zu rauchen. »Ich glaube, das kommt vom jahrelangen Passivrauchen in der Nightwood Bar.«

»Du meinst also, dass meine lesbischen Schwestern mich umgebracht haben?«

Kate lächelte sie an.

»Vielleicht nur diejenigen, die du verführt und dann abserviert hast.«

»Sind Sie die Freundin von der Polizei?«, rief die Frau aus dem zweiten Bett zu ihr herüber. Ihre Stimme klang zittrig und quengelig. »Ich brauche Ihre Hilfe.«

Kate sah Maggie mit gerunzelter Stirn an. Maggie zuckte die Achseln. »Ich habe ihr von dir erzählt. Ich habe ihr gesagt, dass du nicht mehr im Dienst bist.«

»Miss Police Detective, kann ich mit Ihnen reden?«

Kate sah Maggie an und verdrehte die Augen. Dann stand sie auf und ging zu dem anderen Bett hinüber. »Hallo, Alice. Ich heiße Kate. Ich kann Ihnen nicht behilflich sein. Ich bin aus dem Polizeidienst ausgeschieden.«

Alice musterte Kates Khakihosen und das gelbe Poloshirt mit einem Hauch von Anerkennung in den wässrigen blauen Augen. Dann heftete sie ihren Blick auf Kates Gesicht. »Sie müssen jemanden für mich finden. Jonathan Philip Souza. Wie John Philip Sousa, nur dass er Jonathan heißt und dass Souza sich mit Z schreibt.«

»Haben Sie denn keine Familie –«

»Meine Familie will nichts mit ihm zu tun haben. Ich muss ihn aber sehen. Ich muss ihm unbedingt sagen …« Tränen füllten ihre Augen, quollen über und liefen ihr die runzeligen Wangen hinunter. »Ich liebe diesen Jungen. Bitte finden Sie ihn! Sagen Sie ihm, dass seine Tante Alice ihn sehen möchte.«

»Alice, es tut mir leid, aber ich kann Ihnen nicht helfen«, sagte Kate sanft.

Alice wischte ihren Einwand mit einer klauenartigen Hand verächtlich fort. »Was sind Sie denn für eine Detektivin?« Der Ton machte klar, dass sie Kate eigentlich fragte, was für ein Mensch sie war. Sie drehte sich um, wandte Kate den Rücken zu und schaute an die Wand.

»Kate …« Maggie winkte Kate zu sich.

Kate kehrte zu ihr zurück und beugte sich auf Maggies Geheiß zu ihr hinunter. »Bauchspeicheldrüsenkrebs«, flüsterte Maggie ihr ins Ohr. »Sei nachsichtig mit ihr – wer weiß, was für Medikamente sie kriegt.« Maggie legte ihr die Hand auf die Schulter, damit Kate sich noch nicht aufrichtete, und fuhr fort: »Dieser Junge – er ist kein Junge mehr. Er ist fünfunddreißig, und er ist schwul. Seine Familie hat sich von ihm losgesagt, genau wie meine damals – vor vielen, vielen Jahren.«

»Ich weiß nicht, was ich tun –«

»Red keinen Unsinn«, keuchte Maggie. Sie schob Kate mit schwachen Kräften von sich. »Tu's einfach.«

Kate seufzte.

»Du siehst ziemlich fertig aus«, fuhr Maggie fort und inspizierte sie näher. »Verkatert?«

»Ein bisschen«, gab Kate zu. Dank Tylenol fühlte sie sich schon besser.

»Aimee war gestern Abend hier.«

Kate nickte. Aimee besuchte Maggie, wenn Kate sie nicht besuchte. Einige Tage zuvor war Kate aus dem Hospiz gekommen und hatte gesehen, wie Aimee davonfuhr, als sie bemerkt hatte, dass Kates Focus vor dem Silverlake Haven stand.

»Wenn du das Trinken nicht lässt –«

Kate hob entschieden die Hände. Nicht nötig, dass Maggie ihre Tirade erneut losließ. »Ich muss gehen«, sagte sie. »Ich habe um halb zwölf einen Termin.« Sie tätschelte Maggie die Hand.

Maggie ergriff Kates Hand. »Bitte, Kate, ich möchte, dass das hier zu Ende geht. Bring mir einfach ein paar Pillen. Das ist alles, worum ich dich bitte.«

»Maggie, ich kann das nicht.«

»Du kannst das.«

Kate zog ihre Hand fort und stand auf. Traurig und mutlos wandte sie sich von Maggie ab und ging zur Tür. »Ich komme später noch mal wieder.«

»Miss Police Detective, finden Sie Jonathan Philip Souza!«, rief Alice ihr nach. »Souza mit Z.«

3

Während Kate noch überlegte, wie sie die als Nächstes anstehenden Dinge am besten anging, schlug sie den Weg zu ihrer Wohnung ein, um ein paar Sachen zu holen, ehe sie weiter zu Camerons Haus fuhr.

Im Wohnzimmer nahm sie den Schaukasten von der Wand, der die Nachbildung ihrer Dienstmarke enthielt. Sie löste die Rückwand, während sie sich mit dem Argument zu beschwichtigen suchte, dass es hier um Cameron ging und sie nur im äußersten Notfall Gebrauch von der Polizeimarke machen würde. Im umgekehrten Fall, dachte sie ironisch, würde Cameron nicht die leisesten Bedenken haben – er würde sie auslachen: »Wie – du hast ein Problem damit, dich als die Polizistin auszugeben, die du früher gewesen bist?« Sie löste die Marke von dem blauen Samt, mit dem der Kasten ausgeschlagen war, und wog sie in der Hand – sie hatte sie nie zuvor in den Händen gehalten – und stellte fest, dass sie ein klein wenig schwerer war als das Original.

Im Schlafzimmer stieg sie aus ihrer Khakihose und zog eine geräumige Cargohose an. Sie steckte ihre Brieftasche und ihr Handy in eine der Taschen und ein Notizbuch, einen Stift und einige weitere Dinge in eine andere. Nach den gut vier Monaten außer Dienst war sie immer noch froh, dass sie nie wieder die Schultertasche tragen musste, die sie immer als ›die verdammte Satteltasche‹ bezeichnet und als Cop immer hatte bei sich haben müssen. Sorgsam heftete sie die Dienstmarke in eine der verbliebenen leeren Hosentaschen, um sie nicht aus Versehen herauszuziehen, wenn sie etwas anderes hervorholte. Oder sie – schlimmer noch – verlor. Eine gefälschte Dienstmarke mit ihrer Dienstnummer zu verlieren würde ihr wahrscheinlich größere Scherereien bereiten, als wenn sie dabei erwischt wurde, wenn sie sie benutzte.

»Hab einen schönen Tag, Miss M«, sagte sie leise und streichelte Miss Marple, die sich auf dem Bett zusammengerollt hatte, eine weiße Pfote unter dem Kopf, die Jadeaugen auf Kate geheftet.

Auf dem Weg zu ihrem Wagen verspürte sie eine beschwingende Zielstrebigkeit. Die Sonne hatte den Dunstschleier über der Stadt durchbrochen, und Kates Stimmung blieb heiter, statt in ihre übliche genervte Ungeduld zu verfallen, während sie im dichten Verkehr durch West Hollywood fuhr und den geschäftigen Santa Monica Boulevard entlang. Auf der noch stärker befahrenen Highland Avenue ging es hinauf zur Franklin, wo sie einen halben Block später abbog und den Focus den steil sich hochschlängelnden, aber kaum befahrenen Hillcrest hochjagte. Noch vor halb zwölf kam sie bei Cameron an.

Nur wenige der überwiegend eingezäunten Häuser auf der baumbestandenen Straße hatten Garagen. Camerons schwarzer RAV4 war quer zur Fahrbahn geparkt und belegte eine der beiden Parkbuchten am Zaun zu seinem Grundstück. Daneben stand ein Wagen der Firma Marvel Maids.

Kate fand eine Parkbucht ein Stück weiter oben an der Straße und machte sich zu Fuß auf den Weg zurück zum Haus. Sie setzte ihre Schritte in den Sneakers voller Achtsamkeit, als könnte sie bei einem Fehltritt Gefahr laufen, haltlos bis zum Fuße des Hügels hinunterzupurzeln. Camerons Haus und die Gegend gefielen ihr, aber sie konnte sich nicht vorstellen, auf einer so steilen Hanglage zu wohnen, dass ihr Gleichgewichtssinn fortwährend herausgefordert war. Die Umgebung fühlte sich beinahe surreal an. Hier oben unter den Bäumen und ihrem dichten Blätterwerk, in dem eine Vielzahl von summenden Insekten und zwitschernden Vögeln hausten, befand sich eine ruhige Wohngegend, die nur einen Steinwurf hügelab entfernt war vom wuseligen Hollywood Boulevard und Graumans Chinese Theatre mit seinen Massen von Touristinnen und Touristen, Sightseeing-Bussen und Straßenhändlern, die Souvenirs feilboten und Stadtpläne mit eingezeichneten Routen, die garantiert zu den Häusern der Stars führten.

Mit Absicht ging sie auf dem Weg zum Haus dicht an dem RAV4 vorbei; sie registrierte die gleichmäßige Staubschicht und dass im Inneren des Wagens nichts Ungewöhnliches zu sehen war; innen schien er so makellos wie bei Cameron immer. Kate öffnete das Gartentor. Umsehen konnte sie sich nicht, solange die Marvel Maid noch da war; sie durfte es nicht riskieren, Alarm auszulösen oder Aufmerksamkeit auf sich zu ziehen. Also betrat sie das Grundstück, als wäre es das Normalste der Welt; sie ließ den Blick beiläufig über den pflegeleichten Vorgarten und das hellbraune Holzrahmenhaus mit den dunkelbraunen Fensterläden wandern und konnte nichts Außergewöhnliches entdecken. Die großen Keramiktöpfe mit weißen und gelben Frühlingsastern, die links und rechts von der Eingangstür standen, schienen gut gepflegt, wurden aber zweifellos von einem automatischen Bewässerungssystem versorgt, denn Joe Cameron war kein Gärtner.

Sie ging über die auf dem moosigen Rasen asymmetrisch verlegten Steinplatten zu einer schattigen Veranda, auf deren terracottafarbenen Fliesen einige Liegestühle standen. Auf den Eingangsstufen zum Haus befanden sich ein Wischmop, ein Besen und ein Plastikeimer mit ein paar Putzlappen. Die Eingangstür stand einen Spaltbreit offen – welch glücklicher Zufall. Sie ging die zwei Stufen hinauf, klopfte energisch an die Tür und schob sie auf.

Zu ihrer Linken, hinter dem Frühstückstresen, der die Küche vom Wohnzimmer und der Essecke trennte, fuhr eine Latina mittleren Alters mit einem Lappen über die granitene Arbeitsfläche. Sie blickte alarmiert auf. Kate winkte unbeschwert. »Hallo, ich bin eine Freundin von Joe Cameron.« Sie hoffte, dass die Frau Englisch sprach.

»Nicht da.«

»Ja, ich weiß. Ich soll nach dem Wasseranschluss im Garten sehen. Ich bin eine Freundin«, wiederholte sie und stieß die Tür noch ein bisschen weiter auf, um auf den Kaminsims zeigen zu können und auf das gerahmte Foto, das, wie sie wusste, dort stand. »Sehen Sie das Foto? Gehen Sie hin und gucken Sie es sich an. Das sind Joe und ich.«

Die Frau musterte Kate von Kopf bis Fuß ohne augenscheinliche Feindseligkeit. Dann kam sie aus der Küche hervor, ging ins Wohnzimmer hinüber und setzte die Brille auf, um das Foto von Cameron und Kate in Uniform zu betrachten, das bei einer Zeremonie der Polizeiakademie aufgenommen worden war, bei der verdiente Kolleginnen und Kollegen geehrt wurden.

Kate erklärte: »Ich muss die Sprinkler hinten im Garten überprüfen.«

Die Putzfrau wandte sich um und sah sie an. »Sie Polizei wie er. Sie machen.«

»Danke.«

Falls die Frau sich wunderte, warum Kate durchs Haus ging, wo doch der Garten von draußen zugänglich war, sagte sie jedenfalls nichts. Kate hätte, wenn nötig, eine Erklärung parat gehabt: Sie brauchte einen Schraubenschlüssel aus der Werkzeugkiste im Hauswirtschaftsraum. Kate durchquerte die Küche und ging den Flur entlang, trat in den Hauswirtschaftsraum mit der Waschmaschine und dem Trockner und öffnete die mit einem Riegel verschlossene Tür, die in den Garten hinausführte. Sie zog den Riegel zurück, holte eine Rolle Klebeband aus einer ihrer Hosentaschen, riss einen kleinen Streifen davon ab und klebte den Schließmechanismus zu. Dann schloss sie die Tür sorgsam hinter sich. Mit einem ironischen Lächeln dachte sie an einen Mord zurück, der sich während eines Raubüberfalls in einem Spirituosengeschäft ereignet hatte: Der Angestellte, der von ihr festgenommen worden war, hatte sich eben dieser Methode bedient, um sich Zutritt zu dem Laden zu verschaffen. Ein einziger prächtiger Fingerabdruck auf dem Klebeband hatte genügt. Wie Cameron oft festgestellt hatte: »Ohne ihre Dummheit würden wir sie nie fassen.«

Für den Fall, dass sie beobachtet wurde, widmete sie sich einen Augenblick dem Zulauf für das Bewässerungssystem, drehte den Hahn zu und wieder auf. Das Bewässerungssystem versorgte einen grünen Rasen und den Jasmin und die Bougainvillea, die sich scharlachrot am hinteren Teil des Zaunes hochwand. Im Garten befand sich auch Joes Grill, eine große, professionell wirkende Anlage mit gemauertem Fundament, dessen längliche Silberhaube in der Sonne glänzte. Die große graue Plastikplane lag zusammengefaltet daneben, als wäre Joe im Begriff, den Grill zu benutzen oder als hätte er ihn gerade benutzt und noch nicht wieder gereinigt. Das würde sie sich später genauer ansehen.

Sie ging um das Haus herum zu der offenstehenden Eingangstür. »Danke!«, rief sie. »Ich bin fertig.«

»Ja. Wiedersehen«, erklang die Stimme der Putzfrau von irgendwo aus den Tiefen des Hauses.

Kate stieg wieder hügelan.

Während sie in ihrem Wagen darauf wartete, dass das Auto von Marvel Maids verschwand, dachte sie über Joe Cameron nach. Sie nutzte ihren Sachverstand und ihre Erfahrung, um die Fakten, die sie über ihren Ex-Partner wusste, methodisch auszuwerten und einzuschätzen, welche für die aktuelle Situation relevant sein mochten.

Es war im August vor sieben Jahren gewesen, als er ihr

Partner bei der Mordkommission der Wilshire Division wurde. Cameron, von jungenhaftem Aussehen und Linkshänder, war von der Devonshire Division zu ihnen gekommen. An jener Hand hatte er die ersten zwei Jahre einen Ehering getragen. Er war gewandt und stets gut gekleidet; mit seinen sechsunddreißig Jahren ein Leichtgewicht, was seine Erfahrung anging, und nach Kates Maßstab ziemlich jung fürs Morddezernat. Bei Autopsien war er zimperlich, das hatten sie gemeinsam, aber sie konnte es vor den Pathologen besser verbergen. Er trug eine Pilotenbrille, was sie affig fand, und wurde leicht rot, was nach ihrem Maßstab ein ernsthaftes Manko darstellte. Anfangs fiel er ihr ins Wort, wenn sie Zeugen befragte und Verdächtige verhörte, und plapperte Fakten aus, ehe Kate den zu Befragenden ihre Version entlocken konnte – absolut inakzeptabel, egal welchen Maßstab man anlegte. Sie hatte kein Blatt vor den Mund genommen, als sie es ihm sagte, und er hatte sich nach Kräften bemüht, das zu ändern. Er lernte enorm schnell; er machte kontinuierlich eindrucksvolle Fortschritte und erwies sich innerhalb eines Jahres als kompetent und intuitiv an Tatorten und als ein Partner, der sie aufs Beste ergänzte. Sie konnte sich nicht erinnern, wann Joe Cameron das letzte Mal während einer Befragung einen Fehler gemacht hatte – oder rot geworden war.

Als sie ihm am Anfang die traditionelle Frage, warum er Polizist hatte werden wollen, gestellt hatte, war seine Antwort prosaisch gewesen: krisenfester Job. Nach jenem ersten Jahr, in dem sie seinen Eifer, Mörder zu fassen, beobachtet hatte, begriff sie, dass seine Antwort ein billiges

Ablenkungsmanöver gewesen war, um weit tiefgründigere und zorngespeiste Motive zu kaschieren.

Zwei von ihren Fällen stachen hervor. Nach nur drei Wochen Zusammenarbeit hatten sie den Fall Herman Layton geklärt, eine Messerattacke, begangen am helllichten Tag, als das Opfer auf einer asphaltbespritzten Bank vor der Mammutrekonstruktion in den La Brea Tar Pits gesessen hatte. Drei Jahre später erfolgte die von großer Publicity begleitete Untersuchung des Todes von Victoria Talbot im noblen Villenviertel Hancock Park und dem anschließenden Gerichtsverfahren. Während dieser Zeit hatten sie Stil und Stärken des anderen genau kennengelernt. Kates Unterstützung, als er wegen seiner Scheidung todunglücklich gewesen war, hatte sie noch enger zusammengeführt. Nachdem Joe sie wiederum gerettet hatte, als Aimee sie das erste Mal verließ, wurden sie Freunde und Vertraute; sie verbrachten auch außerhalb ihrer Arbeit viel Zeit miteinander, bedeutsame Zeit, und Kate war oft bei ihm zu Hause gewesen, wenn er abends zum Barbecue eingeladen hatte. Es waren Zeiten gewesen, in denen er sich mit Wein hatte volllaufen lassen und sie mit Scotch. Wenn sie einmal nicht unentwegt von der Arbeit redeten, erfuhr er ihre Familiengeschichte und etliches aus ihrem Leben als Lesbe, und sie erfuhr mehr, als sie je hatte wissen wollen, über die Frauen, die ihm unrecht getan hatten, und all die Freundinnen, die durch sein Haus und sein Leben stolziert waren.

Und dennoch blieb eine Kluft zwischen ihnen. Zum Teil konnte sie Camerons allgemeiner Coolness und Reserviertheit zugeschrieben werden, aber Kate übernahm mehr als die Hälfte der Verantwortung für etwas, das in ihrem allerersten gemeinsamen Fall wurzelte. Für sie war der Fall Herman Layton gelöst – zum Guten oder Schlechten. Für Cameron hingegen blieb sein erster Fall ein doppelbödiges Rätsel, das ihm keine Ruße ließ. In den Folgemonaten war er die Ermittlungen erneut in allen Einzelheiten durchgegangen und hatte Misstrauen angesichts gewisser Schlüsselmomente geäußert, in denen er und Kate nicht zusammengewesen waren. Er hatte geschlussfolgert, dass er von entscheidenden Entwicklungen bewusst ausgeschlossen gewesen war. Das Thema kam immer mal wieder auf den Tisch, wenn auch seltener in den letzten Jahren, und er wischte ihre gleichbleibende und beharrliche Beteuerung, dass sie ihm keine Erkenntnisse oder Beweise vorenthalten hatte, stets beiseite. Sie hatte keine andere Wahl, als zu mauern, wie sie sich selbst beschönigend versicherte, um nicht das Wort Lüge benutzen zu müssen. Sie konnte ihren Eid nicht brechen, über die internationalen Auswirkungen zu schweigen, die einen CIA-Officer aus dem Ruhestand geholt und verdeckt, aber tief in den Fall involviert hatten.

Verkompliziert wurde die Situation noch dadurch, dass Cameron während der Ermittlungen im Fall Layton Vertrauen in sie gesetzt hatte, indem er ihr anbot, ihr bei einem Stalker und dessen zunehmende Drohungen gegen seine Frau – bei der es sich um Aimees enge Freundin Marcie handelte –, zu helfen, als klar wurde, dass die legalen Mittel, Frauen wie Marcie Grissom zu schützen, nicht greifen würden. Kate erinnerte sich gut an seinen an die

Nieren gehenden Bericht von einem grausamen Doppelmord mit anschließendem Suizid in Victorville – ein gewalttätiger Ehemann war mit der Heckenschere auf seine Frau losgegangen, die sich in der Vergangenheit mehrfach hilfesuchend an die Polizei gewandt hatte. Anschließend hatte er eine Schrotflinte auf seinen Sohn gerichtet und sich dann selbst erschossen. Dieser Fall mochte Cameron die Rechtfertigung für sein Handeln in sich möglicherweise ähnlich entwickelnden Umständen bieten, aber seine Lösung für Marcie Grissoms Problem und die Rolle, die Kate dabei spielte, hatten ihren grundlegenden Kodex als Polizistin derart erschüttert, dass es Monate, ja Jahre auf ihrem Gewissen lag. Heute, das gestand sie sich inzwischen ein, würde sie vielleicht nicht mehr eine derart rigide moralische Haltung an den Tag legen, aber das war nicht mehr von Belang. Ihr Missmut im Anschluss an Camerons Einschreiten war unübersehbar gewesen und hatte sie sein bedingungsloses Vertrauen gekostet.

Cameron setzte sich oder seine unorthodoxen Methoden – die er selbst als »pragmatisch« bezeichnete – nicht im Entferntesten mit den schmutzigen Cops in Rampart gleich, die er verächtlich »Schlägertypen, die auf Schlägertypen mit Drogen losgehen« nannte. Und sie war sich ziemlich sicher, dass er gemeinsam mit einem oder mehreren Kollegen ähnliche »pragmatische« Lösungen auf andere Probleme anwandte, die sich den Möglichkeiten der Strafverfolgung entzogen.

Sie warf einen Blick zu Camerons RAV4 hinüber. Wo immer er stecken mochte – warum hatte er nicht seinen Wagen genommen? Ein keinesfalls abwegiger Grund für seine mangelnde Reaktion auf Walcotts Nachrichten und ihre eigenen konnte sein, dass er sich auf einer »pragmatischen« Mission befand und keinen identifizierbaren Wagen hatte nehmen wollen. Und irgendwas war dabei schiefgegangen.

Es war auch möglich, versuchte Kate sich zu beschwichtigen, dass es irgendwas mit seiner Familie zu tun hatte. Seine Polizeikarriere hatte in Victorville, seinem Heimatort, begonnen, und er hatte dort immer noch einen Kumpel beim Police Department, mit dem er manchmal campen ging – einen hageren, tiefgebräunten, wortkargen Typen, an den sie sich vage von einem Barbecue bei Joe im Garten erinnerte und den er schlicht Dutch genannt hatte. Dutch schien der einzige verbliebene Freund in Victorville zu sein, und Joe hatte angedeutet, gute Gründe gehabt zu haben, die Wüstenstadt zu verlassen. Genauere Auskünfte hatte er nicht geben wollen, nicht einmal als Kate ihr Verhörgeschick hatte spielen lassen – seine Antworten blieben einsilbig und gingen über »öde« oder »keinen Grund zu bleiben« oder ein wegwerfendes Achselzucken nicht hinaus.

Falls er außer einem Bruder, zu dem er keine enge Beziehung zu haben schien, und einer Schwester, die nach ihrer Scheidung aus Phoenix nach Victorville zurückgekehrt war, noch weitere Familie hatte, so wusste Kate nichts davon. An die Namen seiner Geschwister erinnerte sie sich nur, weil sie so schlicht waren – es waren allesamt einsilbige Namen, die mit J begannen: Jack, Jean und Joe. Jean war die einzige Verwandte, die er mehr oder weniger regelmäßig erwähnte, und gewöhnlich schüttelte er bloß den Kopf darüber, dass seine Schwester ebenso wie er dazu neigte, Beziehungen einzugehen, die sich als ungut erwiesen. Von seinen Eltern sprach er kaum jemals, außer um festzustellen, dass er sie zu früh verloren hatte – eine Gemeinsamkeit, die er mit Kate teilte. Auf dem Kaminsims, zu dem die Putzfrau gegangen war, um sich das Foto von Cameron und ihr selbst anzusehen, stand ein formelles Porträt dieser Eltern, aufgenommen in ihren Vierzigern vermutlich, und ein weiteres von den Eltern mit ihren drei noch jungen Kindern Joe, Jack und Jean, die auf einer Felsformation herumkletterten, und dann noch eines von dem zwölfjährigen Joe, neben dem sein Vater kniete, einen Arm um ihn gelegt, vor einer rostfarbenen Hütte in der Wüste. Als Junge hatte Cameron davon geträumt, Geologe oder Paläontologe zu werden, erinnerte Kate sich.

Sie hatte ihn niemals im Zeichen ihrer Freundschaft mit seiner Zurückhaltung oder seinem ausweichenden Verhalten, was seine Familie und seinen Heimatort Victorville anging, konfrontiert, und jetzt überlegte sie, ob sie die Bezeichnung »Freundin« überhaupt verdiente, geschweige denn »enge Freundin«. Jetzt, wo es wirklich darauf ankommen mochte, hatte sie wenig, auf das sie zurückgreifen konnte.

Da war seine Ex-Frau Janine, die immer noch an der Polizeiakademie unterrichtete, aber schon seit fünf Jahren nicht mehr zu Camerons Leben gehörte. Kate war Janine anfangs mehrmals begegnet; sie hatte sie als sehr freundlich erlebt, wenngleich auf eine distanzierte Weise, und sie fand, dass man, wenn man die Camerons kennenlernte, sie leicht für Bruder und Schwester halten konnte. Kate bewunderte Janines kühles Nicole-Kidman-Gebaren, ihre hochgewachsene, biegsame Gestalt mit den kleinen Brüsten, das schwere dunkelgoldene Haar, das sie zu einem schlichten French Twist hochgesteckt hatte. Die Camerons waren kinderlos – aus freiem Willen, hatte Kate stets angenommen; sie hatte nie gehört, dass Joe den Wunsch hegte, Vater zu werden. Und sie hatte nie die erstaunlich abgeklärte Reaktion vergessen, als sie ihre Besorgnis wegen der Kinder geäußert hatte, die in den La Brea Tar Pits mit dem Anblick der Leiche des ermordeten Herman Layton konfrontiert gewesen waren: »Ein toter Fremder ist für Kinder ein schmerzloser Weg, der Realität des Todes zu begegnen.« Eine der vielen rätselhaften Reaktionen, von denen sie im Nachhinein wünschte, sie hätte sie näher ergründet.

Die Camerons waren vierzehn Jahre verheiratet gewesen, als Joe entdeckte, dass Janine seit sechs Jahren eine Affäre mit einem Lehrerkollegen an der Polizeiakademie hatte. Er war vor Wut außer sich gewesen – weniger wegen Janines Untreue an sich (er selbst hatte ein, zwei Affären gehabt, hatte er Kate betrunken gestanden), als vielmehr wegen der Tatsache, dass sie ihn über viele Jahre lang komplett hintergangen hatte. »Ich bin ein *Cop* – ein gottverdammter *Ermittler!«*, hatte er in der Bar getobt, in die sie ihn begleitet hatte, um sich in schwesterlicher Solidarität mit ihm zu besaufen. Am Ende jenes Abends waren sie so sternhagelvoll gewesen, dass der Barkeeper Aimee angerufen hatte, damit sie die beiden abholte.

Sie wusste außerdem, dass Cameron in der Abteilung Gewaltprävention und Opferschutz des LAPD gewesen war, allerdings nur für »ein, zwei Minuten«, wie Joe es genannt hatte, weil er sich dort wie ein Berater vorgekommen war, nicht wie ein Cop. Und weil die Opfer diejenigen waren, die ihr Leben wie im Knast verbrachten, während die Täter frei herumliefen, weil Leben und Träume der Opfer zerstört waren, während sich die Männer, die glaubten, diese Frauen gehörten ihnen, jede Menge Rechtfertigungen einfallen ließen, um die Frauen zu terrorisieren.

Als Kate aufblickte, stellte sie überrascht fest, dass das Auto von Marvel Maids verschwunden war. Sie war so tief in ihre Rückschau versunken gewesen, dass sie das nicht mitbekommen hatte.

Sie startete den Motor und ließ den Wagen hügelab rollen, um neben Joes RAV4 zu parken. Besser, man hielt sie für eine Besucherin als für eine Einbrecherin.

Sobald sie Camerons Grundstück erneut betreten hatte, überprüfte sie als Erstes den Briefkasten – leer. Dann verschaffte sie sich Einlass durch die Hintertür. Sie zog den Klebestreifen ab und ließ den Riegel schnappen; den zusammengeknüllten Klebestreifen steckte sie in die Tasche. Sie straffte die Schultern, holte tief Luft und betrat das Haus.

Sie und Cameron hatten gemeinsam viele Hausdurchsuchungen durchgeführt, aber diese fühlte sich seltsam an, sehr seltsam und eindeutig falsch. Sie war im Begriff, in das Haus und das Privatleben ihres ehemaligen Partners einzudringen, und zwar ohne sein Wissen und ohne etwas, das auch nur im Entferntesten nach einem plausiblen

Grund aussah. »Nun bring's schon hinter dich«, murmelte sie. »Tu's für Joe.«

Sie zog ihr Notizbuch und den Stift aus einer Tasche ihrer Cargohose und beschloss, es bei einem einfachen Rundgang zu belassen; sie würde bloß überprüfen, ob irgendetwas anders war im Vergleich zu früheren Besuchen. Zu dumm, dass die Marvel Maids hiergewesen waren und möglicherweise etwas weggeputzt oder fortgeräumt hatten, das hätte wichtig sein können. »Es ist kein Tatort, verdammt noch mal«, schalt sie sich selbst.

Und wenn doch?, kam die ungebetene Gegenfrage.

Das Haus war recht klein, knapp achtzig Quadratmeter, und Cameron hatte sich, wie sie wusste, finanziell strecken müssen, um es sich leisten zu können. In dem kleinen Wohnzimmer mit dem Flokati befanden sich ein hellbraunes Wildledersofa, ein dazu passender Sessel, ein Couchtisch mit zwei Etagen, auf der unteren stapelten sich Zeitschriften, sowie eine Stehlampe. Niedrige Buchregale, auf denen überwiegend Taschenbücher standen, säumten die eine Wand; darüber hingen Gemälde und Fotos von Wüstenlandschaften. Der Kamin mit den Fotos auf dem Sims beherrschte das Zimmer. Sie hatte nie ein Feuer darin brennen sehen, und das Arrangement von abstrakten Skulpturen davor bewies, dass er nur dekorativen Zwecken diente.

Kate dachte daran, wie oft sie die kriminaltechnischen Fotografinnen und Videofilmer angewiesen hatte, das für sie zu erledigen – sie holte ihr Handy hervor und machte Aufnahmen des Raumes aus verschiedenen Perspektiven. Sie zog die Zeitschriftenstapel unter dem Tisch hervor und betrachtete jedes Cover von *Sports Illustrated, GQ, Esquire, Maxim* und *Newsweek*. Nachdem sie sich Notizen gemacht hatte, legte sie sie exakt so zurück, wie sie sie vorgefunden hatte.

Im Essbereich hielt sie sich nur kurz auf, um ein Foto zu machen. Dort befanden sich ein Tisch aus Ahornholz mit einer ausziehbaren Platte und sechs Stühle. Einige weitere Bilder hingen an der Wand – noch mehr Wüstenimpressionen.

Die Küche, durch den Frühstückstresen mit seinen drei Barhockern vom Essbereich getrennt, war u-förmig; ein ausgetüfteltes kompaktes Design, aber bei zwei Menschen schon überfüllt. Nicht dass Cameron jemals einen weiteren Menschen in seiner kostbaren Küche hätte haben wollen. Nach seinem Einzug hatte er das wenige Geld, das er noch besaß, für die Renovierung der Küche ausgegeben. Die Schränke waren hochglanzweiß, die Armaturen verchromt, die Arbeitsflächen aus perlgrauem Granit. Alles glänzte dank der Bemühungen der Marvel Maid.

Kate öffnete den Kühlschrank. Die Fächer und die Tür enthielten ein Sortiment an Würzmitteln und haltbaren Lebensmitteln – Erdnussbutter, Marmelade und Margarine, Mayonnaise und Senf, Oliven, Sojasauce, Tapenade und Salatdressing –, dazu eine Dose gemahlenen Kaffee, zwei Flaschen Weißwein und ein paar Dosen Rolling Rock Bier und Club Soda. Im Deli-Schubfach befanden sich fein säuberlich arrangiert abgepacktes Putenfleisch, Schinken und verschiedener Käse sowie ein Pfund Speck. In den Gefrierfächern gab es ein halbes Dutzend Packungen tiefgekühltes Gemüse und Suppen, Hamburger-Brötchen, Meeresfrüchte, Putenhack und Hühnerteile, Himbeersorbet und eine Flasche Kamtschatka-Wodka.

Kate fotografierte alles, machte sich Notizen und inspizierte als Nächstes die Schränke, um Geschirr, Töpfe und Pfannen zu überprüfen. Dann öffnete sie die Tür zur Vorratskammer und machte dort eine Bestandsaufnahme: Cerealien, Konserven, Reis und Pasta, Cracker, Gläser mit Pistazien und Mandeln. Wieder fotografierte sie alles, notierte sich ein paar Dinge.

Auf dem Korkboden des zweiten Schlafzimmers, das in ein zusätzliches Wohnzimmer verwandelt worden war, befanden sich ein paar Trainingsgeräte, darunter einige Hanteln und ein Laufband. Camerons uralter Dell-Computer stand auf dem kleinen Schreibtisch mit der lederbezogenen Platte, den er von Steve Henderson aus dem Einbruchdezernat übernommen hatte, als der nach Dallas gezogen war. Oben auf dem Aktenschrank hinter dem Schreibtisch lag die Akte des Mordfalls Tamara Carter, die Cameron illegal für sich kopiert hatte. Kate machte ein Foto, notierte sich ein paar Dinge.

Sie ging weiter zum Badezimmer. Alle Oberflächen blitzten vor Sauberkeit, der makellose Raum roch nach Putzmittel. Sie öffnete Schubladen und das Schränkchen unter dem Waschbecken, dann das Medizinschränkchen. Sie inspizierte seinen Inhalt, machte ein Foto, notierte sich ein paar Dinge.

Camerons Schlafzimmer, den persönlichsten Raum in seinem Haus wie in jedem anderen, hatte sie sich bewusst bis zum Schluss aufgehoben. Sie hatte es nur ein Mal gesehen, und zwar bei ihrem ersten Besuch, als er ihr stolz gezeigt hatte, was er sich gekauft hatte, nachdem die finanziellen Aspekte seiner Scheidung geregelt gewesen waren.

Bei den meisten der Hausdurchsuchungen im Laufe ihrer Karriere waren entscheidende Beweise in den Schlafzimmern zutage gekommen – in den Räumen, in denen die Menschen ihre persönlichste und oftmals bösartigste Seite zum Ausdruck brachten. Doch nie zuvor hatte sie sich bei einer Durchsuchung moralisch derart im Unrecht gefühlt. Das hier war mehr als bloßes Eindringen in die Privatsphäre eines Freundes. Es war ein Übergriff. Ein neuerlicher Missbrauch des Vertrauens, das Cameron ihr entgegenbrachte.

Wieder straffte sie die Schultern. Sie ließ den Blick von der Tür aus durch den Raum schweifen. Nichts erschien ihr anders als das, was sie drei Jahre zuvor gesehen hatte: das Kingsize-Bett, dem gegenüber die Kommode mit dem alten Panasonic-Fernseher. Dann ging sie direkt zu dem einen Nachtschrank hinüber. Es war leicht zu erraten, welchen Cameron benutzte: Auf dem hier stand der Radiowecker, und seitlich am Kopfende des Bettes war eine Leselampe angebracht.

Sie öffnete die Schublade, musterte den Inhalt, ohne etwas anzufassen, dann machte sie ein Foto und schloss sie wieder. Sie überprüfte auch den zweiten Nachtschrank und warf einen Blick in die Schubladen der Kommode. Sie enthielten nichts, was sie nicht erwartet hätte, Boxershorts und Socken, Sweatshirts und T-Shirts und ein paar Pullover.

Sie ging wieder zum Bett, schlug die braune Steppdecke zurück, kniete sich hin, hob die Matratze an und spähte darunter, bewegte sich auf den Knien um das Bett herum und schaute überall nach. Dann zog sie die Bettdecke wieder zurück und strich sie so glatt, wie sie sie vorgefunden hatte.

Als Nächstes ging sie zu dem begehbaren Schrank und schaute hinein. Sie hielt inne und holte tief Luft, ballte die Hände zu Fäusten. Mit einigen dieser Anzüge und Jacken, die dort hingen, war sie dermaßen vertraut, dass es beinahe war, als wäre Joe Cameron dort bei ihr in dem Raum. Sie nahm sogar einen leichten Duft nach Sandelholz wahr – ein Duft, den Joe manchmal benutzte.

»Joe, ich hoffe, dir geht's gut, du alter Blödmann«, murmelte sie.

Sie betrat den Kleiderschrank und inspizierte seine gesamte Kleidung, wobei sie darauf achtete, nichts von seinem Platz zu verrücken, und machte sich Notizen – sie registrierte Oberhemden, Freizeithemden und Polohemden, Stoffhosen und Jogginghosen, Jacketts und Blousons, zwei Reihen Schuhe. Es gab keine erkennbare Lücke zwischen den Bügeln und auch nicht in den Schuhreihen. Von der Tür aus machte sie mehrere Fotos.

Nun gab es nur noch eine Sache, die sie sich anschauen musste, und zwar im Garten. Sie ging hinaus und hob den Deckel des Grills. Der Rost war nicht gesäubert worden; verkohlte Reste von etwas, das nach Hackfleisch aussah, klebte an den Streben. Kein Schimmel. Sie schloss den Deckel wieder und kehrte ins Haus zurück.

Sie setzte sich auf einen der Barhocker an der Frühstückstheke, legte ihr Notizbuch vor sich, holte ihr Handy hervor und wählte eine einprogrammierte Nummer.

Der Anruf wurde beim ersten Klingeln entgegengenommen. »Sind Sie drinnen?«

Kate lächelte. »Bin ich, Captain.«

»Fangen Sie mit dem Fazit an.«

»Er ist fort, hat sich aber große Mühe gegeben, den Eindruck zu erwecken, es sei nicht so.«

Ein leichtes Seufzen, gefolgt von Schweigen. Dann sagte Walcott: »Erzählen Sie mir, wie Sie darauf kommen.«

Kate warf einen Blick auf ihre Notizen. »Es liegt keine Post hier. Er hat fünf Zeitschriften-Abos, und die letzten Ausgaben der wöchentlich erscheinenden Magazine sind vierzehn Tage alt. Also wird seine Post im Postamt gelagert. Sein Kühlschrank enthält eine Menge Lebensmittel, aber alles, was nicht in Tuben, Dosen oder Gläsern ist, ist abgepackt oder haltbar oder tiefgefroren. Joe isst zu jeder Mahlzeit außer dem Frühstück Salat. Es gibt nicht das kleinste Blatt Salat hier, nichts, das verderben könnte. Seine Vorratskammer enthält nur haltbare Nahrungsmittel. Sein Grill ist nicht saubergemacht worden – das muss für den pingeligen Joe das Schwerste gewesen sein: ihn so zu lassen. Er nimmt ein cholesterinsenkendes Medikament, Lipitor, glaube ich – das fehlt in seinem Medizinschränkchen. Sein Computer ist hier, aber sein Acer Netbook nicht –«

»Das ist der Grund, warum ich wollte, dass Sie das übernehmen, Kate«, unterbrach Walcott sie. »Ich vermisse Sie, Detective Delafield.«

Kate lächelte. »Ich Sie ebenfalls, Captain. Er hat sich sehr bemüht, seinen Kleiderschrank so erscheinen zu lassen, als hätte er keinerlei Kleidung und auch keine Schuhe mitgenommen, und jemand, der ihn nicht gut kennt, könnte das durchaus glauben. Seine Koffer sind hier, aber sein Rucksack fehlt. Er mag Jeans mit hinten aufgesetzten Taschen, und die mit den knöpfbaren Klappen auf den Taschen ist hier, aber die mit den Reißverschlüssen fehlt –«

»Könnte es nicht sein, dass er sie trägt?«

»Könnte sein. Aber dann würde er nicht die schwarze Trainingshose tragen. Oder die Dockers. Oder drei Paar Shorts. Er könnte seine Nikes anhaben, aber seine Stiefel und seine Sandalen fehlen.«

»Seine Sandalen?«

»Seine Sandalen.«

»Ist Joe womöglich ans andere Ufer gewechselt?« Ein Lächeln lag in Walcotts Stimme.

Kate gluckste. »Nie im Leben. Er ist stockhetero.«

»Kate, was ist mit seiner Dienstwaffe?«

»Ist nicht hier.« Sie erwähnte nicht, dass seine zweite Waffe ebenfalls nicht da war, jedenfalls nicht in seinem Nachtschrank – dem Ort, an dem die meisten Cops, sie selbst eingeschlossen, ihre persönlichen Waffen aufbewahrten. Interessant, dass Walcott von ›Waffe‹ gesprochen hatte, nicht von ›Waffen‹.

»Captain, Sie müssen ein paar Dinge tun, um mir beim nächsten Schritt zu helfen.«

»Als da wären?«

»Ich bin gestern Abend die Fälle durchgegangen, die wir

zusammen bearbeitet haben, bin aber nicht fündig geworden. Aber wenn Sie mal wie beiläufig mit Rasmussen sprechen könnten – vielleicht hat Joe irgendjemanden erwähnt, der im Zusammenhang mit einem alten Fall wieder aufgetaucht oder auf Bewährung rausgekommen ist …«

»Kein Problem.«

Sie wollte nur auf Nummer Sicher gehen. Sie glaubte nicht, dass aus dieser Ecke irgendein hilfreicher Hinweis auftauchen würde. Wenn jemand auf der Bildfläche erschienen war, der es auf Cameron abgesehen hatte, dann eher im Zusammenhang mit einer seiner pragmatischen Eskapaden nach Dienstschluss.

»Seine Ex-Frau können wir nicht befragen. Mit ihr hat er nicht mehr das Geringste zu tun, und sie gehört zum LAPD und hält vielleicht nicht den Mund.«

»Was ist mit Freunden außerhalb der Polizei? Mit seiner Familie?«

»Joes Familie lebt in Victorville. Ein Bruder – Jack. Seine Schwester heißt Jean. Ich habe heute früh im Internet nach Telefonnummern oder sonstigen Angaben gesucht, aber ohne Erfolg. Vielleicht findet sich etwas in Joes Personalakte.«

»Können Sie nicht noch mehr –«

»Captain, ich habe Joes Haus so gründlich durchsucht, wie ich es mit meinem Gewissen vereinbaren kann. Bis auf Weiteres zumindest. Ich werde es so verlassen, dass ich mir wieder Zutritt verschaffen kann, wenn es nötig sein sollte. Aber wenn es eine vernünftige Erklärung für die ganze Sache gibt … Ich bin mit Joe befreundet, und er wird mir nie –«

»Ich verstehe«, fiel Walcott ihr kurzerhand ins Wort. »Jack, Jean«, wiederholte sie. »Ich werde die Namen durch DMV und AutoTrack laufen lassen. Bei derart verbreiteten Namen werden wir mehr als nur ein paar Treffer landen. Aber Victorville ist ja ein eher kleiner Ort.«

»Prima. Jean ist aus Phoenix dorthin zurückgekehrt – das könnte helfen, sie aufzuspüren.«

»Freunde?«

»Etliche fielen weg, als seine Ehe zu Ende war. Aber es gibt einen Kumpel, mit dem er campen geht …«

»*Campen?* Unser Joe?«

Kate lächelte. »Erster Klasse, da bin ich sicher. Er liebt die Wüste. Das ist der einzige Ort, wo er je hinfährt. Death Valley, Joshua Tree.«

»Aber doch wohl nicht um diese Jahreszeit.«

Kate zuckte die Achseln. »Mai ist vielleicht ein bisschen spät im Jahr, aber nicht für jemanden, der die Wüste wirklich liebt. Ansonsten hängt er ziemlich viel mit anderen Cops rum, wie die meisten von uns. Von weiteren engen Freunden weiß ich nichts.«

»Außer Ihnen selbst.«

»Richtig.« Sie hatte nicht die leiseste Absicht, mehr zu erzählen, geschweige denn auch nur anzudeuten, dass sie überzeugt war, dass er mit Cops aus anderen Dienststellen, vielleicht von Devonshire, seine heimlichen »pragmatischen« Polizeieinsätze fortsetzte.

Kate hatte wie Walcott daran gedacht, die Namen durch AutoTrack laufen zu lassen, eine Methode, Adressen via Telefongesellschaften und anderen Versorgungsunternehmen aufzuspüren, parallel zu der Datenbank von DMV, der Kraftfahrzeugzulassungsstelle. Sie sagte zu Walcott: »Wenn Sie sich an AutoTrack setzen, können Sie dann noch einen weiteren Namen durchlaufen lassen?«

»Und der wäre?«

»Jonathan Philip Souza. Wie John Philip Sousa, nur mit Z statt mit S.«

»Jonathan Philip Souza«, wiederholte Walcott. »Und was zum Teufel hat der mit der Sache zu tun?«

Kate grinste. »Nichts. Sagen wir, eine Hand wäscht die andere.«

»Na schön. Ich vertraue darauf, dass keine niederen Beweggründe dahinterstecken.«

»Ganz im Gegenteil. Ich weiß es zu schätzen, Captain.«

»Kate, ich habe, was diese Sache mit Joe angeht, ein ganz ungutes Gefühl. Was für eine Atmosphäre nehmen Sie dort im Haus wahr?«

»Ich bin mir nicht sicher«, antwortete Kate ehrlich. »Vielleicht gibt es einen Grund für all das, und vielleicht ist alles in bester Ordnung. Aber lassen Sie mich zusehen, was ich sonst noch herausfinden kann. Und gehen wir so zügig wie möglich vor.«

»Ich rufe Sie wieder an.« Walcott legte auf.

4

Kate kehrte in ihre Wohnung zurück. Sie füllte Miss Marples Futter- und Wassernapf, stellte den Fernseher an, ließ sich in ihren Sessel sinken und nahm einen Roman aus dem Regal neben sich, das mit neuen Büchern gefüllt war, die wie ungeöffnete Pralinenschachteln auf sie warteten – der köstliche Genuss immer in Sicht.

Sie war nicht in der Lage, sich auf die neuesten Ergüsse in Sachen Präsidentschaftswahl zu konzentrieren, die die Sprecher von MSNBC von sich gaben. Ihre Fingerspitzen trommelten auf dem Buch in ihrem Schoß herum. Sie konnte das lästige Flirren ihrer blanken Nerven nicht länger ignorieren.

Sie stellte den Fernseher wieder aus, sprang auf und lief im Wohnzimmer auf und ab. Dann ging sie in die Küche und füllte ein Glas mit Eiswasser aus dem Wasserspender im Kühlschrank. Sie trank in großen Schlucken, während sie von der Küche zum Balkon ging und wieder zurück durchs Wohnzimmer und den Flur ins Schlafzimmer und wieder zurück.

Sie durfte nichts Alkoholisches trinken. Ihr blieb nichts anderes übrig, als auf Walcotts Anruf zu warten. Je nachdem, was sie von ihr erfuhr und wie bald, würde Kate noch an diesem Tag weitere Maßnahmen ergreifen, einschließlich möglicherweise einer Fahrt nach Victorville. Außerdem musste sie Maggie später noch einmal besuchen. Egal, wie schwer es war – es fiel nicht ins Gewicht. Das Einzige, was zählte, war die Tatsache, dass Maggie starb.

Die Zeit mit ihrer Freundin lief ab. Zeit. Sie warf einen Blick auf die Uhr neben der Balkontür. Zwei Uhr. Aimee würde ihre Mittagspause beendet haben …

Sie gratulierte sich. Es war an diesem Tag erst das zweite Mal, dass ihre Gedanken zu Aimee gewandert waren.

Sie lenkte ihre Aufmerksamkeit wieder auf Cameron. Aber es gab keine neuen Aspekte, nur paranoide Theorien, die ihr Verlangen nach einem Drink bloß noch verstärkten. Maggie. Maggie. Sie sollte jetzt gleich hinfahren. Egal was – sie musste hinfahren und sie besuchen –

Das Telefon auf ihrer Frühstückstheke klingelte. Nicht ihr Handy – das wäre Walcott gewesen. Sie warf einen Blick auf die Anruferkennung und nahm den Anruf an.

»Tante Kate – Achtung!«

Sie freute sich, dass ihr Neffe sie anrief. »Was ist? Stürzt der Himmel ein, Dylan?« Sie war ziemlich sicher, den Grund für den Anruf zu erraten. »Wenn das so ist, bleibt mir nur eines: Kopf hoch!«

»Nee, zieh den Kopf mal lieber ein. Es geht um meinen Dad.«

Kate nickte. Sie hatte richtig gelegen mit ihrer Vermutung. Zwei Abende zuvor hatte sie einen Anruf von ihrem Bruder angenommen, das erste Mal seit über vier Jahren, und zwar allein deshalb, weil er keinen Grund hatte, sie anzurufen, außer dass er seinen Neandertaler-Blick auf seinen Sohn vielleicht ein paar winzige Evolutionsschritte weiterentwickelt hatte.

Seine ersten Worte waren gewesen: »Nan hat mir erzählt, was sie mit Dylan machen wollen.«

Ihr hatte es die Sprache verschlagen. Hatte die Frau den Verstand verloren? Warum in drei Teufels Namen hatte sie ihrem Mann überhaupt irgendetwas von Dylan erzählt? Diesem Mann, dessen unerschütterliche Bigotterie jeden elterlichen Instinkt, jedes väterliche Gefühl außer Kraft gesetzt und den einzigen Sohn aus dem Haus getrieben hatte?

»Sie fand, dass ich das Recht habe, über so was informiert zu werden«, erklärte er.

Kate hatte kein überzeugendes Gegenargument parat. »Und?«, entgegnete sie.

»Du musst das verhindern. Du hast nicht das *Recht*, tatenlos zuzusehen«, fuhr er fort, sein Ton pure Gewissheit, pure Entrüstung.

»Dale, solange es legal ist, habe ich verdammt noch mal das *Recht*, zu tun, was auch immer ich tun will.«

»Sie ist nicht deine Tochter. Sie ist *unsere* Tochter –«

»Sohn. Dylan ist euer *Sohn*, Dale. Und er ist mein Neffe.«

»Sohn? Neffe? Du *unterstützt* diesen Wahnsinn? Es ist *unnatürlich!* Dylan ist ein *Mädchen!* Du lässt zu, dass sie sich verstümmelt. Dass sie sich in eine *Missgestalt* verwandelt. *Warum?*«

»Weil es das ist, was er will, Dale. Er wird einundzwanzig. Dylan kann tun und lassen, was er will.«

»*Sie!* Sie hat ja keine Ahnung! Sie ist viel zu jung! Sie weiß ja nicht, was sie tut! Sie kann das nicht rückgängig machen. Sie wird es für den Rest ihres Lebens bereuen …«

»Du verstehst *nichts!*«, fuhr Kate ihn an. »Nach all dieser Zeit verstehst du immer noch nicht, was mit Dylan los ist und worunter er sein Leben lang gelitten hat. Du hast noch nicht mal den Versuch unternommen, es zu verstehen –«

»Es zu *verstehen?* Die Bibel sagt mir, dass es *falsch* ist. Mehr muss ich nicht –«

»Dale, hör zu. Hör mir einfach zu. Du hast dich *für* die Bibel und *gegen* deinen Sohn entschieden. Lass Dylan in Ruhe. Du und deine Bibel – werdet glücklich miteinander.«

Und sie hatte aufgelegt.

»Dylan«, sagte sie nun, »hast du tatsächlich mit deinem Vater gesprochen?«

»Kein Stück. Mom hat mich angerufen. Ich glaube, sie hat totalen Schiss, dich anzurufen. Sie hat mir gesagt, ich soll dir sagen, dass er nach L.A. kommt, um dir einen Arschtritt zu verpassen.«

Sie konnte nicht anders, sie musste lachen. Ihr über sechzigjähriger dickwanstiger Bruder konnte höchstens einem kleinen Nagetier einen Arschtritt verpassen, ohne vornüberzufallen. »Ach, tatsächlich?«

»Ich finde das nicht lustig, Tante Kate.«

Aber Dylan klang schon längst nicht mehr so besorgt. Kate sah ihn vor sich, wie er mit dem Handy in der Hand dastand, vermutlich gegen die Wand des Zimmers gelehnt, in dem Haus, das er mit anderen jungen Menschen im Vorfeld ihrer Geschlechtsangleichung teilte, gekleidet in die übliche Kluft, bestehend aus einem übergroßen T-Shirt, das in die tiefgeschnittene Jeans gestopft war, die von einem Gürtel mit riesiger Schnalle gehalten wurde. Kate sagte in gelassen-liebevollem Ton: »Ist es vielleicht auch nicht. Aber besser, er hat mich auf dem Kieker als dich. Wenn er dich attackieren würde, dann wüsste ich, wer am Ende den Kürzeren zieht.«

Dylan erwiderte mit einem Lächeln in der Stimme: »Er weiß nicht, wo ich bin. Mom hat ihm gesagt, sie wüsste es nicht. Ich hätte sie nur angerufen, um sie wissen zu lassen, was Sache ist. Deshalb hat er dich im Visier.«

»Mach dir keine Sorgen, okay? Ist soweit alles vorbereitet?«

»Yeah!«, sagt er freudig, und sie sah vor sich, wie er die Faust in die Höhe reckte. »Heute in zwei Wochen werde ich im Krankenhaus aufgenommen – um sechs Uhr morgens. Das beste Geschenk zum einundzwanzigsten Geburtstag, das es in der Geschichte je gegeben hat!«

»Ich bin froh, dass ich meinen Teil dazu beitragen kann. Hast du von deiner Tante Aimee gehört?«

»Ja. Sie kann sich freinehmen und kommt auch. Ich muss jetzt Schluss machen, Tante Kate.«

»Okay. Mach dir keine Sorgen, Dylan. Ich passe auf mich auf.«

Sie legte lächelnd auf.

Ihr Blick fiel auf die Visitenkarte neben dem Anrufbeantworter, und sie gab dem Impuls nach, ehe er sich verflüchtigen konnte. Sie nutzte ihre beschwingte Stimmung, um die Nummer auf ihrem Handy einzutippen.

Sie war davon ausgegangen, auf einen Anrufbeantworter zu treffen, und war perplex, als sich jemand mit einem schlichten »Hallo?« meldete. Kate erkannte die Stimme, auch wenn sie nur ein Wort gesagt hatte. Sie würde dieses satte Timbre überall erkennen, jederzeit.

»Hier spricht Kate Delafield«, sagte sie zögernd. »Ich weiß nicht, ob Sie sich an mich erinnern.«

»Natürlich«, erwiderte Calla Dearborn. »Natürlich erinnere ich mich an Sie. Wie geht es Ihnen?«

»Ich …« Sie musste sich neu sortieren. »Ich habe gehört, Sie praktizieren nicht mehr.«

»Ich bin nicht mehr beim Polizeipsychologischen Dienst – das stimmt.«

Kate räusperte sich und versuchte, die Beklommenheit aus ihrer Stimme zu bannen. »Sicher haben Sie keine Lust mehr, Cops zu behandeln.«

»Kommt auf den Cop an. Sie sind mir immer willkommen, Kate. Was ist los?«

Um der direkten Frage auszuweichen, antwortete sie: »Ich … Nun, ich dachte, ein Termin irgendwann, wenn es Ihnen passt …«

»Wie wäre es mit heute Nachmittag?«

»*Heute?*«

»Ja, mir wäre vier Uhr recht.«

Wieder musste Kate sich räuspern, sich neu sortieren. Sie brauchte das hier, aber sie war noch nicht bereit dazu. Nicht sofort. Seit fast fünf Monaten war sie wie scheintot gewesen, und plötzlich war sie eine Flipperkugel, die von Carolina Walcott zu Maggie Schaeffer flitzte zu Joe Cameron zu ihrem aus der Versenkung auftauchenden Bruder zu Dylan zu Aimee. Und nun zu Calla Dearborn. »Ich habe einiges zu erledigen.« Sie versuchte Zeit zu gewinnen. »Vermutlich bin ich kaum bei Ihnen und muss auch schon wieder los.«

»Ich verstehe. Gehen wir das Risiko ein. Kommen Sie

her und lassen Sie uns zumindest anfangen. Wo sind Sie?«

»West Hollywood, in der Nähe vom La Cienega Boulevard.« Okay. Sie würde hinfahren. Sie konnte sich immer noch eine Ausrede einfallen lassen und wieder gehen.

»Also ganz in der Nähe. Fahren Sie einfach La Cienega runter. Ich bin gleich hinter dem Pico Boulevard. Sie brauchen ungefähr zwanzig Minuten, je nach –«

»Verkehr«, sagten sie beide gleichzeitig.

Nach dem Telefonat ging Kate zu ihrem Kleiderschrank und inspizierte ihre Garderobe. Sollte sie Jeans tragen, um den Eindruck zu erwecken, sie ginge die ganze Sache locker an und das alles sei kein großes Ding? Nein, Calla Dearborn würde es nicht schätzen, wenn Kate sich nicht einmal die Mühe machte, etwas Besseres als Jeans anzuziehen. Vielleicht wären Jeans mit einem Blazer das Richtige. Oder vielleicht Stoffhosen mit einem Hemd. Sie seufzte. Sie würde einfach verschiedene Kombinationen anprobieren müssen, bis sich etwas richtig anfühlte.

Etwa eine Stunde später – Kate trug eine marineblaue Stoffhose und ein hellblaues Polohemd – parkte sie ihren Focus vor Calla Dearborns Haus.

Von der Ecke aus war es das dritte Haus; es gehörte zu einer Reihe von hübschen Einfamilienhäusern mit angebauten Garagen, im spanischen Stil gedeckten Dächern und gepflegten Vorgärten, die von halbhohen Zäunen umgeben waren. Sie unterschieden sich einzig durch ihre individuellen Fensterformen – manche waren bogenförmig, andere boten einen Panoramablick – und durch ihre Gartenbepflanzung, in Calla Dearborns Fall blühende Rosenstöcke.

Calla Dearborn – gekleidet in lohfarbene Hosen und ein etwas helleres Jersey-Top mit tiefem rundem Ausschnitt – erschien in der Tür, zog sie hinter sich zu und kam Kate über die Einfahrt entgegen. Außer dass sie nun komplett ergraut war, während ihr dunkles Haar früher nur ein paar graue Einsprengsel aufgewiesen hatte, erschien sie Kate nicht viel anders als zwölf Jahre zuvor. Ihre Frisur war unverändert – ein gleichförmiger runder Afro, der ihre hohe Stirn betonte, was die praktisch unsichtbaren Augenbrauen noch unterstrichen. Eine modisch aktuelle randlose Brille war hinzugekommen. Und ihre kompakte Gestalt, bei einer Größe von eins achtzig, war ein bisschen mehr ausgepolstert. Aber ihre schimmernde, faltenfreie Mandelhaut und ihre rosigbraunen Wangen waren noch so, wie Kate sie in Erinnerung hatte. Ebenso wie die Grübchen, die sich nun mit ihrem Lächeln zeigten.

»Kate, wie schön, Sie wiederzusehen!«

Calla Dearborns schwarzbraune Augen hießen Kate einfach nur willkommen – sie ließen keine Spur der Betroffenheit erkennen, die Kate in Walcotts Augen hatte aufblitzen sehen. Erleichtert ergriff Kate die angebotene Hand. Dearborns Handfläche war kühl, und ihre langen Finger umschlossen Kates. »Danke, Calla. Danke, dass Sie Zeit für mich haben.«

»Kommen Sie mit nach hinten.«

Kate folgte der kräftigen, langbeinigen Gestalt den Pfad an der Seite des Hauses entlang durch eine Pforte in den Garten und zu einem weißen, baumbeschatteten Gartenhaus.

»Mein Refugium«, sagte Dearborn und öffnete die Tür zu einem Raum mit Holzfußboden, einem zweisitzigen Ledersofa, Bücherregalen, auf denen sich zwei Vasen mit frisch geschnittenen weißen und gelben Rosen befanden, und zwei Sesseln, die sich gegenüberstanden. Ein kleiner Schreibtisch stand an der Wand. Sonnenlicht warf ein wunderschönes Wellenmuster auf den Kiefernboden. »Das hier ist der Grund, warum wir uns vor zwei Jahren für dieses Haus entschieden haben.«

Kate ließ sich in einem der Sessel nieder. Er hatte Rollen, wie sie feststellte, genau wie der Sessel damals in Dearborns Büro beim Polizeipsychologischen Dienst. Ihr gefiel das – die Rollen gaben ihr das Gefühl, in dem Sessel nicht ganz so gefangen zu sein. »Wenn Sie ein solches Büro haben, dann sind Sie noch nicht im Ruhestand«, bemerkte sie.

Dearborn setzte sich in den anderen Sessel. Wieder erschienen ihre Grübchen, als sie lächelte. »Aus Ihnen spricht die Detektivin.«

Im Augenblick die defekte Detektivin. »Außerdem sind Sie zu jung, um sich zur Ruhe zu setzen.«

»Mit Sicherheit.« Das Lächeln wurde breiter. »Ich nehme mir eine Auszeit von ein bis zwei Jahren, um zu schreiben. Unter anderem eine Studie über Polizeibeamte landesweit und deren psychologische Betreuung, die nicht annähernd gewährleistet, aber erforderlich ist, damit sie ihren Arbeitsanforderungen gerecht werden und gleichzeitig ihre psychische Gesundheit erhalten. Und ich habe immer noch einige private Klientinnen. Wo wir gerade beim Thema Gesundheit sind: Was macht Ihre Schulter, Kate?«

»Wird bei Kälte oder Regen immer noch ein bisschen steif«, gestand Kate ein und lockerte sie. »Aber ich bin jeden Tag dankbar, unter keinerlei Bewegungseinschränkung zu leiden.« Die Kugel, die sie während der aus dem Ruder gelaufenen Verhaftung in Gramercy Park abbekommen hatte, war der Anlass gewesen, sich bei Calla Dearborn in psychologische Behandlung zu begeben, wie es in solchen Fällen obligatorisch war. Kates Befürchtung, Calla Dearborn könnte ihre Machtposition nutzen und ihrer Karriere einen Strich durch die Rechnung machen, hatte dazu geführt, dass sie sich auf drei Sitzungen eingelassen hatte, die angespannt verlaufen waren, konfliktreich und voller Misstrauen.

Dearborn nickte. »Also, Kate, was führt Sie zu mir?«

Ich habe keine Karriere mehr vor mir. Sie haben keine Macht mehr über mich. »Träume«, antwortete sie.

»Träume. Zweifelsohne keine angenehmen. Doch bevor wir uns Ihren Träumen widmen, Kate, möchten Sie mir nicht erzählen, wie Ihr Leben im Moment aussieht? Wie kommen Sie mit Ihrer Pensionierung zurecht?«

»Was hat Captain Walcott Ihnen erzählt?«

»Captain Walcott?« Dearborn klang und wirkte erstaunt. »Was hat Captain Walcott damit zu tun?«

»Sie hat Sie nicht angerufen? Sie hat mir Ihre Karte gegeben.«

»Wir kennen uns. Wir sind in denselben afroamerikanischen Organisationen.«

»Sie weiß, dass ich vor zwölf Jahren bei Ihnen war.« Kate versuchte die Punkte zu verbinden, die sie nach all dieser langen Zeit auf irgendeine Weise wieder zu dieser Frau geführt hatten.

»Vielleicht hat sie den Vermerk in Ihrer Personalakte gelesen. Es ist kein Malus.« Bissig fügte sie hinzu: »Es ist heutzutage kein Kainszeichen mehr – selbst für den machohaftesten Cop nicht. Vielleicht ging es durch die LAPD-Gerüchteküche. Cops sind schlimmere Tratschtanten als Joan Rivers.«

Kate lächelte. »Stimmt. Es ist lange her, Calla. Was wissen Sie noch von mir?«

»Ah, Detective Delafield.« Dearborn seufzte. »Sie sind eine Meisterin darin, Fragen auszuweichen, indem Sie Fragen stellen. Darf ich Sie daran erinnern, dass dies mein Befragungsraum ist, nicht Ihrer.« Sie schüttelte den Kopf. »Ich habe Sie immer als eine meiner interessanteren Klientinnen betrachtet. Flink wie ein Wiesel sind Sie schon wieder woanders.«

»Ich nehme das als Kompliment, nicht als Verunglimpfung von Wieseln.«

»Gut. Betrachten wir als Erstes das größte Problem, das zwischen uns existiert hat – das Thema Vertrauen. Sie haben mir damals nicht erlaubt, mir während unserer letzten beiden Sitzungen Notizen zu machen. Gilt das immer noch?«

Kate zögerte. Dearborn würde niemandem mehr Bericht erstatten. Ihr Berufsethos gewährleistete, dass alles, was gesagt wurde, innerhalb dieser vier Wände blieb. Und dennoch behagte ihr die Vorstellung nicht, dass sich irgendetwas Persönliches von ihr in den Unterlagen eines anderen Menschen befand. *Du brauchst sie,* sagte sie sich. *Wenn sie sich darauf einlässt ...* »Ich schätze nein«, räumte sie ein.

Dearborn stand auf und öffnete eine Schublade des kleinen Schreibtischs. Sie holte einen Block heraus und einen Stift, den Kate wiedererkannte. »Das ist derselbe Stift, den Sie vor zwölf Jahren schon hatten«, staunte sie.

Dearborn drehte den schlanken Malachit-Kugelschreiber zwischen den Fingern. »Ich weiß auch nicht, wie mir das gelungen ist. Jeden anderen Kuli, den ich je besessen habe, habe ich verloren.«

»Er ist wunderschön. Ein schönes Zeichen von Kontinuität.«

»Kontinuität ist Ihnen wichtig.« Es war so gut wie eine Frage.

»Ich habe nicht viel davon.«

Dearborn setzte sich wieder in den Sessel, legte den Stift auf den Block auf ihrem Schoß, stützte die Ellbogen auf die Armlehnen und legte die Fingerspitzen aneinander. »Ich erzähle Ihnen, woran ich mich erinnere, und Sie korrigieren mich, wenn ich falsch liege. Sie sind damals zu mir gekommen, weil Sie bei dem Versuch, einen jungen Mann festzunehmen, angeschossen wurden ...«

»Darian Crockett. Siebzehn Jahre alt«, fügte Kate hinzu. Nach all der langen Zeit stimmte der sinnlose Tod dieses Menschen in so jungen Jahren sie immer noch melancholisch. »Sie wussten das damals nicht, aber die Kugel, die ich abgekriegt habe, war *friendly fire* – meine Partnerin hat irrtümlich auf mich geschossen«, fügte sie hinzu.

Dearborn hob die kaum vorhandenen Brauen. »Welche Konsequenzen folgten daraus?«

»Ich habe nicht zurückgeschossen«, scherzte Kate. Sie zuckte die Achseln. »Dumm gelaufen.«

»Passiert öfter.« Dearborn musterte Kate einen Moment. Dann sagte sie: »Sie haben mir erzählt, dass Sie Ihre erste Geliebte, mit der Sie mehr als zehn Jahre zusammen waren, bei einem schrecklichen Unfall verloren haben ...«

»Ein Autounfall. Auf dem Hollywood Freeway. Ihr Wagen ging in Flammen auf. Sie hieß Anne. Wir hatten zwölf gemeinsame Jahre.«

»Ja. Furchtbar. Entsetzlich. Und Ihre Eltern haben Sie sehr früh verloren. Insbesondere Ihre Mutter ...«

»Ich war siebzehn.«

»Im gleichen Alter wie Darian Crockett.«

Kate schrak auf. Diese Verbindung hatte sie nie gezogen.

»Und Sie waren in den Dreißigern, als Ihr Vater starb. Der Elternteil, der Ihnen am nächsten stand.«

Kate nickte, sagte aber nichts weiter dazu. Es überraschte und berührte sie, dass Calla Dearborn so viele Jahre später noch so vieles in Erinnerung hatte, und angesichts dieser Aufzählung ihrer Verluste musste sie ihre Tränen unterdrücken. Die Trauer über Anne und ihre Eltern schien sie dieser Tage immer wieder unverhofft zu überfallen, trotz der vielen inzwischen verstrichenen Jahre.

»Sie haben einen Collegeabschluss. Sie waren beim Militäreinsatz in Vietnam. Als Sie damals zu mir kamen, waren Sie schon mehr als zehn Jahre lang bei der Mordkommission ...«

»Vierzehn Jahre.«

»Macht insgesamt sechsundzwanzig Jahre bei der Mordkommission, bis Sie in den Ruhestand versetzt wurden. Die meiste Zeit waren Sie im Mittleren Dienst. Sie hatten kein Interesse daran, zum Lieutenant oder in eine andere höhere Position aufzusteigen.«

Ihre Nackenhaare sträubten sich. Dearborn hatte sie deswegen einmal ziemlich herausgefordert. »Eine weise Entscheidung, wie sich herausgestellt hat.«

»Oder auch nicht. Vielleicht hätte jemand mit Ihrer Integrität auf einer höheren Befehlsebene einen Unterschied gemacht bei all dem Mist, der geschehen ist.«

Kate antwortete nicht. *Schnee von gestern.*

Einen Augenblick später sagte Dearborn: »Damals hatten Sie sich bei der Arbeit nicht als Lesbe geoutet ...«

»Stimmt nicht. Alle wussten Bescheid. Ich habe es nur nicht öffentlich verkündet.«

»Haben Sie es später öffentlich verkündet?«

»Es wussten alle«, wiederholte Kate beharrlich und machte eine allumfassende Geste. »Die Gerüchteküche, von der Sie bereits gesprochen haben.«

Dearborn nahm ihren Stift und machte sich so rasch eine Notiz, dass es Steno gewesen sein musste, und legte den Stift wieder hin. »Ich erinnere mich, dass ich Sie als arbeitsfähig eingestuft habe. Ich erinnere mich, dass ich mehrere Warnungen ausgesprochen habe. Eine davon lautete, dass Sie eine klassische Kandidatin für Alkoholabhängigkeit sind.«

»Sie hatten recht.«

»Und dass Sie, was Ihre Partnerin und Ihre Beziehung anbelangte, auf ernsthafte Probleme zusteuerten.«

»Sie hatten recht.«

»Und dass es dringend geboten sei, die Therapie fortzusetzen.«

Kate lächelte. »Und hier bin ich.«

»Und hier sind Sie.« Dearborn erwiderte ihr Lächeln. »Ihre Träume, Kate. Wollen Sie mir einen von ihnen erzählen? Woran auch immer Sie sich erinnern?«

Kate verlagerte ihr Gewicht, schob ihren Sessel ein Stück zurück und verschränkte die Arme. »Es sind zwei. Nein, eigentlich noch mehr. Aber diese beiden ... Diese beiden kehren immer wieder.«

Sie sprach langsam, suchte nach den passenden Worten. »Ich sitze in einem leeren Haus. Ich glaube nicht, dass es meine Wohnung ist, aber es wäre möglich. Wenn doch, dann gibt es jedenfalls keine Möbel, bis auf den schlichten Holzstuhl, auf dem ich sitze, und einen grauen Teppich, wie ich ihn nicht besitze. Ich bemerke, dass der Teppich um meine Füße herum feucht durchtränkt ist. Ich gehe durch diese schwammige Nässe, hinterlasse feuchte Fußabdrücke, und die Balkontür steht offen – es regnet herein. Ich bin sauer, weil ich so dumm gewesen bin, bei diesem Regen die Tür aufzulassen, und es ist so stürmisch ...«

Calla Dearborn beobachtete sie und machte sich gleichzeitig Notizen. Kate fuhr fort. »Ich habe tatsächlich eine Balkontür in meiner Wohnung, aber sie sieht anders aus als die in dem Traum. Die ist alt und klemmt und schließt schwer – ich muss sie mit Gewalt zudrücken, um sie zu schließen. Ich kehre zu dem Stuhl zurück. Aber auf dem Weg dorthin spüre ich eine warme Feuchtigkeit wie Nebel, und einige große Tropfen fallen auf meinen Nacken und meine nackten Arme.«

Kate schluckte, holte tief Luft und verschränkte die Arme fester. »Ich blicke nach oben, und es tropft von der Decke, feine Tropfen dringen durch die Decke, aber nicht überall. Nur in der Hälfte zu den Fenstern hin. Dort ist der Verputz grau, und er sieht aus wie ... Er hat so kleine Löcher – es sieht aus wie ein regelrechtes Muster, als käme das Wasser durch ein regelrechtes Muster im Verputz wie durch ein Sieb ...«

Wieder schluckte Kate und fuhr dann mit raschen Worten fort: »Ich spüre, dass meine Arme sich schmierig und warm anfühlen, und dann schaue ich auf sie hinab, und was auf sie herabfällt, ist rot, es ist Blut, das Nasse auf dem Boden ist Blut, das, was auf mich herabtropft, ist Blut, ich werde von Blut durchtränkt.« Sie holte tief und schaudernd Luft.

»Du lieber Himmel, Kate.« Dearborns Stift verharrte in der Luft über dem Block.

Kate rollte mit dem Sessel noch ein Stück zurück und schlug die Beine übereinander. Es kostete Mühe, aber sie atmete tief und bedächtig ein. »Der zweite Traum ist noch schlimmer. Ich fahre im Auto –«

Das Handy in ihrer Jackentasche vibrierte. Sie hätte beinahe geschluchzt vor Frustration. Aber sie hatte keine andere Wahl. Sie zog es heraus und schaute auf die Anruferkennung.

»Ich muss rangehen, Calla. Bitte glauben Sie mir, wenn ich sage, dass ich den Anruf annehmen muss.«

Dearborn nickte, aber ihre Augen zeigten eine Mischung aus Kummer und Verzweiflung, und ihre vollen Lippen waren zu einem geraden Strich zusammengepresst.

Kate klappte das Handy auf, erhob sich und ging zur Tür, während sie ohne Umschweife fragte: »Sie haben was für mich?«

»In der Tat«, erwiderte Carolina Walcott. »Mehr als Sie wollten, aber das alles kam als Antwort auf meine Anfrage, und Sie werden es durchforsten müssen. Haben Sie ein Fax?«

»Klar. Steht im Hangar neben meinem Privatjet«, fuhr Kate sie an. »Warum sollte ich ein Fax haben?« Aimee hatte ihr Fax mitgenommen.

»Natürlich nicht.« Walcotts Ton klang entschuldigend, wenn auch ein wenig verblüfft. »Ich habe nicht über den Gedanken, möglichst wenige digitale Spuren zu hinterlassen, hinausgedacht. Ich lasse die Unterlagen sofort einscannen und schicke sie Ihnen an Ihre E-Mail-Adresse. Einen Computer haben Sie aber?«

»Klar. Natürlich. Tut mir leid, dass ich Sie angefahren habe.« Sie fügte hinzu – für die Frau am Telefon wie für die Frau, die dort im Sessel saß und jedes Wort mithörte: »Ich bin ein bisschen gereizt. Meine beste Freundin ist im Hospiz, und ich bin dieser Tage etwas dünnhäutig.«

»Tut mir leid, das zu hören, Kate«, sagte Walcott leise, und hinter ihrem Rücken vernahm Kate ein Murmeln von Dearborn.

»Danke.« Sie gab Walcott ihre E-Mail-Adresse. »Ich melde mich.« Damit beendete sie das Gespräch.

»Ich muss los – es geht nicht anders, Calla«, sagte sie über die Schulter zurück. »Kann ich Ihnen einen Scheck –«

»Dreißig Sekunden. Geben Sie mir nur dreißig Sekunden.« Sie wies auf den Sessel. »Setzen Sie sich. Dreißig Sekunden, keinen Augenblick länger.«

Kate setzte sich wieder.

»Vertrauen. Wir haben damit angefangen, dass ich Ihnen sagte, vor zwölf Jahren sei das größte Problem zwischen uns Vertrauen gewesen. Ich weiß genug von Ihnen, um zu begreifen, dass Ihre Bitte, mich zu sehen, nur eines bedeuten kann: Sie stecken in Schwierigkeiten – und zwar in ernsten Schwierigkeiten.«

Dearborn beugte sich vor und sah Kate eindringlich an. »Ich kann Ihnen helfen, Kate. Wirklich. Vertrauen Sie darauf. Ich möchte, dass Sie hierher zurückkommen, sobald es Ihnen möglich ist.«

»Ich fühle mich schon besser, nachdem ich losgeworden bin, was ich gesagt habe«, gestand Kate ein. Doch sie musste noch überdenken, was hier mit ihr passiert war. »Ich bin dankbar.« Ob sie auf diesem Weg weitermachen konnte, war eine andere Frage.

»Das ist gut, aber es ist nicht das, was ich hören möchte. Was ich hören möchte, ist Ihre Stimme am Telefon, die mir sagt, wann Sie wiederkommen können. Nächstes Mal sprechen wir dann auch über mein Honorar, und Sie füllen den Papierkram aus, den mein Berufsstand erfordert.«

Calla Dearborn wies auf die Tür. »Und nun gehen Sie und tun Sie Gutes.«

5

Als Kate wieder in ihrer Wohnung war, ging sie ins Arbeitszimmer, fuhr den Rechner hoch und griff nach ihrer Lesebrille. In ihrem E-Mail-Postfach fand sie eine endlos lange Liste eingegangener Mails mit Anhängen – weit mehr, als sie erwartet hatte, schließlich war die Suche auf Victorville beschränkt gewesen und hatte nicht Los Angeles umfasst – eine entmutigende Aussicht, die Scans auf ihrem alten Computer herunterladen und durchgehen und vielleicht auf ihrem noch älteren Drucker ausdrucken zu müssen. Die technikaffine Aimee hatte nicht nur ihren blitzschnellen Mac der neuesten Generation mitgenommen, sondern auch ihren Sachverstand. Kate war vor der Lernkurve, die der Kauf neuer Technologie mit sich brachte, zurückgescheut; sie war der Meinung gewesen, dass ihr alter PC ihren schlichten Bedürfnissen genügte – ab und zu ins Internet zu gehen, um sich um ihre E-Mails zu kümmern, Zeitung zu lesen und ein bisschen zu recherchieren.

Miss Marple kam hereinstolziert, sprang auf den Schreibtisch und ließ sich neben dem Rechner nieder. »Ich könnte deine detektivischen Fähigkeiten gebrauchen, Miss M«, flüsterte Kate und streichelte sie, während sie ihr Augenmerk auf den Bildschirm richtete. Zwei Nachrichten weckten ihre unmittelbare Aufmerksamkeit. In einer Betreffzeile stand: SOUZA. Sie öffnete die beiden Anhänge. Während sie ausgedruckt wurden, klickte sie auf die zweite Nachricht, deren Betreff lediglich ein Ausrufezeichen enthielt. In der Nachricht stand bloß: »Keinerlei Hinweise von PR.«

Das hieß Paul Rasmussen. Camerons neuem Partner war also keine von einem aktuellen Fall oder von kürzlich auf Bewährung entlassenen Straftätern ausgehende Gefahr bekannt. Wenn Camerons Verschwinden sich noch länger hinzog, würde sie sich an die R&I Division des LAPD wenden, die das Strafregister führte und über die allerneuesten Identifikationstechnologien verfügte, und sich alle alten und neuen Fälle vornehmen …

Unsinn, Dummkopf! Du gehörst nicht mehr zum LAPD.

Und selbst wenn, würde man ihr nicht erlauben, das Verschwinden einer Person zu untersuchen, die ihr so nahe stand wie ihr Partner, und erst recht nicht eines Partners, der Mordermittler beim LAPD war. Jede Untersuchung, die sich auf jemanden aus ihrem Umfeld bezog, würde von der Eliteeinheit im Parker Center übernommen werden.

Sie nahm den Ausdruck von der Kraftfahrzeugzulassungsstelle zur Hand und studierte den Mann in den Dreißigern, den das unscharfe Foto auf seinem Führerschein zeigte – den weichen Blick, die feingezeichneten Lippen. »Hallo, schwuler Bruder«, sagte sie leise und suchte nach der Telefonnummer, die AutoTrack als die aktuelle angab. Sie griff nach dem Telefon.

»Hier spricht Jon«, sagte die Tenorstimme auf dem Anrufbeantworter. »Ich rufe zurück, sobald es geht.«

Es gefiel ihr, dass er nicht sagte, dass er gerade nicht ans Telefon gehen könne oder dass man die eigene Nummer hinterlassen oder auf den Piepton warten solle. »Mein Name ist Kate Delafield«, begann sie ihre Nachricht. »Ich rufe Sie auf Wunsch Ihrer Tante Alice an. Sie ist im Silverlake Haven, einem Hospiz. Es tut mir leid, Ihnen sagen zu müssen, dass sie Bauchspeicheldrüsenkrebs im Endstadium hat. Sie hat den Wunsch geäußert, Sie zu sehen – ihr liegt sehr viel daran, Sie vor ihrem Tod noch zu sehen, deshalb hat sie mich gebeten, Sie aufzuspüren. Ich gebe Ihnen jetzt die näheren Angaben, wo sie sich befindet …« Kate hinterließ Adresse und Telefonnummer des Hospizes und ihre eigene Nummer und legte auf.

»Alice«, murmelte sie, »ich hoffe, dass es nicht zu spät für euch beide ist.«

Dann wandte sie sich wieder ihrem Posteingang zu. Der Bruder Jack sollte leicht aufzuspüren sein. Und wenn Camerons Schwester nach der Scheidung ihren ursprünglichen Namen wieder angenommen und sich bei Versorgungsunternehmen angemeldet und Kreditkarten besorgt hatte … Heutzutage war es praktisch unmöglich, die unzähligen digitalen Spuren zu verwischen, die die Menschen in ihrem ganz normalen Alltag hinterließen. Kate war zuversichtlich, dass sie beide Geschwister finden würde; sie hoffte nur, dass es nicht allzu lange dauerte.

Eine halbe Stunde später hatte Kate die Kraftfahrzeugzulassungsdaten und die AutoTrack-Einträge aller sechsundzwanzig Camerons in Victorville und Umgebung, einschließlich Apple Valley und Hesperia, heruntergeladen, alle Fotos und Informationen überflogen und schüttelte den Kopf. Wenn man bedachte, dass es Allerweltsnamen waren, war die Trefferquote bei Jack und John überraschend niedrig: ein Neunzehnjähriger und ein Mann in den Achtzigern. Am Enttäuschendsten war jedoch, dass nicht eine einzige

Jean aufgetaucht war. Die Fotos der Führerscheinstelle waren wenig hilfreich, außer um die Camerons geografisch einzuordnen und dann nach ihrem Alter zu sortieren. Sie sah niemanden, der eine geschwisterliche Ähnlichkeit mit Joe Cameron aufwies, und sie war so dumm gewesen, keine Nahaufnahme von dem früheren Foto mit seinen Geschwistern zu machen, das auf Camerons Kaminsims stand. Das hätte vielleicht von Nutzen sein können. Alles, was sie an Unterlagen vor sich hatte, war hingegen wenig hilfreich.

Jean konnte man sich erklären. Entweder fuhr sie einen Wagen, der in Arizona zugelassen und deshalb nicht erfasst war oder aber er war in Kalifornien zugelassen, aber auf ihren angeheirateten Nachnamen. Doch warum gab es keinerlei Spur von Jack Cameron? Joe hatte seinen Bruder immer nur beiläufig und abschätzig erwähnt, aber stets im Zusammenhang mit Victorville. Er musste dort sein. Besaß er kein Auto? Hatte er weder einen Festnetzanschluss noch ein Mobiltelefon? Zahlte er nicht für Strom, Wasser und so weiter? Das alles war derart merkwürdig – es musste eine Erklärung dafür geben. War er möglicherweise ein Halbbruder, der einen anderen Nachnamen trug? Wenn das der Fall gewesen wäre, hätte Joe es zweifelsohne erwähnt, um sich noch ein Stück mehr von einem Bruder zu distanzieren, mit dem er anscheinend nichts zu tun haben wollte. Vielleicht war Jack geistig zu eingeschränkt, um Auto zu fahren oder überhaupt ein normales Leben zu führen? Nein, unmöglich. Der Joe Cameron, den sie kannte, würde so einem Bruder nicht mit Missachtung begegnen. Vielleicht war er im Gefängnis. Aber für so viele Jahre? Möglich, aber wenig wahrscheinlich, es sei denn für Mord ersten Grades, also einen Mord mit besonderer Heimtücke oder Grausamkeit. Es musste Verwandte von den Camerons in der Stadt geben, überlegte Kate, die das wussten. Alles andere war unwahrscheinlich. Und diese Verwandten mussten sich in ihren Unterlagen befinden.

Dann kam eine Erinnerung in ihr hoch – sie stammte aus einem Fall, in dem sie vor langer Zeit in einem Apartmenthaus in der Nähe von Beverly Hills ermittelt hatte: ein Verdächtiger, der seinen Mittelnamen benutzt hatte. Sie ging die Unterlagen noch einmal durch. 1989 war ein Führerschein auf eine Magnolia J. Cameron, geboren 1971, ausgestellt worden. »Wenn sie dich Magnolia genannt hätten«, sagte sie zu der gähnenden Miss Marple, »gehe ich jede Wette ein, dass du eher jeden anderen Namen benutzen würdest – selbst Fluffy. Ich wette, du würdest ihnen die Augen auskratzen.« Der Führerschein war nicht verlängert worden. Vielleicht weil Jean geheiratet hatte und nach Arizona gezogen war – zeitlich kam das hin. Kate druckte den Führerschein mitsamt Foto aus und legte ihn beiseite.

Ungefähr eine Stunde später, die Augen müde vom langen Sichten der AutoTrack-Ergebnisse, warf Kate ihre Brille beiseite und lehnte sich in ihrem Computerstuhl zurück. Sie würde eine Vorgehensweise auskramen und entstauben müssen, die aus den Anfängen der Polizeiarbeit rührte: die Direktbefragung durch Aufsuchen der betreffenden Personen. Damit hatte sie kein Problem. Telefonbefragungen hingegen waren etwas vollkommen anderes und heutzutage, wo es Anruferkennung gab und Menschen Anrufe von unbekannten Personen oder Nummern ignorierten, ziemlich unbefriedigend. Außerdem wurden sie auf diese Weise gewarnt, dass man sie aufgespürt hatte. In ihrem Fall hatte sie es noch mit einer zusätzlichen Komplikation zu tun: Ihr Unterfangen, Informationen über Joe Cameron zu sammeln, durfte keinen Alarm auslösen. Am Telefon war das immer ein Drahtseilakt, und die Aussicht zu versuchen, die Leute telefonisch zur Kooperation zu bewegen und ihnen dann Informationen zu entlocken über jemanden, der schon fünfzehn Jahre nicht mehr in der Stadt lebte, war noch entmutigender. Wenn ihr hingegen jemand die Tür öffnete, konnte sie der Situation entsprechend handeln und mit einer passenden Erklärung aufwarten. Eine persönliche Überprüfung würde ihr weit mehr Puzzlestücke über den Joe Cameron liefern, den sie bis dahin nicht kannte.

Sie stützte die Ellbogen auf den Tisch und rieb sich die Augen. Im Anfangsstadium eines neuen Falles hatten sie und Cameron sich immer gegenseitig gefragt: Was sagt dir dein Instinkt?

Ihre Antwort in diesem Fall: Vorsicht! Ihr Ziel war klar. Herausfinden, warum Joe Cameron ohne die Möglichkeit, ihn zu kontaktieren, hatte verschwinden müssen und ob er sich in Schwierigkeiten befand. Und falls ja, wie ernst diese Schwierigkeiten waren. Wo immer er auch steckte, er hatte viel Mühe darauf verwendet, dass niemand wusste oder herausfand, dass er verschwunden war. Kate eingeschlossen. Auch wenn sein Mangel an Vertrauen sie kränkte, glaubte sie nur zu gern, dass Camerons verletzender Rückzug in den vergangenen zwei Monaten Teil seines Plans gewesen war. Dass er sein Verschwinden so methodisch angegangen war, ließ vermuten, dass er sich nicht in unmittelbarer Gefahr befand. Doch die Tatsache, dass er hatte verschwinden müssen, hieß höchstwahrscheinlich, dass etwas ernsthaft nicht in Ordnung war. Ja, sie musste Vorsicht walten lassen, aber ihre Nachforschungen mit gebotener Eile vorantreiben.

Falls Cameron auf einem seiner »pragmatischen« Einsätze war und mehr als nur ein paar Tage verschwinden musste, um ihn auszuführen, dann hatte er vielleicht zumindest seine Schwester ins Bild gesetzt. Wenn nicht, dann war Kates Handlungsspielraum verschwindend gering.

Sie würde sich am nächsten Morgen in aller Frühe auf den Weg machen, beschloss sie. Sie fuhr den Computer herunter und ließ die verspannten Schultern kreisen.

Zeit für einen Drink. Sie konnte ihn gebrauchen. Für die Schulter.

Stattdessen nahm sie noch zwei Tylenol, holte das Buch für Maggie und verließ ihre Wohnung.

Nachdem sie bei Wendy's gehalten und einen Hamburger gegessen hatte, fuhr sie zum zweiten Mal an diesem Tag nach Silverlake Haven. Diesmal war die Rezeption wie üblich um diese Uhrzeit von Marla besetzt, einer sehr attraktiven Latina in weißer Berufskleidung, die an einem Computerarbeitsplatz neben dem Empfangstresen saß und tippte. »Hallo, Kate«, grüßte sie. Sie hielt in ihrer Arbeit inne, wandte sich Kate zu und lächelte.

»Marla«, grüßte Kate zurück und nickte ihr zu. »Wie geht's ihr?«

»Unverändert. Was gut ist. Hat ein bisschen was zu Abend gegessen. Gehen Sie nur zu ihr – sie wird sich freuen, Sie zu sehen.«

Nicht ohne die Taschen voller Schlaftabletten, dachte Kate und ging weiter.

An der Türschwelle zu Maggies Zimmer blieb sie abrupt stehen, ließ fast das Buch fallen, das sie dabei hatte, und ihr Herz machte einen Satz. *Aimee.* Wie hatte sie ihr Auto übersehen können?

Aimee erhob sich von dem Stuhl neben Maggies Bett und kam auf sie zu. Sie trug noch ihre Bürokleidung, eine blaugemusterte Seidenbluse und mitternachtsblaue Hosen, die das Veilchenblau ihrer Augen unterstrichen, und durch ihr von Silberfäden durchzogenes Haar schimmerten silberne Ohrringe. Sie lächelte, und sie sah noch schöner aus, als Kate sie in Erinnerung hatte. Als Aimee sie erreichte, fasste sie wortlos nach dem Ärmel von Kates Poloshirt und zog sie mit sich in den Gang hinaus.

»Es tut mir leid«, sagte sie leise. »Ich habe versucht, dir Raum zu lassen und so viel Zeit wie möglich mit Maggie allein … Sie soll sich nicht mit Sorgen über uns beide belasten. Mein Wagen ist in der Werkstatt – Marcie hat mich hier abgesetzt. Sie kommt in ein paar Minuten und holt mich wieder ab.«

»Ich dachte, du würdest mir aus dem Weg gehen«, sagte Kate rundheraus.

»Ach, du lieber Himmel.« Aimee schloss kurz die Augen.

»Es ist mir nicht in den Sinn gekommen, dass du das so auffassen könntest. Ich dachte bloß ... Es ist wirklich toll von dir, dass du sie hier untergebracht hast. Ich wollte dir doch nur ...«

»Ich verstehe. Danke. Ich bin froh, dass ich das nun weiß.«

»Das hier und auch das mit Dylan.« Aimees Lächeln kam unvermittelt, strahlend. »Du sammelst gerade jede Menge Karmapunkte.«

Kate zuckte die Achseln und erwiderte ihr Lächeln. Ein schwacher Parfumduft stieg ihr in die Nase, und sie erschnupperte eine leichte Moschusnote, die sie förmlich mit Aimees Essenz zu umhüllen schien. Sie war froh, dass sie nichts getrunken hatte, ehe sie zu Hause losgefahren war – dass sie nicht die leiseste Alkoholfahne hatte. »Wenn Tante Agnes wüsste, was ich mit ihrem Geld mache ...«

»Dann hätte sie es ihrem Hund hinterlassen.«

Aimee kicherte, aber Kate sagte, plötzlich hitzig: »Ich wollte keinen verdammten Cent von ihrem Geld. Sie wollte sich damit bloß reinwaschen von allem, was sie mir als Kind angetan hat. Was ich nicht für Maggie und Dylan ausgebe, stecke ich in die Obama-Kampagne.«

»Wow. Sie wird sich aus dem Grab rausbuddeln.« Dann musterte sie Kate und fragte: »Wie geht es dir, Kate?«

»Passabel. Was hältst du von Maggie?«

Aimee zuckte die Achseln. »Sie ist immer noch munter und beherzt – es tut gut, das zu sehen. Es ist mir gelungen, sie zu bewegen, ein bisschen Pasta zu essen, bevor sie ihr ihre Medikamente gegeben haben.«

»Bitte komm her, so oft du kannst. Maggie braucht jede Unterstützung –«

»Ich weiß. Lässt sich die alte Gang hier blicken?«

»Aus der Nightwood Bar? Patton, Tora, Kendall, Ash, Roz – sie sind alle wunderbar, seit sie von der Diagnose erfahren haben. Patton kommt und liest ihr vor. Raney ist in letzter Zeit nicht hier gewesen; sie verkraftet das nicht – es erinnert sie zu sehr daran, wie Audie gestorben ist.«

Aimee nickte. »Kann ich verstehen. Maggie vermutlich auch.«

Sie sah auf ihre Uhr. »Ich muss los. Marcie wird schon warten. Pass auf dich auf.«

Und weg war sie, den Flur hinunter und aus dem Blickfeld verschwunden.

Kate holte tief Luft und betrat Maggies Zimmer. Als sie das zweite Bett erblickte, machte ihr Herz erneut einen Satz: Es war leer.

»Alice«, murmelte sie.

»Weilt noch unter uns.« Von ihrem Bett aus machte Maggie eine kraftlose Handbewegung. »Draußen im Hof. Mit dem Rollstuhl. Sie ist fitter als ich – kann sogar ein paar Schritte laufen.« Ihre Worte klangen verschliffen.

Erleichtert legte Kate das Buch, das sie mitgebracht hatte, auf Maggies Nachttisch. »Ich habe ihren Neffen ausfindig gemacht«, erzählte sie. »Ich habe ihm vor gut einer Stunde eine Nachricht auf dem Anrufbeantworter hinterlassen. Ich weiß nicht, ob das eine gute Idee war oder ob wir es ihr lieber nicht sagen sollen – für den Fall, dass er sich nicht blicken lässt.«

Maggie nickte. »Aimee«, sagte sie dann. »Du musst sie zurückgewinnen.«

Und die Cubs müssen die World Series gewinnen. »Ich weiß.« Kate ergriff ihre Hand. »Du siehst ein bisschen müde aus.« In Wahrheit sah Maggie grau und krank aus; ihr Unterkiefer war herabgesunken.

»Sie haben mir … Pillen … gegeben.«

»Ich komme morgen wieder«, sagte Kate und strich glättend über die Bettdecke über Maggies knochiger Gestalt. »Aber erst später. Ich muss nach Victorville fahren.«

»Warum zum Teufel …«, fragte Maggie, die Lider schwer.

»Ich muss eine Schwester nach einem Bruder fragen. Oder nach zweien.«

Maggie war eingeschlafen.

Als Kate den Flur entlangging, hörte sie, wie eine streitlustige alte Stimme rief: »Für wie dumm hältst du mich eigentlich?«, und wandte sich der offenen Tür von Zimmer 3 zu. Sie lugte hinein und sah zwei alte Frauen in ihren Betten Fernsehen gucken, eine alte Folge von *Law and Order,* in der Jerry Orbach noch als Senior Detective Lennie Briscoe mitspielte. Eine der Frauen hatte Briscoe angesprochen. Kate kam in den Sinn, dass die beiden Zimmer, die sie in diesem Hospiz kannte, belegten, dass Frauen Männer demografisch betrachtet überlebten.

Die Frau in dem Bett am Fenster wandte sich an Kate und verlangte in derselben streitlustigen Stimme, aber mit zudem giftigem Unterton zu wissen: »Und welcher Religion gehören Sie an?«

»Ich bin Agnostikerin«, erwiderte Kate grinsend.

»Gott sei Dank«, meinte die Frau und stellte mit der Fernbedienung den Ton aus. »Ich bin das Fernsehen leid. Ich bin es leid, dass immerzu Leute herkommen und versuchen, noch in letzter Minute meine nichtsnutzige Seele zu retten. Kommen Sie rein, besuchen Sie mich.«

Kate überlegte kurz, wie viele von den Bewohnerinnen des Hospizes in ihren letzten Tagen wohl wirklich Besuch bekamen. Sie hatte ein paar Minuten Zeit – also warum nicht? »Ich heiße Kate«, sagte sie und trat in das Zimmer. Sie nahm einen schwachen Geruch von Jod wahr und den beißenden Geruch von Urin, der ihr von Tatorten her vertraut war.

»Willkommen! Ich bin Ida. Und das ist Mary.«

Eine betagte Frau mit orangefarbenem Haar, ledriger Haut und tiefeingesunkenen Wangen warf Kate ohne großes Interesse einen kurzen Blick zu. »Besuchen Sie Ida«, sagte sie und winkte Kate zu dem anderen Bett hinüber. »Ich hatte heute schon Besuch. Ich bin ein bisschen müde.« Sie drehte sich auf die Seite und wandte ihnen den Rücken zu.

Kate ging zu Ida hinüber, zog sich einen Stuhl ans Bett und lächelte die alte Dame an. Strähnen von Idas weißem Haar waren auf ihrem Kopfkissen aufgefächert wie ausgefahrene Antennen. Ihre dick umrahmten Brillengläser dämpften das leuchtende Blau ihrer Augen keineswegs. Ihr Baumwollnachthemd, mit weißen und gelben Gänseblümchen bedruckt, war bis zum Hals zugeknöpft, und ihre altersfleckigen Hände kneteten unentwegt die Bettdecke.

Kate erfuhr bald, dass Ida aus Wyoming stammte, seit über fünfzig Jahren in Los Angeles lebte, die meisten ihrer

Zeitgenossinnen und -genossen überlebt hatte und dass ihre beiden Kinder mit ihren Familien in San Diego und Santa Barbara wohnten.

»Erzählen Sie mir was über sich«, sagte sie mit weicher, zittriger Stimme zu Kate. »Was tun Sie, wenn Sie nicht gerade sterbende alte Frauen besuchen?«

»Nicht viel. Ich bin im Ruhestand«, antwortete Kate. »Ich war Polizeiermittlerin.« Sie ließ das im Raum stehen.

»Das dachte ich mir«, erwiderte die kluge Ida und sah sie mit ihren leuchtendblauen Augen an. »Es liegt an Ihrer Haltung. In meiner Generation war das vollkommen anders. Ich bin froh, dass ich lange genug gelebt habe, um Frauen wie Sie noch zu erleben.«

»Danke, Ida. Ich bin auch froh, dass Sie noch leben. Ich war viele Jahre lang bei der Polizei. Wo Ihre Familie nicht hier lebt – bekommen Sie viel anderen Besuch?«

»Mein Sohn und meine Tochter tun, was sie können, aber sie haben ja selbst Kinder und Enkelkinder. Meine Schuld – sie wollten ja, dass ich nach San Diego oder Santa Barbara ziehe, aber ich bin nun mal in dieser Stadt zu Hause, und hier möchte ich auch sterben, wenn es soweit ist. Ich habe mich als sehr unzuverlässig erwiesen, was das Sterben angeht. Ich bin schon das zweite Mal wegen Herzversagen im Hospiz. Man kann nur eine begrenzte Zeit hier bleiben, dann beschließen sie, dass man nicht stirbt und schmeißen einen raus. Und so habe ich eben weitergelebt.«

Kate lachte. »Gut gemacht, Ida.« Sie mochte diese alte Dame. »Wer kommt Sie noch besuchen?«

»Carlos und Josephina. Ich glaube, sie kommen bloß,

weil sie was zu erben hoffen. Aber ich freue mich dennoch, wenn sie da sind.«

Kate sah sie scharf an. »Haben Sie ihnen was versprochen?«

Ida zuckte die Achseln und grinste. »Ja, habe ich. Ich versuche mich zu erinnern, ob es darüber hinaus noch etwas war. Ich habe noch fast alle Tassen im Schrank, aber eben nur fast. Ich habe die beiden gut bezahlt, als sie sich um mich gekümmert haben, und ein bisschen was extra zu Weihnachten und zum Geburtstag – daran erinnere ich mich noch.«

»Die versuchen dich auszunehmen!«, rief Mary vom anderen Bett aus.

»Sie kennt sie nicht mal«, flüsterte Ida Kate zu. »Sie sind wunderbar und waren immer gut zu mir.«

»Erzählen Sie mir mehr von Ihren Kindern«, sagte Kate, um das Thema zu wechseln, speicherte die Informationen jedoch ab.

Ida sagte missmutig: »Sie kommen nicht damit klar, dass ich im Sterben liege, und ich freue mich immer sehr, sie zu sehen, aber für sie ist es schwer, damit zurechtzukommen, dass ich hier bin, und für mich ist es schwer, weil ich akzeptiert habe, dass ich sterbe, sie hingegen nicht. Das ist ja das Schöne bei euch Hospizmitarbeiterinnen.«

Kate lächelte und beschloss, das Missverständnis nicht aufzuklären.

»Ich will mich bestimmt nicht beklagen«, fuhr Ida fort. »Ich kenne Sie nicht, Kate, und Sie kennen mich nicht, und wir können trotzdem ein anständiges Gespräch führen, und das macht mir Freude, und wir müssen mein Sterben nicht ausklammern, denn ich weiß, dass ich mit Ihnen darüber reden kann, wenn ich möchte. Außerdem mag ich Sie. Erzählen Sie mir was über Ihre Arbeit bei der Polizei? Warum wollten Sie damals überhaupt Polizistin werden?«

»Na klar, Ida, gern.« Kate lehnte sich zurück und machte es sich bequem.

Über eine Stunde später verließ Kate Ida Applebys Zimmer und ging zur Rezeption.

»Da sind Sie ja unversehens zur ehrenamtlichen Mitarbeiterin geworden«, sagte Marla mit einem warmen Lächeln. »Sie und Ida haben sich auf Anhieb verstanden, wie mir schien. Ich habe Sie in ihrem Zimmer gesehen, und Miguel hat mir erzählt, dass er Ida hat lachen hören. Das erste Mal seit Tagen.«

Kate grinste. Ihr selbst hatte es auch Spaß gemacht. »Ich habe ein paar alte Polizeigeschichten aus der Mottenkiste geholt – über dumme Ganoven und wie dämlich sie sich angestellt haben, so dass sie gefasst wurden. Und sie hat mir Geschichten über Los Angeles in früheren Zeiten erzählt. Sie hat gefragt, ob ich sie wieder besuche, und ich habe ja gesagt.« Wie beiläufig fuhr sie fort: »Ida hat gesagt, dass ein Latino-Paar sie besuchen kommt …?«

Marla nickte. »Jeden Donnerstag in den vier Wochen, die Ida hier ist. Immer um kurz vor sieben. Ich glaube, sie kommen, wenn sie Feierabend haben.«

»Ich glaube, ich werde Ida wieder besuchen, wenn's recht ist.«

»Ist es, Kate.« Marla lächelte charmant. »Sie bekommt nicht viel Besuch.«

6

Am nächsten Morgen war Kate um acht Uhr unterwegs. Die Fahrt würde ungefähr zwei Stunden dauern, wenn der Verkehr mitspielte. Sie fuhr den Freeway 10 entlang, um dann auf den Highway 15 nach Victorville abzubiegen. Sie war diese Strecke einige Male mit Aimee gefahren, wenn sie nach Las Vegas wollten, aber das war schon etliche Jahre her. Während sie durch Orte wie Alhambra, Rosemead, El Monte, West Covina, Claremont, Upland kam – oder um sie herumgeleitet wurde –, sann sie darüber nach, dass es, auch wenn sie schon über vierzig Jahre im Einzugsbereich von Los Angeles lebte, ganze Bezirke gab, in die sie noch nie einen Fuß gesetzt hatte, ja durch die sie noch nicht einmal mit dem Auto gefahren war.

Die gezackten Gipfel der San Bernardino Mountains mit ihren Kronen aus Schnee und den sogar im Mai noch verbliebenen Spuren von Weiß auf ihren Flanken tauchten aus dem tiefhängenden Morgennebel auf, als Kate auf den Highway 15 abbog. Inmitten von Pick-ups, SUVs, Lieferwagen und Trucks fuhr sie in hohem Tempo die fünfspurige Straße entlang, die sich durch die Hügel schlängelte, an denen das erste sanfte Grün des Frühlings schimmerte und die allein von Stahlskeletten bewohnt waren, zwischen denen sich elektrische Leitungen spannten.

Siebenundzwanzig Meilen vor Victorville war die Außentemperaturanzeige auf zweiunddreißig Grad geklettert. Wüstenlandschaft übernahm allmählich das Grün, und die alten Felsformationen in den ausgeblichenen Beigetönen erinnerten Kate an die dramatischen Felsanordnungen, die sie damals mit Anne im Joshua Tree Nationalpark gesehen hatte. Die fernen Berge mit ihren dreieckigen Gipfeln erinnerten ein wenig an aztekische Tempel. Kate war aufs Neue von der Landschaft gefesselt, als sie sich vorzustellen versuchte, wie der hundertprozentig erfolgreich nach L.A. verpflanzte Joe Cameron in dieser Umgebung aufgewachsen war – Joe Cameron mit seinem erlesenen Geschmack und seiner peniblen Art und seiner modischen Kleidung schien hier unmöglich herzupassen, schien in komplettem Widerspruch zu dieser Landschaft zu stehen, die so majestätisch und urwüchsig war. Zumindest wenn man davon absah, dass die Menschheit mit ihren Versorgungsmasten und dem endlosen ameisengleichen Strom von Autos, die bis in die Ferne sichtbar waren, in sie vordrang.

Ein Einsatzwagen der Highway Patrol überholte sie und brachte die Erinnerung an einen ihrer Träume zurück, aber dieser Wagen fuhr ohne blitzendes Blaulicht und heulende Sirene. Es war ein Ford Crown Victoria, wie sie ihn während ihrer Dienstjahre die meiste Zeit gefahren hatte. Sie schickte ihm eine ironische Ehrenbezeigung nach. Kate konnte sich keine andere berufliche Tätigkeit vorstellen – abgesehen vom Kriegshandwerk im Kampfeinsatz –, die den Adrenalinkick von Polizeiarbeit besaß, aber es hatte auch etwas für sich, frei und unbeschwert in ihrem Privatwagen auf dem Highway in Richtung Horizont unterwegs zu sein, statt sich in höchster Eile in die nächste ungewisse Gefahrensituation zu begeben.

Sandwüste flog an ihr vorbei, scheuerbürstenzottiges Gestrüpp, grüngefleckt, und die beigefarbenen Hügel waren nun mit den geriffelten Spuren von geländegängigen Quads übersät. Kate war sich nicht bewusst gewesen, dass sie stetig bergauf fuhr, aber inzwischen war sie auf fast dreizehnhundert Metern, Cajon Summit, und die Temperaturanzeige war auf achtundzwanzig Grad gesunken. Noch fünfzehn Meilen bis Victorville. Sie befand sich in der High Desert, dem Wüstenhochland.

Und dann erreichte sie die Stadtgrenze von Victorville: 107000 EinwohnerInnen, Höhe: 831 Meter. Nur sechs Ausfahrten, und die schienen alle Pluspunkte von Los Angeles abzudecken, dachte sie, als sie an ihnen vorüberfuhr: ein »Red Lobster«-Meeresfrüchte-Restaurant, Marie Callender's Restaurant & Bakery, ein »Comfort Suites«-Hotel, Macy's Warenhaus, Staples Büromarkt, ein »Olive Garden« mit italienischer Küche. Und ein Red Roof Inn – sollte sie übernachten müssen, könnte sie Ramon, ihren Nachbarn, anrufen und ihn bitten, sich um Miss Marple zu kümmern.

Einige weitere Highlights verrieten ihr, dass sie nicht mehr in L.A. war: eine Festwiese, ein »Boot Barn«-Westernladen, zwei Harley-Davidson-Händler, ein Rotary-Club und der Highway 18, der nach Osten abzweigte, hin zu Bergen von der Farbe und Gestalt zerknüllter brauner Papiertüten. Doch dann war sie plötzlich mit dem Roy Rogers Drive wieder in Hollywood: Roy Rogers, Dale Evans und Roys

Pferd namens Trigger – Filmfiguren, die ihre Eltern geliebt hatten. Ein Godzilla-Ballon wiegte sich im Wind über dem Gelände eines Autohändlers. Autowerkstätten, Leichtindustrie, eingezäunte Trailer-Stellplätze. Wo waren die Vorzüge dieser Stadt? Warum sollte sich jemand hier länger aufhalten als für einen Zwischenstopp – einen raschen Imbiss vor der Weiterfahrt.

Ein Schild wies auf die historische Route 66 hin, und Kate folgte ihm. Was, wenn sie genauso verschwände wie Cameron?, dachte sie. Wenn sie vor dem Schmerz, der Maggie hieß, dem Schmerz, der Aimee hieß, den Qualen ihrer Träume, der Ziellosigkeit ihres Lebens floh? Wenn sie einfach der Route 66 folgte, quer durch die mehr oder weniger Vereinigten Staaten von Amerika …

Ein weiteres Schild erregte ihre Aufmerksamkeit: *Victorville Federal Correction Complex* – das Bundesgefängnis in Victorville. Sie hatte vergessen gehabt, dass das FBI hier draußen Gefängnisse errichtet hatte. *Correctional Prisons.* Doch was wollten sie hier korrigieren?, dachte Kate desillusioniert. Wie wollten sie einen Ausgleich schaffen? Vergeltung zu üben tarierte die Waagschale nicht aus, machte nichts ungeschehen, konnte nicht wiedergutmachen, was Menschen einander antaten …

Sie musste es schließlich wissen. Jemanden »seiner gerechten Strafe zuführen« und den Hinterbliebenen zu vermitteln, »dem Recht sei Genüge getan«, wenn die Strafe vom Gericht verkündet worden war, konnte nicht im Entferntesten die Verzweiflung lindern, die Mörder verursachten – egal ob es um Mord im Affekt, um fahrlässige Tötung bei einer Trunkenheitsfahrt oder um eiskalte Tötung mit Vorsatz ging. Wenn sie je geglaubt hatte, jemandem Gerechtigkeit zu verschaffen, dann hatte sie diese Illusion längst verloren. Was hatte sie denn mit ihrem hingebungsvollen Einsatz über all die Jahre wirklich erreicht? Sie hatte dumme oder durchgedrehte oder gestörte oder monströse Menschen aus dem Verkehr gezogen. Und das, so fand sie, war doch wohl etwas Gutes. Dass die ihre Strafen in elenden, überfüllten Dreckslöchern wie San Quentin oder Corcoran oder Pelican Bay absaßen, statt in einer gepflegten Anlage wie dieser hier in der kalifornischen Wüste, bereitete ihr keinerlei Kopfschmerzen. Rache mochte unzureichend sein, aber sie war besser als nichts. Nicht dass diese Einrichtung hier das Paradies war – die drei Gefängnisgebäude mit niedriger, mittlerer und hoher Sicherheitsstufe waren im Grunde allesamt ein Hochsicherheitstrakt, wenn man bedachte, dass der Fluchtweg auf jeden Fall durch die Mojave-Wüste führte.

Kate verfolgte, wie sich ein Zug der Union Pacific Eisenbahngesellschaft zwischen den blassen Granitfelsen hindurchschlängelte, kurz verschwand und von neuem in den Blick geriet. Dann hielt sie an einer Ampel auf der Seventh Street an, musterte die Bruchbuden links und rechts, an die sie sich von ihren früheren Durchfahrten nicht erinnern konnte, und fragte sich, ob die Stadt sich verändert hatte oder sie selbst – ob ihre momentanen Lebensumstände die Erinnerungen an bessere Zeiten trübten.

Sie fuhr rechts ran, um den Kartenausschnitt zu studieren, den sie sich aus dem Internet heruntergeladen und ausgedruckt hatte, um die logische Abfolge der Adressen festzulegen, die sie aufsuchen wollte. Sie ließ das Fenster herunter. Heiße Luft drang herein und brachte einen leichten Erdölgeruch mit sich. Kate warf einen Blick auf die Uhr. Kurz nach zehn. Sie würde sich einen Kaffee und einen Muffin besorgen, dann die Lage sondieren und die Strecke abfahren, ehe sie an der ersten Tür klingelte.

Der Golden Sunset Trailer Park, die fünfte Adresse auf ihrer Liste, sah aus, als existiere er schon beträchtliche Jahre. Die Hauptstraße war asphaltiert, breit und in gutem Zustand, und die Parzellen waren großzügig geschnitten, anders als in den neueren Wohnwagensiedlungen, die Kate kannte, in denen die Bewohnerinnen und Bewohner eng zusammengepfercht lebten. Auf dem Gelände standen viele alte Bäume, die einem Sammelsurium an Trailern verschiedenen Alters Schatten spendeten – die meisten waren älteren Baujahrs, von einfacher oder doppelter Tiefe, aber es gab auch noch viel größere mit aufwendigen Vordächern und überdachten Autostellplätzen. Die Gartengestaltung war rein willkürlich: Manche Gärten zierten ausgewachsene Kakteen und Pfade aus bunten Felsplatten, in anderen kämpften klägliche Pflanzen im steinigen Sand ums Überleben, und wieder andere bestanden einzig aus blitzendem weißen Kies. Heiseres Hundegebell und schrilles Jaulen bildeten eine fortwährende Geräuschkulisse.

Kate parkte vor einem Wohnwagen auf einer Eckparzelle

mit traurigen Kokospalmen voller abgestorbener Wedel. Der Garten war dicht mit Feigenkakteen und anderen stacheligen Sukkulenten bewachsen, so dass sich ein Wachhund zu erübrigen schien. Der Trailer war schmuddelig weiß mit einem abgeschrägten braunen Dach; das Vorderfenster war mit blickdichtem Plastik abgedeckt, die anderen Fenster von Dreck überzogen. Der Eingang befand sich auf der Seite, davor eine kleine morsch aussehende Veranda.

Kate holte ihr Handy heraus und rief Carolina Walcott an, die sich sofort meldete. Kate hörte Papier rascheln – anscheinend saß Walcott an ihrem Schreibtisch im Büro.

Nach einem knappen Austausch von Höflichkeiten berichtete Kate ihr: »Ich bin in Victorville. Es sieht so aus, als seien Jack und Jean ebenfalls nicht ohne Weiteres aufzuspüren.« Sie brachte Walcott kurz und bündig auf den aktuellen Stand – sie erzählte ihr, was die Auswertung von AutoTrack und den Zulassungsdaten ergeben hatten und warum sie nach Victorville gefahren war. »Ich glaube, ich habe Jean ausfindig gemacht –«

»Ich wollte Sie nur wissen lassen«, fiel Walcott ihr ins Wort, »dass ich ein paar Kontakte habe spielen lassen, um Joes Kreditkarten und seine Handyverbindungen zu überprüfen. Ohne Ergebnis, was die letzten dreizehn Tage angeht.« In ernstem Ton fuhr sie fort: »Es gab nicht nur keine Anrufe auf seinem Handy, sondern auch kein Signal. Entweder ist ihm war passiert, Kate, oder er gibt sich wirklich die allergrößte Mühe, seinen Aufenthaltsort geheim zu halten.«

»Ich tippe auf geheim halten, Captain. Er hat bis ins

kleinste Detail vorgesorgt, um sein freiwilliges Verschwinden zu kaschieren.« Doch alles, was sie soweit in Erfahrung gebracht hatten, weckte ihr Unbehagen. Dass er irgendwie in Schwierigkeiten steckte, schien ihr zunehmend gewiss. Und dennoch – wenn Joe Cameron etwas zugestoßen war, dann würde sie das in ihren Knochen spüren, dachte sie.

»Ich schließe mich Ihrer Meinung an, Kate. Aber wir haben nicht viel Zeit, ehe ich keine andere Wahl habe, als das FBI zu informieren und ihn auffliegen zu lassen.«

»Verstanden, Captain. Ich brauche eine Überprüfung eines Toyota Corolla aus den späten neunziger Jahren. Ich glaube, es könnte sich um Jeans Auto handeln.« Sie gab die Daten des Wagens durch, der vor ihren Augen stand. »Zugelassen in Arizona.«

»Arizona«, murmelte Walcott. »Mist. Geben Sie mir ein paar Minuten«, sagte sie und legte auf.

Eine Viertelstunde später stieg Kate aus dem Wagen und suchte sich einen Weg durch die Kakteen zum Eingang des Trailers. Nachdem sie einige Male nachdrücklich an die Tür geklopft hatte – die Spuren im unteren Bereich ließen darauf schließen, dass schon mal jemand versucht hatte, sie einzutreten –, hörte Kate von drinnen so schwere Schritte auf sich zu kommen, dass der Wohnwagen auf seinem Fundament bebte. Dann wurde die Tür aufgerissen, und ein bulliger barfüßiger Mann mit Zottelbart und fettigem schulterlangem blondem Haar erschien. Er trug ein braunes Harley-Davidson-T-Shirt mit abgeschnittenen Ärmeln; die muskulösen Arme waren mit Schlangentattoos verziert, auf den nackten Beinen zeichneten sich die Fäden der ausgefransten Shorts ab.

»Und?« So wie er in der Tür über ihr aufragte, wirkte er riesig.

»Ich suche Jean.«

»Und?«, wiederholte er.

»Jean Velez. Ist sie da?«

Er musterte sie von Kopf bis Fuß, verschränkte die Arme, baute sich breitbeinig auf und blockierte damit die Tür.

»Ich bin eine Freundin ihres Bruders.«

Er starrte sie an, als wäre sie ein Rätsel, das zu lösen er aufgab, trat zurück und wollte die Tür schließen.

»Ich rufe die Polizei«, sagte Kate.

Er hielt inne. »Was zum Teufel …? Sind Sie verrückt?«

Kate straffte die Schultern, sah ihm fest in die feindseligen blauen Augen und machte einen Schritt auf ihn zu. »Sie haben sich widerrechtlich Zutritt verschafft. Oder Sie haben den Wohnwagen besetzt. Oder Sie halten sie gegen ihren Willen fest.« Sie wies hinter sich. »Da vorne steht ihr Wagen.«

»Und wer zum Teufel sind *Sie?*«

Sie starrten sich noch einige Sekunden in die Augen, ehe Kate antwortete: »Wie gesagt, eine Freundin von Joe. Sagen Sie ihr das.«

»Joe!«, sagte er ungläubig. »Eine Freundin von Joe!« Er warf den Kopf zurück und lachte schallend. Dann warf er die Tür so heftig zu, dass der Trailer erzitterte.

»Donner und Doria!«, murmelte Kate. »Bin ich auf dem Mars gelandet?«

Sie suchte sich einen Weg durch die Kakteen zu ihrem Wagen zurück und fuhr davon.

Sie schaltete die Klimaanlage ein und schnappte sich die Dose Cola aus dem Getränkehalter. Ihre Hand zitterte von den Nachwirkungen der Adrenalinausschüttung und dem Zorn auf sich selbst. Als sie dem Mann an der Tür entgegengetreten war, war sie zunächst in ihr altes Verhaltensmuster zurückgefallen. Sie hätte entweder die nachgemachte Dienstmarke zücken sollen oder aber so viel Verstand haben müssen zu kapieren, dass sie nicht mehr die Autorität besaß, die die Dienstmarke ihr verliehen hatte, und auch nicht mehr über die Ressourcen und den Rückhalt des LAPD verfügte. Sie konnte von Glück sagen, dass der Kerl ihr nicht eine verpasst hatte. Sie trank ihre lauwarme Cola, kurvte durch den Trailerpark und beruhigte sich langsam wieder. Sie konzentrierte sich auf die Wohnwagen und den Weg und auf die Autos, die auf den Parzellen geparkt waren. Sie wusste bereits, dass zwei Abzweigungen zwischen dem Zielobjekt und der Einfahrt zur Wohnwagensiedlung lagen. Nun fuhr sie die einzelnen Wege ab, merkte sich den Verlauf und vergewisserte sich, dass es nur einen Weg hinaus gab – die Einfahrt, durch die sie hereingekommen war. Sie parkte einen Abzweig vom Eingang entfernt, ein Stück hinter dem Wagen mit den Arizona-Nummernschildern, der auf Magnolia J. Velez zugelassen war, und zwar an einer Stelle, die vom Weg zurückversetzt und halb von einer Fächerpalme verborgen war.

Wie um alles in der Welt überlebte es die Polizei in dieser Stadt, wenn sie in dieser Hitze jemanden observieren musste?, überlegte Kate. Ein laufender Motor würde die Aufmerksamkeit auf sie lenken, und so saß sie bei geöffneten Fenstern da und schwitzte in ihrem dünnen kurzärmeligen Baumwollshirt, während eine gelegentliche heiße Windböe ihr das Haar ins Gesicht wehte und kurzfristig für Erfrischung sorgte. Einen Trost gab es: Sie musste nicht auf die Toilette. Ihr Körper absorbierte anscheinend jede Flüssigkeit so schnell, wie sie sie trank.

Zwei Stunden später, ihre Augen waren von der Trockenheit und dem Beobachten einer Reihe vorüberfahrender Autos schon ganz gereizt, sah sie, wie ein staubiger grauer Ford F-150 die Kreuzung überquerte und in Richtung Ausfahrt fuhr. Sie erkannte den Truck wieder: Er war eines der Fahrzeuge, die in der Nähe des Trailers gestanden hatten, und der Fahrer war der hünenhafte Mann aus dem Wohnwagen. Er war allein.

Sie blieb noch zehn Minuten sitzen für den Fall, dass der F-150 kehrtmachte. Dann ging sie ein zweites Mal zu dem Trailer hinüber.

Sie klopfte ein halbes Dutzend Mal an die Tür. Dann rief sie: »Jean, machen Sie auf! Ich bin eine Freundin. Ich werde nicht gehen, ehe Sie nicht mit mir gesprochen haben.«

Kate hörte, wie die Tür des Trailers nebenan – ein schmaler mit einem einzigen Vorderfenster – aufging. Eine tiefgebräunte ältere Frau in roten Shorts und passendem Nackenträgertop, das platinblonde Haar auf dicken Lockenwicklern, erschien in der Tür und rief ihr zu: »Sie ist da. Jean ist da drin.« Sie nickte entschieden und verschwand wieder in ihrem Wohnwagen.

Die Tür vor Kate wurde aufgerissen, und eine Frau schoss heraus, schob Kate beiseite und schrie zu dem Nachbartrailer hinüber: »Dora, du altes Miststück! Warum kümmerst du dich nicht um deinen eigenen Scheiß!«

Dann wandte sie sich an Kate. »Was zum Teufel wollen Sie denn?«

Kate sah in die Augen einer Frau mit üppigen Rundungen, sommersprossigem Gesicht und sandfarbenem Haar. Sie konnte gut eine ältere Version der Frau auf dem DMV-Foto sein, das Kate am Abend zuvor studiert hatte. Sie trug ein weißes Tank-Top, orangefarbene Shorts und Flip-Flops. Ihre braunen Augen schauten verärgert drein – und vielleicht verängstigt. Die Hauptähnlichkeit, die Kate zwischen dieser Frau und Joe Cameron entdecken konnte, waren die Farbe von Teint und Haar.

»Sind Sie Jean Velez?«

»Kann ich ja nun wohl kaum bestreiten, oder?« Sie hob den umgedrehten Mittelfinger, wies zum Nachbartrailer hinüber und schrie: »Du Miststück, Dora! Du gottverdammtes Miststück!« Sie funkelte Kate wütend an. »Also, was zum Teufel wollen Sie?«

»Eintreten«, antwortete Kate ruhig, »damit wir unsere Angelegenheiten nicht vor all Ihren Nachbarinnen herausposaunen. Ich bin keine Bedrohung für Sie – ich war bei der Polizei die Partnerin Ihres Bruders.«

Jean Velez sah erstaunt drein und wandte den Blick ab. Dann zuckte sie die Schultern, seufzte übertrieben, drehte sich um und stolzierte mit flappenden Flip-Flops wieder in ihren Trailer zurück; die Tür ließ sie offen. Kate trat ein und schloss die Tür hinter sich. Sie folgte Jean in ein Wohnzimmer, das mit einem dünnen Flokati ausgelegt war. Jean Velez hatte sich in einem mit ockerfarbenem Tweed bezogenen Ruhesessel niedergelassen, die Füße hochgelegt, die Arme verschränkt. Sie sah Kate nicht an. Zu sehen war außerdem eine Küche mit gelben Haushaltsgeräten und braunen Schränken, die vom Wohnzimmer durch eine halbhohe Zwischenwand getrennt war. Ein runder Küchentisch mit drei Stühlen stand an einem Seitenfenster. Ein Flur führte vermutlich nach hinten zu einem Bad und einem Schlafzimmer. Der ganze Wohnwagen war von dem süßlichen Geruch von Marihuana erfüllt.

Die einzige weitere Sitzgelegenheit im Wohnzimmer war ein Sofa, vermutlich ausziehbar und ebenfalls in einem Gelbton, und Kate setzte sich. Es gab keinen Couchtisch, nur zwei kleine Klapptische an beiden Enden des Sofas, um vor dem Fernseher essen zu können. Eine billige walnussfarbene Kommode stand an der Wand unter dem Seitenfenster gegenüber von Kate, und ein alter sechsundzwanzig Zoll-Fernseher, in dem Oprah Winfrey lief, stand auf einem Fernsehtisch gegenüber von Jean Velez, die die Fernbedienung nahm und den Ton ausschaltete, nicht aber den Fernseher – eine weitere klare Botschaft an Kate, die ihr vermittelte, dass sie nicht willkommen war. Ein Umstand, mit dem sie von vielen Mordermittlungen sattsam vertraut war und der sie jetzt, wo sie sich im Trailer befand, nicht im Geringsten entmutigte. Sie würde erledigen, was sie sich vorgenommen hatte, und dann wieder verschwinden. Aber nicht eher.

Sie begann: »Mrs. Velez …«

»Nennen Sie mich nicht so.«

»Jean?«

Sie hob kurz eine Hand von der Armlehne des Sessels. »Wie Sie wollen.«

»Wann haben Sie das letzte Mal von Ihrem Bruder gehört?«

»Von welchem Bruder?«

»Joe.« Nicht dass Jack sie nicht auch interessierte.

Jeans Augen waren auf das ernste Gesicht Oprah Winfreys geheftet, die lautlose Worte von sich gab. »Wann haben *Sie* das letzte Mal von ihm gehört?«, gab sie zurück.

Ich stelle hier die Fragen, wollte sie sagen. Wieder musste sie gegen den Frust ankämpfen, dass sie keine Macht mehr besaß, keine stillschweigende Autorität. Doch selbst wenn sie immer noch ein Cop gewesen wäre, hätte sie hier keine Rechtsbefugnis gehabt. Vielleicht war es möglich, die frostige Stimmung ein bisschen aufzutauen und sich gut miteinander zu stellen.

Kate blickte sich verstohlen um. Ein kleines Bücherregal enthielt eine achtlos aufgereihte Sammlung von Taschenbüchern mit gebrochenen Rücken und eselsohrigen Umschlägen, vor allem Liebesromane, soweit sie sah. Keine Gemeinsamkeiten hier. Sie betrachtete die Wände und suchte sie nach Hinweisen ab. Mehrere Fäden mit bunten ausgestanzten Bildern von verschiedenen Schmetterlingsarten hingen an einer Wand, sonst nichts, bis auf einen Kalender direkt neben der Tür. Dann stieß ihr herumflitzender Blick auf ein gerahmtes Foto auf der

Kommode neben Jean, das sie und ihren Bruder Joe zeigte; beide trugen Jeans und Baumwollhemden und hatten sich gegenseitig den Arm auf die Schultern gelegt.

»Wie alt war Joe, als das Foto gemacht wurde?« Sie erkannte die rostfarbene Hütte im Hintergrund – es war dieselbe wie auf dem Foto auf Joes Kaminsims.

Jeans Blick huschte zu dem Foto hinüber, auf das Kate wies. »Zwanzig.«

»Und Sie?«

»Achtzehn.«

»Sie haben ziemlich viel Ähnlichkeit. Haarfarbe, Gesichtszüge …«

Jean zuckte die Achseln. Sie streifte ihre Flip-Flops ab, zog die Beine unter sich und schaute mit finsterer Miene zum Fernseher hinüber.

Kates Blick fiel auf ein weiteres Foto neben Jeans Ellbogen. Die drei Menschen – es sah aus, als posierten sie vor einem roten Vorhang für einen Profi-Fotografen – waren Jean, etwa in den Dreißigern, die ein weißes Spitzenkleid trug, ein attraktiver Latino-Mann in Jeans und einem schicken Westernhemd und ein Kind von vielleicht sechs Jahren, ein ziemlich hübscher dunkelhaariger Junge in einem weißen Anzug. Cameron hatte nie erwähnt, dass Jean ein Kind hatte.

»Auf dem Foto neben Ihnen – ist das Ihre Familie, Jean? Ihr Mann?«

»Ex-Mann.«

»Und Ihr Sohn? Wie heißt er?«

Ein kaum merkliches Zögern. Dann: »Jason.«

Wieder ein Name mit J. »Er ist bildschön.«

Jean nahm das Foto und legte es mit dem Gesicht nach unten auf die Kommode. »Er ist tot.«

»Das tut mir sehr leid«, murmelte Kate. Sie war schockiert – von der Tatsache an sich und von dem gleichmütigen Ton, der keinerlei Gefühl verriet.

Jean sah wie versteinert zu, wie Oprah eine Gruppe von Menschen interviewte, die nebeneinander aufgereiht auf der Bühne saßen, und erwiderte nichts.

Kate hätte gern gefragt, wie der Junge ums Leben gekommen war, aber sie wusste, dass die Frage weder willkommen gewesen noch beantwortet worden wäre. »Ich stehe Joe sehr nahe«, erzählte sie Jean mit großem Ernst. »Wir haben sieben Jahre lang Tag für Tag zusammen gearbeitet.«

»Er hat Sie erwähnt.« Es war ein höchst widerwilliges Eingeständnis.

»Jean, glauben Sie mir – Joe ist mein Freund.« Sie zwang sich zu einem kleinen Kichern. »Vielleicht erzählen Sie es mir – er wollte mir nie erklären, warum Ihre Eltern Sie Jack, Joe und Jean genannt haben. Das muss doch für Sie alle nervig gewesen sein.«

»Meine Eltern …« Ein schmerzlicher Schatten flog über Jeans Gesicht. »Sie hatten mir ursprünglich einen anderen Namen gegeben, aber er war so schrecklich … Hören Sie, was wollen Sie hier? Was wollen Sie von mir? Oder von Joe?«

Kate war in Gedanken noch bei ihrer Verwunderung darüber, dass Jean der Schmerz über den Verlust ihrer Eltern anzumerken war, nicht aber der Schmerz über den Tod ihres Kindes. »Ich habe nichts von Joe gehört. Ich mache mir Sorgen um ihn. Das ist alles. Weiter nichts.«

»Und Sie nehmen den ganzen Weg nach Victorville auf sich, um mir das zu erzählen.«

Kate spreizte die Hände. »Hören Sie: Er bedeutet mir sehr viel. Wir sind *Freunde.*«

»Wie zum Teufel haben Sie mich überhaupt gefunden?« Jean sah Kate mit festem Blick an. Es war weder eine freundliche Frage, noch eine Frage aus reiner Neugier.

Das Hinhaltespiel konnte Kate auch spielen. »Ich bin Detective. Wie Joe. Er ist mir wichtig genug, um von Los Angeles hierherzufahren und Sie aufzusuchen. Reicht das nicht? Warum ist das ein Problem? Warum um alles in der Welt hat mir Ihr Freund die Tür vor der Nase zugeknallt?«

Sie zuckte die Achseln. »Tja, so ist Brandon nun mal. Er ist harmlos. Er glaubt mich beschützen zu müssen. Er hat Sie vermutlich für eine Geldeintreiberin gehalten.«

Die Erklärung folgte so beiläufig im Gegensatz zu Jeans übrigen knappen, feindseligen Antworten, dass Kate sie sofort als Lüge einstufte.

»Wo ist Joe?«

»Ich weiß es nicht.«

»Weiß Jack es?«

»Jack?« Jean zuckte zusammen wie unter einem Elektroschock. »Scheiße – nein!«

»Jack ist hier in Victorville, stimmt's?«

Jean antwortete nicht.

»Wo kann ich ihn finden?«

»Sie sind die Ermittlerin. Sie haben mich gefunden. Versuchen Sie's auf der Müllhalde. Wir haben mit dem Dreckskerl nichts zu tun.«

»Warum nicht?«

»Reine Familiensache!«, fauchte sie. »Geht Sie nichts an.« Sie lehnte sich zurück, verschränkte die Arme und schaute auf den Fernsehbildschirm. »Sie haben gesagt, was Sie sagen wollten. Und nun gehen Sie. Ich kann Ihnen nicht helfen.«

»Soll heißen, Sie *wollen* mir nicht helfen.«

»Soll heißen, ich habe nur Ihr Wort, wenn es darum geht, wer Sie sind und was Sie wollen und was Joe Ihnen bedeutet. Wenn er Sie wirklich sehen oder mit Ihnen sprechen wollte, würde er das tun. Und deshalb habe ich nicht die Absicht, Ihnen irgendwas zu erzählen.«

»Können Sie mir sagen, ob es ihm gutgeht?«

Jeans Mund verzog sich vor Ärger. »Warum zum Teufel sollte es ihm nicht gutgehen?«

»Er ist seit Tagen spurlos verschwunden. So wie er sich verhält – das ist untypisch für ihn«, sagte Kate beharrlich.

»›Wie er sich verhält‹«, äffte Jean sie nach, »ist mir vollkommen egal. Ich habe nichts weiter zu sagen – wir sind fertig. Ich möchte, dass Sie meinen Trailer verlassen.«

Jean Velez war keineswegs eine Verdächtige, die nach einer Anwältin verlangte, aber für Kate besaßen ihre Worte die gleiche Entschiedenheit und Endgültigkeit. Sie stand auf, verließ den Trailer und schloss die Tür hinter sich. Sie meinte Dora von einer Ecke ihres Wohnwagenfensters aus herüberspähen zu sehen.

Kate kehrte zu ihrem Auto zurück, stellte die Klimaanlage auf die höchste Stufe und verließ die Wohnwagensiedlung.

Kurz darauf fuhr sie rechts ran und blieb mit laufendem Motor stehen, um nachzudenken. Es gab wenig Neues zu erwägen; sie hatte kaum noch Optionen übrig. Hierherzufahren hatte sich als Flop erwiesen. Es hatte rein gar nichts gebracht.

Nein, rein gar nichts stimmte nicht. Jean wusste etwas, davon war Kate überzeugt. Und Jack – was hatte es mit Jack auf sich? Er war ein Rätsel, umgeben vom Bollwerk der Verschwiegenheit, wenn nicht gar Geheimniskrämerei seiner Geschwister. Kate würde weder Jean noch Jack in Ruhe lassen.

Sie schaute auf die Uhr, nahm dann ihr Handy aus der Konsole und rief die oberste Nummer auf ihrer gespeicherten Liste an – Silverlake Haven. Es war nicht der Anschluss in Maggies Zimmer, den sie selten anwählte, denn sie wollte es nicht riskieren, Maggie oder ihre Zimmergenossin aus dem Schlaf zu reißen. Sie legte den Kopf an die Stütze, schloss die Augen und hörte das Telefon sechs Mal klingeln.

»Silverlake Haven. Marla am Apparat.« Die Stimme klang atemlos.

»Marla, hier spricht Kate Delafield. Wie geht es Maggie heute?«

»Kate, ich bin froh, dass Sie anrufen. Nicht so gut. Ich habe bei Ihnen zu Hause angerufen. Wir mussten ärztliche Hilfe holen. Jetzt scheint sie recht ruhig zu sein, aber sie hat eine Panikattacke gehabt …«

So viel zu weiteren Nachforschungen in Victorville. »Ich

bin etwa zwei Stunden entfernt, Marla. Ich komme, so schnell ich kann.«

»Sie wird froh sein, Sie zu sehen.«

Mit klopfendem Herzen klappte sie ihr Telefon zu. Wie war das noch gleich von wegen Panik ... Schwer atmend kämpfte sie gegen ihre Furcht an. Sie begriff – sie gestand sich ein, dass sie Hilfe brauchte. Irgendeine Art Hilfe. Eine ganz bestimmte Art Hilfe.

Sie zog Calla Dearborns Visitenkarte aus der Brusttasche und gab die Nummer ein. Diesmal erreichte sie tatsächlich den Anrufbeantworter und fühlte sich allein schon beim Hören von Calla Dearborns volltönender Stimme in der Ansage beruhigt.

»Hier spricht Kate«, sagte sie. »Danke, dass Sie gestern Zeit für mich hatten. Ich würde gern wiederkommen, wann immer es Ihnen passt.« Sie warf einen Blick auf die Uhr am Armaturenbrett. »Ich bin zwei Stunden von L.A. entfernt und muss bei meiner Rückkehr sofort zu meiner Freundin ins Hospiz. Während dieses Besuchs und während ich unterwegs bin, gehe ich nicht ans Telefon. Würden Sie mir bitte eine Nachricht hinterlassen und mir sagen, wann Sie einen Termin für mich haben?«

Sie hinterließ ihre Telefonnummer und schaltete das Handy aus. Dann gab sie Gas und war auf dem Weg zur Interstate 15 und nach Los Angeles.

7

Um kurz nach drei kam Kate beim Silverlake Haven an. Marla war an der Rezeption. Sie nickten sich kurz zu, und Kate eilte zu Zimmer 4. Maggie saß, Kissen im Rücken, halb aufgerichtet da, und ihre Hände zuckten krampfartig auf ihrer Brust. Nase und Mund waren von einer Plastikmaske bedeckt, und neben dem Bett stand eine Sauerstoffflasche, die größer als gewöhnlich war. Kates Blick war auf die Brust geheftet, die sich unter Maggies Händen hastig hob und senkte, und sie trat eilig auf sie zu. Maggie zog die Sauerstoffmaske von ihrem Gesicht und streckte die Arme nach Kate aus. Ihre Augen waren glasig, verletzlich, die Pupillen riesig.

Kate ergriff ihre Hände, beugte sich über sie und sagte leise: »Du solltest die Maske wieder anlegen. Wie fühlst du dich?« Der Bereich um Maggies Bett roch scharf, medizinisch.

»Besser. Besser als vorher.« Ihre Stimme klang rasselnd. Sie hob die Hand, auf deren Rücken ein Pflaster klebte. »Ich hing am Tropf.« Sie grinste schwach. »Guter Stoff.«

Kate strich ihr über die Wange, über die Stirn. Maggie sah fiebrig aus. Ihre Haut fühlte sich heiß und trocken an. Kate hätte am liebsten geweint. Sie sagte: »Vielleicht solltest du lieber wieder die Sauerstoffmaske aufsetzen.«

»Vielleicht sollte ich lieber sterben. Ich wünschte, ich hätte einen hohlen Zahn mit Gift drin, so wie in den alten Spionagefilmen ... Ich halte das nicht aus, Kate. Hörst du mich?« Das Sprechen strengte sie an; sie atmete gierig ein, dann hustete sie – ein keuchender, schluchzender, erstickender Husten, der ihren ganzen Körper wellenartig erschütterte. Sie zog die Sauerstoffmaske wieder über Mund und Nase.

»Miss Police Detective!«, erklang eine Stimme in ihrem Rücken.

»Moment!«, schnappte Kate entnervt. Sie sah Maggie konzentriert an und überlegte, ob sie Hilfe herbeirufen sollte. Doch nach mehreren tiefen, rasselnden Atemzügen schien Maggie die Kontrolle wiederzuerlangen, und sie wies zu Alice hinüber, während sie mit der anderen die Sauerstoffmaske vor ihr Gesicht gedrückt hielt.

Kate begriff, dass Maggie einen Augenblick für sich haben wollte, ohne dass Kate sie anstarrte, und sie wandte sich um. Sie hatte Alice beim Eintreten gar nicht wahrgenommen – sie hatte nur Maggie im Sinn gehabt. Alice trug ein Nachthemd, das mit gelben Smileys verziert war, und saß auf der Bettkante. Ein schmächtiger junger Mann, die Spitzen seines kurzen Haares blond gebleicht, stand neben ihr und hielt ihre Hand. Er trug ein blassgelbes Hemd mit Stehkragen, das nicht ganz zugeknöpft war, Khakihosen und Sandalen.

»Raten Sie mal, wer das ist!«, frohlockte Alice. Ihre Haut sah fahl aus, und ihre welken Wangen schienen beim Sprechen noch mehr einzusinken, aber ihre tränenfunkelnden Augen strahlten.

»Jonathan Philip Souza, vermute ich.« Kate trat zu ihm, und es gelang ihr, ein Lächeln auf ihrem Gesicht zu zeigen.

»Ich kann Ihnen gar nicht genug danken«, sagte er und streckte beide Hände nach ihr aus. Seine blauen Augen waren gleichfalls voller Tränen, seine glattrasierten Wangen nass. Sie ergriff seine Hände, und er zog sie an sich und umarmte sie. »Das hier bedeutet mir so viel.«

»Freut mich, dass ich dazu beitragen konnte«, murmelte Kate und dachte, dass dies das einzig Gute war, was an diesem Tag passierte.

Er ließ sie los, und sofort streckte Alice die Arme nach ihr aus, zog sie an sich und gab ihr einen federzarten Kuss auf die Wange. »Ich bin Ihnen was schuldig, Miss Police Detective«, flüsterte sie.

»Bitte nennen Sie mich Kate. Ich freue mich für Sie, Alice.«

»Unsere ganze Familie sollte ihr Herz befragen: Was wir getan haben, war unrecht. Es war grausam und brutal. Jon hatte den Großmut und die Güte, mir zu vergeben. Nach all diesen Jahren.« Ihre Stimme zitterte, und Jon wischte sich mit dem Handrücken über die Augen.

Dylan, dachte Kate. Das hier war wie bei Dylan, für den sie die Einzige war, die ihm wirklich von seiner Familie blieb. Er wusste, dass seine Mutter und sein Vater ihn tief in ihrem Inneren auch noch liebten, aber im Grunde liebten sie das Bild eines anderen Menschen, und die Einzige, die den wahren Dylan akzeptierte, war Kate. Und Aimee natürlich …

»Darf ich Sie bei Gelegenheit zu einem Drink einladen?«, fragte Jon Kate.

»Warum nicht?« Kate lächelte ihn an.

»Ich habe Ihre Nummer noch von der Nachricht, die Sie mir hinterlassen haben. Ich rufe Sie an.«

Noch einmal küsste Alice sie sachte auf die Wange, dann schob sie Kate fort in Richtung Maggie. »Sie hat einen schlechten Tag«, flüsterte sie. »Und nicht vergessen, Miss Police Detective: Ich bin Ihnen was schuldig.«

Kate kehrte zu Maggie zurück und setzte sich zu ihr. Während Alice und ihr Großneffe im Hintergrund pausenlos schnatterten, erzählte Kate Maggie – sie wollte nicht, dass Maggie redete und war einigermaßen sicher, dass niemand mithörte – von den Ereignissen der vergangenen beiden Tage, von Joe Cameron und Walcotts Besuch und allem anderen, das zu ihrer Fahrt nach Victorville geführt hatte. Maggie hörte entzückt zu, den Blick auf Kate geheftet, das Atmen mit der Sauerstoffmaske ging ohne Mühe. Sie kicherte sogar, als Kate beschrieb, wie Jean Velez mit »Dora, dem Miststück« aneinandergeraten war – der Frau, die sie verpfiffen hatte. Maggie hob die Maske an, um Kate zu sagen: »Sprich mit dieser Dora. Miststücke von nebenan wissen meistens eine Menge.«

Kate nickte. »Das habe ich vor.« Sie hätte es längst gemacht, wenn ihr Anruf bei Marla sie nicht auf der Stelle zurückgeholt hätte.

»Morgen«, murmelte Maggie, und ihre Lider senkten sich. »Morgen fährst du wieder hin, ja?«

»Ja, aber ich werde anschließend so bald wie möglich wieder zu dir kommen. Ich habe noch ein paar weitere Ideen.«

Kate küsste sie auf die Stirn, machte sich auf den Weg zur Tür und winkte Alice und Jonathan Philip Souza zum Abschied zu.

Im Flur schaltete sie ihr Handy wieder ein. Sie hatte eine neue Nachricht: »Kate, hier spricht Calla. Rufen Sie mich an, sobald Sie meine Nachricht erhalten haben.«

Doch Kate blieb stattdessen vor Zimmer 3 stehen.

Ida Appleby erblickte sie und schaltete sofort den Fernseher aus. Sie stützte sich auf einen Ellbogen auf und rief ihrer Zimmergenossin zu: »Rate mal, wer da ist! Kate, die Agnostikerin. Kommen Sie rein und versuchen Sie noch einmal, uns zu bekehren.«

Kate lachte und war verwundert, wie gut sich das anfühlte. Einige Minuten mit Ida mochten zu den guten Taten gehören – zusammen mit dem Besuch von Souza –, die sie an diesem Tag bewerkstelligen konnte. »Ist Ihnen nach Besuch zumute?«

»Immer doch. Wir haben weitere Fragen. Kommen Sie rein, setzen Sie sich. Wir haben andauernd über Sie gesprochen, und wir wollen wissen, ob Sie das genauso machen wie Brenda Leigh Johnson in *The Closer,* wenn Sie Ihre Mörder vernehmen.«

Kate lachte wieder. »Ich mache das noch besser«, scherzte sie, trat ein und zog sich einen Stuhl zwischen die beiden Betten.

Eine halbe Stunde später saß sie in ihrem Wagen und rief Calla Dearborn zurück.

Dearborn nahm beim ersten Klingeln ab. »Wie geht es Ihrer Freundin?«, fragte sie.

Der Besuch bei Ida und Mary hatte ihre Stimmung so gehoben, dass die Frage von Dearborn sie eiskalt erwischte.

Kate sah sich außerstande zu antworten. Sie keuchte, schluckte, schluckte ein zweites Mal. »Entschuldigung«, brachte sie schließlich heraus. »Es war ein langer Tag.«

»Weilt Ihre Freundin noch unter uns?«

»Ja. Das tut sie.«

»Und Sie sind jetzt dort? Im Hospiz?«

»Draußen, in meinem Auto«, antwortete Kate mit einiger Mühe. »Sie schläft jetzt. Es scheint ihr wieder besser zu gehen.«

»Kommen Sie her. Jetzt sofort. Ich warte in meiner Praxis auf Sie.« Und damit legte sie auf.

Wieder parkte Kate vor Calla Dearborns Haus. Als sie auf den Weg zuging, der an der Seite des Hauses entlang zur Praxis führte, warf sie einen Blick in das vordere Fenster und überlegte, ob das »Wir«, das dieses Haus gekauft hatte, Dearborn und ein Ehemann war oder Dearborn und eine Partnerin und ob sie Kinder hatten oder Haustiere. Sie dachte an mögliche Freundinnen und Freunde von Dearborn, wie diese wohl sein mochten, und ob Calla Dearborn und Carolina Walcott vielleicht mehr als nur beruflich miteinander bekannt waren. In ihren früheren Sitzungen war Dearborn Kates Nachfragen ausgewichen – sie war der Meinung gewesen, dass die gemeinsame Zeit ausschließlich Kate gewidmet sein sollte. Also würde sie wahrscheinlich nie Näheres erfahren. Was diese Frau anging, die ihr plötzlich, dringlich, unverzichtbar wichtig war, war alles, was über die Informationen auf der Visitenkarte in ihrer Brusttasche hinausging, eine Leerstelle.

Die herabgelassenen schmalen Jalousien an den Fenstern des Gartenhauses verbargen das Innere und spiegelten die Zitrusstrahlen der Spätnachmittagssonne zurück. Kate klopfte sachte an die Tür. Calla Dearborn öffnete prompt. Sie nickte Kate mit ernster Miene zu.

»Willkommen. Entschuldigen Sie meinen Aufzug – ich bin den ganzen Tag hier gewesen und habe geschrieben.« Sie trug ein schwarzes, langärmeliges Jersey-T-Shirt und weiße Baumwollhosen mit Tunnelzug.

»Ich bin froh, dass Sie Zeit für mich haben. Es ist mir egal, was Sie anhaben, und selbst wenn Sie –« *nackt wären,* hatte sie sagen wollen, doch sie änderte es rasch zu »einen Badeanzug tragen würden«. Das Häuschen wurde von den Jalousien verdunkelt, aber einige Lichtleisten erhellten es, und es duftete verlockend nach Kaffee. Kate ließ sich dankbar in den einen Sessel sinken – das köstliche Aroma, die Wände des Häuschens ringsum, die sie umfangenden Armlehnen des Sessels – alles trug dazu bei, dass sie sich nach den frustrierenden Erlebnissen und Enttäuschungen des Tages nun geborgen fühlte.

Dearborn ging zu einer Anrichte hinüber, auf der ein Tablett mit einer Kanne und mehreren Kaffeebechern stand. »Ich dachte mir, dass Sie einen Kaffee gebrauchen könnten.«

»Was ich wirklich gebrauchen könnte, ist ein Drink«, gestand Kate.

»Ich weiß«, erwiderte Dearborn leise und schenkte Kaffee ein. »Aber den würde ich Ihnen nicht anbieten, selbst wenn ich könnte. Das würde mich zur ›Komplizin der Sucht‹ machen.«

»Ja, ich bin mit dem Begriff vertraut«, murmelte Kate.

»Entziehungskur? AA?«

»Beides.«

»Das hier wird helfen. Trinken Sie – nur zu. Es ist genug da.« Dearborn reichte ihr den dampfenden Becher und nahm ihr gegenüber Platz. Sie selbst hatte sich keinen Kaffee eingeschenkt.

Dearborn beugte sich zu Kate vor, die dunklen Augen auf sie geheftet, ihr Haar erschien in der Cottage-Beleuchtung wie ein grauer Heiligenschein. »Das letzte Mal wurden wir unterbrochen, als Sie dabei waren, mir etwas sehr Wichtiges zu erzählen. Über Ihre Träume. Und darauf möchte ich gern zurückkommen. Doch wollen Sie mir zuerst von Ihrer Freundin im Hospiz erzählen? Wie lange kennen Sie sich schon?«

»Dreiundzwanzig Jahre.« Kate stürzte den halben Kaffee hinunter, ohne darauf zu achten, wie heiß er war. Erst dann konnte sie fortfahren. »Sie heißt Maggie Schaeffer. Wir haben uns während einer Mordermittlung kennengelernt. Es war ein besonders brutaler Fall – eine neunzehnjährige Lesbe namens Dory Quillin wurde mit einem Baseballschläger erschlagen.«

Dearborn seufzte und schüttelte den Kopf.

Kate fügte hinzu: »Es geschah auf dem Parkplatz der Bar, die Maggie gehörte. Die Nightwood Bar.«

»Sie hat ihre Bar nach Djuna Barnes' Roman benannt?«

Kate nickte. Sie war beeindruckt, dass Dearborn sich auskannte. »In Wahrheit hat Maggie das Buch nach ein paar Seiten weggelegt. Aber sie fand, dass der Titel sich gut als Name für eine Lesbenbar eignete. Vor allem in den achtziger Jahren.«

»Erzeugt definitiv Atmosphäre«, meinte Dearborn, »und auf traurige Weise sozusagen sehr angemessen für einen so brutalen Mord. Haben Sie den Täter gefasst?«

»Ja«, sagte Kate bloß. Sie wollte sich nicht weiter dazu äußern. Nicht in dem Augenblick.

»Erzählen Sie mir von Maggie. Wie kommt es, dass sie Ihnen so viel bedeutet?«

Kate sammelte ihre Gedanken, ehe sie schließlich antwortete: »Sie ist immer, immer für mich dagewesen. Sie hat nie zugelassen, dass ich mich drücke. Sie hat mir immer die Wahrheit gesagt – egal was. Die reine, ungeschminkte Wahrheit.«

»Nach allem, was ich weiß, müssen einige Wahrheiten schwer zu ertragen gewesen sein.«

»Im Nachhinein betrachtet«, sagte Kate kläglich, »nicht nur einige, sondern alle.«

»Welche Wahrheit war für Sie am schwersten zu hören?«

Kate rutschte in ihrem Sessel herum und ergriff die Armlehnen, die sie nun nicht länger als beschützend empfand. Sie seufzte. »Das hier wird die gleiche Quälerei wie beim letzten Mal, nicht wahr, Calla? Sie stellen mir Fragen, die ich nicht beantworten möchte.«

»Genau so läuft das, Kate«, erwiderte Dearborn gleichmütig. »Mein Part ist das Quälen, Ihr Part ist das Leiden.«

Kate brachte ein Grinsen zustande. Sie griff nach ihrem Kaffeebecher und trank ein paar Schlucke. »Die schlimmste Wahrheit, die Maggie mir je gesagt hat? Ich kann Ihnen zumindest erzählen, warum diese Frage so schwer zu beantworten ist. Es liegt daran, dass ich so verdammt viele dumme Sachen gemacht habe, dass es mir schwerfällt, eine davon herauszupicken. Bis heute kann ich mir nicht vorstellen, warum sie je meine Freundin sein wollte, geschweige denn eine so loyale Freundin an jedem einzelnen Tag in den vergangenen dreiundzwanzig Jahren.«

»Zweifelsohne hat sie gedacht, dass Sie es wert sind. Und das sind Sie tatsächlich.« Dearborn ergriff ihren Malachit-Stift und machte sich eine kurze Notiz auf ihrem Block, dann legte sie den Stift wieder hin. »Was für dumme Sachen haben Sie gemacht, Kate?« Ihr Lächeln brachte ihre Grübchen zum Vorschein. »Erzählen Sie mir von einigen.«

»Ich kann Ihnen die wirklich großen erzählen. Aimee. Alk. Der Job. Alk. Raus aus dem Job. Alk. Es hängt alles mit allem zusammen – das sehe ich jetzt. Maggie hat das immer gesehen – für sie war das sonnenklar. Aber ich?« Sie zuckte die Achseln. »Es ist wie ... Es ist wie – wäre ich ein Auto, dann eines, das nur einen Rückspiegel hat.«

Wieder lächelte Dearborn. »Das ist eine bemerkenswerte Einsicht für jemanden mit einem Rückspiegel.«

Kate zuckte wieder die Achseln und trank ihren Kaffee aus. »Wenn man jemandem oft genug eines mit der Brechstange überzieht, dann dämmert irgendwann die Erkenntnis, wo der Schmerz herkommt.«

»Meine Güte, gehen wir hart mit uns ins Gericht. Nehmen Sie sich noch Kaffee«, sagte Dearborn. »Und bringen Sie mir auch einen mit.«

Kate tat, wie geheißen, und als sie wieder in ihrem Sessel

saß, fragte Dearborn: »Wie lautet Maggies Diagnose, Kate?«

»Lungenkrebs. Fortgeschrittenes Stadium. Sie hat höchstens noch ein paar Wochen.«

Dearborn stellte ihre Kaffeetasse mit einem dumpfen Knall ab. »Oh, du lieber Gott, wie schrecklich. Das ist mit die schrecklichste …« Sie beendete ihren Satz nicht.

Den Blick gesenkt, sagte Kate mit belegter Stimme: »Sie hat mich gebeten … Sie möchte, dass ich ihr helfe zu sterben.«

Als keine Antwort kam, blickte sie auf. Zu ihrem Schrecken glitzerten Tränen in Dearborns Augen, die gleich darauf überliefen. Ihre eigene Kehle zog sich zusammen, und es war, als ob Dearborns unverhüllte Gefühlsreaktion bei ihr selbst einen Damm brechen ließ. Sie verlor die Kontrolle, sie wusste, dass es keinen Weg gab, es länger zurückzuhalten. »Ich muss weinen«, stieß sie hervor.

»Meine Erlaubnis haben Sie«, schniefte Dearborn. Sie rupfte ein paar Papiertaschentücher aus der Schachtel auf dem kleinen Tisch neben sich, nahm ihre Brille ab und tupfte sich die Augen, ehe sie Kate die Schachtel reichte.

Einige Zeit später setzte Dearborn ihre Brille wieder auf und sagte: »Es tut mir so leid, Kate.« Dann fuhr sie fort: »Wie kommen Sie damit klar? Ich meine, mit dem, was sie von Ihnen verlangt?«

»Gar nicht. Ich möchte ihr helfen. Aber ich kann es einfach nicht.« Kate beugte sich in ihrem Sessel vor, ihr Körper bebte vor innerer Erschütterung.

»Natürlich können Sie das nicht.«

»Es ist verrückt. Es ist komplett verrückt. Ich habe jahrelang eine Waffe getragen, ich hatte die Befugnis zum Töten –« Sie tupfte sich mit dem Papiertaschentuch heftig die Augen. »Meine beste Freundin – sie kann kaum atmen, sie will sterben, sie fleht mich an, ihr zu helfen, und ich bin ihr einiges schuldig und ich kann nicht – ich *kann* es einfach nicht.«

»*Das* sind Sie ihr gewiss nicht schuldig, und natürlich können Sie das nicht tun, Kate.« Dearborns Stimme klang nun wieder fest. »Sie sollten es nicht und Sie können es nicht und sie sollte Sie nicht darum bitten.«

Kates Kopf fuhr hoch. »Wen sollte sie sonst darum bitten?«

»Niemanden. Niemand sollte je einen anderen Menschen darum bitten, jemanden zu töten – sich selbst eingeschlossen.«

»Sie werfen ihr das vor? Wenn sie Ihre engste Freundin wäre –«

»Ich werfe ihr das nicht vor«, sagte Dearborn hitzig, warf ihre Taschentücher beiseite und presste die Hände auf ihre Schenkel. »Das ist nicht Maggies Schuld. Das ist nicht Ihre Schuld. Es liegt an den schrecklichen Gesetzen, die uns die Beihilfe zur Selbsttötung nicht erlauben – die uns nicht die Möglichkeit geben, über unseren eigenen Tod zu bestimmen.«

»Es ist nicht richtig, es ist nicht richtig ...«

»Natürlich ist es nicht richtig. Nichts könnte falscher sein. Sagen Sie, Kate, und ich weiß, dass dies eine weitere schwierige Frage ist: Was fürchten Sie am meisten bei dem Gedanken, sie zu verlieren?«

»Alles.« Kate richtete sich auf, legte beide Hände an ihre Wangen und fuhr fort: »Ihre Stärke … ihren Rat … ihren Humor … ihre Weisheit … ihre Klarheit … alles. Sie ist *immer* dagewesen. Sie ist … mein Polarstern.«

»Gibt es sonst jemanden in Ihrem Leben, der oder die Ihnen einige dieser Dinge geben kann?«

»Ich denke … Aimee vor allem. Obwohl sie nicht wirklich zu meinem Leben gehört.«

»Ihre Partnerin – richtig? Wie lange nun schon?«

»Im Februar wären es neunzehn Jahre gewesen. In den letzten fünf Jahren sind wir immer wieder zusammen und auseinander gewesen.«

»Zusammen und auseinander …« Dearborn betrachtete sie abwartend.

»Zusammen, wenn ich nicht trank«, gestand Kate ein. »Auseinander, wenn ich trank.«

»Und nun sind Sie wieder auseinander seit …«

»Seit fast fünf Monaten.«

»Ist das die längste Zeit bisher?«

»Bei weitem.«

»Und was ist vor fünf Monaten passiert?«

»Maggies Diagnose. Und«, fügte sie widerstrebend hinzu: »ich musste meine Dienstmarke abgeben. Meine Karriere beenden.« *Mein Leben.*

Dearborn schrieb etwas auf ihren Block. Dann blickte sie auf und sah Kate mit gerunzelter Stirn an. »Sowohl das eine als auch das andere – Maggie oder ihr Karriereende – wären schon schwer genug gewesen. Ganz zu schweigen von beidem zusammen. Wo ist Aimee jetzt?«

»Sie hat die Ferienwohnung einer Freundin von ihr in West L.A. gemietet.«

Dearborn nickte. »Und wie kommt sie mit all dem klar?«

»Ich bin nicht sicher.« Kate seufzte. »Besser als ich jedenfalls. Sie besucht Maggie oft – Maggie erzählt mir immer, wenn sie dagewesen ist. Maggie ist uns beiden immer eine große Freundin gewesen. Darüber hinaus weiß ich nicht, was Aimee in den letzten Monaten gemacht hat, und ich frage auch nicht danach.«

»Weil?«

»Um die Wahrheit zu sagen –«

»In diesem Zimmer hier will ich immer die Wahrheit hören.«

»Ich will es nicht wissen«, fuhr Kate fort, verärgert über den Tadel.

»Sie haben Angst davor, es zu erfahren?«

»Könnte man sagen«, gestand Kate ein. »Ja, das könnte man eindeutig sagen.« Sie sank in ihrem Sessel zusammen, erschöpft von all den Gefühlen, die hochgekommen waren. »Hören Sie, es war ein langer übler Tag ...«

Dearborn musterte sie gründlich. »Sie sehen wirklich erledigt aus. Sie haben eine lange Autofahrt hinter sich, nach allem, was ich weiß.«

»Vier Stunden insgesamt. Und ich muss morgen wieder nach Victorville.«

»Was gibt's in Victorville?«

»Ein weiteres Problem.« Kate wollte eine Kurzversion geben, scheiterte aber. »Es ist eine lange Geschichte«, sagte sie lahm.

Dearborn nickte. »Ich bin gut im Anhören langer Geschichten. Aber dazu später. Wir müssen noch mal zu Ihren Träumen zurückkehren, denn die sind sehr, sehr wichtig. Doch an dieser Stelle sollten wir aufhören, Kate. Ich habe nicht die Absicht, Sie zu drängen.«

Wieder beugte sich Dearborn zu ihr vor. »Sie müssen oft zu mir kommen. Eine Zeitlang zumindest. Wie klingt einmal pro Woche – öfter, wenn möglich.«

Kate krümmte sich innerlich und blickte zu Boden. »Das ist schwer, Calla. Das fällt mir wirklich schwer.«

»Ich weiß. Aber Sie müssen kommen.«

»Das habe ich verstanden.«

»Sagen wir, zweimal die Woche. Fürs Erste.«

»Ich schätze ... Ich bin sicher, das wäre wirklich gut.« Sie sah auf und schaute in Callas ruhiges, zugewandtes Gesicht. »Danke, Calla.«

»Da wäre noch eine Sache. Ich bin der Meinung, dass Sie neben unseren Gesprächen noch weitere Hilfe benötigen, um Sie durch diese –«

»Sie meinen Pillen.«

»Ja. Sie leiden unter einer schweren Angst- und Belastungsreaktion. Sie sollten eine Zeitlang ein Antidepressivum nehmen.«

Kate schüttelte den Kopf. »So ein Zeug möchte ich wirklich nicht nehmen.«

»Sie nehmen bereits ›so ein Zeug‹. Sie behandeln sich seit Jahren mit Selbstmedikation.«

Kate kam sich vor, als wäre sie fünf. Eine solche Demütigung hatte sie seit ihrer Kindheit nicht mehr erlebt.

Sie brachte ein Schulterzucken zuwege. »Das ist die Art Medizin und deren Dosierung, die ich kenne«, murmelte sie.

»Und wie hat das für Sie funktioniert?«

Kate sah sie ironisch an. »Es hat jedenfalls funktioniert. Wie schlecht auch immer. Lieber den Teufel, den ich kenne …«

»Teufel ist das richtige Wort dafür. Alkohol ist ein Depressivum. Er macht Dinge unendlich viel schlimmer.«

Wie könnten sie noch schlimmer werden? »Tja, nun … Ich erinnere mich, wie ich einen Freund von Aimee einmal gewarnt habe, weil er andauernd ins Solarium ging. Aber er hat bloß gemeint: ›Ich weiß, dass ich Hautkrebs kriegen werde. Aber nicht heute.‹ Und etwas zu trinken würde mir heute wirklich helfen.«

»Wenn Sie schon einen Entzug gemacht haben und bei den Anonymen Alkoholikern waren, dann wissen Sie, dass das Unsinn ist – reine Rationalisierung.«

Bei ihren abschlägigen Worten sah sie Kate nicht an – sie war aufgestanden und wühlte in einer ihrer Schreibtischschubladen herum.

Kate fühlte sich noch mehr gedemütigt und versank tiefer in ihrem Sessel. Sie gab keine Antwort.

Schließlich fand Dearborn eine Visitenkarte und ein Formular und legte beides auf das Tischchen neben Kate. »Therapeutinnen können keine Medikamente verschreiben, wie Sie vermutlich wissen. Das hier ist die Psychiaterin, mit der ich zusammenarbeite. Ich rufe sie morgen an und erkläre ihr die Situation und was ich empfehlen würde. Sie wird Sie natürlich sehen wollen, und Sie sollten alle Fragen auf diesem Formular beantworten, ehe Sie hingehen. Es ist Ihre Entscheidung, ob Sie das tun oder nicht, aber ich würde Ihnen dringend dazu raten.«

Kate sah auf die Visitenkarte, nahm sie jedoch nicht an sich.

»Hören Sie, Kate«, fuhr Dearborn fort. »Jeder Mensch auf Erden braucht von Zeit zu Zeit Hilfe. Sie eingeschlossen. Und das ist kein Grund, sich zu schämen. Eines der Probleme, die mich früher am meisten frustriert haben – und das betraf nicht nur Sie, sondern praktisch alle Cops, mit denen ich gearbeitet habe –, war die Tatsache, dass Sie und Ihre Kollegen aufgrund Ihrer Arbeit alle Hilfe gebraucht hätten und dass niemand von Ihnen sich Hilfe gesucht hat, weil Sie alle darauf abgerichtet waren, taff zu sein, und Hilfe in Anspruch zu nehmen keine Option war.«

Kate dachte an Joe Cameron. Ihr Partner, sieben Jahre lang, und ein enger Freund, wie sie gedacht hatte – er hatte sein Problem, wie immer es auch aussehen mochte, vor ihr verborgen – er hatte nicht um Hilfe gebeten, die er vielleicht wirklich brauchte, er hatte ihr nicht vertraut … »Das stimmt wirklich«, gestand sie ein. Sie nahm die Visitenkarte und das Formular an sich.

»Gut«, sagte Dearborn. Wieder öffnete sie die Schreibtischschublade und nahm einige weitere Formulare heraus. »Ich habe auch noch ein bisschen Papierkram für Sie – nichts Kompliziertes. Sie haben sich eine gute Zeit ausgesucht – in meinem Leben jedenfalls, denn ich bin terminlich sehr flexibel, wann immer Sie es einrichten können zu kommen, bei all den übrigen Dingen, die in Ihrem Leben gerade anstehen.«

Kate antwortete ohne die leiseste Spur von Ironie: »Ich schätze mich glücklich, Calla.«

8

Am nächsten Morgen – nachdem sie mehrere Scheiben Toast gegessen und eine ordentliche Dosis Tylenol und Kaffee intus hatte – saß Kate mit verkatertem Kopf draußen auf dem Balkon, und nachdem sie sich eine Zeitlang in die Beobachtung versenkt hatte, wie sich der Frühnebel von den Straßen und den Bäumen hob wie auch von ihrem Körper und Geist, fühlte sie sich gewappnet, im Hospiz anzurufen.

»Maggie hat eine einigermaßen gute Nacht gehabt«, berichtete Marla ihr. »Der Arzt wird gegen elf nach ihr sehen.« Dann fügte sie rasch hinzu: »Sie fühlt sich recht wohl, Kate. Und wir tun unser Bestes, damit das so bleibt.«

»Ich weiß. Und ich bin dankbar dafür«, erwiderte Kate. Sie gab Marla ihre Handynummer, damit sie sie in einer kritischen Situation erreichen konnte.

Dann rief sie Walcott an. »Tut mir leid, dass ich mich gestern nicht mehr gemeldet habe. Ich musste aus Victorville zurückkommen, um ins Hospiz zu fahren, und der Tag war einfach –«

»Sie brauchen sich nicht zu entschuldigen, Kate«, fiel Walcott ihr ins Wort. »Ich weiß, dass Sie gerade sehr gefordert sind. Wie geht es Ihrer Freundin?«

Kate ging im Geiste eine Reihe von möglichen Antworten durch und entschied sich dann für Marlas letzte Auskunft. »Sie scheint sich im Augenblick recht wohlzufühlen.«

»Das ist wohl das Beste, was wir erwarten können«, meinte Walcott.

»Ja. Danke, Captain«, erwiderte Kate, gerührt von dem ›Wir‹. Dann gab sie eine Zusammenfassung von ihrem Empfang in Victorville; sie erzählte von dem türenknallenden Freund von Joes Schwester und Dora-dem-Miststück aus dem Wohnwagen nebenan und gab die spärlichen Informationen weiter, die sie der feindselig gesinnten Jean Velez abgerungen hatte.

»Diese Wüstensonne muss den Leuten das Hirn backen«, meinte Walcott. »Was halten Sie von der Sache?«

»Das Gleiche wie Sie.«

»Fazit ist also, dass wir bei der Suche nach Joe bisher noch nicht den geringsten Fortschritt erzielt haben.«

»Das wird sich heute ändern«, erwiderte Kate. Sie wusste, dass Walcott ihre optimistische Behauptung als den Bluff durchschaute, der er war, und fuhr fort: »Ich habe vor, gleich nach unserem Telefonat wieder nach Victorville zu fahren und noch einigen weiteren Spuren nachzugehen.«

»Prima. Aber wir haben nicht viel Spielraum«, gab Walcott zu bedenken, und ihre Stimme klang düster. »Der Fingerabdruck im Fall Carter war ein Volltreffer, und die Tatsache, dass er bereits hinter Schloss und Riegel sitzt, ist ein Glück, Kate, aber wir sind es der Familie Carter schuldig, sie wissen zu lassen, dass wir Tamaras Mörder möglicherweise gefasst haben.«

»Ich weiß, Captain. Ich bin ganz Ihrer Meinung.«

»Wo wir gerade von Schloss und Riegel sprechen«, fuhr Walcott fort, begleitet von statischem Knistern in der Leitung oder dem Geraschel von zusammengeschobenen Papieren, »ich werde diesen mysteriösen Bruder von Joe durch den Computer jagen und mal sehen, ob es einen Gefängnisinsassen namens Jack Cameron aus Victorville gibt. Das wird diese Möglichkeit ausschließen oder aber eine Erklärung liefern.«

»Gute Idee. Ich melde mich wieder«, versprach Kate.

»Ich ebenfalls.« Damit legte Walcott auf.

Kate machte einen weiteren Anruf: Dr. Sherman. Sie wählte die Nummer auf der Visitenkarte, die Calla Dearborn ihr gegeben hatte. Dann gab sie Miss Marple frisches Futter und Wasser, tätschelte sie zum Abschied und ging hinunter in die Garage zu ihrem Auto.

Kate fuhr durch die Ausläufer von L.A. und dann in die Hochwüste, während ihre Gedanken unablässig um Cameron und um Maggie, um Aimee und Dylan und Calla Dearborn kreisten. Die Landschaft flog unbesehen an ihr vorbei, bis sie die Stadtgrenze von Victorville erreichte. Wieder war der Tag gleißend hell und heiß, und vermutlich würden bis zum Spätherbst die meisten Tage hier nicht anders sein. Um kurz nach elf lag die Temperatur bei zweiunddreißig Grad. Kate fuhr in Richtung Golden Sunset Trailer Park.

Windböen ließen die vertrockneten Palmwedel über dem Wohnwagen von Jean Velez rascheln. Weder der Toyota

Corolla noch der Ford F-150 standen vor dem Trailer oder in Sichtweite. Aber an diesem Tag galt Kates Interesse nicht Jean und ihrem Wohnwagen.

Im Gegensatz zu Jeans eher planlos wirkendem Kakteengarten, wies der Vorgarten von Doras Wohnwagen nebenan zenartig anmutende kreisförmige Muster aus weißem Felsgestein auf, zwischen die einige Feigenkakteen und andere Kaktusgewächse gesetzt waren. Kate folgte dem schmalen, aus Betonplatten gelegten Weg, der von einem halben Dutzend pinkfarbener Plastikflamingos gesäumt war, ging die vier Stufen zur der kleinen Veranda hinauf und klopfte an die Fliegentür. Sie wurde auf der Stelle geöffnet.

Die fortwährende Wüstensonne und Doras tiefe Bräune schienen in ihrem Gesicht kaum Hautschäden angerichtet zu haben, doch aus den Falten an Nacken und Kehle schloss Kate, dass Dora in den Sechzigern sein musste. Die pinkfarbenen Lockenwickler vom Vortag waren fort und hatten eine bauschige platinblonde Haarpracht hinterlassen. Diesmal bestand das Outfit aus knielangen gelben Shorts mit Paillettenstreifen an den Seiten und einem Shirt mit Leopardenmuster und tiefem rundem Ausschnitt, das sich über einem üppigen Busen spannte. Mit verschränkten Armen musterte Dora Kate. Ihre hellblauen Augen blitzten vor Neugier.

»Dora«, sagte Kate und lächelte sie an. »So heißen Sie, stimmt's?«

Dora grinste. »Wie kommen Sie bloß darauf?« Sie wies auf den Wohnwagen nebenan, und elfenbeinfarbene Armreifen klapperten an ihrem Handgelenk. »Jean ist weg«, sagte sie lapidar. »Alle beide sind weg«, fügte sie dann hinzu. Die Nägel ihrer gestikulierenden Hand waren gelb und rot lackiert und sahen aus wie Flammen, die aus ihren Fingern züngelten.

»Weg«, wiederholte Kate.

»Ja, weg – mit Koffern und allem möglichen anderen Kram.«

Kate schüttelte den Kopf. Das war so unerklärlich wie Jean Velez' übriges Verhalten am Tag zuvor.

»Ich heiße Kate. Kate Delafield. Hätten Sie was dagegen, wenn ich hereinkomme und Ihnen ein paar Fragen stelle?«

»Treten Sie nur ein. Aber seien Sie gewappnet.« Die Finger mit den Flammenspitzen hoben sich wieder; diesmal winkten sie Kate herein.

Kate trat ein, und nach Doras Warnung erwartete sie ein ziemliches Chaos. Dann stand sie wie angewurzelt auf einem dickflorigen Teppich und blinzelte erstaunt. Der Teppichboden wies ein schwarz-weißes Zebramuster auf, die Wände und auch die Decke waren im Leopardenmuster tapeziert. Das Motiv von Tapeten und Teppich wiederholte sich überall im Wohnwagen, einschließlich der Küche. Im Wohnzimmer standen ein goldenes Sofa und ein goldener Zweisitzer, dekoriert mit Kissen mit gestickten Tierbildern und mit Kissen, die Tierköpfe darstellten – Löwen, Tiger, Scotchterrier, Persianerkatzen. Ein Fernseher auf einer Kommode war halb verborgen hinter Glasskulpturen von Vögeln, Reptilien und sonstigen Tieren in verschiedenen Größen. Beistelltische und ein Couchtisch waren ebenfalls mit Figuren vollgestellt, die nach Kates Überzeugung die ganze Bandbreite von Tieren umfasste, die in der Arche Noah Unterschlupf gefunden hatten. Ein Bücherregal enthielt keine Bücher, sondern war vollgestopft mit Keramikfiguren von Vögeln und sonstigem Getier. Neben dem breiten Panoramafenster befand sich ein Elektrokamin, vor dem ein schneeweißes Bärenfell auf dem Zebrateppich lag. Auf dem Kaminsims hatte sich eine Herde kleiner Stoffgiraffen versammelt.

Während ihrer Jahre bei der Polizei hatte Kate viele merkwürdig anmutende Häuser betreten, aber dieses hier gehörte eindeutig zu den ausgefallensten. Ein Bild kam ihr in den Sinn, das sie und Aimee einmal in New York in einer Kunstausstellung gesehen hatten: Das hier war ein Königreich der Tiere wie von Picasso. Das phantastische Interieur dieses Wohnwagens war in dieser nüchternen Wüstenstadt dermaßen fehl am Platz, dass es schien, als hätte eine Spedition Dora und ihren Trailer aus Versehen hierher befördert, statt in das überspannte Las Vegas, wo eine solche Exzentrik geradezu normal war.

Kate fiel nichts anderes ein, also sagte sie, was nicht zu übersehen war: »Sie lieben Tiere wirklich.«

Dora hatte sie mit verschränkten Armen beobachtet und grinste. »Wie kommen Sie bloß darauf?«, sagte sie wieder – offenbar eine Standardfloskel von ihr. »Was kann ich Ihnen zu trinken anbieten? Ich habe alles.«

Kate glaubte ihr aufs Wort; vor ihrem geistigen Auge erschienen alkoholische Drinks, von denen sie nie zuvor auch nur gehört hatte. »Nichts, Dora, danke. Ich möchte nichts trinken.«

»Natürlich möchten Sie etwas trinken. Wir sind hier in der Wüste. Wissen Sie denn nicht, dass Sie immer ausreichend trinken müssen? Ich hole uns Wasser.«

Dora tappte in die Küche und verströmte eine blumige Duftwolke. Kate vernahm das Sirren einer Klimaanlage von irgendwo hinten im Wohnwagen, aber dennoch war es warm und roch unangenehm süßlich nach Parfum und Haarspray. Obwohl helles Licht durch das Panoramafenster und die Seitenfenster hereinfiel, fühlte Kate sich von den Tierfellmustern an Wänden, Decke und auf dem Boden eingeschlossen wie in einem U-Boot. Leicht angewidert ging sie zu einer der Leopardenwände hinüber – ihre Füße versanken im Teppich – und betrachtete das Arrangement von Fotos, die einen Großteil der Wand einnahmen. Sie zeigten Dora mit den verschiedensten Männern in einer ganzen Bandbreite von Kleidung – von Badehosen und Hawaii-Hemden, Shorts und Safariwesten bis hin zu festlichen Anzügen – und vor den unterschiedlichsten Hintergründen zu verschiedenen Zeiten in Doras Leben, bei Partys wie bei offiziellen Anlässen, und eine beträchtliche Anzahl von Fotos schien in Afrika aufgenommen zu sein. Auf allen von ihnen trug Dora mit ihrem aufgebauschten platinblonden Haar und ihrem üppigen Busen ihre ausgefallenen Kleider wie ein Pfau sein farbenprächtiges Gefieder. In jungen Jahren war sie ein flotter Feger gewesen, fand Kate.

Dora kehrte mit Eiswasser in zwei riesigen Trinkkrügen zurück, die wie Elefanten geformt waren, mit Rüsseln, die als Henkel dienten, und stellte sie mit klappernden Armreifen auf dem Couchtisch ab, ohne sich mit Untersetzern aufzuhalten. Als sie sich herabbeugte, bewegte sich ihr mit Klammern festgestecktes Haar kein bisschen. »Die Galerie meiner Galane«, sagte sie zu Kate und wies mit dem Kopf auf die Fotos. »Ich habe seinerzeit meinen Spaß gehabt.«

Jede Wette, dachte Kate und schuf sich Platz zwischen all den Tierkissen auf dem goldenen Sofa.

Dora ließ sich auf dem Zweisitzer nieder und wies auf einige der Fotos. »Ich habe drei Ehemänner überlebt. Und alle Freunde zwischendrin. Jetzt lebe ich genau so, wie ich leben will.« Sie machte eine allumfassende Geste. »Mit all meinen Freunden um mich herum.«

»Prima, Dora – das freut mich für Sie.« Kate war froh, dass ihre Begegnung sich vielversprechend anließ.

»Tiere – die besten Kreaturen der Welt. Absolut verlässlich. Sie wissen immer genau, woran Sie sind. Ein Löwe – der will Sie erlegen und fressen – da gibt's kein Vertun. Ein Geier – der will aufpicken, was an Ihren Knochen übrig ist. Ein Hund – wenn Sie ihn füttern, liebt er Sie abgöttisch. Katzen –« Sie zuckte die Achseln. »Katzen – wer weiß schon, was Katzen wollen. Und damit versenken sie meine schöne Theorie.«

Kate kicherte. »Ich habe eine Katze – ich weiß genau, was Sie meinen.« Sie griff nach ihrem Elefantenglas und trank einen Schluck. Das eiskalte Wasser war erfrischend und klärte den Kopf.

»Das hier«, fuhr Dora, plötzlich ernst geworden, fort: »Meine Tierfreunde um mich herum, Tag und Nacht – sie schenken mir Frieden.«

Frieden. Kate beneidete sie. Wann hatte sie selbst das letzte Mal Frieden empfunden? Dann sagte sie: »Das ist natürlich etwas ganz anderes als das Königreich der Menschen. Mit Ihrer Nachbarin Jean scheinen Sie nicht auf gutem Fuß zu stehen.«

Doras Ernst verflog, als sie in gackerndes Gelächter ausbrach. »Wie kommen Sie bloß darauf? ›Miststück‹ ist noch das harmloseste, was sie mir an den Kopf wirft.«

»Sie haben gesagt, sie sei weggefahren. Wann war das?«

»Gestern. Gleich nachdem Sie weg waren. Was zum Teufel haben Sie ihr erzählt?«

»Gar nichts.« Kate hob die Hand. »Ich schwöre. Nichts, soweit ich weiß, das eine solche Reaktion bewirken könnte.«

»Tja, man könnte glauben, Sie hätten gedroht, sie umzubringen – jedenfalls kam Brandon mit tausend Sachen angebraust und schoss aus dem Wagen, als hätte er Hornissen in der Hose.« Ein feuerflammender Fingernagel wies auf das Panoramafenster.

Kate folgte ihrem Fingerzeig und sah, dass Dora einen perfekten Blick auf die Straße und die vordere Hälfte des benachbarten Wohnwagens hatte. Sie konnte sich keinen Reim auf Doras Geschichte machen.

»Jean muss ihn auf dem Handy angerufen haben. Sobald er zur Tür reinging, blafften sie sich auch schon an. Er schrie, dass er auch noch was anderes zu tun hätte, als sich um sie zu kümmern, und sie schrie, wie blöd es von ihm gewesen wäre, Sie so anzufahren, als Sie das erste Mal hier waren, und das mit dem Miststück von nebenan, das nie die Klappe halten könnte, und dass er sie mit dem ganzen Schlamassel alleingelassen hätte.«

»Diesem Schlamassel?«

»Schlamassel. Das hat sie gesagt.« Dora gackerte wieder. »Sind Sie ein Schlamassel? Wussten Sie, dass Sie ein Schlamassel sind?«

Kate grinste. »Jean Velez hat ja keine Ahnung, was für ein Riesenschlamassel ich wirklich bin. Wie lange sind Sie beide schon Nachbarinnen?«

Dora hob die Füße in den strassverzierten Sandalen, legte sie auf den hellen Couchtisch und drapierte die Arme auf der Rückenlehne des Zweisitzers. »Seit sie aus Phoenix zurückgekommen ist. Das ist mindestens zwei Jahre her.« Träge hob sie die Hand und wies mit dem Finger auf den Nachbarwohnwagen. »Sie hat den bloß gemietet. Fährt die ganze Zeit mit diesen Nummernschildern aus Arizona herum. Manche Leute …« Sie schnaubte missbilligend.

»Was wissen Sie über sie, Dora?«

Dora behielt ihre entspannte Pose bei und sagte leichthin: »Ich schätze, ich sollte Sie vielleicht erst mal fragen, warum Sie das wissen wollen. Und warum Sie gestern hier waren.«

Kate hegte den Verdacht, dass Dora ihr sowieso alles, was sie wusste, erzählen würde, egal welchen Grund sie ihr nannte, aber sie hatte im Hinterkopf, dass allein die Bereitschaft der Menschen, Auskunft zu geben, erfolgreiche Polizeiarbeit erst möglich machte. Nicht dass dies hier echte Polizeiarbeit gewesen wäre – andernfalls hätte sie die Fragen gestellt und kaum eine, die ihr gestellt wurde, beantwortet.

»Ich bin eine enge Freundin von Joe – ihrem Bruder«, erzählte sie Dora. »Ich suche ihn. Das ist alles. Das ist der einzige Grund, warum ich hier war. Das ist alles, was ich von ihr wissen wollte – ehrlich.«

Dora zuckte die Achseln und murmelte: »Dann ergibt das alles wenig Sinn.«

»Haben Sie Joe in letzter Zeit hier gesehen?«

»Nein, schon länger nicht mehr. Schon sehr lange nicht mehr.«

Zumindest kannte sie ihn. »Können Sie sich vielleicht erinnern, wann Sie ihn das letzte Mal gesehen haben?«

»Klar. Weil das ziemlich merkwürdig war.« Dora nahm die Arme von der Rücklehne des kleinen Sofas und die Füße vom Tisch. Sie beugte sich vor, griff nach ihrem Elefantenglas und trank ein paar Schlucke Wasser. »Es war ein etwas kühler Tag. Er trug eine Khaki-Jacke. Ich glaube, es war im Februar.«

Kate nickte. Sie kannte die Jacke. Dora war die ideale Zeugin: neugierig und mit einer guten Beobachtungsgabe. »Ist er lange geblieben? Ich meine, den ganzen Tag oder das ganze Wochenende oder so?«

»Keineswegs. Er blieb vielleicht eine Stunde. Es war merkwürdig, wie gesagt.« Doras Augen verengten sich, als sie versuchte, sich den Tag genauer in Erinnerung zu rufen. »Ich weiß noch, wie ich dachte, da hat er nun den ganzen Verkehr von L.A. hinter sich gebracht – warum macht er das, wenn er nur eine Stunde bleibt? Vielleicht musste er noch irgendwo anders hin, aber so wie er aussah, glaube ich das nicht. Er sah grimmig wie der Tod aus, als er bei

Jean eintrat, die Schultern hochgezogen, als könnte jemand vom Himmel herabstoßen und auf ihn einprügeln. Und als er später wieder rauskam, war Jean bei ihm, und sie umarmten und tätschelten sich, als würde einer von beiden für ein Jahr auf den Mond fliegen.«

Kate war ganz kribbelig vor böser Vorahnung. Sie verknüpfte die Informationen gedanklich zu einer Hypothese: Joe war hierher gefahren, um Neuigkeiten zu erzählen, die er am Telefon nicht preisgeben konnte oder wollte. Sie fragte: »Würden Sie mir erzählen, wodurch die Missstimmung zwischen Ihnen und Jean entstanden ist?«

»Lärm«, erwiderte Dora. »Schlicht und einfach Lärm. Aber Lärm, Lärm, Lärm, bis ich es nicht mehr ausgehalten habe.« Sie machte eine wegwerfende Geste in Richtung Nachbartrailer. »Der Wohnwagen war viel zu klein für all die Leute.«

»Welche Leute? Außer den beiden?«

»*Eigentlich* sollten es nur die beiden sein – so war die Abmachung. Er war schon schlimm genug, so wie der sich immer aufgeführt hat, und dann der Fernseher und seine Videospiele, aber dann kam auch noch der Blödmann Brandon dazu, und es wurde so schlimm, dass ich nachts kein Auge zugekriegt habe. Ich konnte sagen, was ich wollte, das kümmerte die gar nicht. Also habe ich Mack angerufen, dem der Trailer gehört, damit er mit ihr redet. Mack und ich kennen uns von früher«, sagte sie bedeutungsvoll. »Und als Mack kam und schließlich laut wurde und sagte, der Wohnwagen wäre nur für zwei Personen, da ist sie durchgedreht. Und seitdem bin ich Dora, das Miststück.«

Kate nickte und versuchte die Informationen zu sortieren. In einer Siedlung wie dieser, wo Menschen so eng beieinander lebten, waren Reibereien, wenn nicht gar Fehden unvermeidlich. In der Wohnanlage, in der sie ihre Eigentumswohnung hatte, war das nicht anders – man stritt sich über Parkgepflogenheiten und Partys bis hin zur Überbeanspruchung der Gemeinschaftseinrichtungen. Sie ignorierte das alles – es interessierte sie nicht; sie wollte sich nicht in die Streitereien der Hausgemeinschaft verwickeln lassen. »Der Lärm, Dora – stammte der auch von Streitigkeiten? Oder gab's Partys?«

»Nein«, sagte Dora entschieden, »keine Partys. Und mit Streitigkeiten habe ich kein Problem, solange es beim Geschrei bleibt und niemand geschlagen wird. Streit gibt's immer mal. Ich selbst hatte oft genug Streit mit den Nieten, die ich geheiratet hatte. Meistens war es das Kind.«

»Welches Kind?«

Dora runzelte die Stirn und sah Kate mit einem Aufschimmern von Misstrauen an. »*Ihrem* Kind. Sind Sie *sicher,* dass Sie mit Joe befreundet sind?«

Kate war irritiert, brachte aber ein Lächeln zuwege. »Ganz sicher, Dora. Er war sieben Jahre lang mein Partner. Ich könnte Ihnen einen ganzen Schuhkarton voller Fotos von uns beiden zeigen.«

»Wieso wissen Sie dann nicht, dass seine Schwester ein Kind hat?«

Ein Kind *hat.* Kate senkte den Blick, um ihre Überraschung zu verbergen. Das erklärte natürlich Jeans mangelnde Gefühlsregung, als sie gesagt hatte, ihr Sohn sei tot. Die

Menschen logen, allesamt – die Lektion hatte sie an ihrem ersten Tag als vereidigte Polizeikommissarin gelernt –, aber warum hatte Jean ihr vorgelogen, ihr Kind sei tot? Sehr befremdlich. Was zum Teufel war mit dieser Familie los?

Kate gab Dora eine ehrliche Antwort: »Wir standen uns nahe, aber Joe hat nie gern von seiner Familie geredet, von seiner Zeit in Victorville. Wann immer ich ihn irgendwas gefragt habe, schien er sich nicht zurückerinnern zu wollen. Deshalb weiß ich nicht viel über seine Familie und alles, was mit Victorville zusammenhängt.«

»Ich glaube, das kann ich verstehen«, erwiderte Dora mit einem finsteren Blick zum Nachbartrailer. »Seine Schwester hat mich Miststück genannt, dabei könnte sie selbst Unterricht geben im Miststück-Sein.«

Kate formulierte ihre nächste Frage sorgfältig: »Was können Sie mir über ihr Kind erzählen?«

Dora nickte, und ihr Blick wurde weicher. »Ein guter Junge. Ich mag Jason – trotz allem. Er ist ein wunderschöner Junge. Man sieht ihn nur selten lächeln, aber wenn er lächelt, bricht es einem fast das Herz. Ich gebe seinem Vater die Schuld. Es ist das Sperma des Vaters, das die Gene ruiniert, wissen Sie.« Sie trank einen Schluck Wasser.

Kate griff nach ihrem eigenen Humpen und fragte sich, aus welcher blöden Radiosendung Dora diese Weisheit haben mochte. »Wie alt ist er?«, fragte sie und wunderte sich, warum Cameron den offenbar geistig behinderten Sohn seiner Schwester nie erwähnt hatte.

»Schwer zu sagen bei einem Jungen wie ihm. Vielleicht neun oder zehn? Wissen Sie, was passiert«, fuhr Dora voller Ernst fort, «wenn man ein Kind wie Jason bekommt? Autistisch, wissen Sie. Vielleicht liegt's an den Genen des Vaters, aber wie er sich benimmt, das liegt an der Mutter. Und er ist clever genug – Sie können mir nicht erzählen, dass sie ihn nicht besser im Griff haben könnte. Sie können mir nicht erzählen, dass er es nicht besser weiß, als zu schreien und zu kreischen und seine Videospiele in einer Lautstärke zu spielen, die selbst die Stimme Gottes übertönt.«

»Gestern war er nicht da.«

»Nein, natürlich nicht. Er ist weg.«

»Weg? Was heißt das? Wohin?«

»Keine Ahnung.« Dora zuckte die Achseln und machte eine wegwerfende Geste. »Wird Jean mir wohl kaum auf die Nase binden.« Dann fügte sie hinzu: »Ich könnte die Kanaille umbringen. Ich mag den Jungen.«

»Wann war das? Wann haben Sie den Jungen das letzte Mal gesehen?«

Dora lehnte sich zurück und dachte einen Augenblick nach. »Vor zwei, vielleicht drei Wochen.«

Ungefähr zu der Zeit, als Cameron sein Verschwinden organisiert hatte. »Hat ihn jemand abgeholt?«

Selbst heftiges Kopfschütteln konnte Doras platinblonder Betonfrisur nicht das Geringste anhaben. »Das Letzte, was ich mitgekriegt habe, war, wie er in Brandons Truck kletterte. An dem Abend kehrte Brandon allein zurück.«

»Also hat er ihn irgendwo hingebracht.«

»Muss wohl.« Wieder zuckte sie die Achseln. »Vielleicht zu seinem Vater. Wer immer das sein mag. Ich bin rübergegangen und habe Jean gesagt, ich hoffte nicht, dass sie ihn wegen mir weggeschickt hatte. Das hätte ich nie gewollt – ich wollte doch nur, dass der Junge sich einigermaßen benahm und dass sie alle zusammen weniger Lärm veranstalteten. Sie hat gemeint, ich solle mich selbst Sie-wissen-schon-was und hat mir die Tür vor der Nase zugeknallt.«

Kate unterdrückte ein Lächeln. »Dora, haben Sie Jack Cameron jemals zu Gesicht bekommen?«

»Wer ist das?«

»Ein weiterer Bruder.«

»Echt wahr? Und wo ist der?«

»Ich weiß nicht genau. Aber ich dachte, hier.«

»Ich denke mal, wenn ich ihn gesehen hätte, hätte ich nicht Bescheid gewusst«, meinte Dora.

»Vielleicht nicht.«

»Ist eine verdammt merkwürdige Familie.«

Kate konnte ihr nicht widersprechen. »Dora, Sie haben gesagt, sie hätten neben Koffern noch andere Sachen mitgenommen. Was meinten Sie damit?«

»Es sah aus, als hätten sie viele Klamotten und viele Sachen aus der Küche mitgenommen – Essen und Teller und Töpfe und so'n Zeug. Wo auch immer sie hinwollten, es schien für längere Zeit zu sein.«

Kate schüttelte den Kopf. Und dennoch spielte diese neue Entwicklung kaum eine Rolle, denn Jean hatte mehr als klargestellt, dass sie keine weiteren Informationen preisgeben würde. »Dora, wussten Sie, dass Joe Kriminalkommissar ist?«

»Ja, klar. Und das heißt, Sie auch, richtig? Wenn Sie seine Partnerin sind.«

Kate beschloss, Doras Annahme nicht richtigzustellen. »Er hat hier angefangen. Vor vielen Jahren war er Cop in Victorville.«

»Auch das weiß ich. Jean hat mir das alles erzählt, bevor wir uns überworfen haben.«

Mit nur geringer Hoffnung fuhr Kate fort: »Aus seiner Zeit als Cop hat Joe einen Freund hier. Einen Typ namens Dutch.«

»Dutch Hollander. Den kenne ich. Er setzt sich für Tierrechte ein. Ich begegne ihm immer auf unseren Treffen. Er ist so wenig holländisch wie ich. Der Spitzname Dutch kommt von seinem Nachnamen.«

Kates Laune stieg. *Ein Hoch auf ›Die Welt ist klein‹* und *Tierrechte und Tierliebhaber.* Sie hatte bereits einen Besuch bei der Polizeistation in Victorville geplant gehabt, aber wo sie nun Dutchs Nachnamen wusste, würde das sehr viel einfacher sein. Sie holte ein Notizbuch aus ihrer Tasche und schrieb sich den Namen auf. Dann blätterte sie eine Seite weiter, schrieb ihre Kontaktdaten auf, riss die Seite heraus und legte sie auf den Couchtisch. »Wenn Sie etwas sehen oder hören, wenn Jean oder sonst jemand von ihrer Familie zurückkommt, würden Sie mich dann wohl sofort anrufen?«

»Klar.« Dora sah sie mit ernster Besorgnis an. »Dieses ganze seltsame Benehmen – da drüben ist was Übles im Busch, stimmt's?«

»Ich weiß es noch nicht. Ich hoffe nicht. Genau das versuche ich herauszufinden. Noch eine letzte Frage, Dora: Wo Sie doch Tiere so sehr lieben, wie kommt es, dass Sie selbst keine Haustiere haben? Ich höre hier doch überall Hunde bellen.«

Dora seufzte tief. »Gibt einen guten Grund dafür. Ich habe immer alte Hunde aufgenommen – das sind diejenigen, die es nötig haben. Alle Leute wollen immer nur Welpen oder junge Kätzchen. Diese älteren Hunde haben nur eine kurze Lebensspanne übrig. Ich habe um so viele meiner kleinen Freunde getrauert. Und das zu all dem, was ich im Leben sonst schon verloren habe. Ich habe zu viele Verluste erlitten, Kate – ich kann das nicht mehr.«

Als Kate nicht antwortete, musterte Dora sie forschend und sagte dann leise: »Habe ich einen wunden Punkt getroffen, Kate?«

»Haben Sie«, stieß Kate mit zugeschnürter Kehle hervor. *Was zum Teufel ist mit mir los?* Jetzt verlor sie schon in der Öffentlichkeit die Kontrolle über ihre Gefühle.

Sie stand auf. »Dora, vielen Dank für Ihre Zeit. Danke, dass Sie mit mir gesprochen haben.«

»Jederzeit wieder.« Dora stand ebenfalls auf. »Geben Sie mir ein Stück von dem Zettel. Ich schreibe Ihnen meine Telefonnummer auf. Dann können Sie mich auch anrufen, wenn Sie noch irgendwas wissen wollen.«

Sie ging zu der Fernsehkommode hinüber, schob einige der Skulpturen beiseite und schrieb schnell etwas. Kate hoffte, dass sie ihren Nachnamen hinzufügte.

Dora reichte ihr den Zettel und berührte Kates Hand mit ihren feuerspeienden Nägeln. Dann schlang sie die Arme um sie und drückte sie. »Kommen Sie wieder, wann immer Sie wollen. Ich mag Menschen, die ein gutes Herz haben.«

9

Als Kate wieder in ihrem Wagen saß, die Klimaanlage auf der höchsten Stufe, um die stickige Hitze aus dem Inneren zu vertreiben, rief sie die Sheriff's Station in Victorville an. Den Standort auf der Amargosa Road und die Telefonnummer hatte sie auf ihrem Stadtplan bereits vermerkt. Das Telefon klingelte genau ein Mal.

»Polizeistation.«

Kate verlieh ihrer Stimme einen offiziellen, Respekt einflößenden Ton. »Detective Kate Delafield, LAPD. Ich möchte Deputy Hollander sprechen. Meine Dienstnummer lautet …« Sie schloss die Augen, biss die Zähne zusammen und nannte ihre Nummer.

»Er ist auf Streife«, sagte die knappe, aber höfliche weibliche Stimme am anderen Ende. »Ich stelle Sie durch, Detective.«

Einige Augenblicke später vernahm sie durch das Knistern der Verbindung hindurch eine volltönende Baritonstimme: »Hollander.«

Erleichtert ließ sie die Schultern sinken. »Hier spricht Kate Delafield, eine Freundin von Joe Cameron und seine ehemalige Ermittlungspartnerin. Wir sind uns schon einmal –«

»– bei Joe zu Hause begegnet. Ja, klar, ich erinnere mich an Sie. Joe hat oft von Ihnen erzählt. Was kann ich für Sie tun?«

»Ich dachte, wir könnten uns vielleicht treffen. Heute. Ich bin in der Stadt. In der Nähe des Bahnhofs.«

»Worum geht's denn?« Der Ton war freundlich, aber verhalten.

»Das würde ich lieber von Angesicht zu Angesicht besprechen.«

»Geschäftlich? Privat?«

»Das würde ich lieber von Angesicht zu Angesicht besprechen.«

»Okay, verstanden.« Sein Ton hatte sich verändert. Besorgnis klang in seiner Stimme. »Ist es dringend? Oder kann es bis zu meiner Mittagspause um halb zwei warten?«

»Es kann warten.«

»Wie wär's, wenn wir uns in Rusty's Café treffen? Das ist gleich neben der Polizeistation.«

»Ich werde da sein.«

»Wenn Sie vor mir da sind, sagen Sie ihnen, Dutch hätte darum gebeten, dass man Sie zu einem Tisch im hinteren Teil des Lokals führt. Da kann man am besten reden.«

»Ich weiß Ihre Bereitschaft zu schätzen, Dutch.«

»Kein Problem, Kate. Muss ja was essen. Wir sehen uns dort.«

Kate fuhr langsam an der Polizeistation vorbei. Unter der Jurisdiktion des San Bernardino County Sheriff's Department waren die einzelnen Abteilungen in einem einstöckigen gelben Gebäude neueren Datums untergebracht, und zwar auf einer Straßenecke gegenüber einer Avis-Autovermietung. Große, nüchterne schwarze Buchstaben auf dem überstehenden Flachdach an der Schmalseite des Gebäudes an der Amargosa Street verkündeten POLICE DEPARTMENT und wiederholten sich an der Längsseite des Gebäudes, das auf eine kurze Seitenstraße hinausging. Weiße Polizeiwagen mit dem goldenen Emblem und dem Schriftzug POLICE standen auf einem eingezäunten Parkplatz hinter dem Gebäude. Auf der Amargosa Street und der sie kreuzenden Straße waren nur Zivilfahrzeuge zu sehen.

Kate betrachtete das schlichte Gebäude und seine augenscheinlich nicht vorhandenen Sicherheitseinrichtungen mit einer gewissen Nostalgie. In diesen Zeiten, in denen es Bombendrohungen gab und praktisch jedermann Zugang zu allen erdenklichen Arten von Waffen hatte – dank der rückgratlosen Politiker, die den stupiden, sturen Glauben an das Recht, tödliche Waffen zu tragen, verfochten –, waren die Sicherheitsvorkehrungen aller Polizeistationen in den Großstädten erweitert worden, und dennoch war keine von ihnen vor potentiellen Katastrophen gefeit. Doch im kleinstädtischen Amerika herrschte noch Vertrauen – in Orten wie diesem.

Rusty's Café lag an der Amargosa Street und befand sich in der Tat gleich neben der Polizeistation. Es gehörte zum Komplex einer u-förmigen Einkaufspassage mit sandfarbenem Anstrich und zwei Streifen in Dunkelgrün und Rotbraun, die sich an der niedrigen Dachlinie der Geschäfte in der Passage entlangzogen. Unter dem Schriftzug von Rusty's Café stand der Slogan: »Wo sich gute Freunde treffen«. Kate gefiel das Ambiente des Cafés auf Anhieb, und sie bog auf den weitläufigen Parkplatz ein. Sie war eine halbe Stunde zu früh. Auf ihrem Weg zum Eingang des Cafés blieb sie an einem Zeitungsautomat stehen, warf einige Münzen ein und nahm die *Victorville Daily Press* heraus.

Als sie die Tür des Cafés öffnete, war sie enttäuscht. Es war kleiner, als sie gedacht hatte, mit vielleicht fünfzehn Tischen und ohne Sitznischen. Die meisten Tische waren besetzt.

»Deputy Dutch Hollander meinte, ich solle Sie bitten, mich im hinteren Teil zu platzieren, wo es ruhig ist«, sagte sie zu einer attraktiven Bedienung in den Fünfzigern. »Er wird um halb zwei kommen.«

Die Frau musterte Kate von Kopf bis Fuß, als schätze sie eine Rivalin ein, dann zuckte sie die Schultern, wie um diesen Gedanken zu verwerfen. Sie lächelte und schnappte sich zwei Speisekarten. »Folgen Sie mir.«

Kate setzte sich an einen Tisch für zwei Personen im hinteren Teil des langgestreckten Raumes. Gleich um die Ecke, abgetrennt durch eine niedrige Kordel, führte ein schmaler Gang zu den Toiletten. Der Tisch stand an einem Fenster, das auf die Durchfahrt zwischen Café und Polizeistation hinausging. Kate legte die Speisekarte beiseite, bestellte Kaffee und sah sich um. Das Café schien es schon seit mehreren Jahrzehnten zu geben. Die Tischplatten waren aus hellem Formica in Holzoptik, die Stühle aus Chrom mit Sitzpolstern und Lehnen aus Kunstleder, und vor den Fenstern befanden sich Jalousien. An den Wänden hingen, wo immer es ging, große schwarze Rahmen mit Fotos von glücklich aussehenden Gästen. Familien, keine Berühmtheiten darunter, da war Kate sicher. Das stete Geplätscher der Gespräche und die Musik im Hintergrund – im Augenblick

»Who'll Stop the Rain« – zerstreuten ihre Befürchtung, kein vertrauliches Gespräch an diesem Ort führen zu können. Doch sie hätte ohnehin keine andere Wahl gehabt. Sein Terrain. Seine Bedingungen.

Während sie darüber nachsann, was und wie viel sie Dutch Hollander erzählen wollte, blätterte sie müßig durch die Zeitung, las die Schlagzeilen der Artikel über die Vorwahlen zur Präsidentschaftswahl, die sich um den Wettstreit zwischen Hillary Clinton und Barack Obama drehten, die Schlagzeilen der Berichte über umgestürzte Trucks, die ein Verkehrschaos auf der Interstate 15 verursacht hatten, und über Wohnungseinbrüche und Bürgerveranstaltungen. Sie blätterte weiter zu den Anzeigen und staunte über die Immobilienpreise im Vergleich zu Los Angeles.

Dutch Hollander erschien um Punkt halb zwei, unverwechselbar in der penibel gebügelten hellbeigen Uniform eines Deputy Sheriffs. Kate winkte, als die Kellnerin sich gerade umwandte und auf sie wies. Kate stand auf, um ihm die Hand zu schütteln.

Dutch lächelte sie an, als er auf seinen Stuhl glitt und dabei sein Pistolenhalfter zurechtrückte. Sie erinnerte sich nur vage an ihre Begegnung bei Joe, und als er ihr gegenübersaß, musterte sie ihn mit wachem Interesse. Ein attraktiver Mann, Mitte vierzig, hochgewachsen und kräftig, mit intelligenten haselnussbraunen Augen, kantigem Kinn und einem hageren Gesicht, geziert von einem gepflegten Schnäuzer. Sein frühzeitig ergrauendes Haar trug er kurzgeschoren. Das Uniformhemd, der oberste Knopf geöffnet, darunter ein makelloses weißes T-Shirt, schmiegte sich an seine Brustmuskeln. Das Dienstabzeichen war exakt über dem Herzen platziert; die obere Spitze der Marke saß auf der gleichen Höhe wie das Abzeichen auf dem linken Ärmel, sein Namensschild auf exakt der gleichen Höhe auf der rechten Seite seines Hemdes. Er trug keinen Hut; vermutlich hatte er ihn im Streifenwagen liegengelassen. Kate hatte die runden Hüte der Deputy Sheriffs mit dem Scheitelkniff in der Krone schon immer leicht absurd gefunden – sie erinnerten sie an Pfadfinderführer, und sie wäre sich albern vorgekommen, wenn sie so einen hätte tragen müssen. Die meisten LAPD-Streifenbeamten hätten jedoch die den Temperaturen gemäßere Farbe von Hollanders Uniform ihrer eigenen hitzeabsorbierenden dunkelblauen Uniform vorgezogen. Kate nicht. Sie hätte ihre Uniform, die sie in früheren Zeiten im Dienst stets getragen hatte, nicht gegen Hollanders eintauschen mögen. In ihren Augen sahen LAPD Officers, die dazu beitrugen, in einer riesigen, chaotisch vielfältigen Stadt die Sicherheit aufrechtzuhalten, achtunggebietend, ja einschüchternd aus in ihren dunklen Uniformen, den flachen Schirmmützen und den vor Waffen und Ausrüstung strotzenden Sam-Browne-Gürteln.

»Danke, dass Sie bereit waren, sich mit mir zu treffen«, sagte sie als Erstes.

Er hatte sie ebenfalls gründlich gemustert. »Der Ruhestand bekommt Ihnen. Vielleicht ein wenig abgenommen?«

»Vielleicht«, antwortete sie, ohne weiter darauf einzugehen.

Er griff nach der Speisekarte – Kate registrierte, dass er wie Joe Linkshänder war und einen Ehering trug –, dann blickte er auf, sah sie an und hielt ihren Blick fest. »Lassen Sie uns erst mal bestellen – dann ist das erledigt. Es gibt tolle Sandwiches hier, und man kann den ganzen Tag Frühstück bestellen.«

»Klingt gut«, erwiderte Kate. Aber sie hatte dieser Tage wenig Appetit.

Eine ältere Bedienung – sie schienen alle »ein gewisses Alter« zu haben, wie Maggie es genannt hätte – kam mit einer Kaffeekanne an den Tisch marschiert. Sie schenkte Kate nach, füllte eine Tasse für Dutch und stellte die Kanne auf den Tisch. Dann zog sie einen Bestellblock aus der Schürzentasche. »Wie immer, Dutch?«

»Hallo, Sally, alles klar? Ja, wie immer.«

»Gut, hab's nämlich schon aufgeschrieben. Und Sie, junge Frau?«, wandte sie sich mit einem Augenzwinkern an Kate.

»Die Wüstenluft muss mehr verjüngen, als ich dachte«, erwiderte Kate und grinste zurück. »Rühreier mit Speck und Hash Browns, bitte.«

»Brötchen dazu, Herzchen?«

»Warum nicht.«

Sally verschwand. Dutch Hollander trank einen großen Schluck Kaffee, dann beugte er sich vor, legte die Arme auf den Tisch und sah sie an. »Also, Kate, worum geht's?«

»Um Joe.«

»Dachte ich mir.« Ohne den Blick von ihr zu lösen, griff er wieder nach seiner Kaffeetasse.

Sie fragte geradeheraus: »Wo ist er?«

Er sah sie über den Rand seiner Tasse hinweg an. »Wenn

er nicht in Wilshire ist und auch nicht in seinem Haus in Hollywood, dann bin ich genauso schlau wie Sie.«

»Wann haben Sie ihn das letzte Mal gesehen, Dutch?«

»Gesehen?« Nachdenklich trank er ein paar Schlucke Kaffee. »Ich glaube, das war im Februar. Wir sind nach Joshua Tree gefahren, in den Nationalpark. Ja, es war Anfang Februar, vielleicht in der zweiten Woche. Aber worum geht's hier eigentlich?«, fragte er wieder.

Sie ignorierte seine Frage. »Machen Sie das öfter?«

»Zwei, drei Mal im Jahr.« Er lächelte und zeigte große Zähne, die in dem gebräunten Gesicht sehr weiß wirkten. »Wann immer Frauchen mich lässt. Aber nicht im Sommer, ist ja klar. Dann ist das der reinste Backofen.«

»Sprechen Sie zwischendurch oft mit ihm? Schreiben Sie sich E-Mails?«

»Kaum.« Er zuckte die Achseln. »So läuft das nicht zwischen uns. Wir sind Freunde seit Kinderzeiten. Das vergeht nicht, egal wie lange wir uns zwischendurch nicht sehen. Kate, erzählen Sie mir, was los ist.«

»Ich bin nicht sicher. Aber ich muss auf Ihre Freundschaft mit ihm bauen können. Ich muss mich darauf verlassen können, dass das, was wir hier besprechen, unter uns bleibt.«

»Sie haben mein Wort darauf.« Er stützte einen Ellbogen auf dem Tisch auf und hob die Hand, als wollte er sie zum Armdrücken herausfordern. Sie schlug ein, und seine Finger legten sich kraftvoll um ihre. »Sie haben mein Wort«, wiederholte er; dann ließ er ihre Hand los.

Sie glaubte ihm – nicht wegen des eisernen Griffs, sondern weil sie seine Integrität zu spüren meinte. Sie begann mit

Joes mysteriösem Rückzug – wie er sich in den vergangenen Wochen immer seltener bei ihr gemeldet hatte und wie enttäuscht und gekränkt sie gewesen war. »Er hat meine Anrufe nicht erwidert, hat auf keine meiner Nachrichten reagiert –«

»Er muss einen verdammt guten Grund dafür haben«, unterbrach Hollander sie. Zwei tiefe Furchen waren zwischen seinen Augenbrauen erschienen. »Sonst würde er sich nicht so verhalten, Kate. Ich glaube, Sie sind die engste Freundin, die er hat.«

Sie starrte ihn mit offenem Mund an.

Er wiederum staunte über ihre Reaktion. »Wie – das glauben Sie nicht? Oder wussten Sie das nicht?«

Sie schüttelte den Kopf. »Wir haben eine lange Geschichte, im Job und privat, aber …« Sie sprach nicht zu Ende. Sie musste seine Worte erst noch verdauen. *Seine engste Freundin?*

»Joe hat feste Überzeugungen. Und seine Gefühle hält er streng unter Verschluss. Ich schätze, wir beide wissen, wie zugeknöpft er ist – verschlossen wie eine verdammte Muschel, wenn jemand zu ihm durchdringen will.«

Sie nickte. Joe hatte sich der Welt gegenüber immer sehr reserviert gezeigt.

»Wenn wir schon über Dinge reden, die unter uns bleiben«, fuhr er fort, »ich glaube nicht, dass seine Ex-Frau sich auf diesen Typ von der Polizeiakademie eingelassen hätte, wenn Joe sich ihr gegenüber ein bisschen mehr geöffnet hätte, wenn Sie wissen, was ich meine. Janine hätte ebenso gut seine Geschäftspartnerin sein können.«

»Nun, ich fand Janine selbst eigentlich auch immer ziemlich cool«, entgegnete Kate.

Hollander murmelte mit schmalen Lippen: »Das sehen Sie richtig. In deren Mund würde nicht mal ein verdammter Eiswürfel schmelzen.«

Kate störte sich nicht an Hollanders flapsigem Ton; sie nahm es als Bestätigung dafür, dass sie trotz ihres Ruhestands noch immer zur Gemeinschaft der Cops gehörte, in der ein salopper Sprachgebrauch, ungeachtet vom Geschlecht, gang und gäbe war.

»Gott allein weiß, warum er sie geheiratet hat. Nee, ich schätze, ich weiß es auch. Sie sieht umwerfend aus. Aber mit Ihnen, Kate, geht die Sonne auf und unter. Er findet es schrecklich, wirklich *schrecklich,* dass Sie aus dem Dienst ausgeschieden sind. Er hält Sie für den besten Cop aller Zeiten –«, er malte Anführungszeichen in die Luft, »– ›die gründlichste, ehrlichste, großartigste Ermittlerin, mit der ich je zusammengearbeitet haben werde‹. Er findet, dass Sie mehr Rückgrat und Integrität besitzen als alle anderen Menschen, denen er je begegnet ist.«

Kate verschlug die Lobeshymne völlig die Sprache; sie spürte, wie ihre Wangen, ihr Nacken brannte.

»Auch neu für Sie, wie ich sehe.« Hollander blickte sie höchst amüsiert an, seine Augen glitzerten, die Zähne in einem breiten Grinsen entblößt. »Der gute alte Joe – erzählt allen von den Menschen, die er liebt, nur den Betreffenden selbst nicht.«

Das eintreffende Essen rettete Kate; es wurde mit großen Gesten und weiterem Geplänkel zwischen Sally und Hollander serviert. Hollanders »Übliches« entpuppte sich als Hühnchensteak mit Sauce, Rührei und Hash Browns. Er übergoss alles großzügig mit einer scharfen Sauce aus der Flasche, die auf dem Tisch stand.

»Warum ist Joe so?«, fragte sie, als Sally gegangen war. Sie war froh, dass sie sich mit dem Essen beschäftigen konnte. »Sie kennen ihn vermutlich besser als jeder andere. Warum behält er die Gefühle, die er für Menschen hegt, so sehr für sich?«

Hollander zuckte die Achseln und machte sich über seine Hash Browns her. »Hat zweifellos was mit seiner komplett durchgeknallten Familie zu tun.«

»Was –«

»Bringen Sie erst zu Ende, was Sie mir erzählen wollten. Ich muss wissen, was los ist.«

»Klar. Klar müssen Sie das.« Sie erzählte ihm von dem Anruf von Captain Walcott, von deren Besuch bei ihr zu Hause.

»Moment mal«, sagte er und schaute von seinem Essen hoch. »Ein Captain des LAPD? Hat Sie tatsächlich zu Hause besucht?«

»Ja«, antwortete Kate lapidar. Sie spießte ein Stück Speck auf.

»Die Sonne geht wirklich mit Ihnen auf und unter«, staunte er.

Sie lächelte ironisch. »Für Joe, nicht für mich«, entgegnete sie und dachte an die konfliktträchtigen Momente ihrer Begegnung mit Walcott.

»Also, was hat sie Ihnen erzählt?«

»Dass Joe sich Urlaub genommen hat, was ich schon wusste, und dass er wegen Stress und Überlastung krankgeschrieben war, was ich ebenfalls wusste. Und dass sie versucht hat, Kontakt zu ihm aufzunehmen, weil das FBI-Labor bei einem Fall, der ihm total wichtig war, einen Fingerabdruck identifizieren konnte und er auf ihre Nachricht nicht reagiert hat.«

Er hob abrupt den Kopf. »Dem Fall Tamara Carter?«

»Genau der.«

Hollanders Gabel flog klirrend auf den Teller. »Sie verarschen mich!«

»Dann kennen Sie den Fall also?«

»Kennen? Ich kenne mit Sicherheit jedes einzelne gottverdammte Wort der Ermittlungsakte. In Joshua Tree hat er von nichts anderem geredet. Er ist den Fall wieder und wieder durchgegangen, weil er absolut sicher war, etwas übersehen zu haben. Hat mich echt auf die Palme getrieben –«

»Mich auch«, warf sie ein.

»Sein Captain konnte ihn *mit einer neuen Entwicklung in diesem Fall* nicht erreichen? Du lieber Himmel, Kate!«

Sie sah, wie seine Lippen schmal wurden und seine Augen sich besorgt verengten, und sie wusste, dass sie ihm nicht länger erklären musste, wie schwerwiegend Joes Verschwinden war. »Jetzt wissen Sie, warum ich hier bin.«

»Also das LAPD geht der Sache nach. Ich gehe davon aus, dass sie sein Haus überprüft haben?«

»Im Augenblick, also fürs Erste, ermittelt nur dieser Ex-Cop vom LAPD.« Kate wies auf sich. »Captain Walcott hat mich um eine diskrete Überprüfung gebeten. Offiziell gibt es keinen berechtigten Grund zu der Annahme, dass er als vermisst gilt oder vermisst gemeldet werden muss, Dutch. Außerdem steht er vor einer Beförderung, und sie will nicht, dass irgendwas in seiner Personalakte vermerkt wird, das ihm schaden könnte.«

Er nickte zustimmend. »Captain Walcott – sie scheint in Ordnung zu sein.«

»Das ist sie. Loyal gegenüber ihren Leuten, und sie will das Beste fürs LAPD. Mein erster Besuch galt seinem Haus. Alles normal. Es brauchte schon jemanden, die ihn wirklich kennt, um dahinterzukommen, dass er für eine Weile weg ist – er hat sich die größte Mühe gegeben, es auf keinen Fall so aussehen zu lassen. Er hat sich von allem komplett abgekoppelt, Dutch, und ich meine wirklich von allem: keine Handyverbindungen, kein Kreditkarteneinsatz, nichts.«

»Scheiße«, murrte Hollander. »In was für einen Mist ist Joe da verstrickt? Was kann ich tun? Sagen Sie mir, wie ich helfen kann.«

»Mit Informationen. Sie sind Kindheitsfreunde. Sie waren als Cops zusammen.«

»Ja, aber nie als Partner. Ich bin zwei Jahre nach Joe in den Polizeidienst eingetreten.« Er wies auf ihren Teller. »Sie sollten essen. Ich gehe nicht, ehe wir hiermit nicht komplett fertig sind.« Er griff wieder nach seiner Gabel und schob sich einen großen Bissen Steak in den Mund.

Sie lächelte. »Danke, Dutch.« Sie aß ein wenig Rührei und drei Streifen Speck, ohne groß was zu schmecken, während sie sich ihre nächste Frage überlegte. »Joe hat nicht viel über seine Zeit hier bei der Polizei geredet. Ich hatte den Eindruck, dass es nicht so gut lief für ihn.«

»Anfangs schon. Da hätte man sich kaum mehr Eifer wünschen können. Bis zu dem Tag, als alles den Bach runterging. Komisch, wie sich die Welt in einem einzigen Augenblick komplett ändern kann …«

»Erzählen Sie«, murmelte Kate, stocherte in ihren Hash Browns herum und dachte an Anne und das in Flammen stehende Autowrack auf dem Hollywood Freeway, dachte an ihren letzten Fall, ungelöst, die klagende Mutter, die auf Knien vor ihrem toten sechsjährigen Sohn lag – ein Kollateralschaden auf der Normandie Avenue, als Schüsse aus einem vorbeifahrenden Auto abgefeuert wurden.

Joe ließ seine Gabel sinken. »Ein Einsatz – und es war, als wäre Joe eine Handgranate, bei der man den Splint gezogen hatte.«

Er hatte ihre gespannte Aufmerksamkeit. »Was war passiert?«

»Nicht was, sondern wer. Sam Raddich«, sagte er verächtlich. Er stürzte den Rest seines Kaffees herunter, als ob das Aussprechen des Namens ihm den Mund verätzt hätte.

Kate kam der Name irgendwie, irgendwoher bekannt vor – es klingelte unheilverheißend bei ihr. Hollanders Gesichtsausdruck, die Art, wie er seinen Teller von sich stieß, waren weitere Warnhinweise, und sie ließ ihre Gabel sinken.

»Joe war als Erster am Tatort«, erzählte Hollander. »Mein Partner und ich kamen sieben Minuten später. Häusliche Gewalt. Joe war schon öfter da gewesen – Scheiße, wie wir alle. Nur dass diesmal der Täter selbst angerufen und der Notrufzentrale gesagt hatte, wir sollten kommen – wir würden schon sehen, was wir vorfinden. Als Joe vorfährt, hört er noch den letzten Schuss, mit dem Raddich sich selbst abknallt. Also stürmt Joe rein, und Raddich hat sich den Kopf weggepustet und seinen achtjährigen Sohn mit vier Schüssen getötet. Raddich hat den kleinen Körper richtiggehend zerfetzt, Kate. Den Forensikern zufolge, die das Stück für Stück rekonstruiert haben, hat er das vor den Augen seiner Frau getan. Dann die Frau – er ...«

Während er versuchte, Worte für seine Erinnerungen zu finden, nahmen seine Augen den glasig-starren Blick an, den Kate selbst noch Jahrzehnte nach ihrem Jahr beim Marine Corps in Vietnam erkannte: den Tausend-Meter-Blick. Und dann öffnete sich ein Spalt in ihrer eigenen Erinnerung. Dies war der Fall, von dem Cameron ihr erzählt hatte, ein einziges Mal nur, aber das war mehr als genug gewesen. Es lag sieben Jahre zurück. »Du lieber Himmel«, flüsterte sie. »Das war der Kerl mit der Heckenschere! Der seine Frau mit einer Heckenschere zerstückelt hat.«

Hollanders Blick kehrte zurück. Er sah aus wie begnadigt, weil Kate ihm die Erklärung erspart hatte. Doch dann fuhr er fort: »Zerstückelt – überall Körperteile von ihr. Das Schlimmste, was ich je gesehen habe. Wirklich wahr. Das reinste Blutbad, die Hölle pur ... Es ist zehn Jahre her, aber ich habe weder meiner Frau noch meinen Freunden je davon erzählt.«

»Ich verstehe«, sagte Kate. »Die schlimmsten Dinge, die ich gesehen habe, habe ich auch niemandem erzählt.« *Aber vielleicht hätte ich das tun sollen. Vielleicht hätten wir alle das tun sollen …*

»Joe ist völlig durchgedreht und hat sich auch nicht mehr eingekriegt, bis er hier weggegangen ist.« Seine zusammengepressten Lippen waren ein schmaler Strich, und Kate begriff, dass er kein weiteres Wort über Sam Raddich sagen würde.

»Also ist Joe fortgegangen, und Sie sind geblieben …«, setzte sie an und lenkte das Gespräch damit in ein anderes Fahrwasser, das sie erkunden wollte.

»Ja, und ich bewirke tatsächlich manches Gute hier in der Gegend.« Er brachte ein Lächeln zuwege und tätschelte das goldene Abzeichen auf seiner Hemdbrust. »Shit happens, Kate, und manchmal kommt es richtig dicke.« Er zuckte die Achseln. »Aber das Leben geht weiter. Ich glaube, Joe hat einfach nicht hierhergepasst, so nah an zu Hause, wo ihm alles persönlich vertraut war. Er hatte alle und jeden bereits gewarnt gehabt, dass der Dreckskerl eine Gefahr für seine Familie war, und alle haben ihm dasselbe gesagt, Kate: nämlich dass wir nichts weiter tun könnten – dass die Frau zusehen sollte, dass sie sich vom Acker macht.« Seine Stimme verriet seinen Zorn. »Er hat immer wieder gesagt, dass sie nicht wüsste, wohin – es gäbe keinen Ort, wo das Arschloch sie nicht gefunden hätte. Sie hätte null Chancen gegen einen durchgeknallten Scheißkerl wie ihn. Joe hatte recht.« Er spreizte die Hände, seine Miene düster und erbittert. »Okay, er hatte recht. Aber ich meine, was hätten wir tun können? Die bösen Jungs halten sich nicht an die Regeln – wir schon. Aber in Joes Augen hätten wir was tun müssen, und es war unsere Schuld, dass passierte, was passiert war.«

Kate nickte. Endlich ergaben einige bis dahin unzusammenhängende Aspekte Sinn, und sie konnte einiges von dem, was Joe Cameron in den Jahren, in denen er ihr Partner gewesen war, angetrieben hatte, zu einem Bild zusammensetzen. Und allmählich verstand sie auch seine Besessenheit, was den Fall Tamara Carter anging. »Und wann ist er dann fortgegangen?«

Dutch rutschte auf seinem Stuhl herum, schenkte ihnen beiden Kaffee nach, lehnte sich dann zurück und strich mit zwei Fingern über seinen Schnauzbart, während er überlegte. »Vielleicht drei, vier Monate später. Vorher hat er L.A. immer die reinste Hölle genannt. Aber dann hat er von diesem Job in der Abteilung Kriminalitäts- und Gewaltprävention im Westen von San Fernando Valley erfahren und zack« – er schnippte mit den Fingern – »war er weg und hat es nicht mal einem Freund wie mir erzählt, ehe er dort war. Er hatte uns alle so viele gottverdammte Schuldgefühle aufgeladen, dass etliche Leute gar nicht traurig waren, dass er weg war.«

»Dutch«, sagte sie, beugte sich über den Tisch vor und wählte ihre Worte mit Bedacht. »Was Sie mir da erzählen, erklärt, warum Joe mich dazu überredet hat, mit ihm zusammen eine Aktion durchzuführen. Inoffiziell. Wir haben einen Stalker verscheucht, der die Freundin einer Freundin verfolgt hat. Es war der reinste Schwindel –«

»Das Ding mit den untergeschobenen Drogen?« Er grinste breit.

Sie entspannte sich, lehnte sich zurück und erwiderte sein Grinsen. »Genau das. Sie auch?« Sie griff nach ihrer Tasse und atmete den Kaffeeduft tief ein – er war so stark, wie er in einem Coffeeshop nur sein konnte. Das Café sorgte gut für seine Cops.

Er nickte. »Nach den Raddich-Morden. Das erste Mal ging's um zwei Mistkerle, die Illegale abgezockt haben. Wir haben zwei Kilo Backpulver im Truck der Arschlöcher versteckt und sie anschließend bei einer Verkehrskontrolle rausgewunken und entdeckt, was sie für Stoff hielten, und ihnen erzählt, das Kartell würde ihnen deswegen auf den Fersen sein und ihnen den Arsch aufreißen …« Er kicherte und fuhr fort: »Wo immer sie auch sein mögen, ich wette, sie gucken sich heute noch um. Dann gab's diesen Scheißtyp, der in die Häuser von Latinos eingebrochen ist; wir hatten Zeugen, aber das waren alles Illegale, also konnten sie nicht aussagen, und deshalb haben wir uns den auch vorgenommen. Dann einen Pädophilen, als die Eltern des Mädchens nicht zuließen, dass sie eine Aussage macht. Joe und ich haben ihm spätabends einen Besuch abgestattet und ihm erzählt, dass wir genug Informationen an die Presse durchsickern lassen würden, dass die Leute rausfinden könnten, wer er war und dass niemand auch nur einen Finger krummmachen würde, um ihn zu beschützen. Am nächsten Tag war er verschwunden.«

Sie nickte. Sie hatte selbst oft genug die frustrierende Ohnmacht gespürt, wenn es trotz eines erdrückenden Ausmaßes an Beweisen nicht gelang, gefährliche Kriminelle aus dem Verkehr zu ziehen. »Wissen Sie irgendetwas, das darauf hindeutet, dass Joe in einer solchen Sache unterwegs ist?«

Er schüttelte den Kopf. »Nein, keine Ahnung, Kate.«

»Irgendwas, was er gesagt hat, als Sie campen waren? Es könnte wichtig sein, Dutch.«

»Ich wünschte, ich könnte Ihnen helfen.« Er schenkte sich Kaffee nach und trank. »Ich habe ihn vor langer Zeit gefragt, ob er noch irgendwas in Richtung Selbstjustiz zu laufen hatte. Er hat bloß gelacht und gesagt, es wäre besser, wenn er mir nichts erzählte. Ich war fest davon überzeugt, dass Sie nicht mit von der Partie waren.«

»Nur das eine Mal.«

»Nach allem, was ich von Joe über Sie gehört habe, wundert es mich, dass Sie überhaupt mal dabei waren.«

»Mich auch.« Sie lächelte ihn an. »Sie können meine Engelsflügel jetzt abnehmen.«

Er erwiderte ihr Lächeln. »Gott sei Dank.« Dann fuhr er fort: »Nach dem Pädophilen habe ich damit aufgehört. Ich habe Joe gesagt, dass ich das nicht mehr machen könnte – und gleichzeitig die Polizeimarke tragen. So gesehen ist das vermutlich auch der Grund, warum er mir nichts erzählt hat, als er hier die Biege gemacht hat und nach L.A. gegangen ist.«

Sie nickte. Sie mochte Dutch Hollander und vertraute ihrem Instinkt, was ihn anging. »Sie haben erwähnt, dass Joes Familie völlig durchgeknallt sei.«

Er seufzte und blickte zur Decke hinauf, als wüsste er nicht, wie und wo er anfangen sollte. »Was wissen Sie bereits?«

»Verdammt wenig. Er hat mir erzählt, dass er seine Eltern verloren hat, als er noch sehr jung war –«

»Verloren hat«, wiederholte Hollander, grinste sardonisch und schüttelte den Kopf.

»Er hat ein wenig von seiner Schwester Jean erzählt, von ihrer Scheidung und dass sie die gleiche miserable Vergangenheit hat wie er. Fast nichts von Jack. Ich habe bereits versucht, mit Jean über ihn zu reden, aber sie hat mich rausgeworfen.«

Er starrte sie an. *»Jean?* Hat Sie rausgeworfen? Was zum Teufel ist passiert?«

»Ich habe nicht die leiseste Ahnung. Ich wollte ja nur wissen, wo Joe ist. Sie war die Feindseligkeit in Person. Sie hat mir außerdem erzählt, ihr Sohn Jason sei tot.«

»Was?« Er blinzelte aufgeregt; sein Gesicht war zu einer beinahe komischen Maske aus Ungläubigkeit und Bestürzung verzerrt. *»Jason?«*

Sie hob beschwichtigend die Hand. »Er ist nicht tot. Ich habe heute Morgen von der Nachbarin erfahren, dass Jason sehr wohl noch im Hier und Jetzt weilt. Jeans Freund hat ihn irgendwohin gebracht.«

Dutch starrte sie an, während er sich mit den Fingern durch das borstige Haar fuhr und schwache graue Furchen hinterließ. »Die ganze gottverdammte Familie ist durchgedreht.«

»Das wäre eine Erklärung«, entgegnete Kate trocken. »Ich hoffe, Sie haben noch eine andere anzubieten.«

Er schüttelte den Kopf.

Sie verlor zusehends jede Hoffnung, dass sie von Joe

Camerons altem Jugendfreund etwas Hilfreiches erfahren würde. Sie griff wieder nach ihrer Gabel und aß von ihren Hash Browns. »Übrigens – die Nachbarin kennt Sie, Dutch. Dora Terhune.«

»Dora?« Seine Miene veränderte sich, und sein Kichern enthielt eine Spur Verlegenheit. »Das ist vielleicht 'ne Marke, nicht? Wir engagieren uns beide für Tierschutz, aber ich bin nicht annähernd –« Er verstummte, aber Kate wusste, dass er »so verrückt« hatte sagen wollen. Dann fügte er hinzu: »Dieser Wohnwagen, in dem sie lebt – wir nennen sie Jungle Jane.«

Kate lächelte. »Ich kann mir vorstellen warum. Sie hat mich als Allererstes wissen lassen, dass Jean gleich nach meinem Besuch ihre Sachen gepackt hat und in großer Eile verschwunden ist.«

»Ich kapier das alles nicht«, sagte er frustriert. »Ich habe nicht den blassesten Schimmer, was hier los ist, Kate.«

»Die Eltern. Sie wollten mir von den Eltern erzählen.«

»Sie wissen nicht das Geringste, stimmt's?« In seiner Stimme klang die Hoffnung mit, dass sie es doch wusste, und die Ungläubigkeit, dass sie es nicht wusste.

Sie zuckte die Achseln und sagte spöttisch: »Dafür, dass ich Joes engste Freundin bin, wie er sagt, gehöre ich in punkto Ahnungslosigkeit ins *Guinness-Buch der Rekorde.*«

Er lehnte sich auf seinem Stuhl zurück, und seine Polizeimarke glitzerte im fluoreszierenden Licht. »Joe stand seinem Dad sehr nahe. Sein Name war Jerry.«

Kate musste lachen. »Warum überrascht mich das nicht?

Noch ein Name mit J. Ich habe Fotos von den beiden in der Wüste gesehen.«

Hollander nickte ernst. »Sie waren oft in der Wüste. Als Joe dreiundzwanzig war, fand Jerry heraus, dass seine Frau praktisch seit dem Tag ihrer Hochzeit mit seinem besten Freund vögelte. Über zwei Jahrzehnte.«

Ihre erste Reaktion – Mitleid für Jerry Cameron – wurde gleich von etwas anderem abgelöst. »Joe«, sagte sie beinahe flüsternd, »das ist genau so, wie es bei ihm und Janine war.«

Er zog eine Grimasse. »Richtig.«

Sie erinnerte sich an den Abend, an dem sie und Cameron losgezogen waren und sich zusammen betrunken hatten – an seine maßlose bebende Wut über Janines Untreue. Nachdem sie nun erfahren hatte, wie seine Mutter seinen Vater betrog, begriff sie, dass hinter seinem Bedürfnis, seinen Schmerz zu ertränken, sehr viel mehr gesteckt hatte, als er ihr hatte zeigen wollen.

Dutch legte die Hände um seine Kaffeetasse und fuhr fort: »Jerry Cameron stieg in seinen Pick-up und folgte ihnen. Er jagte seiner Frau und seinem besten Freund hinterher, bis er sie hatte. Er rammte ihren Wagen und drängte ihn vom Highway ab, so dass sie in eine Schlucht stürzten. Sie starben. Beide. Dann fuhr er weiter zu der Hütte in der Nähe von Joshua Tree und ging in die Wüste. Es herrschten sechsundvierzig Grad an dem Tag. Seine Leiche wurde nie gefunden. Kojoten, wahrscheinlich.«

Kate schüttelte den Kopf. Sie trank ein paar Schlucke kaltes Wasser, um ihre Kehle zu besänftigen, die sich vor Mitgefühl schmerzlich zusammengezogen hatte: Joe hatte erleben müssen, dass seine beiden geliebten Eltern dermaßen die Kontrolle über ihr Leben verloren hatten, dass ihre Kinder keine Rolle mehr spielten.

»Ich glaube, ich verstehe, warum Joe Ihnen nie davon erzählt hat«, gestand Hollander mitfühlend ein. »Wer möchte schon an eine so schmerzliche Wunde rühren?«

»Und was war mit Jack?«

»Geriet auf die schiefe Bahn«, erwiderte er kurz und bündig. »Zwei Jahre jünger als Joe, Drogen seit frühester Jugend, rastete beim kleinsten Anlass komplett aus. Wurde schon als Teenager mehrfach wegen Trunkenheit am Steuer auffällig, dann ein 501 – schwerer Unfall unter Alkoholeinfluss – Mutter und Kind auf einem Fußgängerüberweg. Sie überlebten, aber bei seinem Vorstrafenregister kriegte er die Höchststrafe. Kam nach Solano, glaube ich.«

Was erklärte, warum Jack Cameron keine Spuren bei irgendwelchen Versorgungsunternehmen hinterlassen hatte.

Hollander schüttelte den Kopf und fuhr fort: »Kam auf Bewährung raus, dann ein 451 – fackelte das Haus ab, in dem sich seine Freundin und das Kind, das er mit ihr hatte, befanden. Er glaubte, sie hätte ihn betrogen.« Er blickte Kate an. »Das Kind war Jason. Die Frau lag wochenlang mit Brandverletzungen im Krankenhaus. Jetzt sitzt er in Folsom, soweit ich weiß.«

Jetzt war es an Kate, den Kopf zu schütteln. Drogen, schwerer Verkehrsunfall unter Alkoholeinfluss, besonders schwere Brandstiftung … »Kein Wunder, dass Joe nicht über ihn reden wollte.«

»Ein ziemlich übler Kerl. Joe und Jean sind bei der Verhandlung beide als Belastungszeugen aufgetreten.«

Kate nickte und speicherte diese Information ab. »Was für eine tragische Familie. Was ist aus der Freundin geworden?«

»Verschwunden. Ich glaube nicht, dass sie sich obendrein auch noch um ein autistisches Kind kümmern konnte. Jean hat ihn zu sich genommen.«

Was erklärte, warum Jean den Jungen bei sich hatte, nicht aber, warum sie ihn für tot erklärte.

»Diese Hütte der Familie, die Sie erwähnt haben, Dutch. Ist das die Hütte, zu der Sie immer mit Joe gefahren sind?«

»Nee.« Und dann geringschätzig: »Eine Hütte hat doch mit Camping nichts zu tun. Joe ist nie wieder dort gewesen. Ich war seit meiner Kindheit auch nicht mehr da. Ich erinnere mich nicht mehr – ich habe keine Ahnung, wo die ist. Wir campen immer im Nationalpark bei den Felsformationen.«

»Sie erinnern sich nicht an irgendwelche Einzelheiten, was die Hütte anbelangt?«

Er zuckte die Achseln. »Sie war rustikal, von außen irgendwie rotbraun, meine ich. Kurz bevor man da war, ging's auf der Straße kurvig bergab wie in der Achterbahn. Da wird Joe nicht sein, Kate. Er würde nie dahin zurückkehren, egal was.«

Sally erschien, die Rechnung in der Hand. »Ihr seid versorgt?« Als sie nickten, legte sie die Rechnung auf den Tisch und sammelte die beiden Teller ein. »Bis dann, Big Boy«, sagte sie zu Hollander und zockelte davon.

Hollander griff nach der Rechnung. Kate zog ihre Brieftasche hervor. »Machen wir halbe-halbe, Dutch.«

»Joe zufolge sind Sie keine Frau, der man widersprechen sollte«, erwiderte er grinsend. Und dann, plötzlich ernüchtert: »Verdammt, Kate, ich bin Ihnen überhaupt keine Hilfe gewesen.«

»Doch. Aber ich bin immer noch dabei, die einzelnen Teile zusammenzufügen.«

»Und was nun? Was kann ich tun, Detective Delafield?«

»Abwarten«, antwortete sie in ihrem entschiedensten Ton. »Kein Wort zu irgendjemandem. Joes Zukunft könnte davon abhängen.« *Vielleicht sogar sein Leben.* »Ich muss noch tiefer graben, um herauszufinden, wie das alles zusammenhängt. Ich werde Sie anrufen, Dutch, darauf können Sie sich verlassen. Ich werde Ihre Hilfe benötigen …«

»Ich bin dabei.«

Er legte einen Schein auf den Tisch und ergriff noch einmal ihre Hand. Dann stand er auf und verließ Rusty's Café.

10

Kate stieg in den Focus und schlug den Weg zur Interstate 15 und nach Los Angeles ein. Sie musste einen Termin wahrnehmen, sie musste nach Silverlake Haven fahren, ihre nächsten Schritte planen, was die Suche nach Cameron anging, und – basierend auf ihren neuesten Informationen – überlegen, wie viel von dem, was sie erfahren hatte, sie Captain Walcott erzählen wollte, sollte oder würde.

Als ihre Anspannung nachließ, kamen eine geradezu körperlich spürbare Flatterigkeit und eine vage, aber zunehmende Bangigkeit auf, die sich zu ihren tagtäglichen Begleiterinnen entwickelten. Um das Bild des flüssigen goldenen Balsams, der in etlichen Flaschen auf ihrem Küchenregal stand, zu vertreiben, warf sie sich zwei zuckerfreie Kaugummipastillen mit Pfefferminzgeschmack in den Mund und biss zu, bis der harte süße Überzug brach. Dann stellte sie die Klimaanlage auf die höchste Stufe.

Was ihre nächsten strategischen Schritte in Sachen Cameron anbelangte, fielen ihr im Augenblick nicht allzu viele Optionen ein. Eigentlich nur zwei. Als sie auf die Interstate 15 einbog und sich in den spärlichen Strom von Autos einfädelte, der sich in wenigen Stunden zum Rush-Hour-Verkehr verdichten würde, ließ sie das, was sie in den vergangenen vier Tagen unternommen hatte, noch einmal Revue passieren. Der Bestandsaufnahme folgten die Neubewertung und Verknüpfung all dessen, was sie in ihren Gesprächen mit Jean und Dora, mit Hollander und mit Walcott erfahren hatte.

Zu Hause fuhr sie ihren Computer hoch und begann mit Option eins. Sie suchte und fand die Website der Steuerbehörde des San Bernardino County, das für Joshua Tree zuständig war. Sie war in Twentynine Palms angesiedelt. Und sie erwies sich als Sackgasse. Die Seite ließ keine Anfragen mit dem Namen des Eigentümers zu; man musste entweder die Grundstücksnummer oder die Adresse wissen, um Einblick in Steuerdaten nehmen zu können. Sie machte mit Option zwei weiter: Sie klickte sich durch die Fotos, die sie mit ihrem Handy bei Cameron zu Hause aufgenommen und auf ihren Rechner geladen hatte. Sie suchte die Bilder, die auf dem Kaminsims standen, und hoffte, dass insbesondere eines davon scharf genug war: der zwölfjährige Joe, neben dem sein Vater kniete, den Arm um ihn gelegt, vor einer rostroten Hütte, die sich vor dem Wüstenhintergrund abzeichnete. Doch bei ihrer Suche fiel ihr ein Foto aus dem Esszimmer ins Auge, das ihre Aufmerksamkeit fesselte: eines der Gemälde an der Wand neben dem Esstisch. Es zeigte eine Landschaft mit einer winzigen Hütte vor einer Spitzkuppe in der Wüste. *Aimee,* dachte Kate, *warum bist du nicht hier, um das zu vergrößern, damit ich mir nicht das Hirn zermartern muss, um herauszukriegen, wie das geht? Aimee, warum bist du nicht hier ...* Doch sie wusste die Antwort auf die Frage.

Sie fand das gesuchte Foto auf dem Kaminsims, bekam schließlich heraus, wie sie den Ausschnitt mit der Hütte auf diesem Foto und auf dem Foto mit dem Gemälde vergrößern konnte und druckte sie aus. Dann verglich sie die beiden mit Hilfe eines Vergrößerungsglases. Sie mochten identisch sein, waren aber nicht scharf genug, um es mit Gewissheit sagen zu können. Sie musste sich Gewissheit verschaffen. Sie musste die Originale prüfen. Sie musste sich noch einmal Zutritt zu Joes Haus verschaffen.

Um Viertel vor sieben Uhr abends fuhr sie beim Silverlake Haven vor. Als sie sich der Eingangstür näherte, ließ sie ein paar Listerine-Mundpflegestreifen auf ihrer Zunge zergehen, um frischen Atem zu haben. Sie hatte den Zeitpunkt ihrer Ankunft exakt geplant, und nachdem sie Marla begrüßt hatte, ging sie zu der Sitzecke vor dem Kamin in der Eingangshalle hinüber und setzte sich so, dass sie die Tür im Blick hatte.

Sie griff in ihre Tasche und holte eine Plastikdose mit Pillen hervor. Sie beugte sich in ihrem Sessel vor, um sie genauer in Augenschein zu nehmen – es war das Medikament, das sie sich kurz zuvor in einer CVS-Apotheke an der La Cienega geholt hatte. Sie dachte an den Termin, der dem vorausgegangen war.

Als sie das Büro der Psychiaterin betreten hatte, war schon allein der Anblick der Frau, die aufstand, um sie zu begrüßen, irgendwie beruhigend gewesen. Ein große, dünne Frau, nett gekleidet in einer leichten Tweedjacke und rotbrauen Hosen. Dr. Natalie Sherman schien in den Siebzigern zu sein; das grauweiße Haar war schlicht frisiert, und ihr ausdrucksvolles Gesicht kündete von einem scharfen Verstand.

»Danke, dass Sie so schnell einen Termin für mich hatten«, sagte Kate und ergriff die dargebotene Hand.

»Ich hatte keine andere Wahl«, erwiderte Dr. Sherman mit einem Lächeln. »Calla hat darauf bestanden, dass ich Sie einschiebe. Ich habe mir den Fragebogen angesehen, den Sie mitgebracht haben. Bitte nehmen Sie Platz.«

Sie hatte keine Zeit mit höflichem Geplauder verloren, sondern Kate gezielte Fragen gestellt und sich vorgebeugt, um sie beim Antworten mit scharfem Blick aus ihren dunklen Augen zu mustern. Die Fragen zielten eindeutig darauf ab, das, was Calla Dearborn Dr. Sherman über Kates psychischen Zustand mitgeteilt hatte, sowie ihre Diagnose und ihre Empfehlungen zu untermauern. Während die Liste ihrer persönlichen Defizite unter dem unvoreingenommenen Blick der Medizinerin wuchs, wurde Kate innerlich immer kleiner, und sie wünschte, sie wäre woanders, egal wo. Selbst die Hölle erschien ihr als ein angenehmerer Aufenthaltsort. Schließlich hatte Dr. Sherman ein Rezept ausgestellt und es Kate gereicht; es wurde gleichzeitig direkt an die Apotheke weitergeleitet, und das Medikament würde zur Abholung bereit sein, wenn Kate dort erschien.

»Ich schließe mich Callas Ansicht an, dass Sie unter einer ausgeprägten Angst- und Belastungsreaktion leiden«, hatte die Ärztin gesagt. »Sie wird mich auf dem Laufenden halten, was eine eventuell nötige Änderung der Dosierung angeht. Es ist individuell unterschiedlich, wie schnell sich eine Veränderung bemerkbar macht – es kann bis zu einigen Wochen dauern. Aber es wird Ihnen helfen, Kate. Ich muss Sie außerdem darauf hinweisen, dass Antidepressiva sich nicht mit Alkohol vertragen.« Mit einer Spur von Mitgefühl fügte sie hinzu: »Versuchen Sie Ihr Bestes.«

Als sie wieder draußen gewesen war und auf die Uhr blickte, hatte Kate erschrocken festgestellt, dass sie kaum fünfzehn Minuten bei der Ärztin verbracht hatte. Wieder war sie von einer sehr klugen und kompetenten Frau viel zu klar gesehen und verstanden und eingeschätzt worden, und die Demütigung nagte noch immer an ihr. Hoffentlich waren die gottverdammten Pillen das wert.

Kate schraubte den Verschluss auf, schob sich eine Pille in den Mund und schluckte sie trocken herunter – sollte sie sich doch zu dem Cutty Sark gesellen, den sie hinuntergekippt hatte, ehe sie losgefahren war. Sie konnte bloß hoffen, dass die Pillen den Alkohol immer weniger nötig machten.

Um fünf vor sieben erschien ein sorgsam gekleidetes Latino-Paar mittleren Alters, beide beleibt, die Frau in einer geblümten Bluse und Capri-Hosen, der Mann in einem blaukarierten Hemd, das in gebügelte Jeans gesteckt war. Die beiden nickten Marla am Empfangstresen zu. Kate wartete, bis sie auf ihrer Höhe waren, ehe sie aufstand und ihnen in den Weg trat.

»Entschuldigen Sie«, sagte sie. »Sind Sie Carlos und Josefina?«

Die beiden blieben stehen und nickten, und Kate sah, wie sich Besorgnis, ja Bestürzung auf ihren Gesichtern malte.

»Ida geht es gut«, sagte sie hastig. »Ich wollte Sie nicht erschrecken. Ich habe sie ein paarmal besucht. Vielleicht hat sie mich erwähnt?« Dazu hatte Ida natürlich keine Gelegenheit gehabt, da die beiden sie ja bloß jeden Donnerstag um diese Zeit besuchten. »Vielleicht hat sie eine Ermittlerin vom Los Angeles Police Department erwähnt?«

»Nein!«, antworteten beide gleichzeitig und sahen sie überrascht an.

»Sie hat erwähnt, dass Sie beide mit etwas aus ihrem Nachlass rechnen, wenn es soweit ist.«

»Ein Gemälde.« Josefina zuckte die Achseln und fügte mit einem leichten Akzent in ihrem Englisch hinzu: »Bloß ein kleines Bild, das bei ihr zu Hause hängt.« Sie zeigte die Größe mit den Händen – etwa dreißig Zentimeter. »Mexikanische Kunst. Es gefällt uns. Sie hat uns eine Schenkungsurkunde gegeben, um sicherzustellen, dass wir es bekommen.«

»Es ist wirklich nur ein Bild«, bekräftigte Carlos mit einem ähnlichen Akzent. Seine Miene hatte sich verfinstert. Misstrauisch und leicht unwirsch fragte er: »Wo ist das Problem?«

Kate hatte keinerlei Besorgnis bei ihnen registriert, als sie ihre Verbindung zum LAPD erwähnt hatte – nichts, das irgendwie verdachterregend schien. Sie hob beschwichtigend die Hände. »Es gibt kein Problem. Ich wollte Sie nur wissen lassen, dass ich jetzt auch eine Freundin von Ida bin. Falls ich irgendwas tun kann.«

Sie lächelte und streckte die Hand aus, und die beiden ergriffen sie argwöhnisch, dann setzten sie ihren Weg den Flur hinunter fort, wobei sie leise miteinander redeten. Kate ging zu Maggies Zimmer.

Alice, in einem pfirsichfarbenen Morgenmantel, saß auf der Kante von Maggies Bett, leicht zu ihr herabgebeugt, und die beiden sprachen leise miteinander, als Kate eintrat. Kate konnte Alices Gesicht nicht sehen, aber Maggie tätschelte ihren Arm und lächelte. Sie war wie üblich an den Sauerstoff angeschlossen, aber ihr abgezehrtes Gesicht zeigte Farbe, anders als das Mal zuvor, und sie schien auch keine Schmerzen zu haben.

Maggie wies auf Kate, und Alice knuffte Maggie gegen die Schulter und hievte sich vom Bett hoch. »Mach's gut, du olles Ding«, sagte sie heiter zu Maggie. »Hallo, Miss Police Detective«, sagte sie dann mit zittrig-enthusiastischer Stimme zu Kate und tappte bedächtig zu ihrem Bett zurück, wobei sie Kates angebotene Unterstützung mit einer Geste zurückwies.

»Alice«, sagte Kate zu ihr. »Wie geht es Ihnen?«

»Ich sterbe«, sagte sie trocken. »Und ich wünschte, es ginge voran.«

Kate wappnete sich; sie rechnete damit, dass Maggie sich dem Wunsch inbrünstig anschloss, aber stattdessen grinste sie. In ihrem Grinsen lag echtes Amüsement, und Kate begriff, dass es Tage, wenn nicht Wochen her war, seit sie auch nur eine Spur von der alten Maggie, die sie seit Jahrzehnten kannte, gesehen hatte.

Kate nahm Alices Platz auf der Bettkante ein, beugte sich zu Maggie herab und flüsterte: »Du versuchst deine Zimmergenossin zu verführen, stimmt 's?«

Maggie griff nach dem Roman von Karin Kallmaker, den Kate ihr zuvor mitgebracht hatte: *The Kiss That Counted* – Der Kuss, der zählte. Sie wies damit auf Alice. »Ich habe sie gebeten, mir ein paar Abschnitte vorzulesen, damit sie weiß, was sie verpasst hat mit all ihren dummen Männern. Und jetzt steh von meinem Bett auf und erzähl mir, was bei dir los war.«

Maggie schien es so viel besser zu gehen, sie atmete so viel leichter, dass Kate im Gegenzug der Mut sank: War das womöglich das sprichwörtliche letzte Aufblühen, das todkranke Menschen manchmal erlebten, kurz bevor sie starben? *Reiß dich zusammen!*, befahl sie sich. *Genieße den*

Augenblick! Sie setzte sich auf den Stuhl neben Maggies Bett und fing an, ihr in allen Einzelheiten zu erzählen, was sich in Victorville ereignet hatte.

»Also, was denkst du?«, fragte Maggie mit gerunzelter Stirn, als Kate am Ende angelangt war.

»Joe kann auf sich aufpassen, und ich glaube, es geht ihm gut«, versicherte sie Maggie. Und sich selbst. »Aber ich werde dranbleiben.« Dann fragte sie: »Ist Aimee dagewesen?«

Maggie nickte. »Vor etwa einer Stunde. Und am Nachmittag waren ein paar Freundinnen aus der Nightwood Bar hier.«

»Es war die reinste Party«, kommentierte Alice.

In dem kleinen Zimmer war es nahezu unmöglich, nicht alles mitzuhören, aber bei dem, was sie als Nächstes erzählen wollte, störte sich Kate ganz besonders an Alices Gegenwart. »Maggie ...« Sie wandte Alice entschieden den Rücken zu. »Ich möchte, dass du weißt, dass ich angefangen habe, zu einer Therapeutin zu gehen, die meint, mir helfen zu können. Und ich nehme ein Medikament.«

Wieder erschien das »Alte Maggie«-Lächeln. Letztes Aufblühen hin oder her – Kate war dankbar dafür, dankbar, ein Bild von Maggie zu haben, das sich über den grimmigen Fatalismus legte, der ihr Gesicht in den vergangenen Wochen gezeichnet hatte.

Maggie sagte: »Ich will nicht sagen, dass ich nun glücklich sterben werde, aber ich bin froh, das zu hören. Hast du einen Stift? Du kannst ihn morgen wiederhaben.«

»Einen Stift? Wozu?«

»Wozu wohl? Ich will was aufschreiben.«

»Hier haben sie doch sicher –«

»Klar haben sie«, fiel Maggie ihr genervt ins Wort. »Aber ich möchte deinen haben. Wegen des Karmas.«

»Du wirst dich damit nicht in die Jugularvene stechen, okay?« Es sollte ein Scherz sein, aber als Alice in lautes Lachen ausbrach, hätte sie sich am liebsten auf die Zunge gebissen.

»Na, das ist doch mal eine Idee«, sagte Maggie mit hochgezogenen Augenbrauen. Sie hob die Hand. »Aber ein solcher Abgang ist nicht mein Stil.«

»Ich werde das verhindern«, meinte Alice.

Kate holte ihr Notizbuch hervor, nahm den Kugelschreiber, der daran klemmte, und legte ihn auf den Nachtschrank.

»Das ist genau der Stift, den ich will. Du solltest heimfahren. Du siehst müde aus, meine Liebe«, sagte Maggie.

»So müde bin ich gar nicht.«

»Dann sagen wir so: *Ich* bin müde. Komm her.« Maggie hob die Arme.

Kate beugte sich zu ihr herab und umfing sachte ihre knochigen Schultern. Maggie schlang die Arme um sie und gab ihr einen Kuss auf die Wange. »*Das* ist der Kuss, der zählt. Kate, meine Freundin – ich liebe dich.«

Kate sagte mit erstickter Stimme: »Ich liebe dich auch, Maggie.«

Als Kate schon auf dem Weg zur Tür war – ihre Augen schwammen in Tränen –, rief Alice ihr nach: »Vergessen Sie nicht, Miss Police Detective – ich bin Ihnen was schuldig.«

Kate ging langsam den Flur hinunter und fasste sich wieder. Sie steckte den Kopf in Idas Zimmer. Das mexikanische Paar war fort.

Ida winkte sie herein und legte den Finger an die Lippen – ihre Zimmergenossin Mary schien zu schlafen. Kate ging zu Ida hinüber. Durch die vergrößernden Gläser von Idas Brille sah sie, dass Idas blaue Augen von einem feuchten Film überzogen waren.

Kate berührte ihren Arm und sagte leise: »Das mit Carlos und Josefina tut mir sehr leid …«

»Schon gut.« Ida griff nach Kates Hand und tätschelte sie. »Ich verstehe schon. Sie wollten mich beschützen. Die beiden waren ziemlich aufgebracht. Sie fanden, es wäre eine rassistische –«

»Natürlich fanden sie das. Vor allem weil ich ein Cop bin.«

»Sie haben mir sogar angeboten, die Schenkung rückgängig zu machen und mir die Urkunde zurückzugeben. Dank Ihnen weiß ich jetzt, dass die beiden mich besuchen, weil sie es wirklich wollen, und nicht, weil sie sehen wollen, ob sie einer sterbenden Frau nicht noch mehr abluchsen können.« Sie lächelte. »Es ist alles gut, Kate. Machen Sie sich keine weiteren Vorwürfe. Ich habe sie beruhigen können. Sie haben immer noch keine Ahnung, was ich ihnen hinterlasse.«

»Mehr als das Gemälde?«

»Nein, nur das Gemälde. Aber es ist ein Tamayo.«

Von Malerei verstand Kate so viel wie von der Oper. »Jemand Berühmtes?«

»Museumsberühmt. Ich habe ihn vor allen anderen entdeckt, in den frühen Siebzigern. Es ist ein sehr kleiner Tamayo, aber sie werden in Ohnmacht fallen, wenn sie das Zertifikat mit dem Schätzwert des Gemäldes in dem Umschlag auf der Rückseite finden. Ich wünschte, ich könnte dabei sein.« Dann fügte sie verschmitzt hinzu: »Meine Familie wird ausrasten.«

Kate grinste. »Jede Wette.«

»Von daher ist es gut, dass Sie davon wissen, Kate. Die beiden haben es nach all den Jahren bei mir verdient, aber Sie wissen, wie Familien sein können. Nur für den Fall – darf ich Sie drei miteinander in Kontakt bringen? Selbst wenn Sie im Ruhestand sind, wird die Verbindung mit dem LAPD meine Familie in Schach halten.«

»Kein Problem. Wenn es denn nötig sein sollte.«

Ida tätschelte ihr wieder die Hand. »Ich würde mich freuen, wenn Sie noch blieben, aber Sie sehen müde aus. Gehen Sie nach Hause.«

»Sie sind schon die Zweite, die mir das sagt. Ich schätze, dann muss ich es wohl glauben.« Sie war in der Tat müde – so müde, dass sie geradezu spürte, wie die Müdigkeit auf ihr lastete. Sie strich Ida die weißen Haarsträhnen aus dem Gesicht, beugte sich aus einer Laune heraus vor und küsste sie auf die Wange. Dann richtete sie sich rasch auf und verschwand, ehe sie Idas Reaktion sehen oder hören konnte.

Als sie in ihr Auto gestiegen war, saß sie reglos da; sie fühlte sich wie versteinert. *Was ist los mit mir? Warum bin ich bloß so dämlich?* Schlimm genug, dass Maggie an der Schwelle des Todes stand – jetzt hatte sie sich auch noch widerstandslos in das Kraftfeld der Zuneigung für eine Frau namens Ida ziehen lassen, die gleichfalls im Sterben lag.

Sie brauchte einen Drink, und zwar dringend. Wenn sie nur eine Flasche im Auto aufbewahren würde. Aber das machte sie nicht mehr seit jenem Abend vier Jahre zuvor, als sie auf dem Weg von Cameron zu sich nach Hause von einem Cop mit unverbrauchtem Gesicht rechts rangewunken worden war, dessen Blick sofort auf die kaum verdeckte Flasche auf dem Sitz neben ihr gefallen war, die im blinkenden Licht seines Motorrads funkelte. Sie war zu betrunken gewesen, um sie tief genug in ihrer Schultertasche zu verstauen. Er hatte sie darüber informiert, dass sie in Schlangenlinien gefahren war, und sie war seiner höflichen Bitte, ihren Führerschein, ihre Zulassung und ihren Versicherungsschein zu sehen, nachgekommen. Als er sie als Nächstes gebeten hatte auszusteigen, wurde ihr klar, dass er, obwohl er ein Cop von der Wilshire Division war, ihren Namen nicht kannte, und deshalb hatte sie ihre goldene Polizeimarke hervorgeholt. Er schaute noch einmal auf ihre Zulassung und fragte sie dann, ob sie direkt zu ihrer Adresse in der Kings Road fahren würde. Als sie bejahte, nickte er einfach nur und kehrte zu seinem Motorrad zurück. Aber ganz so einfach war es doch nicht gewesen, wie sich herausstellte. Am nächsten Tag erfuhr sie, dass er auf diskrete Weise ihren Lieutenant informiert hatte. Carolina Walcott hatte Kate sofort vom Dienst freigestellt, unter Weiterzahlung ihrer Bezüge. Kate fühlte sich auf lange Zeit schwer gedemütigt. Sie hatte es schon ein paarmal mit den AA versucht, aber nun machte sie ihren ersten Entzug.

Sie würde ihren Drink bald bekommen. Zu Hause. Aber vorher musste sie noch einmal bei Cameron vorbeifahren.

Die Dämmerung sank bereits herab, als sie auf den Parkplatz neben Camerons RAV4 vor dem Haus in Hillcrest einbog. Sie ging durch das Tor und den Garten zur Rückseite des dunklen Hauses. Als sie am Montag hiergewesen war, hatte sie den Riegel zwar offen gelassen, das untere Schloss aber einrasten lassen. Jetzt zog sie eine Kreditkarte aus der Brieftasche, um die Schlossfalle damit zurückzuschieben.

Sie erstarrte.

Die Tür war zu, aber nicht ganz, und am Türpfosten waren frische Splitter zu sehen. Sie wich vorsichtig zurück.

Leise zog sie ihre Autoschlüssel aus der Tasche, schlich wachsam zur Vorderseite des Hauses zurück und sprintete dann zum Tor, wobei sie die Funkfernbedienung drückte, um ihren Wagen zu entriegeln. Sie riss die Beifahrertür auf, schnappte sich ihre private Pistole aus dem Handschuhfach und entsicherte sie. Mit der 38er in beiden Händen, die Arme ausgestreckt, die Waffe schräg nach unten weisend, schob sie das Tor mit dem Fuß wieder auf und kehrte durch den Garten zur Hinterseite des Hauses zurück.

Adrenalin durchströmte sie. Sie legte eine Schulter an die Tür und schob sie langsam auf, glitt leise ins Haus, hielt inne. Zwei Minuten lang lauschte sie einfach nur, den Abzugfinger an der Seite der Waffe, damit sie nicht durch einen spontanen Reflex losging; sie versuchte, ihren Atem zu kontrollieren, während sie eine Mischung aus der leichten Muffigkeit eines unbewohnten Hauses, den Putzmitteln der Marvel Maids und einem undefinierbaren säuerlichen Geruch einatmete, der von männlichem Schweiß herrühren mochte.

Das Haus war vollkommen still. Was nichts hieß. Jemand konnte sie gehört oder gesehen haben und gleichfalls abwarten. Sie wandte sich seitwärts und schlich, die Waffe im Anschlag, durch den Haushaltsraum. Dann weiter in die Küche, die durch das verbleibende Licht, das durch das Esszimmerfenster hereinfiel, schwach erhellt wurde. Im Wohnzimmer schien niemand zu sein, aber es konnte jemand hinter den Möbeln hocken oder sich im Schlafzimmer verstecken.

Sie legte den Finger auf den Abzug. Sie öffnete den Mund, setzte an zu sprechen. Dann schloss sie ihn wieder, als sie begriff, dass sie nicht *»Polizei!«* rufen konnte. Sie war nicht mehr die Polizei. Absurderweise suchte sie nach einer Formulierung, die annähernd so effektiv war wie das eine unendlich vielsagende und gewichtige Wort, das Warnung und Identifikation zugleich darstellte.

»Ich habe eine Waffe!«, rief sie. »Wenn hier irgendjemand ist – ich habe eine Waffe!«

Keine Reaktion, kein Laut.

Sie hatte einen Vorteil: Da sie durch die Hintertür hereingekommen war, konnte ihr niemand von hinten auflauern. Sie nahm ihre linke Hand von der vorgehaltenen Waffe, tastete über die Wand neben sich und betätigte den Lichtschalter, während sie gleichzeitig in die Hocke ging.

Als sie sich langsam wieder aufrichtete, dachte sie als Erstes: *Joe wird einen Anfall kriegen!* Der Boden von Wohn- und Esszimmer war mit zerbrochenen Bilderrahmen und zerstörten Gemälden übersät. Camerons Wüstenimpressionen waren von den Wänden gerissen worden und, den zersplitterten Rahmen und Glasscherben nach zu urteilen, wiederholt auf den Boden geschmettert worden. Alles, was auf dem Kaminsims gestanden hatte, war heruntergefegt worden. Bis auf ein paar umgekippte Esszimmerstühle schienen die Räume ansonsten unversehrt zu sein, einschließlich der Küchengeräte und sonstigen Gegenstände auf den Arbeitsflächen in der Küche. Camerons wertvolle abstrakte Skulpturen, die vor dem Kamin standen, waren nicht angerührt worden.

Jetzt, wo das Licht in der Küche brannte, fühlte sie sich nicht mehr so verletzlich. Der Adrenalinrausch verebbte, und ihr Instinkt sagte ihr, dass niemand außer ihr im Haus war. Aber dennoch glitt sie, die Waffe im Anschlag, leise den Flur entlang, der sich an das Wohnzimmer anschloss, und schaute in Camerons Schlafzimmer. Auch hier waren die Fotos vom Nachttisch gefegt, von den Wänden gerissen worden. Sie betrat den Raum und überprüfte ihn, sah unter das Bett, schaute in den Schrank. Dann ging sie weiter ins Arbeitszimmer und ins Bad. Beide schienen unversehrt.

Sie kehrte in die Küche zurück, setzte sich auf einen der Barhocker, legte die Waffe auf den Tresen, klappte ihr Handy auf, legte es neben die Pistole und betrachtete sinnierend den leeren erleuchteten Bildschirm, der ihre Eingabe erwartete.

Allem Anschein nach war nichts von besonderem Wert aus dem Haus entwendet worden. Das, was zerstört worden war, war gezielt ausgewählt worden – es sollte eine unmissverständliche Botschaft senden und zugleich klarmachen, wer hiergewesen war. Und die blanke Wut, die hinter dem Werk der Zerstörung steckte, erklärte, warum Joe es für ratsam gehalten hatte, hier zu verschwinden.

Es blieb die Frage, ob sie Meldung machen sollte. Sie hatte keinen Beweis für die Richtigkeit ihrer Annahme, wer der Eindringling war – sie hatte nur ihren aus Bruchstücken zusammengesetzten Verdacht, dass es um Jack Cameron und den Rest seiner Familie ging. Falls er clever genug gewesen war, Handschuhe zu tragen, als er ins Haus eingedrungen war, dann würde es keine Fingerabdrücke geben. Keine Beweise, kein glaubhafter Grund, ihn zu verhaften. Wenn sie das Einbruchsdezernat verständigte, würde sie ihre eigene Anwesenheit im Haus erklären müssen. Sie würde Walcotts Versuch, die Sache diskret zu behandeln, um Joe keinen nachhaltigen Schaden zuzufügen, zunichtemachen. Sie würde Joes Plan, die Angelegenheit so zu regeln, wie auch immer er es entschieden hatte, vereiteln. Sie würde seine Freundschaft verlieren, weil sie in sein Haus eingedrungen war und seine Privatsphäre verletzt hatte.

Sie starrte immer noch auf das Handy, als es plötzlich vibrierte und schrill klingelte und sie zusammenzucken ließ.

Walcott, verkündete die Anruferkennung.

Sie nahm das Gespräch an. »Ja, Captain.«

»Wie geht es Ihrer Freundin, Kate?«, fragte Walcott in mitfühlendem Ton.

»Besser heute. Danke der Nachfrage.«

»Und Ihnen?«

»Ich gebe mir alle Mühe. Ich bin bei Calla Dearborn gewesen.«

»Das höre ich gern. Sind Sie zu Hause?«

»Ich habe Maggie vor einigen Minuten verlassen«, erwiderte Kate ausweichend. »Ich wollte Sie gerade anrufen und auf den neuesten Stand bringen.«

»Sie haben gerade einiges zu bewältigen – mit Ihrer Freundin«, sagte Walcott. »Ich bin davon ausgegangen, dass es keinen großen Durchbruch gegeben hat, sonst hätte ich es wohl schon erfahren. Aber ich wollte Sie wissen lassen, dass ein gewisser Jackson Allen Cameron vor zwei Wochen auf Bewährung aus dem Soledad-Gefängnis entlassen wurde.«

»Dann hat sich Ihre Ahnung ja bestätigt, Captain«, erwiderte Kate warm und freute sich, dass Walcott ihre eigene Schlussfolgerung damit bestätigte. »Eine hilfreiche Information. Und ein viel zu großer Zufall, um nicht doch irgendwie in Zusammenhang mit Camerons Verschwinden zu stehen.«

»Das finde ich auch, aber es bleibt abzuwarten, was ein wegen 501 und 451 verurteilter Schwerverbrecher mit Joes Abtauchen zu tun hat, selbst wenn der Kerl der Durchgeknallte in der Familie ist. Doch falls es sich bei der Sache um eine Familienangelegenheit handelt, könnte das heißen, dass mit Joe alles in Ordnung ist.«

»Könnte es heißen«, erwiderte Kate in neutralem Ton, aber sie wusste, dass die Neuigkeiten das keineswegs nahelegten.

»Und es erklärt nicht, warum er keine Nachrichten erhält und seinen Captain nicht zurückruft, was die neue Entwicklung im Fall Carter angeht.«

»Nein, das erklärt es nicht«, stimmte Kate mit großem Ernst zu. »Ich muss ihn trotz allem finden. Ich will einen Hinweis auf eine Hütte in der Hochwüste verfolgen, in der er sich vielleicht aufhält.«

»Was bedeuten könnte, dass sein Handy keinen Empfang hat.«

»Stimmt.« Daran hatte sie noch gar nicht gedacht. »Bei der Mühe, die er sich gegeben hat, sein Abtauchen zu vertuschen, müssen wir uns der Situation wirklich ganz sicher sein. Ich möchte Sie bitten, mir noch einen weiteren Tag zu geben, um hinfahren und die Lage sondieren und Ihnen eine Erklärung für die ganze Sache liefern zu können.«

»Nun, zumindest haben wir jetzt eine Theorie, die wir verfolgen können. Ich räume Ihnen einen weiteren Tag ein, Kate, und das Wochenende. Am Montagmorgen werde ich jedoch als Erstes Joes Partner von dem FBI-Treffer erzählen, und wir werden die Familie Carter kontaktieren.«

Am Dienstag würden die Marvel Maids in Haus kommen, die Bescherung entdecken und die Polizei anrufen, und dann würde ohnehin alles auffliegen. Wenn sie Walcott jetzt schon darüber informierte, was sie hier vorgefunden hatte, dann wäre jetzt schon alles vorbei. Sie wusste, dass Walcott das hier zu weit ging, dass sie sich verpflichtet fühlen würde, offiziell Meldung zu machen und die Angelegenheit an die übergeordnete Stelle abzugeben.

»Einverstanden«, antwortete Kate.

Walcott legte auf.

Kate stand auf, steckte ihr Handy ein, sicherte ihre Waffe wieder und schob sie sich hinten in den Hosenbund. Mit der geübten Sorgsamkeit der erfahrenen Mordermittlerin, die wusste, wie sie sich an einem Tatort bewegen musste, ohne Spuren zu hinterlassen, suchte sie sich ihren Weg durchs Wohnzimmer. Sie entdeckte das Foto, das sie im Sinn gehabt hatte, und befreite es behutsam aus dem zerbrochenen Rahmen. Die Scherben hatten Schnitte hinterlassen, aber die Details waren noch gut zu erkennen. Dann entdeckte sie auch das Gemälde, das sie gesucht hatte, und verglich es mit dem Foto. Die Hütte war sehr viel kleiner in der größeren Perspektive des Gemäldes mit der Hügelkuppe im Hintergrund – sie würde es sich mit dem Vergrößerungsglas vornehmen müssen. Aber die Hütte hatte eine ähnliche Form und Farbe wie auf dem Foto. Sie betrachtete die Signatur: Jerome Cameron. Dann zeigten das Foto und das Gemälde also dieselbe Hütte. Jerome Cameron – Jerry, der Künstler war Joes Vater. Joe hatte nie erwähnt, dass sein Vater Maler gewesen war. Aber Joe hatte eine Menge Dinge unerwähnt gelassen. Ihrer begrenzten Sachkenntnis nach schien Jerome Cameron ein ziemlich guter Maler gewesen zu sein.

Nach Hause – sie konnte nun endlich nach Hause fahren. Sie brauchte wirklich einen Drink.

Sie verschloss Joes Haus, so gut es ging, und kehrte mit dem Foto und dem Gemälde zu ihrem Wagen zurück – sie verkörperten ihre letzte und einzige Chance, Joe Cameron zu finden.

11

Nach Luft schnappend fuhr Kate im Bett hoch und zerrte panisch an ihrem T-Shirt. Dann zuckten Schmerzblitze durch ihren Kopf, und sie ließ sich ins Kissen zurücksinken.

»Du lieber Himmel!«, stöhnte sie.

Sie merkte, dass ihr T-Shirt von Schweiß getränkt war, nicht von Blut. Und dass die grässlichen Kopfschmerzen der Flasche Scotch zu verdanken waren, die sie am Abend zuvor getrunken hatte, die jedoch anders als sonst nicht dafür gesorgt hatte, dass sie zu komatös war, um zu träumen. Dieser Traum war noch schlimmer als alle anderen gewesen – ihre Wohnung schwamm geradezu in Blut, noch mehr Blut tropfte von der Decke, Camerons Leiche lag zu ihren Füßen und fügte dem warmen, nach Eisen riechenden Blut, das ihr schon fast bis zu den Knöcheln ging, noch einen weiteren roten Strom hinzu.

Im Zeitlupentempo wandte sie den vor Schmerz hämmernden Kopf, um auf die Uhr zu sehen: 6:15. Dann lag sie wieder reglos da und wartete darauf, dass der Schmerz so weit nachließ, dass sie in der Nachttischschublade nach dem Fläschchen Excedrin tasten konnte. Sie schluckte vier Tabletten hinunter, trocken, und verzog das Gesicht bei dem aschigen Zusammenziehen ihres Mundes, der sich ohnehin schon wie mit Watte ausgestopft anfühlte. Wieder lag sie still da und wartete darauf, dass die Tabletten ihre Wirkung entfalteten.

Warum hatte sie geträumt? Hatte sich das neu verschriebene Medikament irgendwie auf die Wirksamkeit des Scotchs ausgewirkt? Höchst unwahrscheinlich. So schnell bestimmt nicht. Was um alles in der Welt würde sie tun, wenn ihr Gefährte namens Cutty Sark – so verlässlich, so treu über all die Jahre – sie allmählich im Stich ließ …

Es war nach sieben, ehe sie sich in der Lage sah, sich aufzusetzen und ihr nassgeschwitztes T-Shirt abzustreifen. Sie griff nach ihrem Handy und wählte eine Nummer.

Zu ihrer Überraschung – und ihrer Bestürzung – sprang nicht der Anrufbeantworter an; der Anruf wurde entgegengenommen. Sie aber wollte nicht reden, sondern nur eine Nachricht hinterlassen. Ihre Rufnummer war bei ausgehenden Anrufen unterdrückt, und ihr Finger verharrte über der Auflegetaste.

»Hallo? Ist da jemand dran?«, fragte Calla Dearborn.

»Kate Delafield.« Eine krächzende Imitation ihrer Stimme drang irgendwie aus ihrem trockenen Mund und ihrer rauen Kehle. »Es ist zu früh, um nicht den Anrufbeantworter dranzuhaben.«

»Sie haben recht. Ich muss mir Gedanken darüber machen, wie ich es mit der Erreichbarkeit in meinem neuen Home Office halten will. Was ist los?«

»Ich wollte anrufen, um einen Termin zu vereinbaren«, antwortete Kate, und ihre Stimme klang ein wenig normaler, ihre Stimmbänder funktionierten wieder.

»Okay, machen wir einen Termin aus«, erwiderte Dearborn. »Was ist los?«

»Ein weiterer Traum. Schlimmer denn je. Maggie geht's besser, aber ich glaube nicht, dass das eine gute Nachricht ist. Ich nehme das Antidepressivum und frage mich, ob es alles nur noch schlimmer macht.«

»Es hatte noch keine Zeit, seine Wirkung zu entfalten«, sagte Dearborn und bestätigte damit Kates Vermutung. »Können Sie heute herkommen?«

»Nicht vor nächster Woche. Ich muss –«

»Sie rufen mich um sieben Uhr morgens an, Kate. Was ich höre, sagt mir, dass es heute sein sollte.«

»Ich muss heute in die Hochwüste fahren. Ein Freund von mir steckt in argen Schwierigkeiten.«

»*Sie* stecken in argen Schwierigkeiten.« Dearborns Stimme klang vehement. »Erwägen Sie dieses eine Mal, der Sorge um Sie selbst Vorrang zu geben vor dem, was Sie für vorrangig erachten.«

»Diese Sache ist mehr als vorrangig – sie ist von allerhöchster Priorität. Ein Leben steht auf dem Spiel.«

»Aimees Leben?«

»Nein.« Sie wollte sich nicht näher äußern.

Nach kurzem Schweigen fragte Dearborn: »Wann brechen Sie auf?«

Kate antwortete ehrlich: »Ich habe einen ziemlich üblen Morgen. Sobald ich mich genügend zusammenreißen kann.«

»Ich weiß, dass ich Sie im Augenblick nicht davon überzeugen kann, dass es nicht allein an Ihnen ist, Leben zu retten – außer ihrem eigenen. Wie wäre es mit einem Kompromiss? Wie wäre es, wenn Sie einen Teil der Zeit, die Sie brauchen, um sich genügend zusammenzureißen, hier verbringen? Macht eine halbe Stunde einen so großen

Unterschied? Auf dem Weg zum Highway kommen Sie ohnehin fast bei mir vorbei.«

Kate sah auf das zusammengeknüllte feuchte T-Shirt, das auf dem Boden lag. »Ich brauche Kaffee.«

»Habe ich. Stark und mehr als genug.«

Um kurz nach acht fuhr Kate bei Calla Dearborn vor. Sie hatte geduscht und fühlte sich schon um einiges besser; ihre Kopfschmerzen hatten nachgelassen, aber innerlich fühlte sie sich immer noch zittrig, und ihr war übel, als sie den Weg um das Haus herum zum Gartenhäuschen nahm. Die Tür stand offen, der Duft von Kaffee drang heraus, und ein vielstimmiger Vogelchor bot dem trüben, nebelverhangenen Morgen zum Trotz ein gezwitschertes Ständchen dar.

Dearborn stand an der Anrichte und schenkte Kaffee in große Becher ein. »Ich habe Sie kommen hören«, sagte sie, reichte Kate einen der Becher und ging zu ihrem Sessel hinüber. »Er ist stark, selbst für einen Cop. Ich bin auch kein Morgenmensch«, fuhr sie fort, und mit ihrem Lächeln erschienen ihre Grübchen. »Schenken Sie sich nach, so viel Sie wollen.«

So viel sie wollte? *Brauchte* traf es wohl eher. Das Gesicht in Kates Badezimmerspiegel hatte aschfahl und krank ausgesehen. Aber in Calla Dearborns Blick lag keine Wertung, ihre Miene war ernst. »Danke«, sagte Kate; sie setzte sich und trank begierig einen heißen Schluck des belebenden Gebräus. Es brannte nicht ganz so in ihrer Kehle wie Cutty Sark, aber in dem Augenblick kam es ihm ziemlich nah.

»Wie kommen Sie mit Maggies Situation zurecht?«

»Geht schon.« Sie trank mehr Kaffee. »Na ja, eigentlich nicht. Ich habe meine Probleme noch verschlimmert. Ich besuche jetzt noch eine weitere reizende alte Dame im Hospiz, und sie liegt natürlich auch im Sterben.«

»Ich bin sicher, sie ist dankbar für Ihren Besuch.«

»Ist sie. Ich glaube, das sind wir beide – aber ich mag sie, und ich möchte nicht, dass sie auch stirbt.«

Dearborn nahm ihren Stift und ihr Notizbuch von dem Beistelltisch und machte sich einen Vermerk, während sie fragte: »Wie kommt Maggie selbst mit der Situation zurecht?«

Kate war irritiert. »Gestern Abend schien es ihr besser zu gehen, und bei meinen letzten Besuchen hat sie mich nicht mehr darum gebeten, ihr zu helfen, sich umzubringen.«

»Tatsächlich. Wie erklären Sie sich das?«

»Tja, ich bin froh darüber, würde ich sagen.« Kate spürte, wie der Kaffeebecher ihre Hände wärmte. »Ich vermute, sie hat resigniert. Sie glaubt mir schließlich, dass ich es nicht tun kann. Oder sie akzeptiert, dass sie dem Tod so nah ist, dass es keine Rolle mehr spielt.«

Dearborn antwortete nicht, sondern schwieg gedankenvoll. Dann sagte sie: »Erzählen Sie mir von Ihren Träumen, Kate. Dem von heute Morgen und den anderen. Alles, woran Sie sich erinnern.«

Als Kate stockend von ihren Alpträumen mit den blutgetränkten Sequenzen erzählte, begann ihr Herz wild zu klopfen, ihre Haut prickelte, und sie merkte, wie sie tief, manchmal sogar keuchend um Luft rang. Dearborn machte sich kaum Notizen, sie hörte einfach nur zu. Und ihre intensive Aufmerksamkeit, ihr mitfühlendes Gemurmel und ihr gelegentliches Zusammenzucken, ihre ruhig formulierten Fragen, stärkten Kates Vertrauen und förderten mehr und mehr Hintergrundinformationen zu den Träumen zutage, Einzelheiten, was Umfeld, Gerüche und Beschaffenheiten anbelangte. Kate wurde allmählich ruhiger und fühlte sich langsam besser, weil sie über die schrecklichen Bilder reden und sie an das Licht dieses nebligen Morgens bringen konnte – und weil sie Kaffee bekam. Bei ihrem zweiten Becher schaute sie auf die Uhr – zu ihrer Überraschung waren fünfundzwanzig Minuten verflogen.

Dearborn bemerkte ihren Blick auf die Uhr. »Ich respektiere, dass Sie meinen, gehen zu müssen. Tun Sie, was Sie tun müssen, Kate.«

Dearborn trank von ihrem Kaffee und sagte dann voller Anteilnahme: »Diese Träume sind entsetzlich. Sie beschreiben Sie so anschaulich, dass es schwerfällt – mir zumindest –, sich vorzustellen, dass jemand den Schlaf in einer noch schrecklicheren Wirklichkeit verbringt. Würden Sie mir in der Zeit, die Sie mir jetzt noch zugestehen wollen, sagen, wie Sie diese Träume verstehen?«

Kate brachte ein freudloses Lächeln zustande. »Ist das nicht eigentlich Ihr Job?«

Dearborn revanchierte sich mit einem warmen Lächeln. »Detective Delafield wird es auf keinen Fall gelingen, ausgerechnet dieser Frage auszuweichen. Können Sie mir mehr darüber erzählen, was Sie empfinden, wenn Sie diese Träume haben?«

»Ich fühle mich wie erstarrt«, sagte Kate sofort. Sie hob

die Hand, um jede Reaktion von Dearborn zu unterbinden, und lehnte sich zurück, um nachzudenken. Dann fuhr sie zögernd fort: »Ich verspüre nicht wirklich Angst, denn ich möchte etwas *tun* – ich *muss* etwas tun. Es ist also mehr ein erstarrter Horror, weil es nichts gibt, was ich tun könnte, um irgendwas zu beenden. Ich fühle mich … hilflos. Überschwemmt von dem Gefühl, hilflos zu sein …« Ihre Stimme verklang; sie wusste nicht, wie sie fortfahren sollte.

Dearborn machte sich Notizen. Sie nickte. »Das ist sehr anschaulich ausgedrückt. Was, glauben Sie, haben diese wiederholten Nachrichten aus dem Unbewussten über Ihr Leben auszusagen?«

Kate erwiderte langsam: »Ich bin kein Cop mehr, und die Träume haben erst angefangen, als ich kein Cop mehr war. Haben sie mit Maggie zu tun? Mit dem, was sie mit ihrem Sterben ans Licht geholt hat? Haben sie mit meinen Eltern zu tun? Mit Anne? Mit allen, die ich verloren habe …?« *Oder verlieren könnte.* Cameron hatte sie nicht erwähnt, und sie würde es auch nicht tun.

»Wollen Sie damit sagen, dass Sie glauben, der Tod und das Sterben in Ihren Träumen habe nur mit persönlichem Verlust zu tun?«

»›Nur‹?« Kate wiederholte das Wort kopfschüttelnd.

»Schlechte Wortwahl. Ich meine, in etlichen dieser Träume sind Sie in einem Einsatzwagen. Und Sie waren beim Morddezernat. Diese Arbeit unterscheidet sich sehr von der Arbeit der meisten anderen Menschen.«

»Ja.« Als ob sie daran in den vergangenen Jahren nicht oft genug erinnert worden wäre. Die Menschen, denen sie begegnet war, hatten oft so getan, als ob ihr Beruf ihr einen sonderbaren, exotischen Anstrich verliehe; ihr Interesse an den schauderhaften Details ihrer Ermittlungsarbeit grenzte häufig an Lüsternheit. »Der Job«, sagte sie.

»Der Job«, wiederholte Dearborn mit unüberhörbarem Abscheu für diese Bezeichnung. »Sie waren in vorderster Linie der Polizeieinsatzkräfte in der zweitgrößten Stadt mit der kleinsten Anzahl an Polizeibeamten pro Kopf in diesem Land. Würde ein Soldat im Irak das, was er macht, als ›seinen Job‹ bezeichnen?«

Kate zuckte die Achseln. »Wir alle haben es immer unseren Job genannt. Und in der Tat – Irak ist ein passender Vergleich. Wir sind die ›thin blue line‹, die dünne blaue Linie, die mittlerweile international für die Polizei steht, und alle höheren Dienstgrade des LAPD sind militärisch benannt – was zu einer Stadt passt, in der diese dünne blaue Linie kaum standhält.«

»Der Job«, wiederholte Dearborn noch einmal und schüttelte den Kopf. »Traurigerweise stimmt das mit meinen Erfahrungen mit Ihnen allen überein: dieses machohafte Herunterspielen der Gefahr, das Sie alle betreiben, während Sie doch Ihr Leben riskieren.«

»Es geht nicht anders, Calla«, erklärte Kate. »Wir sind Kameraden, die sich gegenseitig bestärken, weil wir diejenigen sind, die sich in Situationen begeben, vor denen alle anderen davonlaufen.« Doch in Gedanken war sie mit Walcotts Bemerkung über ihren Alltag als Mordermittlerin befasst. »Diese Träume … vielleicht haben sie tatsächlich mit dem Job zu tun.«

»Worauf wollen Sie hinaus, Kate?«

»Ich habe meine Eltern verloren, Anne, Kameraden, mit denen ich in Vietnam war, und nun ist meine engste Freundin –«

»Schwere Verluste«, fiel Dearborn ihr ins Wort.

»Aber den Tod, den ich in meiner ganzen Zeit als Cop ständig gesehen habe …« Sie zögerte.

»Fahren Sie fort.«

»Die Last des Ganzen, die sich im Laufe der Jahre angesammelt hat …«

Dearborn verschränkte die Arme und sagte leise, aber entschlossen: »Ihre Träume haben vielleicht nicht ausschließlich mit Ihrem Job zu tun, aber nach dem, was ich bisher weiß, glaube ich, dass er der Dreh- und Angelpunkt ist. Sie haben so viel Tod gesehen, so viele Verluste …«

»Es waren die Verluste, Calla. Mehr als die Morde. Die Opfer – sie sind tot, sie sind nicht mehr, und ihre Leichen erzählen uns, was Menschen einander alles antun können. Aber die Menschen im Umfeld der Ermordeten – das ist so schwer zu ertragen. Sie machen sich ja keine Vorstellung …«, sagte Kate heftig, »… wirklich keine Vorstellung. Jemanden umzubringen ist weit mehr als ein Mord. Es ist auch ein verheerender Angriff gegen die Überlebenden. Wenn jemand an Herzversagen stirbt oder an Krebs oder selbst bei einem Autounfall, dann können die Familie und die Freundinnen und Freunde den Verstorbenen begraben und den Verlust verarbeiten, so gut es geht, und ihr Leben fortsetzen. Ein Mord hingegen dauert an, Jahr um Jahr, auf immer. Die Hinterbliebenen erleben die Bilder wieder und wieder – bei der Ermittlung und auch später noch, ob wir den Täter fassen oder nicht.«

Dearborn nickte. »Und so ergeht es auch den Ermittlungsbeamten«, fügte sie hinzu, und ihr Blick war durchdringend.

»Ja«, gestand Kate ein, dachte dabei aber weniger an sich als an Joe Cameron und den Fall Tamara Carter. »So ergeht es uns auch.« Wieder schaute sie auf die Uhr.

»Kate, als die Ermittlerin, die Sie sind, möchte ich, dass Sie eine Schlussfolgerung ziehen: Nach all der Zeit in diesem Job, nach allem, was Sie in diesen vielen Jahren gesehen haben, warum übersetzen sich diese Erlebnisse erst jetzt in diese Träume? Wie würde ein Detective das sehen?«

Kate antwortete unverzüglich: »Das Erste, was ein Detective sich ansehen würde, ist das, was sich geändert hat.«

»Und?«

»Der Job ist weg.«

»Und inwiefern ist der Verlust des Jobs damit verknüpft, Kate? Was ist nun anders?«

Kate schwieg eine Weile, ehe sie langsam antwortete: »Ich habe keine neuen Fälle mehr, die die alten in den Hintergrund drängen.«

In Dearborns Augen lag ein solcher Glanz, dass Kate das Gefühl hatte, eine Schlüsselfrage in einem entscheidenden Test richtig beantwortet zu haben.

»Kate, sagen Sie mir eines: Am ersten Tag, wenn Sie zu einem neuen Mordfall gerufen wurden, was haben Sie dann gemacht, wenn Sie abends nach Hause kamen?«

»Normalerweise bin ich am ersten Abend gar nicht nach

Hause gegangen. In den ersten vierundzwanzig Stunden nach einem Mord ist man vollauf mit dem Sammeln von Fakten beschäftigt. Daneben existiert nichts.«

»Okay. Wenn Sie dann aber nach Hause gegangen sind – was haben Sie mit den Bildern gemacht, die sich in Ihren Kopf eingebrannt haben?«

»Ich habe sie ertränkt«, erwiderte Kate spontan. »Wenn ich nicht wenige Stunden später wieder aufstehen und mich erneut um den Fall kümmern musste, dann habe ich mir gewöhnlich gesagt, dass ich Schlaf brauchte und mir ein paar ordentliche Drinks genehmigt. In den schlimmsten Fällen konnte ich gar nicht anders. Da gab es mal diesen Schwulen, der erstochen wurde«, fuhr sie fort und war plötzlich in Erinnerungen abgetaucht, »das war dermaßen brutal und hasserfüllt, dass ich geradezu betäubt war, und in der Nacht habe ich Aimee geliebt, nur um zu spüren, dass ich am Leben war.« Sie merkte, womit sie da gerade herausgeplatzt war, und fuhr verlegen fort: »Sie haben gefragt …«

»Habe ich. Sie können mir hier in diesem Raum alles erzählen. Ich bin froh, eine so ehrliche Antwort bekommen zu haben.« Dearborn spreizte beide Hände in ihrem Schoß. »Habe ich richtig verstanden, was Sie mir erzählt haben: Um in Ihrem Job voll funktionieren zu können, haben Sie in Ihrem Inneren einen Schrank geöffnet und die Fälle dort hineingetan. Sie sind nach Hause gekommen und haben die schlimmsten Bilder des Tages ertränkt. Sie haben einen Fall nach dem anderen in den Schrank gestopft, und jeder neue Fall hat den vorherigen ein Stück tiefer in den Schrank hineingeschoben. Ist es das, was Sie mir erzählt haben, Kate?«

Dearborn schwieg. Und ließ das Schweigen anwachsen, während Kate das, was sie als Wahrheit erkannte, in sich aufnahm.

»Bis ... Bis ich keine neuen Fälle mehr hatte, die ich hineinstopfen konnte. Meine Karriere war zu Ende. Und die Träume fingen an, aus dem vollgestopften Schrank hervorzuquellen.«

Dearborn reagierte nicht. Sie sah Kate weiterhin einfach nur an, als wollte sie, dass dieser Gedanke sich festsetzte. Schließlich sagte sie: »Alle Ihre Fälle wurden auf diese Weise nicht nur aus Ihrem Sichtfeld verbannt, sondern auch aus dem Sichtfeld all der Menschen, die Sie lieben ...«

»*Verdammt noch mal!*«, brauste Kate auf und beugte sich abrupt vor. »Ja, ich habe niemandem etwas erzählt. Ich habe nicht erzählt, was ich gemacht habe, was ich gesehen habe. Wie ich mich gefühlt habe. Aimee hat gesagt, das hätte ich sollen. Maggie hat gesagt, das hätte ich sollen. Sie haben gesagt, das hätte ich sollen. Ich habe es versucht, und ein Blick in Aimees Gesicht, Maggies Gesicht – ich habe es einfach nicht fertiggebracht.«

»Natürlich hätten wir reagiert, Kate –«

»Ihr Zivilisten habt nicht die geringste Ahnung«, herrschte Kate sie an. »Sie wissen nicht, was Sie lostreten, wenn Sie wissen wollen, was ich mache.«

»Aber ist es nicht an uns, das zu entscheiden? Schließlich verfügen wir durchaus über Anhaltspunkte – wir kennen Bücher, Filme, die vermitteln –«

»*Vermitteln?*« Kate fegte das Wort mit einer verächtlichen Geste beiseite. »Egal, wie überzeugend die Schauspielerei ist – es bleibt gespielt. Egal, wie echt das Blut aussieht, es ist Kunstblut«, sagte sie hitzig. »Die Menschen *wissen* nicht, wie es ist, die Augen von Hinterbliebenen zu sehen, die erfahren, dass der Mensch, den sie am meisten auf der Welt geliebt haben, tot ist. Und schlimmer noch: dass dieser Mensch *ermordet* wurde. Wie es ist, eine *echte* Leiche ausbluten zu sehen, ein *echtes* schwarzes Einschussloch in einem Auge zu sehen, zu sehen, dass einer Frau die Brüste abgehackt wurden …« Ihre Stimme erstickte.

Calla Dearborn sagte kein Wort. Sie schüttelte bloß den Kopf. Schließlich erklärte sie: »Ja, ich höre Sie wahrhaftig. Ich sehe wahrhaftig, warum Sie das glauben. Aber ist es nicht so, dass diese Überzeugung bedeutet, dass Sie dem Wunsch, die Menschen, die Sie lieben, zu schützen, Vorrang eingeräumt haben vor dem Bedürfnis, sich selbst zu schützen?«

»Und Sie wollen mir sagen, dass das schlecht ist?«

»Ich verknüpfe das nicht mit einem Werturteil, Kate. Sie haben eine Entscheidung getroffen. Sie haben einen schrecklichen Preis für das, was Sie in Ihrem Inneren zu unterdrücken beschlossen haben, bezahlt, und Sie bezahlen ihn noch. Das sage nicht etwa *ich* Ihnen – das sagen Ihre *Träume* Ihnen.«

Dearborn griff nach ihrem Kaffee und trank, während sie Kate mit ihren dunklen Augen über den Rand der Tasse hinweg betrachtete.

»Ich hasse diese verdammte Psychotherapie«, knurrte

Kate und schwenkte den Kaffee in ihrer Tasse. »Fragen über Fragen und keine Antworten – außer meinen eigenen.«

Dearborn sah sie mit einem kaum wahrnehmbaren Lächeln an.

Kate trank mehr Kaffee. »Doktor Sherman meinte, ich litte an einer ausgeprägten Angst- und Belastungsreaktion, hat aber keine Diagnose geäußert.«

Dearborn sagte leise: »Doktor Sherman hat eine Posttraumatische Belastungsstörung bestätigt. Ich hoffe, Sie sind nicht beleidigt, wenn ich sage, dass Sie ein Fall wie aus dem Lehrbuch sind. Sie waren eine Kämpferin an vorderster Front, Kate, sowohl in Vietnam als auch hier. Soldatinnen und Soldaten setzen sich extremem Stress- und Gefahrensituationen aus, um ihrem Land zu dienen, sie erleiden schreckliche physische und psychische Traumata, und im Gegenzug bieten wir ihnen ein lausiges Salär und überlassen sie mit ihren zumeist unbehandelten PTBS sich selbst. Ihnen zahlen wir ein besseres Gehalt und zudem eine Pension. Und in Ihrem Fall können und werden wir die Posttraumatische Belastungsstörung behandeln.«

»Wie?«

»Wir gehen zurück und betrachten alles noch einmal.«

»Wollen Sie damit sagen …«

»Ich helfe Ihnen, den Schrank auszuräumen. Wir nehmen Ihre Fälle heraus und schauen sie uns noch einmal an. Und diesmal werden Sie und ich darüber sprechen. In allen Einzelheiten.«

»Meine Therapeutin wird eine Therapeutin brauchen«, murmelte Kate.

Dearborn lächelte. »Es überrascht Sie vielleicht zu hören, dass ich eine habe. Und eine Supervisionsgruppe. Ich gebe gut auf mich acht, Kate.«

»Das wird sich ewig hinziehen«, murrte Kate.

»Ich habe Zeit. Ich gehe nirgendwohin.«

Anders als alle anderen in meinem Leben.

»Kate, ich möchte, dass Sie, sobald Sie können, sich einen Fall vornehmen und alles, was Ihnen dazu einfällt, aufschreiben. Das bringen Sie mit, und dann sprechen wir darüber.«

»Calla, ich habe ein größeres Problem, bei dem mir eine Rückschau auf meine Fälle nicht helfen wird. Es geht darum, was zum Teufel ich mit dem Rest meines Lebens anfangen soll.«

»Das weiß ich, Kate. Dazu kommen wir ein andermal. Ich habe einige Ideen dazu.« Ihre Grübchen erschienen, als sie fortfuhr: »Manche Menschen würden vielleicht sogar Antworten dazu sagen.«

»Zum Beispiel?«

»Nicht jetzt. Ein andermal. Sie haben genug Stoff zum Nachdenken. Sie machen den Eindruck, als wären Sie jetzt fit genug, um in die Wüste zu fahren. Brechen Sie auf, Kate, und retten Sie das Leben, das Sie retten müssen. Ich sehe Sie nächste Woche wieder.«

12

Auf dem Weg nach Victorville aß Kate hin und wieder einen Bissen von dem Muffin, den sie sich zusammen mit einem weiteren großen Kaffee bei Starbucks gekauft hatte. Ihr war immer noch flau und unwohl, und der lauernde Kopfschmerz drohte durch die volle Dosis Schmerztabletten durchzubrechen, die sie am frühen Morgen genommen hatte. Sie hoffte, dass noch mehr Koffein und die Kalorien des Muffins, den zu essen sie sich zwang, zusammen mit den Selbstheilungskräften des Körpers ihren Zustand im Laufe des Tages verbessern würden.

Um diese Uhrzeit war der Verkehr spärlich, und um sich von ihrem körperlichen Elend abzulenken, griff sie nach ihrem Handy. Sie benutzte es eigentlich nie, wenn sie Auto fuhr, auch nicht mit der Freisprechanlage, und sie hasste die fahrlässigen Idioten, die es taten. Doch sie war es leid, schon wieder die endlose Straße in die Hochwüste hinauszufahren, und nachdem sich Musik und Nachrichten als nervtötend erwiesen hatten, war es vielleicht besser, sich abzulenken, indem sie den Anruf jetzt tätigte, statt nach ihrer Ankunft in Victorville. Und überhaupt – sie fand noch einen weiteren Grund – würde sie in der Stadt nur zum Tanken halten.

Roberto ging in Silverlake Haven ans Telefon. Marla würde nicht vor zehn kommen, informierte er Kate. Maggie habe eine unruhige Nacht gehabt; sie habe Opioide bekommen, um es ihr leichter zu machen, und nun schlafe sie. Kate vergewisserte sich, dass Roberto ihre Handynummer hatte und dass man Marla ausrichtete, dass sie am frühen Nachmittag wieder anrufen würde.

Als sie Victorville schließlich erreichte, fühlte sie sich etwas besser. Kurz nachdem sie getankt hatte, bog sie auf die einzige Straße ab, die von Victorville nach Joshua Tree führte, Highway 18 in Richtung Apple Valley. Sie registrierte, dass sie sich jetzt auf dem Happy Trails Highway befand und den Dale Evans Parkway kreuzte, der nach der Westernheldin und großen Ikone der Westernmusik benannt war. Sie war noch nie zuvor auf dieser Straße unterwegs gewesen und wunderte sich, so viele Wohnhäuser, Einkaufszentren und die üblichen Filialen landesweiter Ketten vorzufinden, weil dieser Ort inmitten einer unwirtlichen Weite von Sand und Wüstensalbei angesiedelt war – eine farblose staubige Landschaft in einer öden Senke, in der Ferne umgeben von niedrigen Hügeln. Und dennoch ergab es Sinn. Heißes trockenes Wüstenklima und billiges Land erlauben Familien mit wenig Geld und von Sozialhilfe abhängigen Rentnerinnen und Rentnern ein anständiges, gesundes Leben.

Vereinzelte Joshua Trees kamen in Sicht, wurden zahlreicher, und Kate nahm den Anblick im Vorbeifahren in sich auf – jeder einzelne Baum reckte seine grünen schwertförmigen gezahnten Blätter auf so charakteristische Weise gen Himmel, dass diese uralte Spezies sich von allen anderen deutlich unterschied. Die Einzigartigkeit eines jeden Baumes rief den Vergleich mit Menschen wach, die gleichfalls von den auf sie einwirkenden Kräften des Lebens zu individuellen Persönlichkeiten geformt wurden, genau so wie ein jeder dieser dem Wind und der unbarmherzigen

Sonne ausgesetzten Bäume seine einmalige Form und Identität gefunden hatte. Vereinzelte Häuser blickten von Anhöhen über die Baumgruppierungen hinweg, hielten jedoch respektvoll Distanz.

Sie erreichte Lucerne Valley, und sämtlicher Kommerz, sämtliche Häuser blieben hinter ihr zurück; sie wurden ersetzt durch ein weites Tal, das an fernen Hügeln endete und dessen Panorama nur Stromleitungen zeigte und hie und da einen Joshua Tree.

Highway 18 ging in Highway 247 über und führte nach Johnson Valley. Sie war ihrem Ziel jetzt schon sehr viel näher gekommen, und so richtete sie ihre Aufmerksamkeit auf die Details am Horizont zu beiden Seiten der schmalen zweispurigen Straße durch ein Gebiet, das so öde war, dass es sie an Death Valley erinnerte. Rötlichbraune Hügel tauchten auf, schwarz gesprenkelt, und die Landschaft sah so unirdisch aus, dass sie genauso gut durch eine Mondlandschaft hätte fahren können. Vier Jahrzehnte lebte sie nun schon in Kalifornien, sinnierte sie, und noch immer konnte sie ganz neue Landschaften entdecken, die so vielfältig waren wie die Menschen, die aus allen Ländern der Welt ihren Weg hierher gefunden hatten.

Die Temperatur lag um die achtundzwanzig Grad, und bei offenen Fenstern war es in ihren leichten Khaki-Hosen und dem kurzärmeligen T-Shirt gut erträglich. Die Straße war praktisch leer, und abgesehen von den allgegenwärtigen Stromleitungen gab es meilenweit keine Anzeichen für menschliche Ansiedlungen. Sie fühlte sich einsam auf dieser Straße und fand den Gedanken an ihren vollen Tank nur bedingt tröstlich – es war ein höllisch schlechter Ort für eine Autopanne.

Doch die ersten Anzeichen von Zivilisation waren ihr dann höchst unwillkommen: faszinierende, von der Natur kunstvoll arrangierte mächtige bleiche Felsen wurden von großen Initialen, Kreide- und Farbklecksen und Graffiti verschandelt. Sie kochte vor Wut bei dem Anblick. *Banausen. Idioten. Arschlöcher.*

Vereinzeltes Gesträuch erschien, dann nahm die Verbüschung zu, und die Landschaft wandelte sich zu sanft geschwungenen Hügeln, deren Ausläufer sich bis zur Straße erstreckten. Kate betrachtete sie mit geschärfter Aufmerksamkeit, während sie sich Yucca Valley näherte. Eine einzelne abgeflachte Erhebung, die sie an den Berg in Spielbergs *Unheimlich Begegnung der dritten Art* erinnerte, tauchte vor ihr auf, und sie fuhr rechts ran. Sie nahm das beschädigte Gemälde von Jerome Cameron zur Hand, das auf dem Sitz neben ihr lag, und verglich es mit den Hügelformationen um sie herum. Nichts passte, und so fuhr sie weiter. Sie fuhr noch einige Male rechts ran, um sich überholen zu lassen; sie musste langsam fahren, um die Topographie zu studieren, und durfte sich keine Unaufmerksamkeit, keine Ablenkung erlauben. Sie musste jeden Fehler ausschließen.

Etliche Meilen später verspürte sie die ersten entmutigenden Zweifel. Sie fragte sich, ob Jerome Cameron tatsächlich reale Landschaften gemalt hatte oder Phantasielandschaften und ob sie vielleicht buchstäblich einem reinen Hirngespinst nachjagte. Aber dann begann sich die Straße mit den

Hügeln zu heben und zu senken, und als sie über einen Scheitelpunkt kam und es steil bergab ging wie bei einer Achterbahnfahrt, stieg ihre Zuversicht rapide an. Das musste das steile Gefälle sein, das Dutch Hollander als Kind auf dem Weg zur Hütte der Camerons hinabgesaust war.

Einige Meilen später erblickte sie die Formation, nach der sie Ausschau gehalten hatte – zwei runde Erhebungen mit einer engen Kluft dazwischen, die Seiten steil abfallend, die Kuppen mit Grün überwuchert. Genau wie in dem Gemälde. Eine Ansiedlung, wohl einige hundert Wohnstätten, zog sich am Fuße der Formation entlang, zusammen mit einer Vielzahl von Joshua Trees. Das hier schien tatsächlich die Gegend zu sein, in der ein Wüstenliebhaber wie Joe Camerons Vater, der insbesondere die Joshua Trees liebte, beschließen mochte, sich eine Hütte zu kaufen oder zu bauen.

Beim Anblick der Siedlung seufzte Kate. Womöglich musste sie die komplette Gegend absuchen. Wieder fuhr sie rechts ran, und diesmal studierte sie das Foto von Joe und seinem Vater, musterte die Einzelheiten der Hütte hinter ihnen, die Anordnung von Tür und Fenstern, die Dachlinie, den Kamin. Das Foto zeigte eine alleinstehende Hütte am Fuße der einen Kuppe. Es war ziemlich wahrscheinlich, dass in den vergangenen Jahren weitere Hütten und Häuser drumherum gebaut worden waren. Wieder seufzte Kate, diesmal bei der niederschmetternden, aber durchaus realen Möglichkeit, dass die Hütte gar nicht mehr existierte.

Sie bog in die erste Straße ein, die vom Highway abzweigte, ein unbefestigter Weg, der als Luna Vista ausgeschildert war. Während sie die staubige Straße entlangholperte, musterte sie jede einzelne Behausung – eine Ansammlung von Hütten, Wohnwagen, Campern und selbstgezimmerten Bretterbuden, von denen einige zugenagelt waren. Die meisten von ihnen schienen Feriendomizile zu sein, aber die Bescheidenheit der Behausung musste nicht zwingend bedeuten, dass die Leute die heißesten Monate des Jahres über woanders lebten. Sie erreichte das Ende des Weges, wendete und kehrte zum Highway zurück. Sie wiederholte das Ganze in der nächsten Abzweigung, N. Wood, und dann in der Steffenson. Dann bog sie in die Kelley Lane ab.

Einige Minuten später hielt Kate an, blieb mit laufendem Motor stehen und umklammerte das Lenkrad. Sie war nicht nur metaphorisch gesehen am Ende des Weges angelangt. Vor ihr stand die Hütte auf dem Foto, die Hütte auf dem Gemälde. Die Holzschindeln der Wände waren von ihrem ursprünglichen Rostrot zu grau verblichen, es war dieselbe Anordnung der Fenster, derselbe Kamin, dieselbe Tür exakt in der Mitte. Noch immer abgeschieden, etliche hundert Meter von den nächsten Behausungen entfernt und ein ganzes Stück abseits der Straße. Die Frontalansicht der Hütte auf dem Foto und dem Gemälde war ein wenig irreführend – sie lag nicht direkt vor der Erhebung, sondern war in einen nackten unbewachsenen Ausläufer hineingebaut. Als Kate das verwitterte Holz der Hütte musterte, die einzige Tür, ohne hinteren Ausgang, die Umgebung geprägt von trockenem Buschwerk und Joshua Trees und ihr dazu Jack Camerons Verurteilung wegen schwerer Brandstiftung in den Sinn kam, dachte sie: *Es ist die reinste Feuerfalle.*

An der fernen Seite der Hütte, jenseits der Straße, war ein Wagen geparkt, direkt auf dem Wüstensand. Als Kate langsam auf die Hütte zufuhr, sah sie, dass es sich bei dem Toyota Corolla um Jeans Wagen handeln konnte, dessen Nummernschilder abgeschraubt worden waren. Kate parkte direkt daneben, nahm automatisch ihr Handy vom Beifahrersitz an sich – kein Empfang, sah sie mit einem Blick auf den Bildschirm –, und schob es in die Tasche. *Maggie,* dachte sie. Es war ihr unerträglich, keine Verbindung zu Maggie zu haben. Sie stieg aus.

Die Tür der Hütte öffnete sich. Und heraus trat Joe Cameron. Er lächelte nicht. Er trug Sandalen, ein Dodgers-T-Shirt und Khaki-Shorts. Die Hände in die Taschen geschoben, kam er auf sie zu.

Einige Meter vor ihr blieb er stehen. »Wenn jemand herauskriegen würde, wo ich zu finden bin, dann konntest nur du es sein. Ich wünschte, ich könnte sagen, dass ich mich freue, dich zu sehen.«

Kate war plötzlich von Gefühlen überwältigt – sehr wütend, sehr erleichtert – und schob ebenfalls die Hände in die Taschen. Sie wäre am liebsten auf ihn losgegangen, um ihn zu schütteln; sie wäre am liebsten auf ihn zugestürmt, um ihn zu umarmen. Sie war so mit ihrer Fahndung befasst gewesen, dass ihr gar nicht in den Sinn gekommen war, sich über ihre Gefühle, wenn sie ihn denn fand, Gedanken zu machen. Sie hatte keine Ahnung, welche Worte aus ihrem Mund kommen würden, wenn sie zum Sprechen ansetzte, also starrte sie ihm bloß in sein unrasiertes, abgespanntes, angestrengtes Gesicht. Er sah dünner aus. Er sah erschöpft aus.

»Wie geht's Maggie?«, fragte er.

Die Frage machte sie noch wütender. Egal, was er über die Natur oder die Tiefe ihrer Freundschaft dachte, wie konnte er, wo so viel auf dem Spiel stand, wo sie beide so schwierige Zeiten durchmachten, einfach so abhauen? Noch immer fühlte sie sich nicht in der Lage zu sprechen. Sie zuckte die Achseln.

»Noch unter uns?«

Sie nickte.

»Kate«, sagte er. Dann erklärte er nachdrücklich: »Du musst wieder gehen. Das hier ist nicht deine Sache. Du musst mir vertrauen. Ich habe ein Problem –«

»Ich weiß alles über dein gottverdammtes Problem!«, fauchte sie. Dann wollte sie wissen: »Warum hast du mir nichts davon erzählt?«

Für einen kurzen Moment sah er verblüfft aus. Dann: »Wenn du weißt, worum es geht, dann weißt du, dass es *mein* Problem ist.«

»Eigentlich sind wir befreundet, Joe. Ich bin deine *Freundin!*«

»Und genau deshalb konnte ich es dir nicht erzählen. Oder sonst jemandem. Aber dir insbesondere nicht. Man zieht Freunde nicht in so beschissene Sachen mit rein.«

Sie grub ihre Nikes tief in den Sand; sie spürte, wie die Sonne auf sie herabbrannte. »Du bist mir eine bessere Erklärung schuldig.« Wie auch immer seine Zweifel an ihr und ihr Zutun aussehen mochten – sie musste es letzten Endes klar ausgesprochen hören.

»Ich muss mich um ein Problem kümmern. Und so wie

es sich zu entwickeln scheint, muss ich es auf meine Weise tun. Eine Weise, die du nicht gutheißen würdest.«

»Warum lässt du mich das nicht entscheiden?« Eine ähnliche Frage, wie Calla Dearborn sie ihr gestellt hatte. Sie schob die Erinnerung fort.

»Das hast du bereits, Kate. Am Anfang, als wir Partner wurden. Als ich dir bei dieser Freundin geholfen habe, die gestalkt wurde. Ich habe gesehen, wie es dir damit ging. Ich kannte dich damals noch nicht gut genug, sonst hätte ich dich niemals da mitreingezogen. Ich kam mir vor, als hätte ich einer Nonne Gewalt angetan.«

Kate lachte schnaubend auf. »Den Eindruck hattest du von mir? Ich bin nie auch nur annähernd eine Heilige gewesen. Und jetzt bin ich nicht mal länger ein Cop.«

»Du bist immer noch ein Cop, Kate. Das wirst du immer sein, wenn es drauf ankommt. Ich kenne dich. Du hast dich nicht geändert. Dein Kodex hat sich nicht geändert.«

»Ich bin hier, Joe.« Sie trat einen Schritt auf ihn zu. »Ich bin hier und ich bleibe hier.«

»Scheiße!«, murmelte Cameron unterdrückt. »Wie hast du mich gefunden?«

»Lange Geschichte. Später.«

Er zog die Hände aus den Taschen und stemmte sie in die Hüften. »Du hast nicht die leiseste Ahnung, worauf du dich einlässt. Worum es hier verdammt noch mal geht. Wovon du überhaupt redest.«

Sie unterdrückte ihren antrainierten, tiefverwurzelten professionellen Impuls, ihn herauszufordern, ihr doch zu sagen, wovon sie redete. Weit wichtiger war, dass er begriff, was sie hierhergeführt hatte, was sie wusste und dass sie auf der Grundlage dieser Informationen beschlossen hatte, hierherzukommen. Um nicht den Anschein zu erwecken, dass sie womöglich aufgrund dessen, was er ihr erzählte, eine spontane Entscheidung traf.

Sie sagte: »Also lass mich dir erzählen, was ich –«

Die Tür der Hütte flog auf, und Jean Velez kam herausstolziert – in kurzen pinkfarbenen Shorts, einem Tank-Top und Cowboystiefeln mit Fransen. Das Bimmeln und Klingeln und Zischeln eines Computerspiels erklang aus dem Inneren der Hütte. »Verdammt noch mal, was ist hier los? Was macht *die* denn hier?«

»Ist schon okay, Jeanie. Ich hab alles im Griff. Geh wieder rein.«

Aber Jean, die Hände in die Hüften gestemmt, blieb, wo sie war. »Wie zum Teufel haben Sie uns gefunden?«

Cameron hob die Hand, um Kate am Antworten zu hindern. »Sie ist Ermittlerin«, rief er, als würde das alles erklären. »Geh wieder rein, Jeanie. Ich komme gleich nach.«

»Sie muss der verfluchte Sherlock Holmes sein!«, schäumte Jean, verzog sich dann aber und knallte die Tür der Hütte hinter sich zu.

»Du hast eine interessante Familie«, bemerkte Kate.

»Was du nicht sagst.«

Sie warf einen Blick zur Hütte hinüber. »Wollen wir einen Spaziergang machen, während ich dir mehr erzähle?«

»Aber nicht weit, Kate«, erwiderte er und schlenderte los. Seine Sandalen wirbelten leichte Staubwolken auf. »Wir müssen in Sichtweite der Hütte bleiben.«

Sie war kaum überrascht, als sie den Umriss einer Waffe unter seinem T-Shirt ausmachte, die er sich hinten in den Hosenbund geschoben hatte. Natürlich war er bewaffnet. Zu jeder Zeit.

»Ich verstehe«, sagte sie. Sie war froh, sich ein wenig strecken zu können nach dem vielen Sitzen an diesem Morgen, froh, die Sonne auf ihrer Schulter zu spüren, die Jahre zuvor eine Kugel abbekommen hatte und nun vom langen Autofahren schmerzte. Die warme, klare Luft, gesättigt mit den Aromen einer unverfälschten Flora, und der unberührte Sand wirkten belebend. Sie begann zu verstehen, welche Anziehung für manche Menschen von dieser kargen, unwirtlichen, ursprünglichen Landschaft ausging.

»Es geht hier um deine Familie«, begann sie. »Um deine Mutter, deinen Vater, deine Schwester und deinen Bruder – darum, wie das, was ihnen widerfahren ist, dein Leben verändert hat. Ich habe herausgefunden, warum du deine Heimatstadt verlassen hast. Was dich zu dem Cop gemacht hat, der du heute bist. Deine Eltern, Sam Raddich, das Massaker, das er in seiner Familie angerichtet hat. Dieses Von-der-Bildfläche-Verschwinden hat mit deiner Familie zu tun. Ich weiß von deinen Eltern, Joe – ich habe herausgefunden, wann und wie sie gestorben sind.«

Seine Arme schwangen leicht beim Gehen, seine Hände verkrampften und lösten sich beim Zuhören. »Woher weißt du das alles?«

»Lange Geschichte. Später.«

»Du bist also hier, weil du glaubst, alle meine Geheimnisse zu kennen«, sagte er tonlos, mit einer Spur bitteren Grolls.

»Bestimmt nicht alle. Nur diejenigen, die Freunde einander erzählen sollten. Nur diejenigen, die ich die ganze Zeit schon hätte kennen sollen.«

»Ich hatte verdammt gute Gründe, warum ich dir nicht davon erzählt habe. Wie hast du diesen ganzen Scheiß über mich erfahren?«, wiederholte er, lauter diesmal und in forderndem Ton.

Sie ignorierte die Frage. »Ich weiß, dass der Tod deiner Eltern alles verändert hat. Vielleicht hatte es mit dem Drogenmissbrauch deines Bruders zu tun –«

»Nicht nur vielleicht. Auf jeden Fall.«

»– und ich weiß, dass er die meiste Zeit seines Lebens im Knast verbracht hat. Ich weiß von zwei schweren Straftaten – Trunkenheitsfahrt mit Personenschaden und Brandstiftung mit Mordversuch, und du und Jean standet beim zweiten Strafverfahren auf der Zeugenliste der Anklagevertretung. Ich weiß, dass er vorletzte Woche auf Bewährung entlassen wurde. Ich weiß – ich habe inzwischen sogar Beweise dafür –, dass er dich aufspüren will. Und Jean vermutlich ebenfalls.«

Cameron blieb stehen. »Was für Beweise?«

Kate zog ihr ansonsten nutzloses Handy hervor, suchte die beiden Fotos, die sie am Tag zuvor von seinem Wohnzimmer und seinem Schlafzimmer gemacht hatte, und reichte ihm das Telefon.

Er stand reglos da und starrte auf das erste Bild, das sein verwüstetes Wohnzimmer zeigte.

»Außer dem, was du siehst, ist nichts zerstört worden.«

Sein Gesicht zuckte, als er sah, wie jemand in seine Privatsphäre eingedrungen war und seine Wüstenbilder zerstört hatte. »Was zum Teufel hast du in meinem Haus zu suchen gehabt?«

»Lange Geschichte«, sagte sie wiederum, und dann, als sie sah, wie sich seine Augen gefährlich verdunkelten: »Die Marvel Maids waren da.«

Er wies mit dem Fingernagel auf das Foto auf ihrem Handy. »Wurde der Einbruch gemeldet?«

»Nein«, antwortete sie. »Ich habe mich darum gekümmert.«

Cameron schüttelte den Kopf. »Scheiße!«, sagte er wieder, diesmal noch vehementer, und betrachtete dann das Foto seines Schlafzimmers. Er kratzte sich die Bartstoppeln. »Vermutlich kann ich froh sein, dass er die Bude nicht abgefackelt hat.«

»Hätte er vermutlich, wenn er nicht eine eindeutige Nachricht hätte hinterlassen wollen, nämlich dass er dagewesen ist.«

Cameron sagte gedankenvoll: »Dann glaubt er also, dass ich noch in L.A. bin.«

»Vielleicht auch nicht, Joe. Vielleicht haben ihn die ganzen Wüstenbilder, die er zerstört hat, auf die gleiche Idee gebracht wie mich.«

Er nickte grimmig. »Letzten Endes wird er sowieso hierherkommen.«

»Was ich nicht begreife, ist, wie er deine Adresse rausgekriegt hat.«

»Jack ist ein durchgeknalltes Arschloch, aber er ist leider nicht blöd. Er hat viel Zeit gehabt, Internetzugang im Gefängnis, öffentlich zugängliche Archive.«

»Ich nehme an, er hat es auch auf Jean abgesehen.«

Er nickte. »Auf uns alle. Wir haben Jason nie erlaubt, ihn zu besuchen, zu verstörend für das Kind. Deshalb hat Jason sich in seinen Augen auch gegen ihn gewandt. Wir haben nicht nur bei seiner Verhandlung gegen ihn ausgesagt, Kate, wir waren auch bei allen seinen Bewährungsanhörungen. Bei einer davon hat er gedroht, sich uns zu schnappen – er hat es förmlich herausgebrüllt.«

»Du lieber Gott! Wieso ist er auf Bewährung rausgekommen?«

Joe stieß ein kurzes zynisches Lachen aus. »Du hast es gerade selbst gesagt. Er hat Gott gefunden. Plus die bereits abgesessene Zeit. Er hat es schließlich kapiert und fing an, bei den Anhörungen zu beteuern, wie sehr er sich gebessert habe. Wir beide wissen, dass die Überbelegung der Gefängnisse so krass ist, dass die Kriterien für die Aussetzung der Reststrafe immer laxer werden. Der schwere Verkehrsunfall, den er verursacht hatte, war Trunkenheit am Steuer geschuldet, und seine Brandstiftung hat kein Leben gekostet, und deshalb fand der Staat schließlich, er wäre kein so übler Gewalttäter.« Er zuckte die Achseln. »Ich musste dir das alles verschweigen. Ich musste meine Geheimnisse all die Jahre für mich behalten, denn es war klar, dass das hier eines Tages passieren würde – es war nur eine Frage der Zeit. Wir haben alles getan, dass er drinblieb, so lange es nur ging.«

Sie waren im großen Bogen zu den geparkten Autos zurückgekehrt, und Kate lehnte sich an die Kühlerhaube ihres Wagens; sie spürte das Metall heiß an Hüften und Rücken, aber sie musste sich wappnen für das, was sie – es war eine Frage des Prinzips – fragen musste. Cameron trat neben sie und lehnte sich ebenfalls an den Wagen.

»Joe«, sagte sie, »ich muss es wissen: Warum kannst du nicht die offiziellen Ermittlungsbehörden einschalten?«

Er stieß sich vom Wagen ab und wandte sich ihr zu. Sein Gesicht war wutverzerrt. »Das fragst du?« Er spie es geradezu aus. »Was für eine verdammte Scheißfrage. Ausgerechnet von dir. Du weißt, wie verdammt dumm die Frage ist. Uns kann niemand beschützen. Wir sind diejenigen mit den Regeln und Vorschriften. Er kann nicht verhaftet werden, ehe er nicht etwas getan hat. Du weißt das. Ich weiß das. Er weiß das. Ich werde meine Familie beschützen. Er wird kein zweiter Sam Raddich werden – nicht solange ich noch einen Atemzug tun kann.« Seine Stimme klang angestrengt – er bemühte sich, sie nicht anzuschreien. »Bist du tatsächlich hier herausgefahren, weil du gedacht hast, du könntest mich daran hindern?«

»Nein«, antwortete sie.

Er beugte sich zu ihr vor, brachte sein Gesicht nah an ihres. »Ich werde ihn töten. Verstehst du, Kate? *Ich werde meinen Bruder töten.* Deshalb darfst du nicht hier sein, verdammt noch mal!«

Kate hob beide Hände. »Ich habe dich gehört. Klar und deutlich. Aber warum hast du dich hierher abgesetzt? Warum ausgerechnet hier?«

Er wies auf das Terrain. »Sieh dich um. Niemand da, der Schaden nehmen könnte, nur drei Seiten, das hier kann ich verteidigen, so lange es nötig ist. Ich bin ein ausgebildeter

Police Officer – ich kann meine Familie an diesem Ort verteidigen. Was von meiner Familie übrig ist«, fügte er hinzu.

»Wie soll das gehen? Du kannst hier nicht ganz allein rund um die Uhr Wache schieben.«

Wieder wies er auf das Terrain. »Tagsüber kann er sich nicht nähern, ohne dass ich ihn sehe. Für nachts gibt es Bewegungssensoren, die Flutlicht auslösen. Ein stummes Freilandüberwachungssystem, das mich von der Abenddämmerung bis zur Morgendämmerung weckt, wenn es ausgelöst wird. Bisher habe ich einen Rennkuckuck erwischt und eine Kängururatte.«

Kate lächelte. Das erste Mal, seit sie hier angekommen war, wie sie merkte. »Ich nehme an, dass Jason auch hier ist?«

Er nickte und lehnte sich wieder gegen den Wagen.

»Warum? Den Jungen hierher…«

»Dies ist der einzige Ort, an dem ich ihn in Sicherheit weiß. Außerdem wollte Jeanie ein bisschen Zeit mit ihrem neuesten Schwachkopf von Freund haben. Ist schon klar, Jason fordert immer mehr Aufmerksamkeit. Ich habe ihr gesagt, dass sie in der Stadt nirgendwo sicher ist, selbst nicht mit diesem Blödmann Brandon und seiner Knarre.« Er lachte humorlos in sich hinein. »Du hast Jeanie in Panik versetzt. Die Tatsache, dass du sie gefunden und Jack erwähnt hast, hat schon genügt. Brandon ist mit ihr hierhergekommen; er ist einen Tag geblieben, hat die Situation abgecheckt und fand, dass es eher nicht sein Ding war, sich abknallen zu lassen, und schon war er auf und davon.« Er grinste und schüttelte den Kopf. »Jeanie hat echt kein Händchen.«

Kate grinste zurück. »Das hast du immer schon gesagt. Sie hat mir erzählt, Jason wäre tot.«

Er kicherte. »Ja, sie hatte die verrückte Idee, dass sie Jason vielleicht schützen könnte, wenn du Jack findest und ihm erzählst, dass sein Sohn tot ist.« Seine Miene wurde wieder ernst. »Ich lasse nicht zu, dass er dem Jungen etwas antut«, sagte er mit granitharter Stimme. »Er ist ein lieber kleiner Kerl, Kate – unschuldig wie ein Lamm.«

Er verschränkte die Arme. »Ein weiterer Grund, warum du gehen musst, Kate – wir haben schlicht und einfach keinen Platz hier.«

»Ein Platz auf dem Fußboden ist alles, was ich brauche. Mehr nicht. Abgesehen davon wirst du viel Platz haben, wenn Jean fort ist.«

»Wenn Jean fort ist?« Er sah sie ungläubig an. »Wohin sollte sie gehen?«

»Zu mir. In meine Wohnung. Sie und der Junge wären dort in Sicherheit.«

Er wollte widersprechen. Hielt inne. Dann sagte er nachdenklich: »Ja, das wären sie. Es würde die Sache sehr vereinfachen. Es wäre weit weniger Stress, wenn ich mir um sie keine Sorgen machen müsste. Vor allem um Jason, falls der schlimmste Fall eintreten sollte.«

Sie stieß sich vom Wagen ab und baute sich vor ihm auf. »Joe, du wirst deinem Bruder nicht allein gegenübertreten. Das werde ich nicht zulassen.«

»Das kannst du nicht machen, Kate. Nimm meine Familie

mit und geh. Du kannst nicht hier bei mir sein. Das läuft allem zuwider, woran du glaubst.«

»Du bist mein Freund. Ich beschütze meine Freunde. So gut ich kann.«

Er schüttelte energisch den Kopf. »Du musst mit dem, was du tust, leben. Ich muss auch mit dem, was ich tue, leben.«

Sie starrte ihm in die Augen. *Ohne Aimee, ohne Maggie – wenn dir etwas passiert, ist mir egal, ob ich lebe oder sterbe.*

»Joe, wenn du meinen Worten je Glauben geschenkt hast, dann glaub mir auch diesmal: Ich kann mit allem, was ich tue, leben. Mit allem.«

Er musterte ihr Gesicht. Dann fragte er: »Bist du bewaffnet, Kate?«

Es gab nur einen Grund, das zu fragen. Sie war froh. »Natürlich. Immer. Du weißt, wie paranoid ich bin.«

»Das sind wir alle. Wir sind Cops.«

»Ich habe meine Waffe im Wagen. Aber jetzt muss ich dich verlassen, um die beiden wegzubringen.« Sie wies auf die Hütte.

Er runzelte die Stirn. »Wie lautet dein Plan?«

»Du brauchst ein Auto. Ich vermute, das hier ist euer einziger Wagen?«

»Ja. Als Jeanie kam, habe ich den Leihwagen zurückgegeben.«

»Ich brauche einen Wagen. Ich muss zurück, falls Maggie …« Ihre Stimme zitterte. »Sie ist im Hospiz, Joe.«

»Verdammt, Kate!« Sein Gesicht wurde weich. »Es tut mir so leid. Noch etwas, das ich Jack ankreide«, sagte er wütend. »Dass ich dir in dieser Zeit nicht beistehen kann. Wie lange hat sie noch?«

»Tage. Wo wir gerade von Maggie sprechen – wo verflixt noch mal habe ich hier Handyempfang?«

»Brauchst du nicht. Ich habe ein Festnetztelefon. Habe ich organisiert, als Jeanie hier aufgetaucht ist. Ich kann Jason nicht ohne Telefonanschluss hier haben.«

»Gott sei Dank«, sagte Kate inbrünstig. »Ich bringe Jean und Jason jetzt zu mir, sehe zu, dass sie alles haben, was sie brauchen, besuche Maggie und erzähle ihr eine Version dessen, was hier vorgeht, gebe dem Hospiz deine Festnetznummer und bin heute Abend wieder zurück.«

Er reagierte nicht. Er blickte sie nur an und ließ sacken, was sie gesagt hatte. Dann streckte er die Hand aus. Kate ergriff sie, und sie standen da und schauten einander an, die Hände fest umfangen.

»Kate, ich kann dir gar nicht sagen, wie schwer das bisher war. Alles, was hier passiert ist. Dich hierzuhaben – ich kann dir gar nicht sagen, wie großartig das ist. Du bist eine bessere Partnerin und Freundin, als ich verdient habe.«

Die anerkennenden Worte dieses introvertierten, schweigsamen Mannes wärmten sie mehr noch als die Sonne. Sie umfasste seine Hand mit beiden Händen, drückte sie und ließ sie dann los. »Stimmt nicht. Aber darüber streiten wir uns ein andermal. Ich habe noch eine Neuigkeit für dich, Joe. Eine wichtige Neuigkeit. Sie betrifft den Fall Tamara Carter.«

Sein Blick verengte sich. Er sah sie erwartungsvoll an.

»Das FBI hat in Sachen Fingerabdruck einen Treffer gelandet.«

»Das gibt's doch nicht!« Er machte einen Satz zurück, sein ganzer Körper unter Hochspannung, sein Gesicht eine Mischung aus Hochstimmung, Überraschung, Frustration. Sein Körper bebte, als wäre er am liebsten in Jeans Wagen gesprungen und mit Vollgas nach L.A. gebraust. Genau so war es vermutlich auch, dachte Kate.

»Was weißt du noch?«

»Nicht viel. Der Kerl ist kaltgestellt. Sitzt in irgendeiner Haftanstalt – ich weiß nicht, wo.«

Er schwieg einen Moment. »Ein Glück für ihn. Bei dem, was er dem Mädchen angetan hat – gib mir eine Chance, ihn zu verhaften, und ich reiß ihm sein Ding ab.«

»Er ist ein Vieh«, stimmte Kate ihm zu. Schlimmer noch als die Lektüre der Ermittlungsakten waren die Fotos, die Cameron ihr gezeigt hatte.

»Nein, das ist er nicht. Jedes Tier ist besser als er.« Er starrte sie an. »Woher weißt du das alles?«

»Walcott«, antwortete sie. »Sie hat versucht, dich zu erreichen. Sie hat sich mit mir in Verbindung gesetzt.«

»Hat sie –«

»Nein. Sie hat nichts unternommen. Rasmussen ist noch nicht im Bilde. Sie weiß, was dir der Fall bedeutet, und wir haben bis Montag – dann ist es unumgänglich, die Familie zu informieren.«

»Die Eltern … Tim … Diana … Ich sollte derjenige sein, der es ihnen erzählt.« Er fuhr sich mit beiden Händen durchs Haar. »Verdammt noch mal, ich muss hier weg!«

»Ja, das musst du. Und ich habe auch ein paar Ideen dazu«, sagte Kate. »Legen wir los.«

Cameron drehte sich um. »Jean!«, rief er. »Komm raus!«

Die Tür der Hütte flog auf, und Jean kam herausstolziert. »Was ist?«, schrie sie zurück.

Er winkte sie zu sich. »Es ist wichtig!«

Sie kam auf Joe und Kate zumarschiert; ihre Stiefel wirbelten Staub auf, ihre großen Brüste hüpften unter dem Tank-Top, ihr Blick wanderte zwischen Joe und Kate hin und her. Dann stand sie mit verschränkten Armen vor ihnen. »Was ist?«, wiederholte sie.

Kate hob die Hand und gebot Cameron Einhalt. Das hier musste von ihr kommen. »Joe ist mein Freund, und ich bin hier, um ihm zu helfen. Ich werde hier bei ihm bleiben. Aber vorher möchte ich Sie nach L.A. bringen. Ich möchte, dass Sie und der Junge in meiner Wohnung unterschlüpfen.«

Jean starrte Kate an, öffnete den Mund, um etwas zu sagen, aber Cameron schnitt ihr das Wort ab: »Jason wird in Sicherheit sein.«

Jean schloss den Mund wieder und schaute immer noch Kate an, nun überrascht. »Ist das Ihr Ernst?«

»Ist es. Sie müssen nichts weiter tun, als meine Katze zu füttern.«

»Wir lieben Katzen – Jason und ich, meine ich. Wir hätten ja eine gehabt, aber der Trailer ist zu klein, und da gibt's so viele Hunde und Kojoten. Sind Sie sicher, dass das klargeht? Ich habe Sie nicht gerade –«

»Die Wohnung gehört Ihnen«, erwiderte Kate, »so lange, wie Sie sie brauchen.«

Jean hob die Brauen und schüttelte den Kopf. »Ich gehe packen.«

13

Als Kate ihre ruhige, kühle Wohnung betrat, empfing sie das durch die Bäume gefilterte Licht wie eine Umarmung. Selbst mit den Veränderungen, die sie in der letzten Zeit vorgenommen hatte, war die Wohnung so sehr ihr Eigen und ihr Refugium, dass sie es für einen Augenblick bereute, sie Jean Velez und ihrem Sohn angeboten zu haben. Niemand außer Aimee hatte hier je übernachtet, und sie verspürte ein vages Unbehagen bei dem Gedanken, dass diese Mutter und ihr Sohn sich dem Ort einprägen und die Atmosphäre, die für sie in den vergangenen Jahren beinahe etwas Spirituelles angenommen hatte, verändern könnten. Sie begriff, dass es undenkbar war, die Wohnung jemals zu verkaufen. Es war undenkbar, jemals woanders zu leben.

»Schön«, sagte Jean Velez, stellte ihren Koffer ab und schaute sich um.

»Wow!«, sagte Jason und setzte seinen Rucksack ab. »Können wir hierbleiben, Mom?«

»Für eine Weile, Schätzchen«, sagte Jean und wuschelte dem Jungen durch sein dichtes dunkles Haar. »Aber du musst deinen Teil dazu beitragen, Kate zu beweisen, dass wir sehr gut auf ihre Wohnung achtgeben.«

Auf dem Weg nach Los Angeles hatte Kate angefangen, ihre Meinung über Jean Velez zu revidieren. In Yucca Valley westlich von Palm Springs aus den Freeway 10 zu nehmen hieß, länger dichten Verkehr auf der Rückfahrt nach L.A. in Kauf zu nehmen, aber während der zweieinhalbstündigen Fahrt mit Mutter und Sohn hatte Kate kein wirkliches Unbehagen verspürt. Jean hatte hinten bei Jason gesessen und Spiele mit ihm gespielt und ihr Bestes getan, seine motorische Unruhe und sein gelegentliches Triumphgeschrei zu beschwichtigen. »Beruhig dich, Schätzchen, Kate muss sich aufs Autofahren konzentrieren.«

Und das musste sie tatsächlich, und zudem musste sie im Rückspiegel den ständig wechselnden Verkehr hinter sich im Auge behalten, bis sie völlig sicher war, dass Jack Cameron sich nicht womöglich in der Nähe der Hütte versteckt gehalten und ihren Wagen und seine Insassen identifiziert hatte und ihnen folgte.

»Ich werde nachts nicht hier sein – ihr könnt also mein Schlafzimmer benutzen«, sagte Kate zu Jean. »Es ist alles fußläufig zu erreichen – Lebensmittelläden und viele Orte, die Jason gefallen könnten. Wenn du den Rest eurer Sachen aus dem Wagen hochholst, bleibe ich hier bei Jason und wechsele schon mal die Bettwäsche.«

Jean schnappte sich Jason am Zipfel seines Bibo-T-Shirts, als er sich gerade anschickte, den Rest der Wohnung zu erkunden. »Wenn wir alle drei den Wagen ausladen, kann ich anschließend das Bett frisch beziehen. Du hast einiges zu erledigen und musst los.«

Kate nickte. Die Vorbereitungen, die nötig gewesen waren, um die Hütte zu verlassen, hatten ihre Geduld aufs Äußerste strapaziert. Als Erstes hatte jeder der Erwachsenen Jason gut zureden müssen, dass es toll für ihn sein würde, nach West Hollywood zu fahren, wo er nach Film- und Fernsehstars würde Ausschau halten können. Er hörte sich sämtliche Versicherungen an, während seine arglosen Augen unsicher zwischen Kate, seinem Onkel und seiner Mutter hin und her glitten und alle drei Erwachsenen musterten, die ihn zu verlocken versuchten, ehe er schließlich mit einem zögerlichen »Also gut« zustimmte. Dann hatte es wiederum Zeit gekostet, alles zu packen, was Mutter und insbesondere ihr Sohn für eine unbestimmte Zeit in Kates Wohnung brauchten – also alles, wie sich herausstellte. Dann musste Jean ihren Sohn erneut beschwichtigen, als es um die Frage ging, warum er in den Wagen einer Fremden einsteigen sollte, wo doch ihr eigenes Auto gleich da drüben war – er wies mit dem Finger darauf: dort. Das alles zusammen mit der Fahrt zurück nach L.A. hatte bis zum späten Nachmittag gedauert, und Kates Nerven waren zum Zerreißen gespannt, nicht zuletzt weil sie sich keinen Drink genehmigen durfte. Sie musste Maggie noch besuchen, ehe sie nach Yucca Valley zurückkehrte.

Sie und Cameron waren sich einig, dass sie von der Abenddämmerung bis zum Morgengrauen in der Hütte sein würde und tagsüber, wann immer es ging. Es brauchte wenig Vorstellungskraft, um sich auszumalen, wie Jahre hasserfüllter Planung in einer Gefängniszelle schließlich in die Ausführung einer wohlausgetüftelten Attacke mündeten. Zweifellos würde der Angriff in der Dunkelheit erfolgen. Nicht nur um der Tarnung willen, sondern auch um sich leichter nähern zu können. Um weniger, wenn überhaupt, Zeugen zu haben. Um sich genug Zeit zu verschaffen, den übelsten und gemeinsten Terror auszuüben, den Jack Cameron sich als Rache für viele Jahre im Gefängnis ersonnen hatte – Jahre, die er seiner Meinung nach seiner Familie verdankte.

Während der Fahrt hatte sie – nachdem sie schließlich überzeugt gewesen war, nicht verfolgt zu werden – in Gedanken einige weitere Fakten und Annahmen gesammelt. Jack würde nach seiner Entlassung aus dem Gefängnis nie wieder Auto fahren oder eine Waffe besitzen dürfen. Er würde über wenig Geld verfügen – er würde nur das haben, was er im Laufe der Jahre von dem möglichen minimalen Verdienst in den Gefängniswerkstätten gespart hatte, plus die kleine Starthilfe, die er bei seiner Entlassung bekommen hatte. Keine dieser Einschränkungen würde ihn aufhalten. Er würde sich umgehend ein Auto klauen und von seinen Knastkumpeln erfahren haben, wo er sich leicht und billig eine Waffe besorgen konnte. Er konnte und würde sich das Geld, das er brauchte, durch Raub beschaffen. Vermutlich hatte er das bereits getan, denn bei Joe hatte er nichts von Wert gesucht oder mitgenommen. Er hatte bereits eine Straftat begangen, indem er in das Haus seines Bruders eingebrochen war und dort randaliert hatte. Falls er keine Handschuhe getragen hatte, würden seine Fingerabdrücke überall zu finden sein. Er war ein Mann, dessen Leben zerstört war. Eine verheerende Vergangenheit, keine Gegenwart, keine Zukunft. Er war ein Mensch, der nichts zu verlieren hatte. *Genau wie ich,* dachte Kate.

Obwohl sie noch keine Gelegenheit gehabt hatte, Joe ihre Einschätzung mitzuteilen, war sie der festen Überzeugung, dass Jack Camerons Plan längst feststand und er eher früher als später an seiner Familie Rache nehmen würde. Das, was er in Joes Haus angerichtet hatte, ließ auf einen Mann schließen, der weit mehr Wut als Langmut besaß. Vermutlich befand er sich bereits in der Hochwüste, und vermutlich würde er schon in der kommenden Nacht zuschlagen. Falls er das Gelände noch besser auskundschaften wollte, dann in der Nacht darauf. Es gab keinen logischen Grund, keinen taktischen Grund, länger zu warten.

Kate würde täglich pendeln. Sie würde herkommen, um Zeit mit Maggie zu verbringen, und dann wieder zur Hütte zurückkehren, um mit Cameron Wache zu schieben.

Jean trug noch immer die knappe Kleidung, die sie in der Hütte getragen hatte, und Kate amüsierte sich über die Blicke, mit denen Ramon und Ernesto, die auf den Fahrstuhl warteten, ihr entgegensahen, als sie in ihren knappen Shorts und den Cowboystiefeln den Flur im zweiten Stock entlanggefegt kam. Ramon rümpfte sichtlich die Nase, als ihr vorauseilendes blumiges Parfum ihn erreichte. Jean Velez würde hier in Boystown nur begrenztes Interesse finden für das, was sie zu bieten hatte. Kates Nachbarn sahen Jason grinsend an, und als Ernesto den flügelschlagenden Bibo imitierte, brach Jason in Lachen aus.

»Ich weiß, unser Start war etwas holprig – ich war eine echte Zicke«, sagte Jean zu Kate, während sich der Fahrstuhl langsam nach unten bewegte. Dass sie nicht allein waren, scherte Jean nicht. »Was du für unsere Familie tust – ich bin dir eine Menge schuldig.«

Kate kam Alice und ihre Beteuerung: ›Ich bin Ihnen was schuldig, Miss Police Detective!‹ in den Sinn. Sie lächelte.

»Joe hat nicht verdient, was unser beschissener Bruder in seinem Leben angerichtet hat«, fuhr Jean fort.

»Das hat niemand von euch«, erwiderte Kate.

Jean zuckte die Achseln. »Joe ist der Beste von uns. Der beste Bruder, den man sich nur wünschen kann.«

»Das Gleiche kann ich über ihn als Freund sagen«, meinte Kate, als sich die Fahrstuhltüren im Erdgeschoss öffneten.

Jason wandte sich an Kate. »Hast du auch eine Knarre in der Hose wie mein Onkel Joe?«

Ohne mit der Wimper zu zucken, antwortete Ernesto: »Klar, Junge«, sagte er, während er und Ramon ausstiegen. »Das haben wir hier alle.« Er zwinkerte Kate zu. »Schließlich sind wir hier in Wild West Hollywood.«

Kate lächelte, drückte den Knopf für die Tiefgarage und fragte Jason: »Wie würdest du das finden, wenn es so wäre?«

»Ich wäre froh«, sagte er ernst. »Damit uns nichts passiert.«

»Menschen brauchen keine Waffen, damit ihnen nichts passiert«, erwiderte sie voller Zuversicht und wünschte, es wäre wahr. »Es wird nichts passieren, Jason, das verspreche ich dir. Deine Mom, dein Onkel – wir alle sorgen dafür, dass dir nichts passiert.«

»Ich werde froh sein, wenn das alles vorbei ist«, sagte Jean und legte Jason den Arm um die Schultern. »Was immer auch passiert.«

Kate schwieg. Je nachdem, was geschah, wenn Jack Cameron seinen Bruder aufspürte, und je nachdem, wie sehr die Dinge vielleicht außer Kontrolle gerieten, mochte die Sache noch lange nicht ausgestanden sein. Vielleicht auch nie.

Weil sie alle drei Kisten mit Jasons Spielzeug und Plastiktüten mit allen möglichen anderen Dingen trugen, schafften sie es, alles mit einem Gang aus Kates Wagen auszuladen.

Das Telefon in der Wohnung klingelte, als sie gerade wieder zur Tür hereinkamen. Kate fuhr der Schrecken in die Glieder. Sie ließ die Plastiktüten fallen, eilte zum Telefon hinüber und hob ab.

»Kate«, sagte Marla.

Und Kate wusste Bescheid.

Sie war sofort wieder bei ihrem letzten Besuch – bei Maggie, die um einen Stift bat – bei Maggie, die sie umarmte und flüsterte: *»Kate, meine Freundin – ich liebe dich.«* Jedes Gespür, das sie als Ermittlerin entwickelt hatte, jeder Funke Intuition, was Maggie anging – ihre Nackenhaare sträubten sich.

»Es tut mir so leid«, sagte Marla leise.

»Haben Sie Aimee Grant erreicht?«

»Ich habe Sie als Erste angerufen.«

Kate warf einen Blick auf ihre Uhr. Aimee würde gerade Feierabend gemacht haben. »Sie müssen sie auf dem Handy anrufen. Ich bin schon unterwegs.«

Kate legte auf, schnappte sich ihre Autoschlüssel und eilte zur Tür. »Ich muss weg!«, rief sie Jean zu.

Sie wartete nicht auf den Fahrstuhl, sondern rannte die Treppen hinunter. Sie riss die Autotür auf und sprang in den Wagen.

Ohne groß Rücksicht zu nehmen, raste sie nach Silverlake Haven; sie nutzte jede Lücke, wechselte von einer Spur in die andere und wünschte, sie hätte das Blaulicht, das sie bei einem ansonsten wie ein Zivilfahrzeug aussehenden Wagen früher hätte einschalten können, um die anderen Autos aus dem Weg zu scheuchen. Sie schnitt einen entgegenkommenden Wagen, der mit quietschenden Reifen bremste, als sie von der Straße zum Hospiz abbog.

Marla wartete gleich hinter der Tür auf sie.

»Was in Gottes Namen ist passiert?« Kate eilte in die Eingangshalle. Aus dem Augenwinkel registrierte sie, dass Alice in ihrem Rollstuhl im Empfangsbereich saß, zu ihr hinübersah und gestikulierte.

Marla folgte Kate. »Der Arzt, der mit uns zusammenarbeitet, ist auf dem Weg hierher, aber vom County General aus wird er eine Weile brauchen.«

»Haben Sie Aimee Grant erreicht?«

»Sie ist schon unterwegs.«

Die Zimmertür war geschlossen. »Bleiben Sie draußen«, sagte Kate zu Marla, trat ein und schloss die Tür hinter sich, ungeachtet dessen, was Marla antworten mochte.

Dann, sehr langsam, näherte sie sich dem Bett.

Maggie lag auf dem Rücken. Ihr Kopf war tief in das Kissen eingesunken, die Arme lagen säuberlich an ihren Seiten, das Pusteblumenhaar auf ihrem Haupt wurde vom Licht der tiefstehenden Sonne, die durch das Fenster hereinfiel, erhellt. Ihre Augen waren geschlossen, ihr Mund leicht geöffnet, ihr Kiefer entspannt. Der Sauerstoffschlauch lag auf der anderen Seite des Kopfkissens. Kate starrte ihn an und schaute dann auf Maggies Brustkorb und wünschte verzweifelt, er möge sich heben und senken, während ihre Kehle sich zuschnürte beim Anblick der Stille vor ihr, der Reglosigkeit, die unerbittlich und unabänderlich war. Ihr Blick verschwamm, während er weiter auf Maggie geheftet war, und in ihren Augen brannten die Tränen.

Sie trat ans Bett und legte die Hand auf Maggies Brust, die sich durch das weiche Flanellnachthemd warm anfühlte. Sie hob die Hand zu Maggies Gesicht, streichelte ihre Wange; sie fühlte sich fiebrig an. Sie beugte sich vor und küsste Maggie auf die Stirn, strich über das feine weiche Haar auf ihrem Kopf und bemerkte den leicht pudrigen Geruch der Bettwäsche, gemischt mit einer schwachen säuerlichen Erdigkeit, die Urin sein mochte.

Nur allmählich weitete sich ihr Bewusstsein wieder; sie vernahm ein Geräusch und merkte, dass Marla leise das Zimmer betreten hatte und nun hinter ihr stand. Blind wandte Kate sich zu ihr um.

»Es tut mir so leid, Kate.« In Marlas Stimme klangen Tränen mit. Sie berührte kurz Kates Arm. »Wir alle hatten sie liebgewonnen.«

»Danke«, brachte Kate hervor.

Ihre letzte Begegnung mit Maggie kam ihr wieder in den Sinn; wieder betrachtete sie den Sauerstoffschlauch und spürte, wie ihr detektivischer Sinn erwachte – selbst beim Anblick der Leiche ihrer liebsten Freundin. Sie unterdrückte ihn nicht. *Ich bin es ihr schuldig.*

»Haben Sie sie berührt?«

»Um ihren Puls zu messen.«

»Weiter nicht?«

»Nein, Kate ... Sie lag im Sterben. Es gab eine VaW-Anordnung. Abgesehen davon entspricht das auch unseren Grundsätzen.« Marlas Gesicht und ihre Stimme waren ruhig, aber die Hände vor ihrem Bauch wuschen sich unaufhörlich. Kate fragte sich flüchtig, wie die Männer und

Frauen, die sich innerhalb dieser Wände um ihr Klientel kümmerten, Tag für Tag mit dem Sterben und dem Tod klarkamen.

Kate nickte. »Hat sonst jemand sie berührt? Oder sonst etwas gemacht?«

Marla schüttelte den Kopf. »Ich habe das Zimmer verlassen und die Tür geschlossen. Ich bin nur rausgegangen, um den Arzt anzurufen und dann Sie und Aimee Grant.« Ihre dunklen Augen waren auf Maggie geheftet.

»Niemand war bei ihr? Alice –«

»War im Gang. Ich habe ihr gesagt, sie müsse für eine Weile im Eingangsbereich warten.«

»Marla«, sagte Kate ruhig, »als Sie das letzte Mal mit ihr gesprochen haben, war sie da wach und klar?«

Marla nickte.

»Stand sie unter Medikamenteneinfluss? Hat sie klar sprechen können?«

»Ja, ganz normal. Sie war bei Bewusstsein und völlig klar, Kate. So wie immer.«

»Hatte sie heute Besuch?«

»Ja, aber das war viel früher – kurz nachdem ich meinen Dienst angetreten hatte – gegen Mittag. Es waren einige von denen, die alle paar Tage kommen. Eine afroamerikanische Frau, eine Latina, eine sehr … sehr männlich wirkende Frau.«

Kate nickte. Raney, Tora, Patton – aus Maggies Zeit in der Nightwood Bar. Auch Kate kannte sie alle seit vielen Jahren, und sie konnte sich nicht vorstellen, dass eine von ihnen irgendetwas tat – es schien unmöglich, dass eine von ihnen Maggie etwas gegeben hatte, damit sie …

»Marla, wie lange arbeiten Sie schon im Hospiz?«

»Seit sechzehn Jahren.«

»Kann so etwas Ihrer Erfahrung nach passieren?«, fragte Kate. »Dass ein todkranker Mensch sich verabschiedet, aber ganz stabil wirkt, und dann einfach … stirbt?«

»Kate, Sie wissen doch … sie lag im Sterben«, entgegnete Marla und sah sie mitfühlend an. »Aber ja, um Ihre Frage zu beantworten – so etwas passiert, und so war es tatsächlich auch bei einer engen Freundin von mir. Sie war im Cedars-Sinai-Hospital, um sich wegen ihrer hartnäckigen Rückenschmerzen untersuchen zu lassen. Es stellte sich heraus, dass es Rückenmarkkrebs im Endstadium war. Ihre Ärztin hat mir erzählt, dass sie bloß gesagt habe: ›Was Sie nicht sagen.‹, und abends ist sie im ganzen Krankenhaus herumgelaufen und noch in derselben Nacht gestorben. Der Lebenswille – was wissen wir schon darüber?«

Das traf auf diesen Fall nicht zu, dachte Kate, ansonsten hätte Maggie ihren Tod willentlich herbeigeführt. Sie nickte. »Danke, Marla.«

»Möchten Sie noch ein bisschen mehr Zeit mit ihr verbringen, Kate?«

Sie schaute Kate sorgenvoll an, und in diesem Moment erst, als ein Tropfen auf die Haut im Ausschnitt ihres Polohemdes fiel, merkte Kate, dass ihr Gesicht tränennass war. »Ja, bitte«, antwortete sie und wischte sich mit beiden Händen die Tränen fort. »Das wäre mir sehr lieb. Können Sie es mich wissen lassen, wenn Aimee Grant eintrifft? Ich meine, bevor sie hier hereinkommt …«

»Ich werde mein Möglichstes tun.«

Kate hörte, wie sich die Tür in ihrem Rücken schloss, und zog sich einen Stuhl ans Bett. »Was hast du getan, Maggie?«, flüsterte sie. »Ich weiß, dass du irgendwas unternommen hast. Aber was?«

Sie ergriff Maggies für immer stille Hand und umschloss sie mit beiden Händen. Dreiundzwanzig Jahre der Freundschaft überfluteten sie mit Gefühlen, als sie, wie sie wusste, ein letztes Mal allein mit Maggie war und sie betrachtete, und sie ließ alles, was sie spürte, zu.

Einige Zeit später fiel ihr Blick auf Maggies abgestoßene alte Kaffeetasse, und sie ließ Maggies Hand los und nahm die Tasse vom Nachttisch. Sie wischte sich mit dem Ärmel ihres Poloshirts die Augen trocken und hielt die Tasse sinnierend vor sich, als könnte sie ihr helfen, die Geheimnisse dieses Zimmers zu enthüllen. Sie registrierte die halb angetrockneten Überreste von Tee auf dem Boden. Dann stellte sie die Tasse zurück und stand auf, um das Zimmer zu überprüfen.

Im Zimmer wie auch in dem winzigen Bad waren die Abfalleimer leer. Nicht überraschend, denn das Zimmer war am Nachmittag noch gereinigt worden. Falls jemand etwas in einer Verpackung mitgebracht hatte, so war diese Verpackung nun verschwunden.

Sie kehrte zum Bett zurück, berührte kurz Maggies Schulter, wie um Erlaubnis zu fragen, und hob dann Maggies Arm, um unter die Bettdecke zu blicken; sie sah ihre streichholzdünnen Beine, ließ die Decke wieder sinken und legte Maggies Arm zurück. Sie musterte das Kissen, den Sauerstoffschlauch, den Nachttisch. Neben Maggies Tasse stand eine kleine Flasche Arrowhead-Wasser, das Siegel noch intakt. Falls Maggie in den letzten Stunden etwas zu trinken gehabt hatte, so war nichts davon zu sehen, es sei denn, Charlie hatte eine leere Flasche fortgenommen …

Kate vernahm ein Geräusch, sah, wie sich der Türknauf drehte und die Tür sich unter dem Druck eines Rollstuhlreifens langsam öffnete.

»Alice«, sagte Kate leise. »Kommen Sie nicht herein. Sie können jetzt nicht hereinkommen.«

»Ich muss etwas erklären«, entgegnete Alice mit zittriger Stimme. Sie schob sich in ihrem Rollstuhl durch die Tür ins Zimmer. »Ich habe Marla gesagt, dass ich Ida und Mary besuchen wollte.«

Alice schaute Maggie an, nicht Kate. Dann schloss sie die Augen und sagte: »Ich habe Ihnen doch gesagt, dass ich Ihnen etwas schuldig bin, Miss Police Detective.«

Kate spürte, wir ihr das Herz stehen blieb.

Jede einzelne Nervenzelle erstarrte.

Wie angewurzelt stand sie da, vor Entsetzen gelähmt.

Ihre Stimme kehrte als Erstes zurück: »Sie … Sie …«

Dann kam ihr Körper ruckartig wieder zu sich, und sie machte einen Satz auf Alice zu.

Mit einem Aufschrei hob Alice die Hände, warf den Kopf zur Seite, zog sich ganz in den Rollstuhl zurück. »Bevor Sie mich umbringen«, rief sie. »Sehen Sie!« Sie gestikulierte mit einem Buch in der Hand.

The Kiss That Counted.

»Maggie hat gesagt, ich soll Ihnen dieses Buch geben. Sie hat gesagt, Sie würden anfangs so reagieren –«

»Anfangs?« Kate schnappte sich das Buch. Schleuderte es weg. Es prallte gegen die Wand und fiel dann auf Alices Bett. Kate zog Alices Rollstuhl zu sich. Sie kniete davor nieder, ergriff mit beiden Händen die kalten metallenen Armstützen und sah Alice bohrend in die wässrigen blauen Augen, deren Weiß von der Gelbsucht verfärbt war.

»Hören Sie, Alice. Erzählen Sie mir, was in diesem Zimmer geschehen ist –«

Es klopfte leise an die Tür.

»Nein!«, bellte Kate. »Draußen bleiben!«

»Sie hat gesagt, Sie könnten es nicht tun.« Alice fasste ihren Morgenmantel am Hals zusammen, wie um sich vor Kates Händen zu schützen. »Sie hat gesagt, es wäre das, was Sie brauchten.« Ihre welken Wangen sanken beim Sprechen nach innen, aber ihre Stimme gewann plötzlich an Kraft. »Sie hat gesagt, Sie würden es tun, wenn Sie könnten, aber Sie brächten es nicht fertig. Sie hat gesagt, es wäre das Beste, was ich für Sie tun könnte, selbst wenn Sie es nicht so sähen. Sie wollten nicht zusehen, wie sie stirbt, und sich auf ewig daran erinnern. Sie hat gesagt, es wären ihre allerletzten Tage, und es wäre ein Geschenk für Sie, wenn Sie das nicht erleben würden. Es geschehe Ihretwegen. Ich könnte nichts Besseres auf der Welt für Sie tun. Ich habe es für Maggie getan. Ich habe es für Sie getan.«

Kate ließ sich auf die Fersen zurücksinken und glaubte die Besinnung zu verlieren. *Lieber Gott, halt mich davon ab, sie umzubringen!* Sie umfasste ihren Kopf mit beiden Händen und schloss die Augen, um ihr Gleichgewicht wiederzufinden.

»Alice«, stieß sie mühsam hervor, »sagen Sie mir, was Sie getan haben!«

Doch sie wusste es bereits. Sie hatte längst begriffen, wie Alice es getan hatte. Der danebenliegende Sauerstoffschlauch hatte es ihr verraten.

»Wir haben das alles im Laufe der letzten Woche geplant. Maggie hat sich gestern von Ihnen verabschiedet und von der schönen Frau und der anderen engen Freundin –«

Kate dachte daran, wie Maggie sie umarmt hatte, an ihren Kuss, an ihr leises, warmes ›*Kate, meine Freundin – ich liebe dich*‹, und sie holte tief und bebend Atem.

»– und von weiteren Freundinnen heute den Tag über. Charlie hat das Zimmer geputzt und mir in den Rollstuhl geholfen, und ich bin auf den Gang rausgefahren. Sobald ich ihn aus dem Zimmer kommen und weggehen sah, bin ich wieder reingekommen, und sie hat den Schlauch weggenommen, und ich habe mein Kissen geholt und es auf ihr Gesicht gelegt und heruntergedrückt und mich daraufgelehnt, so lange ich konnte.«

Kate ließ den Kopf in die Hände sinken und kniff die Augen zusammen, als könnte das die Bilder verscheuchen.

»Sie hat überhaupt nicht dagegen angekämpft. Sie hat sich nicht gerührt. Schauen Sie sie an, Kate …«, bat Alice. »Sie wollte das so. Von ganzem Herzen.« Sie legte eine zittrige Hand auf Kates Arm.

Kate schüttelte sie ab. Aber sie hob den Kopf. Und schaute Maggie an.

Der leblose Körper zeigte keinerlei Anzeichen, um das Leben gekämpft zu haben. Maggie hatte die Augen geschlossen und das todbringende Kissen willkommen geheißen. Ihr Gesicht zeigte nichts als Akzeptanz. Nichts als Frieden.

»Sie können mich verhaften«, sagte Alice mit kaum vernehmbarer Stimme. »Aber meine Leberfunktion ist so weit eingeschränkt, dass sie mir höchstens noch zwei Wochen geben.«

»Sie und Maggie«, sagte Kate tonlos. »Sie beide haben das zusammen geplant.«

»Wir waren Freundinnen.«

Kate sah in die wässrigen gelblichen Augen von Maggie Schaeffers Mörderin.

Freundinnen. Innerhalb einer Woche.

Als hätte sie den Gedanken gehört, sagte Alice: »Wann immer wir uns im Leben begegnet wären, wir wären Freundinnen geworden. Wer weiß, vielleicht hätte ich mit ihr den gleichen Weg eingeschlagen wie mein schwuler Neffe – vielleicht hätten wir mehr werden können.«

Kate wandte die Augen ab, und ihr Blick fiel auf das Buch, das auf Alices Bett lag. *The Kiss That Counted.*

»Sie hat etwas hineingeschrieben«, sagte Alice, die Kates Blick gefolgt war. Sie griff in die Tasche ihres Morgenmantels. »Sie hat gesagt, ich soll Ihnen das hier zurückgeben.«

Kate stand auf, nahm den Stift, den sie Maggie am Abend zuvor gegeben hatte, und ließ ihn in ihre Tasche gleiten. »Ich muss Sie hier rausbringen«, sagte sie zu Alice.

»Was haben Sie mit mir vor? Wollen Sie mich verhaften? Mich umbringen?«

»Kate? Kate?«

Aimees Stimme erklang vom Flur her. Weitere Stimmen. Ein Klopfen an der Tür.

Mit einer Hand auf dem Türknauf sah Kate zu der friedlichen, für immer stillen Gestalt auf dem Bett hinüber. Dieses Gesicht nie wieder zu sehen … Nie wieder in diese Augen zu blicken …Nie wieder diese Stimme zu hören, die ihr Leben immer und immer wieder mit Weisheit bereichert hatte …

Als sie die Tür öffnete, sank das Gefühl von Verlust in seiner ganzen Endgültigkeit auf Kate nieder und umhüllte sie wie ein Sargtuch mit trostloser Finsternis.

14

Kate tauchte aus dem schwarzen Nebel auf. Aimees Arme hielten sie, schützten sie, erdeten sie. Sie befand sich noch immer in Maggies Zimmer, konnte aber keine Verbindung herstellen zwischen dieser engen Umarmung von Aimee und der Stimme, die ihren Namen gerufen hatte, und dem Öffnen der Zimmertür.

»Es tut mir unendlich leid, Kate«, flüsterte Aimee mit gebrochener Stimme, und ihre Arme schlossen sich noch fester um sie, und ihr Gesicht an Kates Gesicht war nass vor Tränen. Ob es Aimees Tränen waren oder ihre eigenen, wusste Kate nicht. Ihr Körper bebte von dem heftigen Schluchzen, über das sie keine Kontrolle hatte. Aimee löste einen Arm, um Kate sachte den Rücken zu tätscheln wie einem zu besänftigenden Kind.

Allmählich gewann Kate ihre Fassung zurück; Aimee tätschelte sie ein letztes Mal, ließ dann die Arme sinken und trat einen Schritt zurück. Forschend musterte sie Kates Gesicht, ein wenig verwundert über das, was sie darin las, ergriff Kates Hände und drückte sie fest. Dann ging sie zu Maggies Bett hinüber. Kate folgte ihr. Aimee blickte auf Maggie hinunter, ihre schmalen Schultern sanken herab. Sie beugte sich vor, nahm Maggies Gesicht in beide Hände und küsste sie auf die Stirn.

Kate zupfte einige Papiertaschentücher aus der Schachtel auf Maggies Nachttisch, trocknete sich das Gesicht und putzte sich die Nase. Sie warf einen Blick durch das Zimmer. Alice war fort, Marla war auch nicht da.

Aimee wandte sich zu Kate um und griff nach ihrer Hand. Ihre veilchenblauen Augen schwammen in Tränen. »Sie sieht aus, als wäre sie einfach so hinübergeglitten. Sie sieht sehr friedlich aus.«

»Ja«, musste Kate zugeben. »Das stimmt.«

»Was war das für ein Tumult hier drinnen? Marla hat gesagt, du wärst wütend gewesen – du hättest gerufen, sie solle draußen bleiben. Irgendwas zwischen dir und Alice?«

Kate suchte fürs Erste Zuflucht in einer vagen Ausrede: »Ich weiß nicht – ich war so durcheinander …« Eine innere Stimme, zusammen mit der tiefverwurzelten Zurückhaltung der professionellen Ermittlerin, riet ihr, ihre Gedanken erst in Ruhe zu sammeln, ehe sie irgendetwas über Alice sagte, selbst Aimee gegenüber.

»Ich verstehe«, sagte Aimee leise. »Marla hat mir gesagt, dass du nicht begreifen kannst, dass es ihr besser zu gehen schien und dass sie dann …« Ihr versagte die Stimme, und sie schaute wieder auf Maggie hinunter. Dann fragte sie – und war kaum in der Lage, die Worte herauszubringen: »Kate, glaubst du … meinst du, sie wäre in der Lage gewesen … sich das selbst anzutun? Etwas zu nehmen? Ist es das … was hier in diesem Zimmer passiert ist?«

»Aimee … Der Arzt ist auf dem Weg hierher. Dann werden wir mehr erfahren.«

Doch inzwischen dämmerte ihr zweierlei: Der Arzt würde kommen, wenn er es einrichten konnte. Das hier war ein Hospiz, und die Menschen, die hierher kamen, taten es, um zu sterben. Und aus ihrer jahrzehntelangen Erfahrung im Morddezernat wusste sie, dass Ersticken die am schwersten nachzuweisende Todesursache war. Schrecklich schwer zu beweisen in seiner meistverbreiteten und tragischen Erscheinungsform, dem plötzlichen Kindstod, und vermutlich unmöglich nachzuweisen bei einer Frau, die Lungenkrebs im Endstadium hatte und sich dem Tod nicht widersetzte, sondern ihn sogar willkommen hieß. Ihre Erfahrung sagte ihr, dass der Arzt in Ermangelung offenkundiger Beweise für irgendetwas anderes einen Totenschein für eine gewisse Magda Schaeffer ausstellen würde, auf dem als Todesursache Lungenkrebs stehen würde und als Todesart Atemversagen. Was Alice anging …

»Ich habe Raney auf dem Weg hierher angerufen.« Mit diesen Worten unterbrach Aimee Kates Gedankengang. »Sie sagt es den anderen. Sie alle kommen her, um bei ihr zu sein – und bei uns.«

Kate nickte abwesend. Sie war in Gedanken noch immer

bei der Entscheidung, die sie treffen musste, und zwar schnell, nämlich so lange sie noch tiefe Erschütterung als Grund für ihr bisheriges Zögern geltend machen konnte. Wenn sie Maggies Tod tatsächlich als Mord entlarvte – was würde dann geschehen? Was wäre, wenn Alice bestritt, was sie Kate gegenüber eingestanden hatte? Abgesehen davon – was würde eine Mordanklage für Folgen haben? Abgesehen davon, wie ein Schock zu wirken und die Trauer und den Schmerz aller zu vertiefen? Abgesehen davon, den Ruf eines Hospizes zu schädigen, das hervorragende Arbeit leistete und keine Verantwortung trug für das, was sich hier ereignet hatte.

Ihr gesamtes Werte- und Glaubenssystem gebot ihr zu melden, was sich zugetragen hatte: Es war ein Verbrechen. Cameron hatte recht – sie war ein Cop bis auf den Grund ihrer Seele. Ihre Erfahrung und ihre Reputation als ehemalige Mordermittlerin würden einer Anschuldigung nicht nur Glaubwürdigkeit, sondern auch Gewicht verleihen. Doch ihr gesunder Menschenverstand und reine Menschlichkeit führten sie zu der Einsicht, dass eine Frau, die nur noch wenige Tage zu leben gehabt hatte, ihren sicheren Tod einfach nur beschleunigt hatte, und zwar mit Hilfe einer weiteren Frau, die ebenfalls nur noch kurze Zeit zu leben hatte. Beihilfe hin oder her – es handelte sich um einen Freitod.

Sie strich mit den Fingern über Maggies Stirn. *Du alte Füchsin. Was hast du in das Buch geschrieben?* Sie musste es an sich nehmen, ehe jemand anders es fand und vielleicht zufällig aufschlug. Sie ließ Aimees Hand los und ging zu Alices Bett hinüber.

»Das nehme ich mit«, sagte sie, ergriff das Buch und zeigte es Aimee. *The Kiss That Counted.* »Das war das letzte Buch, das sie gelesen hat. Ich hatte es ihr mitgebracht.«

»Natürlich«, erwiderte Aimee nach einem flüchtigen Blick darauf.

Kate kehrte zu Maggies Bett zurück und nahm die uralte Kaffeetasse. »Die möchte ich haben – mehr als alles andere auf der Welt«, sagte sie leise. »Sie hat sie jeden Tag ihres Lebens benutzt.«

»Du bist diejenige, die sie haben sollte«, stimmte Aimee zu. »Du solltest alles bekommen, was du willst. Niemand von uns stand ihr näher als du. Ich habe sie vor Monaten um das Schild von der Nightwood Bar gebeten.«

Kate war überrascht und gerührt von diesem Eingeständnis. Sie erinnerte sich lebhaft an den lavendelfarbenen Schriftzug des diskreten Schildes, das auf Maggies Bar hingewiesen hatte. »Ich hatte mich schon gefragt, wo es abgeblieben ist. Lass mich das hier ins Auto bringen«, fuhr sie fort. Und ein paar Anrufe machen, während sie einen Moment allein war.

»Möchtest du, dass ich mitkomme?«, fragte Aimee und musterte sie besorgt.

»Bitte bleib du hier bei Maggie«, antwortete Kate ruhig. »Sie sollte nicht allein sein. Ich komme schon klar. Ein bisschen frische Luft wird mir guttun, und ich muss ein paar Anrufe erledigen, ehe … ehe die anderen hier eintreffen und alles losgeht.«

»Ich nutze die Zeit gern, um mich von ihr zu verabschieden«, sagte Aimee und zog sich einen Stuhl ans Bett.

An der Tür drehte Kate sich noch einmal um und betrachtete die beiden Frauen, die die Grundfeste ihres Lebens gebildet hatten.

Aimee, die sich auf dem Stuhl niederließ, sehr elegant in ihrer Arbeitskleidung, der Körper, der zu noch größerer weiblicher Anmut gereift war in all den Jahren, seit Kate ihn zum ersten Mal in den Armen gehalten hatte. Ihr Haar, das sich wie immer mit den Bewegungen ihres Kopfes in Flechten teilte, einzelne Strähnen, die im Licht der fluoreszierenden Deckenbeleuchtung silbern glitzerten, als sie sich vorbeugte, um ihre langen, zarten Finger auf Maggies Arm zu legen.

Und Maggie. Einst so robust, jetzt so winzig, ein praktisch formloses Wesen in dem Bett. Nein, eigentlich kein Wesen mehr – ihre unbezwingbare Seele hatte sich bereits davongemacht, hatte den eingefallenen Körper, mit dem sie schon lange gehadert hatte, verlassen. Diese Seele war auf dem Weg – wohin? In dem nebulösen spirituellen Glaubenssystem, das sie mit Maggie geteilt hatte, war Maggie nun frei. Und das genügte.

Kates Blick verschwamm wieder vor Tränen, während sie den Gang entlangschritt. Sie hörte, wie ihr Name gerufen wurde und erkannte Idas Stimme. Sie streckte den Kopf in das Zimmer.

»Kate, bitte kommen Sie herein – nur für einen Augenblick.«

Ida, deren Gesicht sich mitfühlend in Falten legte, richtete sich in ihrem Bett auf und streckte den Arm nach Kate aus. Sie ergriff Kates Hand, ließ sich zurücksinken und umschloss Kates Hand mit beiden Händen. »Ich habe es schon gehört. Mein allertiefstes Beileid, liebe Kate. So oft, wie Sie bei ihr gewesen sind, müssen Sie sie sehr geliebt haben.«

Kate war gerührt von dem Kummer, der sich auf Idas freundlichem altem Gesicht zeigte. »Danke«, sagte sie mit schwacher Stimme.

»Ich schätze, Sie werden nun nicht mehr kommen. Es wäre zu schmerzlich für Sie, wieder hierherzukommen … Ich wollte Ihnen nur sagen, dass ich Sie vermissen werde – und dass Sie mir ans Herz gewachsen sind.«

»Wenn Sie möchten, komme ich wieder und besuche Sie, Ida.«

»Mehr als alles andere auf der Welt.«

»Dann werde ich wiederkommen. Versprochen.«

Kate spürte, wie ihr die Fassung zu entgleiten drohte. Sie drückte Idas Hand, löste sich dann von ihr und verließ das Zimmer.

Sie wischte sich über die Augen, verließ ohne noch etwas wahrzunehmen das Hospiz und ging zu ihrem Auto. Sie hielt inne, als sie die Bremsspuren sah, die dahin führten, wo ihr Wagen stand, knapp vor dem Gebüsch, das Silverlake Haven einfasste. Sie schalt sich, dass sie nicht einmal die Geistesgegenwart gehabt hatte, ihren Schlüssel in Richtung Wagen zu halten und die Türen zu verriegeln. Im Handschuhfach befand sich ihre geladene 38er – für jeden zugänglich, der neugierig genug war, nachzusehen, was es mit diesem achtlos abgestellten Wagen auf sich hatte.

Sie stieg ein und stellte die Tasse auf den Sitz neben sich.

The Kiss That Counted hielt sie weiterhin in der Hand. Sie betrachtete das Buch, das ausdrucksvolle Gesicht der Frau mit dem zerzausten Haar auf dem Umschlag. Blätterte flüchtig durch die Seiten.

Jetzt nicht, Maggie. Egal, was du geschrieben hast – ich kann mich jetzt nicht damit befassen.

Sie legte das Buch neben die Tasse und holte ihr Handy hervor. Sie war verlegen, ihre Bedürftigkeit war ihr peinlich, aber sie wählte die Nummer, die sie als Erstes anrufen musste. Sie hielt das Telefon dicht ans Ohr, fand Zuflucht in Calla Dearborns ruhiger Stimme, die in gemessenem Ton darum bat, eine Nachricht zu hinterlassen. »Ich bin's – Kate. Ich wollte Sie wissen lassen, dass Maggie gerade … gestorben ist. Danke … Danke«, wiederholte sie, und ihre Stimme brach. Sie merkte, dass ihr sonst nichts mehr einfiel, was sie hätte sagen können, und beendete den Anruf.

Dann wählte sie die Festnetznummer in der Hütte in Yucca Valley. Sie schreckte vor dem Überbringen der Nachricht zurück und stieß stattdessen mühsam hervor: »Alles okay bei dir, Joe?«

»Hier ist alles okay. Aber du klingst, als wäre es bei dir nicht so.«

»Ich bin im Hospiz. Maggie ist gerade gestorben.«

»O mein Gott. Das tut mir so leid, Kate. Ich hoffe, Aimee ist bei dir?«

»Danke, Joe. Ja, ist sie. Ich kann im Moment hier nicht weg. Vielleicht später heute Abend, aber im Augenblick kann ich, glaube ich, nicht fahren –«

»Vergiss es. Du kommst heute Abend nicht hierher. Du

hast Jean und Jason mitgenommen und mir damit eine Riesenlast von den Schultern genommen. Du musst dich jetzt dort um eine Menge Dinge kümmern. Ich wünschte bloß, ich könnte … Das Timing dieser ganzen Sache ist echt beschissen.«

Was du nicht sagst, dachte Kate.

»Bleib du bei Aimee und Maggie. Mach dir um mich keine Gedanken. Vertrau mir, ich komme schon klar. Und Kate – du hast mein volles Mitgefühl.« Und damit legte er auf.

Kate ließ den Motor an, fuhr ein Stück die Straße hinunter, um den Wagen ordentlich zu parken, und saß dann da, rieb sich das Gesicht und hatte das Gefühl, erneut vor einer schwierigen Entscheidung zu stehen – einer Entscheidung, die so bedeutsam war wie die, was sie im Hinblick auf Alice unternehmen sollte, oder wie die Entscheidung, ohne Joes Wissen oder Erlaubnis in sein Haus einzudringen und damit ihre Freundschaft aufs Spiel zu setzen.

Das Letzte auf der Welt, worauf sie vertrauen würde, war Camerons Beteuerung, dass er schon klarkäme. Nicht auf sich allein gestellt. Nicht wenn jemand mit einer derart tödlichen Entschlossenheit wie Jack Cameron hinter ihm her war. Bei der Konfrontation mit seinem Bruder war Joe aus einem einzigen Grund auf sich allein gestellt: weil er keine andere Möglichkeit sah. Doch wie sollte sie, wo sie nun schon Maggie verloren hatte, die kommende Nacht überstehen, wenn sie fürchten musste, noch einen weiteren engen Freund zu verlieren, weil sie ihm nicht beistehen konnte? Sie sah keine andere Möglichkeit.

Sie holte ihre Brieftasche hervor und zog Dutch Hollanders Visitenkarte aus einem der Fächer.

»Dutch«, sagte sie, als er an sein Handy ging. »Ich bin's – Kate. Sie haben mir Ihre Hilfe angeboten –«

»Was kann ich tun?«, fiel er ihr ins Wort, und seine Stimme klang fest und entschlossen.

»Sie müssen mir hundertprozentig vertrauen. Und ich muss Ihnen hundertprozentig vertrauen können.«

»In beiden Fällen: ja!«

Sie erinnerte sich daran, wie seine Hand ihre in dem Restaurant so fest umfasst hatte, und fuhr fort: »Ich habe Joe gefunden. Er steckt tief in der Klemme und ist ganz auf sich allein gestellt. Sein Leben könnte von uns abhängen. Von Ihnen.«

»Ich stehe bereit«, sagte er knapp. »Wo sind Sie?«

»Lange Geschichte, und ich habe nicht die Zeit, alles zu erklären, außer dass ich nicht dort sein kann, wo er ist – nicht vor morgen. Ich erkläre Ihnen, was mit ihm los ist, und Sie müssen mir versichern, genau das zu tun, was ich Ihnen sage und nichts darüber hinaus. Kann ich auf Sie zählen?«

»Er ist mein Freund, Kate. Und ich vertraue Ihnen in dieser Sache vollkommen. Sie können sich auf mich verlassen.«

Einige Minuten später hatte sie Dutch Hollander über die Lage in der Hütte aufgeklärt und sah Aimee die Straße überqueren und auf sich zukommen. Kate brachte ihre Anweisungen für Dutch zügig zu Ende, verabschiedete sich hastig mit einem »Ich muss jetzt los« und beendete das Telefonat.

Aimee beugte sich zum Fenster hinunter. »Alles okay mit dir?«

»Ja. Ich wollte gerade zu euch zurückkehren.«

»Mit wem hast du telefonieren müssen?«

»Mit einem Freund von Joe. Ich musste ihm sagen, wo Joe ist ...«

»Und zwar?«

»In der Wüste. Ohne Mobilfunkverbindung. Ich musste ihm erklären, wie er Joe findet.«

Was auch immer sie davon halten mochte, dass Kate solche Umstände machte, um Cameron von Maggies Tod in Kenntnis zu setzen, Aimee akzeptierte es mit einem Nicken. »Die Gang ist im Anmarsch«, sagte sie.

»Ja. Ich hab's gesehen.« Während ihres Telefonats mit Dutch Hollander hatte sie am Rande wahrgenommen, dass zwei Autos an ihr vorbeifuhren, in denen ihre Freundinnen saßen.

»Nun, dann lass uns zu Maggie zurückkehren«, sagte Aimee und öffnete die Wagentür. »Und bei unserer Familie sein.«

Eine auseinandergebrochene Familie, dachte Kate, stieg aus und ergriff die Hand, die Aimee ihr hinstreckte. Eine zersplitterte Familie. Deren Herz und Seele, der Klebstoff, der zusammenhielt, was sie sich in den letzten dreiundzwanzig Jahren als Familie hatte aufbauen können, war fort, war der Gestalt in dem Bett dort im Hospiz entwichen. Aimee hatte sich, trotz ihrer Unterstützung angesichts der Umstände, von ihr entfernt. Und Joe Cameron ... Wer wusste schon, was ihm in der anstehenden Nacht geschehen mochte?

In Maggies Zimmer kam Raney als Erste auf sie zu. Ihre dunklen Augen schimmerten feucht, ihr ebenholzfarbenes Gesicht war schmerzverzerrt. Sie schloss Kate in die Arme. »Ich weiß, wie du dich fühlst.«

»Das weiß ich, Raney«, entgegnete Kate und erwiderte die Umarmung.

Der Tod von Raneys Partnerin – sie war an Brustkrebs gestorben – war ein weiterer bezwingender Grund, die wahren Umstände von Maggies Tod auf sich beruhen zu lassen. Anders als Maggie hatte Audie trotz ihrer Krankheit noch über hinreichend Handlungsfähigkeit verfügt, um sich selbst das Leben zu nehmen. Und auch wenn sie allen, die sie liebten, auf jede nur erdenkliche Weise gezeigt hatte, dass ihre Entscheidung, eine Überdosis zu nehmen, wohlüberlegt war und keine Verzweiflungstat, litt Raney doch bis zu diesem Tag darunter, dass Audie diese Entscheidung ganz allein getroffen und ihnen auf diese Weise die Tage, die ihnen vielleicht noch geblieben wären, genommen hatte.

Als Nächste zog Patton Kate in eine feste Umarmung. »Nichts wird je wieder sein wie zuvor«, murmelte sie, und ihr wettergegerbtes Gesicht war von Tränenspuren gezeichnet. Patton sah irgendwie befremdlich aus, und Kate merkte, dass sie Patton – von Audies Beerdigung abgesehen – nie in etwas anderem als ausgebeulten Jeans und einem T-Shirt gesehen hatte, je nach Saison mit langen oder kurzen Ärmeln. Nun trug sie ihre formellste Kleidung: schwarze Khakihosen und ein graues Hemd und keine Mütze – ihr übliches altes Yachting-Cap lag auf Alices leerem Bett.

Ash und Tora standen an Maggies Bett und umkränzten sie mit Blumen – mit Sonnenblumen, Mauergänseblümchen und Dahlien. »Maggies Lieblingsblumen«, sagte Tora und wandte Kate ihr tränennasses Gesicht zu.

»Ich weiß.« Das waren die Blumen, die Maggie im Gärtchen ihres winzigen Hauses in Pacoima gehegt und gepflegt hatte. »Wunderbar, dass ihr das macht.«

»Der Blumenstand auf der Melrose Avenue«, sagte Ash. »Ich habe alles gekauft, was sie von diesen Blumen hatten. Wir haben uns schlaugemacht, Kate. Was immer wir hier bei Maggie lassen, kann bei ihrer … bei ihrer …«

Alle nickten stumm. Niemand wollte den Prozess benennen, der die menschliche Gestalt der Frau auf dem Bett in graue Asche verwandelte.

Patton ging zu Alices Bett hinüber und nahm ihr Yachting-Cap an sich, das vom langen Tragen abgenutzt und fadenscheinig war. »Nimm das hier … nimm diesen Teil von mir mit dir, Maggie«, sagte sie mit gebrochener Stimme und legte das Cap ehrerbietig auf das Fußende des Bettes.

Ash war mit dem Arrangieren der Blumen fertig und drapierte nun Regenbogenfahnen auf dem Kissen zu beiden Seiten von Maggies Kopf. Tora holte ein T-Shirt in Regenbogenfarben aus ihrem Rucksack und breitete es behutsam über Maggies Beinen aus. *Chicana Pride* stand darauf, und Kate sah, dass es das T-Shirt war, das Maggie Tora mehr als zehn Jahre zuvor bei einer Gay Pride Parade gekauft hatte, bei der sie alle zusammen mitgegangen waren. Tora versuchte zu sprechen, schaffte es aber nicht. Sie wandte sich ab und ließ sich von Ashes Armen umfangen.

Aimee, die in ihrer Schultertasche gekramt hatte, war die Nächste. Sie hob Maggies Hand und streifte ihr ein Armband aus regenbogenfarbenen kleinen Steinen über. Kate war mit Aimee an dem Wochenende zusammengewesen, als diese das Armband auf einem Pride Festival in West Hollywood gekauft hatte.

Kate besah sich voller Verwunderung die Gruppe der Frauen, deren Gesichter allesamt die Spuren eines harten Lebens zeigten. Pattons einst dunkles Haar war inzwischen schneeweiß ... Die Zeit, seit Kate ihre Gemeinschaft in Maggies Bar gefunden hatte, ihre Zeit in der Sonne, kam ihr auf einmal so kurz vor. Die Jahre, als sie alle jung gewesen waren und zusammen eine gute Zeit gehabt hatten – diese kleine Gruppe von Freundinnen, Latinas, Afroamerikanerinnen, Weiße, entschieden queer und selbstbewusst. Nur sie nicht. Als Police Officer war sie nicht out gewesen und Audie als Kindergärtnerin ebenfalls nicht. Wer von ihnen hätte sich diesen Tag je vorstellen können? Hätte sich vorstellen können, dass sie alle eines Tages so alt sein würden, so vom Leben gezeichnet ...

Maggie hatte kein Blatt vor den Mund genommen, was ihre Abneigung gegen eine Gedenkfeier anging, und deshalb war über die Zusammenkunft hier im Hospiz hinaus nichts weiter geplant und auch nicht für die Zeit nach der Einäscherung, die spätestens am Montagmorgen erfolgen sollte. Kate hatte diesem Abend nie einen Gedanken gewidmet, diesen Stunden direkt nach Maggies Ableben; sie hatte nicht daran gedacht, was geschehen könnte oder sollte. »Ich habe nichts für sie«, sagte sie hilflos.

»Du hast ihr bereits was gegeben«, erklärte Patton. »Du hast sie hier untergebracht. Du hast dafür gesorgt, dass sie bis zu dem Augenblick, in dem sie uns verlässt, die beste Pflege bekommt.«

Ich habe sie hierhergebracht, dachte Kate, und Alice die Gelegenheit gegeben.

Dann dachte sie: *Lass es auf sich beruhen.*

»Du bist in ihrem Herzen, Kate«, sagte Raney. »Und das hat sie bereits mitgenommen. Sie hat uns geliebt, sie hat meine Audie geliebt, und dich hat sie von uns allen am meisten geliebt.«

»Mehr als uns andere alle zusammen«, ergänzte Aimee und ließ ein kurzes pointiertes Lächeln folgen.

Der Gedanke klang noch in Kate nach: *Lass es auf sich beruhen.* Und dann dachte sie: Ich habe doch etwas, das ich ihr geben kann.

»Tut mir leid, dass ich stören muss«, sagte Marla von der Tür her. »Dr. Patel ist eben eingetroffen.«

»Wenn es euch nichts ausmacht«, sagte Kate, und ihr Blick umfasste all die Frauen im Zimmer, »lasst mich bitte noch einen Moment mit Maggie allein, und dann mit ihr und dem Arzt.«

Alle murmelten ihr Einverständnis, Aimee tätschelte kurz ihren Arm, und dann gingen sie alle miteinander hinaus.

Kate griff in ihre Tasche und holte ihre Polizeimarke vom LAPD heraus. Dann legte sie ihre Hand auf Maggies Hand, an der sie das Armband von Aimee trug. Die Hand war noch immer warm, ihr Körper hatte noch nicht begonnen abzukühlen.

Der Arzt kam herein, ein attraktiver älterer Mann indischer Herkunft, der eine Doktortasche bei sich hatte und einen Anzug mit Krawatte trug, wie Kate erfreut feststellte. »Doktor Patel«, sagte sie. »Ich bin Kate Delafield – die engste Freundin der Verstorbenen.«

Er schüttelte ihr die Hand, und sein rasches Lächeln zeigte weiße Zähne, die sich gegen den warmen dunklen Ton seines Teints abhoben. »Und darüber hinaus sind Sie vom LAPD?«, fragte er mit einem leichten Akzent, als sein Blick – wie sie beabsichtigt hatte – auf die Polizeimarke in ihrer Hand fiel.

»Wilshire Division, Morddezernat. Im Ruhestand«, antwortete sie und zeigte ihm die Polizeimarke in Gänze. »Das hier ist eine Nachbildung. Ich werde sie hierlassen, damit sie mit meiner Freundin eingeäschert wird.«

Er ließ den Blick über das Bett, die Blumen, die Regenbogenfahnen schweifen. »Zusammen mit einigen anderen Gaben, wie ich sehe. Ihre Freundin hat den Menschen in dieser Welt offenbar viel bedeutet.«

»Ja, das hat sie«, erwiderte Kate mit belegter Stimme. Seine Wortwahl und die Wahrheit des Gesagten berührten sie tief. Maggie hatte in der Welt, in der sie lebte, tatsächlich große Bedeutung besessen.

Dr. Patel öffnete seine Tasche, holte eine Stablampe heraus und setzte die Tasche auf den Boden vor dem Bett. Er legte den Mittelfinger für einige Augenblicke auf die Innenseite von Maggies Handgelenk und tastete dann behutsam Maggies Gesicht ab. »Waren Sie hier, als sie starb?«

»Kurz darauf. Nur wenige Minuten später.«

In einer einzigen fließenden Bewegung hob er mit dem Daumen eines von Maggies Augenlidern, leuchtete ins Auge, schaltete die Lampe wieder aus und ließ das Lid sinken. »Schien hier alles so zu sein, wie es sollte?«

»Sie hatte Lungenkrebs im vierten Stadium«, erwiderte Kate.

»Sie haben mein volles Mitgefühl, Detective Delafield«, sagte der Arzt und löste sachte die Schleife von Maggies Nachthemd in ihrem Nacken. »Ein sehr großer Verlust für Sie, wenn Sie ihr den Tribut zollen, ihr Ihre Polizeimarkte mitzugeben. Warum legen Sie sie nicht hier direkt auf ihr Herz? Gehört sie da nicht hin?«

»Danke für Ihre Freundlichkeit«, brachte Kate hervor. Sie legte die Polizeimarke auf Maggies Herz, genau auf die Stelle, die der Doktor entblößt hatte. Dann band Dr. Patel das Nachthemd wieder zu.

Wieder klang es in ihr nach: *Lass es auf sich beruhen.*

Der Arzt steckte die Stablampe wieder in die Tasche, ließ sie zuschnappen und verließ ohne ein weiteres Wort das Zimmer.

Kate stand neben Maggies Bett; sie schluchzte und bebte am ganzen Leib, während sie sich immer wieder sagte: *Lass es auf sich beruhen.*

Es war an der Zeit, Maggie gehen zu lassen. Sich von ihr zu lösen. Es war Zeit, sich von der Polizeimarke zu lösen. Sich von dem Job zu lösen. Es war Zeit, sich von vielen Dingen zu lösen.

15

»Keine von uns sollte heute Abend allein sein«, hatte Aimee zu ihr gesagt. Und hinzugefügt: »Wir sollten nicht in die Wohnung fahren.« Kate hatte die neutrale Formulierung sehr wohl registriert: Sie hatten neunzehn Jahre miteinander verbracht und zwar in der Wohnung, die sie immer »unsere Wohnung« genannt hatten oder »bei uns zu Hause«, und nun war es »die Wohnung«.

Der Grund, warum sie dort nicht hinfahren sollten, lag auf der Hand: an diesem von Trauer und Verlust gezeichneten Abend würden die augenfälligen Erinnerungen an ihr Zusammensein in glücklicheren Tagen unerträglich sein. Und es bedeutete, dass Kate nicht erklären musste, warum die Wohnung ohnehin nicht in Betracht gekommen wäre: weil dort eine Mutter mit ihrem Sohn untergebracht war.

Nachdem Maggies Leichnam aus Silverlake Haven abgeholt worden war, waren alle, die sich bei ihr eingefunden hatten, zu einem Thai-Restaurant am Silverlake Boulevard gefahren, wo sie mehrere aufgekratzte Stunden um einen großen Tisch herum gesessen und gemeinschaftlich gegessen und getrunken, Erinnerungen an Maggie ausgetauscht, sich Geschichten erzählt und gelacht und geweint hatten. Obwohl Kate nichts als Eistee getrunken hatte, konnte sie sich nicht mehr erinnern, was sie gesagt oder bestellt oder gegessen hatte.

Und jetzt waren sie hier in West L.A., Ecke Overland Avenue und Olympic Boulevard, auf dem Weg zu dem kleinen Gästecottage, das Aimee von einer Freundin und Kollegin in ihrer Anwaltskanzlei gemietet hatte.

Während Kate Aimee den schmalen Seitenweg entlang folgte, dachte sie an das Praxis-Häuschen in Calla Dearborns Garten, und dann fiel ihr noch ein weiteres Cottage in der Nähe ein – das Cottage, in dem Herman Layton wie in einem Fort gelebt hatte, bis seine Ermordung der schicksalhafte erste Fall wurde, bei dem sie Joe Cameron zum Partner bekam und er das grundlegende Vertrauen in sie verlor.

Aimees Häuschen war anders als die beiden anderen bedeutsamen Cottages. Es war eine Miniaturausgabe des eigentlichen Hauses mit beigefarbenem Verputz und Bogenfenstern, einem eigenen Gärtchen mit weißem Zaun, der kaum einen Fuß hoch war, die winzige Grünfläche von dichtem Efeu bewachsen, und an einer Seite des Häuschens rankte sich eine scharlachrote Bougainvillea hinauf bis auf das im spanischen Stil gedeckte Dach.

Kate folgte Aimee ins Haus und nahm ihr Domizil, besser gesagt, die Art und Weise, wie sie es bewohnte, unter die Lupe.

Abgeschliffenes Bambusparkett, unter dem Fenster stand ein kleines Sofa, dazu zwei kleine Ledersessel mit einem Beistelltisch dazwischen und einem Couchtisch davor. Hinter dem Tresen mit zwei Barhockern befand sich eine Küchenzeile, die mit brauchbaren Gerätschaften ausgestattet schien. Eine geschlossene Harmonikatür führte vermutlich zu Schlafzimmer und Bad.

Auf dem Küchentresen standen eine Tasse und ein Teller

mit Krümeln, daneben einige Zeitschriften, von denen die oberste bei dem Artikel umgeschlagen war, den Aimee als Letztes gelesen hatte. Hier nahm sie offenkundig ihr Frühstück ein – Kaffee und Toast. Als sie zusammengewesen waren, hatte Aimee ihren Kaffee und ihren Toast morgens auf einem Tablett ans Bett gebracht, zusammen mit Orangensaft, einem Muffin und einem großen frischgebrühten Kaffee für Kate.

Hinter dem Küchentresen stand eine Schranktür offen, die Klappe der Spülmaschine war ebenfalls geöffnet und die Lade mit Tellern und Gläsern halb herausgezogen, als ob Aimee beim Ausräumen unterbrochen worden war. Salz- und Pfefferstreuer und weitere Gewürze, Olivenöl und Essig standen hinter dem Tresen am Herd, und ein Laib Brot war neben dem Toaster verstaut, als wäre das der ihm von Aimee zugedachte Platz.

Im Wohnzimmer stapelten sich Bücher und Zeitschriften nachlässig neben einem der beiden Sessel. Ein blaues UCLA-Basketball-T-Shirt, das Kate erkannte, hing über der Lehne des anderen Sessels. Aimees Lieblingsslipper waren vor dem Sofa abgestreift worden, wo sich ein weiterer Berg von Zeitschriften angesammelt hatte, obenauf ein Teller und daneben eine Stehlampe.

Aimee hatte sie mit verschränkten Armen beobachtet. »Ich schätze, ich kann ebenso wenig von dir erwarten, dich nicht wie eine Polizistin zu benehmen wie von einem Hahn, nicht bei Sonnenaufgang zu krähen.«

Wollte sie witzig sein oder sarkastisch? Kate wählte ihre Worte sorgfältig: »Eine schöne Wohnung.«

Aimee zuckte die Achseln. »Jetzt kennst du mein dunkles Geheimnis. Ich bin eine Schlampe.«

»Nicht im Entferntesten.« Aber sie war überrascht. Mehr noch: zutiefst irritiert. Bei ihnen zu Hause war es ordentlich und aufgeräumt gewesen, und Kate hatte niemals hinterfragt, ob ihre eigenen Gewohnheiten und Vorlieben auch Aimees entsprachen. Jetzt überlegte sie, was es Aimee all die Jahre gekostet haben mochte, Kates Standard zu erfüllen.

»Kann ich dir irgendwas anbieten?«, fragte Aimee, und ihre Ungezwungenheit machte deutlich, dass sie hier zu Hause war. Kate schnürte es vor Kummer die Kehle zu.

»Vielleicht ein Glas Wasser.« Das würde ihr noch ein bisschen mehr Zeit verschaffen, sich umzusehen.

Als Aimee mit einer Flasche Wasser aus dem Kühlschrank zurückkam, hatte Kate sich zu ihrer Beruhigung davon überzeugen können, dass alles, was sie sah, Aimee zu gehören schien oder zum Inventar des Cottages gehörte. Natürlich kannte sie das Schlafzimmer noch nicht ...

»Warum gehst du nicht erst mal unter die Dusche«, schlug Aimee vor. »Handtücher sind im Schrank im Badezimmer. Ich komme dann auch in ein paar Minuten.«

Nur Aimee wusste, dass Kate morgens wie abends duschte. »Gut«, erwiderte sie.

Kate schob die Falttür auf, schloss sie hinter sich wieder und war plötzlich unfähig, sich zu bewegen. Wenn Aimee wirklich jemand anderen hatte ... Der Tag war bereits extrem aufwühlend gewesen, extrem schmerzvoll, so dass sie es nicht ertragen würde, noch irgendwas ...

»Alles in Ordnung?«, rief Aimee, die offenbar mitbekommen hatte, dass Kate sich nicht rührte.

»Ja, natürlich«, gab Kate zurück. Sie straffte die Schultern und betrat das Schlafzimmer. Wieder blieb sie wie angewurzelt stehen. Schloss die Augen. Atmete tief ein. In ihrer gemeinsamen Wohnung war das Badezimmer immer von Aimees Parfum, gemischt mit Seife und Shampoo, erfüllt gewesen, aber hier, auf diesem wesentlich engeren Raum, erfüllte der Duft auch das Schlafzimmer …

Reiß dich zusammen!, befahl sie sich.

Auf dem Bett lag der Quilt aus Gelbtönen in vielfachen Schattierungen, den Aimee aus der gemeinsamen Wohnung mitgenommen hatte. Er war viel zu groß für das Doppelbett in diesem Zimmer und reichte bis zum Boden; er war nachlässig umgeschlagen, und ein paar achtlos hingeworfene Kissen lagen am Kopfende aus Weidengeflecht. Auf der Bank am Fußende des Bettes stapelten sich zusammengelegte Kleidungsstücke; weitere Kleidung lag auf einem Haufen in der Ecke, Jeans, Tops, Unterwäsche, vermutlich reif für die Wäsche. Sie hoffte, dass Aimee die Waschmaschine der Vermieterin benutzen konnte und nicht in einen Waschsalon gehen musste. Schuldbewusst wurde Kate klar, dass Aimee, auch wenn sie diejenige war, die ihre Beziehung beendet hatte, zur Zeit in einem Provisorium hauste, und zwar ziemlich beengt, während sie selbst in einer großzügig geschnittenen, gehoben ausgestatteten Eigentumswohnung lebte. Der einzige Vorteil, den Aimee gewonnen hatte, war die kürzere Strecke zu ihrer Anwaltskanzlei in Century City.

Auf einem zweckmäßigen hellen Nachttisch befanden sich eine Lampe, ein Radiowecker und ein Buch. Der kleine Flachbildschirmfernseher, der früher auf einem Ständer im Arbeitszimmer gegenüber von Aimees Schreibtisch gestanden hatte, befand sich nun direkt auf eben diesem Schreibtisch, daneben eine iPod-Anlage. Mit leicht schlechtem Gewissen registrierte Kate, dass sie sich allmählich daran gewöhnte, sich wie eine Schnüfflerin zu fühlen und zu benehmen, trat aber trotzdem in den begehbaren Kleiderschrank. Neben einer Wand aus unausgepackten, bis zur Decke hochgestapelten Kisten hingen die beiden Kleiderstangen voller Sachen, die Kate großteils kannte, und darunter befand sich ein Haufen Schuhe, die Kate ebenfalls großteils kannte. Pullover und Sportsachen waren in das Regal über den beiden Kleiderstangen gestopft.

Sie ging weiter in das winzige Badezimmer. Wie erwartet roch es intensiv nach den Düften von Aimee. Auf der gekachelten Ablage und in der Schublade darunter sowie dem Medizinschränkchen befanden sich Aimees übliche Badezusätze und Kosmetikartikel. Kate kannte sie allesamt. Ihre Stimmung hob sich, weil nirgendwo in der Wohnung die Spuren einer anderen Frau auszumachen waren. Sie nahm ein Handtuch aus einer Plastiktruhe, die auch Bettwäsche zum Wechseln enthielt, und drehte die Dusche auf. Sie zog sich aus und fragte sich, ob Aimee wohl irgendetwas hatte, das sie an Stelle eines Pyjamas anziehen konnte, und trat in die Duschkabine.

Das Wasser war kalt, aber sie versuchte nicht, die Temperatur zu regeln. Wieder dachte sie an Maggie, und ihre

Stimmung sank wieder. Maggie befand sich jetzt im Krematorium und wartete auf die alles verzehrenden Flammen, während sie hier unter einer kalten Regendusche stand und versuchte, in einer Welt, in der es keine Maggie mehr gab, Gefühle zu verspüren, wie sie früher Gefühle verspürt hatte.

Als sie sich abtrocknete, kam Aimee ins Bad und reichte ihr eine noch verpackte Zahnbürste. »Ich wusste doch, dass ich irgendwo eine hatte, und ich habe sie schließlich gefunden.«

Obwohl Aimee sie unzählige Male nackt gesehen hatte, wickelte Kate sich hastig in das Handtuch, nahm die Zahnbürste und sagte das Erste, was ihr in den Sinn kam: »Wie spät ist es?«

»Ich weiß nicht. Spielt das eine Rolle?«

»Eigentlich nicht.« Dann fragte sie: »Pyjama?«

Aimee zuckte die Achseln. »Spielt das eine Rolle?«

Als Kate auch nur die Achseln zuckte, wandte Aimee sich um und verließ das Bad.

Als Kate wenige Minuten später nackt in das Schlafzimmer trat, schob sich Aimee in ihrem kurzen weißen Bademantel blind an ihr vorbei, während sie sich die Nase putzte und ihre Augen vom Weinen frisch gerötet waren.

Kurz darauf hörte Kate Wasser rauschen und das Surren einer elektrischen Zahnbürste, und fünf Minuten später erschien Aimee in einem weißen Pyjama. Sie schaltete die Nachttischlampe aus und kroch unter das leichte Laken, das Kate über sich gezogen hatte. Sie schmiegte sich an Kate, schniefte noch einmal und legte den Arm um sie.

Kate nahm sie in die Arme und konnte gerade noch ein Aufstöhnen unterdrücken, so überwältigt war sie von dem schmerzlich vertrauten weichen Körper in ihren Armen, der mit den Rundungen und Höhlungen ihres eigenen Körpers verschmolz, während Aimees Wärme die Kühle ihres Pyjamas an Kates nackter Haut durchdrang. Als Aimee ihr Gesicht an Kates Schulter barg, strich eine Strähne ihres Haares, weich wie eine Feder, über Kates Wange und blieb auf ihrer Kehle liegen; der Pfirsich- und Aprikosenduft von Aimees Gesichtscreme und ihrem Haar betörte all ihre Sinne.

Aimee ließ die Hand über Kates Schulter gleiten, zarte Finger, fast zögernd in ihrer Berührung, dann plötzlich gruben sie sich tief in ihr Fleisch und zuckten. Kate spürte den Druck eines jeden Fingers und Nagels, während warme Tränen ihre nackte Schulter benetzten. Aimees Schluchzen war nicht zu vernehmen, aber Kate spürte, wie ihr Körper bebte, und schlang die Arme fester um sie.

Aimees Hand löste sich von Kates Schulter und glitt zu ihrem Gesicht, und dann umfassten beide Hände ihr Gesicht und hielten es und wärmten es, und dann wanderten sie hinauf und umfassten Kates Kopf. Die Daumen ruhten auf ihren Schläfen, während die Finger wieder und wieder durch Kates Haar glitten.

Kate lag reglos da, jede Nervenzelle hellwach und von Begehren erfüllt; sie war sich bewusst, dass es auf Messers Schneide stand – eine falsche Bewegung würde das, was sich da gerade entfaltete, zerstören. Was immer auch geschah oder nicht geschah, sie wusste, dass es das sein musste, was Aimee brauchte. Die Initiative musste von Aimee ausgehen, und ihre eigene Reaktion durfte nicht über das, was Aimee wollte, hinausgehen.

Sie hielt sie fest in den Armen, während das Beben sich fortsetzte, doch Kate spürte, wie Aimees streichelnde Finger einen Rhythmus fanden, als ob das, was sie erspürten, Trost spendete. Kate erinnerte sich an die Sammlung glattpolierter Steine, die Aimee im Laufe der Jahre angelegt hatte und wie sie manchmal einen davon ausgewählt und gehalten und zwischen Daumen und Zeigefinger gestreichelt hatte. »Die Form des Steines besänftigt mich«, hatte sie zu Kate gesagt. Kate hoffte, dass die Beschaffenheit ihres Haares wie einer dieser Steine wirkte.

Dann verharrten Aimees Finger, und ihr Körper versteifte sich. Kate verstand und lockerte ihre Umarmung. Aimee rutschte ein Stück tiefer und legte ihren Kopf kurz auf Kates Brust; dann barg sie ihr Gesicht zwischen Kates Brüsten. Kate streichelte Aimees Kopf, sie spürte die Hitze ihres Atems auf ihren Brüsten, spürte die seidige Weichheit ihres Haares unter ihren Händen und auf ihrer Kehle und ihren Schultern. Wieder weinte Aimee still vor sich hin, benetzte ihre Brüste, und Kate ließ eine Hand zögernd, behutsam hinuntergleiten und Aimees Nacken und Schultern streicheln und ihre massierenden Fingerspitzen verfolgten die dreieckige Form ihrer Schulterblätter. Sie sagte kein Wort; sie wusste nicht, ob sie etwas sagen sollte; sie wusste nicht, was sie hätte sagen können, außer: »Alles in Ordnung?«, wo doch für sie beide gar nichts in Ordnung war.

Aimee ergriff Kates Arme und entzog sich ihr, aber nur, um sich umzudrehen, Kate den Rücken zu kehren und sich dann an sie zu schmiegen, so eng, dass ihr Rücken Kates Brüste zusammendrückte, ihre Kniekehlen sich an Kates Knie schmiegten, ihre Schenkel weich und nachgiebig an Kates Schenkel lagen. Aimee nahm Kates Arm und zog ihn um sich, dann seufzte sie, ob kummervoll oder wohlig, wusste Kate nicht zu sagen. Aimees Hand glitt an Kates Unterarm hinunter und legte sich auf Kates Handrücken; dann führte sie Kates Hand unter ihren Pyjama und legte sie um eine ihrer Brüste und hielt sie dort fest.

So hatten sie, nachdem sie sich geliebt hatten oder auch nicht, neunzehn Jahre zusammen geschlafen. Nach all dem gefühlsmäßigen Aufruhr des Tages machte sich Erschöpfung in Kate breit; sie barg ihr Gesicht in Aimees Haar, ihre Hand übervoll von der süßen warmen runden Cremigkeit von Aimees Brust; durch den Aprikosenduft ihres Shampoos atmete sie Aimees pure Essenz ein, ihr gesamter Körper war von Wärme und Weichheit durchdrungen, und Kate dachte: *Ich würde alles tun, alles, um das hier zurückzugewinnen.*

Vage, wie von Ferne vernahm sie eine Stimme, die Calla Dearborns hätte sein können: *Und warum tust du's dann nicht?*

Als Kate aufwachte, war sie allein im Bett. Sonnenschein drang durch das Fenster herein, und der Duft von Kaffee und Toast erfüllte das Cottage. Der Radiowecker auf dem Nachttisch verkündete: 9:10 Uhr.

Ein paar Minuten später trat Kate barfuß in Polo-Shirt und Slip in die Küche.

Es war Samstagmorgen, und Aimee trug ihre Sportkleidung. Sie saß am Küchentresen, trank Kaffee und aß eine Scheibe Toast. Sie sah anmutig und wunderschön aus in blauen Hosen mit einem weißen Streifen an der Seite und einem dazu passenden Oberteil. Ihr Haar war noch feucht vom Duschen. Kate konnte kaum glauben, dass das Geräusch der Dusche sie nicht geweckt hatte.

»Guten Morgen«, sagte sie.

Aimee warf ihr einen kurzen Blick zu und sah dann wieder weg, als wartete sie darauf, dass Kate noch etwas hinzufügte, dann antwortete sie mit versteinerter Miene: »Dir auch.« Sie stand auf, goss den restlichen Kaffee aus ihrer Tasse in die Spüle und stellte sie auf den Küchentresen. Dann wandte sie sich um und wies mit dem Kopf kurz auf die Kaffeekanne. »Es gibt jede Menge Kaffee und Brot, falls du Toast willst. Eier sind auch da. Bedien dich. Ich muss los.«

Kate unterdrückte die automatische Frage: *Wohin?* Sie hatte nicht länger ein Recht darauf, es zu erfahren.

Aimee ging ins Wohnzimmer hinüber und holte ihre Schultertasche. »Bleib, so lange es nötig ist. Die Tür verriegelt sich von selbst, wenn du sie hinter dir zuziehst.«

Aimee war schon an der Tür, als Kate sagte: »Mir war nicht klar, dass du Maggie so geliebt hast.«

Aimee blieb abrupt stehen. Sie wandte sich um und starrte Kate an. Beide Hände ballten sich zu Fäusten. Heftig und frustriert stieß sie die Luft aus. Dann sagte sie mit kratziger Stimme: »Letzte Nacht ging es einzig darum, dass *du* Maggie so geliebt hast. Es ging um mich wegen *dir* und *Maggie.*«

Kate schnappte nach Luft. »Ich habe nicht –«

»Du Idiotin.« Aimees Gesicht verzog sich vor Ärger, ihre Augen blitzten vor Wut. »Du bist schon immer eine solche *Idiotin* gewesen. Du glaubst immer, du müsstest alle beschützen. Du glaubst immer, dass du zu entscheiden hast, was alle anderen empfinden sollen. Oder brauchen. Du glaubst tatsächlich, dass es letzte Nacht *nicht* um mich ging und was ich für dich empfinde.« Ihre Stimme wurde lauter. »Du glaubst tatsächlich, dass du mich mehr vermisst als ich dich.« In wilder Wut setzte sie hinzu: »Du dumme, dumme, *dumme …*«

Dann war sie fort, und die Tür knallte heftig hinter ihr zu.

16

Wie betäubt ging Kate zur Küchenzeile hinüber. Sie nahm Aimees Tasse, schenkte sich Kaffee ein und trank einen großen Schluck, ungeachtet der Temperatur. Heiß rann er ihr die Kehle hinunter, ähnlich wie die brennende Schärfe des ersten Cutty Sark des Tages. Diesen ersten Scotch hatte sie am Tag zuvor nicht getrunken – zum ersten Mal seit Monaten. Seit wie vielen Monaten hätte sie nicht sagen können.

Anne. Aimee. Drei Jahrzehnte. Und ich scheine immer noch keine Ahnung von Frauen zu haben. Aimee hat recht. Ich bin *dumm dumm dumm.*

Und jetzt konnte sie sich nicht mehr ratsuchend an

Maggie wenden. Und was Calla Dearborn anging – konnte sie Maggie auch nur im Geringsten das Wasser reichen?

Konzentrier dich!, befahl sie sich. Es war entscheidend, dass sie sich konzentrierte. *Pack diese Dinge weg für später.* Im Moment konnte sie es sich nicht leisten, über all das nachzudenken. Insbesondere nicht über die Anschuldigungen, die Aimee ihr an den Kopf geworfen hatte. Vielleicht auf dem Weg nach Yucca Valley.

Yucca Valley … Sie trank noch ein paar Schlucke Kaffee, während sie ins Schlafzimmer zurückkehrte und ihr Handy aus der Hosentasche nahm.

Drei Nachrichten. Sie hoffte, dass ihr ungutes Gefühl keine Vorahnung war und gab ihr Passwort ein. Der erste Anruf war vom Abend zuvor – Calla Dearborn, kurz nachdem Kate sie angerufen hatte.

»Kate, dieser große Verlust in Ihrem Leben tut mir so leid.« Die Stimme war leise, so gedämpft vom Mitgefühl, dass es Kate Mühe kostete, sie zu verstehen. »Kommen Sie zu mir und erzählen Sie mir davon, wenn Sie es einrichten können. Bei mir würde es morgen gehen. Rufen Sie mich an, wenn Ihnen danach zumute ist.«

Tränen stiegen ihr in die Augen, quollen über, und Kate wischte sie zornig weg. Wie konnten ein paar freundliche Worte von dieser Frau sie dermaßen aus der Fassung bringen? Wie kam es, dass diese Frau so schnell und so irritierend derart wichtig für sie geworden war?

Kate atmete tief ein, atmete aus und vernahm die Ansage, die verkündete, dass der nächste Anruf, die zweite Nachricht, am Morgen um 6:55 Uhr eingegangen war.

»Hier spricht Dora Terhune.«

Kate musste kurz überlegen, ehe sie sich an Dora in Victorville erinnerte – Jeans Nachbarin: »Dora, das Miststück«.

»Ich habe gerade die Bullen angerufen. Ich dachte, dass Sie das vielleicht interessiert – Jeans Trailer ist verwüstet worden. Ich habe mitgekriegt, dass es letzte Nacht ziemlich laut und wüst da drüben zuging, aber wissen Sie, ich war echt im Tiefschlaf, und ich dachte, dass es Jean und ihr bulliger Bursche wären, die da ihren üblichen Rabatz machten. Dann kriegte ich mit, wie sich heute Morgen da drüben ein Wagen mit quietschenden Reifen davongemacht hat, und das war weder Jeans Wagen noch der Truck von ihrem Freund, also bin ich rüber. Nur um sicherzugehen, dass alles okay ist, wissen Sie. Und da stand die Tür sperrangelweit offen, und drinnen … Tja, wer immer der Typ war, er hat den Trailer total verwüstet. Sieht aus, als wäre ein Hurrikan durchgefegt. Mack, dem der Trailer gehört, kriegt einen Anfall. Das ist so ziemlich alles, was ich weiß. Ich habe niemanden gesehen, Kate, aber das Ganze ist ziemlich erschreckend. Irgendjemand ist ganz klar hinter Jean her, und ich hoffe bloß, dass es ihr gutgeht und dass der Kerl nicht zurückkommt. Rufen Sie mich an, wenn Sie wollen.«

Kate ließ sich aufs Bett sinken und wartete auf die dritte Nachricht. Sie war nur fünf Minuten später eingegangen, um sieben Uhr morgens. Dutch Hollander, und sie wusste vom ersten Wort, vom ersten Ton an, dass es diesmal keine schlechten Nachrichten waren.

»Nette Nacht unterm Sternenhimmel«, berichtete er in lässigem Ton. »Ich habe einen echt guten Spähpunkt ausfindig gemacht.« Der Rest seiner Nachricht war ebenso kurz und knapp. »Nichts Verdächtiges. Ich habe alles genau unter die Lupe genommen. Musste fünf Meilen weit fahren, bis ich ein verdammtes Funksignal hatte.« Sie vernahm Verkehrsgeräusche, er war unterwegs. »Ich gehe jetzt frühstücken und behalte mein Handy im Blick. Lassen Sie mich wissen, wann Sie hier sein werden, Kate.«

Kate war erleichtert und spürte, wie ihre Anspannung nachließ. Sie rief in der Hütte in Yucca Valley an.

Als Cameron sich meldete, fragte sie ohne Vorrede: »Alles in Ordnung?«

»Alles in Ordnung«, antwortete er ruhig. »Wie geht's dir, Kate?«

»Ganz gut, Joe. Tut mir leid, dass ich jetzt erst anrufe. Ich habe gerade von Dora Terhune gehört. In Jeans Trailer ist letzte Nacht jemand eingedrungen. Dora hat niemanden gesehen, aber wir wissen, dass er es war. Er hat den Wohnwagen völlig verwüstet – der Schaden ist ungleich größer als bei dir zu Hause.«

Cameron stieß hörbar die Luft aus. »Lieber Himmel!«

»Wie es scheint, ist er auf Jean sehr viel wütender als auf dich.«

»Nein, das ist er nicht«, erwiderte Cameron knapp. »Er hat uns bloß noch nicht gefunden – das ist alles.« Seine Stimme klang grimmig. »Er hat eine Mordswut und steigert sich da immer mehr rein. Weiß Jean schon davon?«

»Ich habe die Nachricht gerade erst abgehört.«

»Erzähl's ihr nicht. Sie ist imstande, dorthin zurückzuwollen, und dass sie kein Auto hat, wird sie nicht davon abhalten.«

»Sehe ich auch so. Wir sollten sie und den Jungen keinem Risiko aussetzen.«

»Kate«, sagte Cameron düster. »Wir haben es hier nicht mit irgendwem zu tun, der auf Rache aus ist. Sondern mit Jack, der völlig durchgedreht ist. Ich weiß, wie er in diesem Zustand ist – er schert sich einen Dreck um die Konsequenzen, um sein eigenes Leben, er schert sich um rein gar nichts. Die Hütte hier wird sein nächstes Ziel sein. Mach das nicht – komm nicht hierher –«

»Für mich hat sich nichts geändert, Joe«, fiel sie ihm ins Wort. »Ich werde da sein. Ich fahre los, sobald ich kann.« Maggies Tod hatte sie in ihrer Entschlossenheit womöglich noch bestärkt, hatte das Bedürfnis, dort bei ihm zu sein, noch dringlicher gemacht.

»Kate, meine Freundin … Dann nimm dir alle Zeit, die du brauchst. Ich weiß, dass dies gerade eine sehr schlimme Phase für dich ist.«

»Danke, Joe. Wir sehen uns am frühen Nachmittag«, erwiderte sie und beendete das Telefonat, denn sie war sich ihrer Stimme nicht mehr sicher.

Sie wollte Calla Dearborn anrufen. Um einen Termin zu vereinbaren. Vor allem aber, so gestand sie sich ein, weil selbst ein nur kurzer telefonischer Austausch ihr Trost bringen würde. Doch da sie keine Ahnung hatte, wann sie wieder zurück in L.A. sein würde, und weil sie nicht die Absicht hatte, ihr von den aktuellen Umständen zu erzählen und Gefahr zu laufen, dass Dearborn versuchen würde, sie von ihrem Plan abzubringen, ließ sie es sein.

Sie rief Dutch Hollander an, der anscheinend gerade wieder keinen Mobilfunkempfang hatte, und hinterließ eine Nachricht mit der Bitte, sie so bald wie möglich zurückzurufen.

Sie kippte den Rest des Kaffees hinunter, putzte sich die Zähne, zog sich an und konnte sich nicht erinnern, wann sie das letzte Mal morgens nicht geduscht hatte. Sie wollte sich die Erinnerung an das Gefühl, wie Aimee sich an sie geschmiegt hatte, und an ihre enge Verbindung während der Nacht so lange wie möglich bewahren. Den ganzen Tag. Und die anstehende Nacht in der Wüste.

Sie war schon auf dem Weg hinaus, als das Telefon klingelte. Hollander rief sie zurück.

»Dutch«, sagte sie. »Vielen Dank für alles. Ich stehe in Ihrer Schuld.«

»Ganz und gar nicht«, entgegnete er nachdrücklich. »Dank spielt hier keine Rolle, Kate. Joe ist seit Kindertagen mein Freund.«

An dem Punkt konnte sie ihm nicht widersprechen. »Ich breche jetzt auf. Ich sollte am frühen Nachmittag dort eintreffen. Es hat einen Vorfall gegeben …« Sie erzählte ihm von Doras Anruf und der Verwüstung von Jeans Trailer.

»Der Typ ist das wandelnde Desaster«, knurrte er.

»Sie könnten vielleicht in die Stadt zurückfahren und nach Dora sehen«, schlug sie vor.

»Kate, ich will Sie und Joe damit nicht alleinlassen. Ich kann –«

»Ich weiß«, fiel sie ihm ins Wort. »Aber was er in dem Trailer angerichtet hat, könnte uns eine Möglichkeit bieten, ihn aufzuhalten. Jack wird auf jeden Fall einen gestohlenen Wagen fahren, und falls Dora uns zumindest sagen kann, was für ein Wagen das war, den sie hat davonfahren sehen, könnten Sie die aktuelle Liste der in den relevanten Orten als gestohlen gemeldeten Fahrzeuge durchgehen und landen vielleicht einen Treffer, ein Kennzeichen. Und falls irgendjemand gesehen hat, wie Jack Cameron in den Trailer eingedrungen ist oder ihn hat herauskommen sehen, können wir ihn zur Fahndung ausschreiben und vielleicht einkassieren, ehe er zum dritten Mal zuschlägt.«

Eine längere Pause entstand, während Hollander überlegte. Dann sagte er: »Ich verstehe, warum Joe Sie für eine erstklassige Ermittlerin hält ...«

Eine erstklassige Ermittlerin, die gerade jemanden mit dem Mord an meiner besten Freundin davonkommen lässt.

»... und das ist ein guter Plan«, gestand er widerwillig ein. »Ihn wegen Fahrzeugdiebstahl und schwerer Sachbeschädigung dranzukriegen würde ihn schnurstracks wieder in den Bau bringen. Die beste Lösung. Mit Abstand.«

Und mit geringen Erfolgsaussichten, hörte sie ihn förmlich denken. Aber in Anbetracht der Alternative mussten sie es versuchen.

»Ich kümmere mich darum«, versicherte er.

»Eines noch ...« Mit einem verlegenen Glucksen fuhr sie fort. »Es kommt mir vor, als jagte ich einen Schemen. Ich kenne nur ein Foto von Jack als Kind – ich habe keine Ahnung, wie er überhaupt aussieht ...«

Dutch Hollander lachte. »Ich auch nicht – nicht nach all den Jahren im Knast. Ich kann Ihnen nur sagen, wie er aussah, als ich ihn das letzte Mal gesehen habe. Knapp unter eins achtzig, braune Augen, gebrochene Nase, straßenköterblondes Haar, im Nacken zusammengebunden, dürr, höllisch hibbelig – Drogen, jede Wette –, einige rasiermesserdünne horizontale Narben auf der Stirn und am Kinn von den Verletzungen, die er bei der Trunkenheitsfahrt davongetragen hat. Kann sein, dass er sich im Knast Muckis zugelegt hat.«

»Drogen konnte er sich dort ebenso leicht besorgen wie auf der Straße«, überlegte Kate.

»Klar. Ich habe ihn nie in was anderem als knielangen Shorts und lottrigen T-Shirts gesehen.«

»Danke, Dutch. Wenn Sie den Kerl erwischen oder was auch immer, wählen Sie Joes Festnetznummer in der Hütte und lassen es zweimal klingeln. Ich rufe Sie dann zurück.«

»Alles klar. Nehmen Sie ein paar warme Sachen mit. Hier in der Wüste wird es nachts ziemlich kalt. Viel Glück, Kate!«

»Wünsche ich Ihnen auch, Dutch«, sagte sie inbrünstig.

Sie verließ Aimees Cottage und zog die Tür ohne einen Blick zurück hinter sich ins Schloss. Sie würde zu ihrer Wohnung fahren, um ein paar Sachen zu packen und sich umzuziehen. Die Kleidung, die sie trug, käme zu den anderen, die sie Goodwill spenden würde. Sie würde sie nie wieder ansehen können, ohne an Maggie zu denken, ohne sich an die schreckliche Verzweiflung zu erinnern, die sie auf der Fahrt zum Hospiz empfunden hatte, an den ersten Blick auf Maggies lebloses Gesicht ...

Als sie die Tür aufschloss und ihre Wohnung betrat, kam Miss Marple aus dem Schlafzimmer den Flur entlanggeflitzt und schmiegte sich maunzend um Kates Knöchel. Es schien Kate schon Tage her zu sein, seit sie ihre Gefährtin mit dem seidigen Fell gesehen und Jean und Jason bei Miss Marple einquartiert hatte, die mit Sicherheit die meiste Zeit schmollend unter dem Bett verbracht hatte. Die Wohnung war kühl, ruhig und leer, und dafür war Kate zutiefst dankbar. Die Abwesenheit ihrer Gäste ersparte es ihr, ihren abrupten Aufbruch am Vorabend erklären zu müssen und ungezwungen mit Jean zu plaudern, während sie ihr verhehlte, was sie wusste, nämlich dass der Trailer in Victorville, immerhin ihr Zuhause, völlig verwüstet war. Vielleicht hatte Jean Jason mit nach draußen genommen, um nach Filmstars Ausschau zu halten, überlegte sie, denn ihr fiel wieder ein, wie sich sein ernstes, argloses Gesicht bei diesem Argument aufgehellt hatte, als es darum ging, die Hütte zu verlassen und mit seiner Mutter hierherzufahren. Sie bückte sich und nahm Miss Marple behutsam hoch, kraulte und streichelte sie, während sie Futter- und Wassernapf inspizierte, die beide voll waren; dann ließ sie den Blick beifällig durch ihr Wohnzimmer schweifen, in dem nichts auf ihre Gäste hinwies, und schließlich ging sie ins Schlafzimmer. Das Bett war gemacht, das Zimmer war aufgeräumt. Die Koffer und die Kleidung und die Spiele, die einigen Raum im Zimmer und im Schrank einnahmen, taten das mit einer gewissen Ordnung.

Während Miss Marple aufs Bett sprang und sich auf der Kleidung niederließ, die Kate bereitgelegt hatte, packte sie eine Reisetasche und überlegte dabei sorgfältig, was sie in Victorville brauchen mochte. Einschließlich ihres neuen Medikaments. Einschließlich einer Flasche Cutty Sark aus ihrem Vorrat in der Küche. *Für rein medizinische Zwecke,* sagte sie sich und schob sie in die Reisetasche. Sie hatte keine Ahnung, wie lange sie dort mit Joe würde ausharren müssen, wie lange sie ihren Drang würde unterdrücken können, und sie würde Cameron nichts nützen, wenn ihre Konzentration nachließ und ihre Nerven flatterten. Sie hinterließ eine Nachricht auf dem Küchentresen, dass sie auf unbestimmte Zeit bei Joe bleiben würde, und gab Aimees Telefonnummer an, die es im Notfall nicht weit haben würde. Sollte der Fall eintreten, dass Jean Velez Aimee anrufen musste, würden Erklärungen, wer sie war und was sie und ihr Sohn in Kates Wohnung taten, kaum nötig sein. Wenn sie und Cameron nicht einen Weg fanden, das drohende, scheinbar unausweichliche Desaster zu verhindern, dann würde der Fall die Nachrichten beherrschen.

Mit einem letzten Tätscheln nahm sie Abschied von Miss Marple, sah sich noch einmal in ihrer geliebten Wohnung um, ihrem Refugium von der Welt, und trat zur Tür hinaus.

Einige Minuten später war sie auf dem Santa Monica Freeway, doch ihr wurde klar, dass sie eine Sache unbedingt noch erledigen musste, ehe sie den Highway 10 Richtung Victorville einschlug.

Obwohl die La Brea Avenue eine Hauptverkehrsader in Wilshire war, war es schon Jahre her, dass sie einen bestimmten Abschnitt entlanggefahren war. Sie hatte stattdessen immer die Highland oder die Fairfax Avenue genommen – um Erinnerungen und Gefühle zu vermeiden, die unausgegoren waren, aber das Potential bargen, sie zu überwältigen. Es widerstrebte ihr, sich den tragischen Mord, den sie dort untersucht hatte, wieder ins Bewusstsein zu rufen; es widerstrebte ihr, sehen zu müssen, welche Veränderungen die Straße durchlaufen hatte, seit die Nightwood Bar geschlossen hatte; es widerstrebte ihr zu erfahren, was aus dem einzigen Ort geworden war, an dem sie die Einsamkeit, die ihre Polizeikarriere mit sich brachte, hatte vergessen können und wo sie viele der glücklichsten und geselligsten Abende ihres Lebens verbracht hatte – im Kreis ihrer lesbischen Freundinnen und dem warmen Glanz von Maggies herzlicher Präsenz.

Als sie vom Santa Monica Freeway auf die La Brea abbog, sah sie, dass sich die Straße an sich im Laufe der Zeit gar nicht so sehr verändert hatte. Wie auch immer sich die Abfolge der zusammengewürfelten, unabhängigen kleinen Unternehmen über die Jahre neu arrangiert haben mochte, es waren noch die gleichen Autowerkstätten, Möbelgeschäfte, Bankfilialen, Antiquitätenhändler, Schnellimbisse wie zuvor. Nur die Handy-Läden, ein Petco-Hundezubehörladen und ein Trader Joe's an der Ecke Third Street spiegelten die kulturellen Veränderungen des neuen Jahrhunderts wider.

Als sie sich den Straßen unterhalb des Olympic Boulevards näherte, verspürte sie eine bleierne Schwere, die ihren Unwillen, hierherzufahren, rechtfertigte. Das fröhliche leuchtendgelbe Signalfeuer eines Lokals, in dem es

Brathähnchen mit Brötchen und Soße gegeben hatte, einst ein willkommener Markstein, existierte nicht mehr. Sie hatte es nie betreten und wusste auch den Namen nicht mehr. Das einzige Esslokal auf La Brea, das sie ihrer Erinnerung nach je besucht hatte, war Pink's Hot Dogs – eine alteingesessene Institution, in der es die Chili Dogs gab, die ihr erster Partner, Ed Taylor, geliebt hatte, seiner heiklen Verdauung zum Trotz.

Sie bog in die halbkreisförmige Umfahrung ein, die für einen kurzen Block von der La Brea Avenue abzweigte und dann wieder einmündete. Es war schon sechs Jahre her, seit Maggie ihre Bar auf der Anhöhe im Hof hinter den Ladengeschäften das letzte Mal ihren Gästen geöffnet hatte; es war dreiundzwanzig Jahre her, seit der Mord an Dory Quillin Kate das erste Mal in die Nightwood Bar und damit in ihre Community geführt hatte. Sie parkte und saß eine Weile einfach nur da, ohne die Trauer und die Melancholie, die sie überkamen, eindämmen zu können. Dann stieg sie aus und ging den schäbigen Straßenabschnitt entlang; ihrem Gedächtnis unauslöschlich eingebrannt war der erste Schritt in der damaligen Mordermittlung, als sie die Namen der Geschäfte, die hier ansässig gewesen waren, in ihrem Notizbuch festhielt. Eine Autovermietung, erinnerte sie sich, ein Reisebüro, ein Bekleidungsgeschäft, Mietbriefkästen, eine Autowerkstatt. Das Casbah Motel und das angeschlossene Restaurant mit der Reklame im Fenster die »Türkische Küche« verkündete.

Alles weg. *La Brea Center* verkündete ein rotes Schild über dem mittleren Eingang. Das »Center« beherbergte zwei Friseursalons und ein Fotogeschäft, jemand bot per Aushang Gitarrenunterricht und spiritistische Seancen an. In einem staubigen Fenster hing ein »Zu vermieten«-Schild. Anstelle des Casbah gab es nun ein schmuckloses pinkfarbenes Motel.

Kate blieb unvermittelt stehen, als sie etwas entdeckte, mit dem sie nie gerechnet hätte. Die schräge Zufahrt, die einst zu der Anhöhe hinter dem Motel geführt hatte, war verschwunden. Sie war eingeebnet und die Fläche dem Parkplatz des Motels zugeschlagen worden. Die Anhöhe selbst war ebenfalls weitgehend abgetragen worden; eine stützende Wand fasste ein, was davon übrig geblieben war.

Die Nightwood Bar war verschwunden.

Weg. Spurlos verschwunden. Als hätte sie nie existiert.

Maggie fort. Ihre Bar fort …

Kate stand wie angewurzelt auf dem rissigen Gehweg und nahm die neue Wirklichkeit in sich auf; sie versuchte, die Bar in ihrer Phantasie und ihrer Erinnerung aufzurufen. Fort – alles war fort. Als wäre es nichts als ein Trugbild gewesen.

Sie schloss einen Moment die Augen und schüttelte den Kopf. Dann wandte sie sich um und trottete zu ihrem Wagen zurück, während sie versuchte, Trost in Maggies Mantra zu finden: »Alles ist im Wandel, Kate, nichts bleibt, wie es ist.«

Als sie ihren Focus erreichte, schüttelte sie erneut den Kopf, diesmal über ein Gespräch mit Maggie, das sie hierhergeführt hatte – an den Ort, der sich als das unsichtbare Grab der Nightwood Bar entpuppt hatte. Maggie hatte gesagt: »Es ist mir egal, was ihr mit meiner Asche macht, aber du weißt, wie sehr ich die Sonne liebe, Kate, also verstreut mich nicht im kalten, nassen Ozean.«

Kate hatte überlegt, dass die Umgebung der Nightwood Bar der perfekte Ort sein würde – der angemessene Ort für Maggies Asche.

Aber verdammt – um nichts in der Welt würde sie Maggie hierherbringen.

17

Kate war es müde: die Szenerie, die Geräuschkulisse des Verkehrs auf dem Freeway bei einer weiteren endlosen Fahrt in die Wüste; die Ungewissheit, wann sie sich einen Drink würde genehmigen können, legte ihre Nerven blank, und dazu kamen die Gedanken an Aimee, an Joe Cameron, an Maggie und an einen weiteren Verlust – die Nightwood Bar. Sie stellte das Radio an und fand eine Nachrichtensendung auf KFWB. Der Aufmacher befasste sich damit, dass Barack Obama im Vorfeld des Parteitags der Demokraten zum ersten Mal knapp vor Hillary Clinton lag. Ein kurzer Moment der Freude überkam sie, als sie daran dachte, dass Maggie das noch erlebt hatte: Zum ersten Mal waren ein Afroamerikaner und eine Frau die Spitzenkandidaten für die Nominierung zum Präsidentschaftskandidaten. Sie hoffte, Maggie würde recht behalten mit ihrer Voraussage, dass das Land im November einen von beiden zum nächsten Präsidenten wählen würde.

Sie stellte das Radio wieder aus und schob ihre selbst zusammengestellten Oldies, die von der Jukebox in der Nightwood Bar gespielt worden waren, in den CD-Player – Songs, die die Frauen im Laufe der Jahre ständig hatten laufen lassen, wenn sie frisch verliebt oder frisch auf der Suche nach einer neuen Liebe waren. Sie hörte »When You're in Love with a Beautiful Woman«, »Wrapped Around Your Finger«, »You Make Me Feel Like Dancing«, »Slow Hand«, »Loving Her Was Easier«, »If You Could Read My Mind« und »Every Breath You Take«, bis eine Mischung aus tränenreicher Nostalgie und erstickendem Schmerz sie zwang, den CD-Player auszuschalten.

Sie warf einen flüchtigen Blick auf die Stadtkulisse, die an ihr vorüberflitzte – eine fast ununterbrochene Abfolge von Leichtindustrie und gigantischen Malls, weitflächigen Autohäusern und unzähligen Fast-Food-Restaurants, und dann ein Hinweisschild, das besagte, dass sie Ontario hinter sich ließ und sich dem Abzweig nach Yucca Valley näherte.

Maggie. Alles war anders – ohne Maggie war die Welt aus dem Lot, und es war irritierend, dass das Leben weiterging und genau so schien wie zuvor. Ein Satz aus einem *Film noir,* dem Klassiker *Stadt ohne Maske,* kam ihr in den Sinn: »Es gibt acht Millionen Geschichten in der nackten Stadt.« Gemeint war New York, aber der Großraum Los Angeles konnte mit seinen eigenen neun Millionen Geschichten aufwarten. Auf dem Freeway war es schwer, sich die eine oder andere auszumalen; es war schwer, sich auf diesem endlosen, charakterlosen, seelenlosen Korridor, der sich von

L.A. ins Riverside County erstreckte, Lebensgeschichten vorzustellen, die keine trostlosen Dramen waren. Kate war froh, als der Wegweiser zum Highway 62 nach Yucca Valley auftauchte. Kurz darauf erschien der willkommene Anblick windgeglätteter Gebirgsausläufer und gelegentlich ein Joshua Tree mit seinen eckig abzweigenden Ästen, die in alle Richtungen wiesen wie bei einem Geschöpf in einem irren einsamen Tanz über mit Wüstengestrüpp gesprenkelten sonnenbeschienenen Sand.

Ihr Telefon auf dem Sitz neben ihr klingelte. Sie ging nicht ran, weil sie Auto fuhr, aber sie warf einen Blick auf die Anruferkennung. Und schlug sich missbilligend an die Stirn. Kaum war der Anruf zu Ende, hörte sie Dylans Nachricht ab.

»Tante Kate«, sagte ihr Neffe in gedämpftem Ton. »Ich habe gestern Abend Tante Aimees schreckliche Nachricht wegen Maggie gehört –«

Wie gut, dass Aimee daran gedacht hatte, ihn anzurufen, dachte sie ironisch. Denn Aimee hatte gewusst, dass ich zu *dumm dumm dumm* dazu sein würde.

»Ich weiß, dass Maggie sehr krank war, aber letzte Woche schien es ihr ziemlich gut zu gehen – sie war echt happy wegen mir und meiner OP. Ich werde sie sehr vermissen …«

Dylan räusperte sich. Und räusperte sich ein zweites Mal. Und Kate begriff, dass er ihr etwas Wichtiges zu sagen hatte.

»Ich konnte gestern Abend nicht anrufen, weil ich gerade mit Mom gesprochen hatte, und als ich das von Maggie hörte, wollte ich dich nicht noch weiter aufregen. Mom und ich hatten ein echt langes Gespräch. Tante Kate, sie kommt her, wenn ich operiert werde. Was natürlich toll ist, aber … Die wirklich große Neuigkeit ist, dass sie Dad verlassen hat.«

»Wow!« Kate warf einen Blick auf das Handy, als steckte mit seiner Stimme auch ein Hauch von Dylan in dem Gerät.

Wieder räusperte er sich. »Ja, nicht zu fassen, oder? Sie sagt, sie hat eine Menge gebetet und nachgedacht und gelesen, und sie sagt, Dad kann nicht wissen, was Gott für einen Plan für mich hat – niemand weiß das, außer Gott, und für sie ist es okay, dass ich meinen Körper anpasse, weil er meine Seele beherbergt, und meine Seele ändert sich schließlich nicht. Das hat sie gesagt, Tante Kate, und dann noch: ›Ich werde dich als meinen Sohn genauso lieben, wie ich dich geliebt habe, als ich dachte, du wärst meine Tochter.‹« Seine Stimme brach.

Kate starrte auf die Fahrbahn vor sich, ihre Sicht tränenverschwommen, so gerührt war sie von den Worten, die Dylans Mutter zu ihrem Kind gesagt hatte; sie wusste, wie viel sie Dylan bedeuteten, denn sie selbst hatte nie die Hoffnung hegen dürfen, von ihrer Familie auch nur im Mindesten akzeptiert zu werden.

Einige Sekunden vergingen, ehe Dylan mit unsicherer Stimme fortfuhr: »Ich bin froh, sie während der OP bei mir zu haben, Tante Kate, aber ich fühle mich echt scheiße deswegen. Meine Eltern sind seit sechsundzwanzig Jahren verheiratet, und ich bin nun der Grund, warum sie sich getrennt haben …« Wieder versagte ihm die Stimme.

Zorn flammte in Kate auf. Sie ließ das Fenster herunter

und schrie die Autos und Trucks um sich herum an: »ER ist der Grund, aus dem sie sich getrennt haben?! Dein Vater ist ein verbohrter bigotter Sturkopf! Er verdient keinen von euch beiden!«

Sie schickte wutentbrannte Gedanken in Richtung ihres Bruders: *Siehst du, was du davon hast, wenn du darauf beharrst, dass deine Sicht der Dinge die einzig wahre ist, Dale? Komm du mir nach L.A., du Holzkopf, dann zeige ich dir, wer hier wen in den Arsch tritt!*

Nachdem sie ihrer Wut Luft gemacht hatte, beruhigte sie sich und schloss das Fenster wieder. Vielleicht sollte ich lieber von meinem hohen Ross herunterkommen, dachte sie. Vielleicht liegt diese *dumme dumme dumme* Haltung in der Familie.

»... habe mit meinem Therapeuten gesprochen«, sagte Dylan gerade. »Er will, dass ich Montag zu ihm komme. Also, mach dir keine Gedanken, Tante Kate. Ruf mich einfach zurück, wenn du kannst. Es tut mir so leid, das mit Maggie ... Pass gut auf dich auf!«

Was für ein wunderbarer Junge er doch ist, dachte sie und beendete das Telefonat. Die Welt der Psychotherapie versuchte ihnen beiden zur Rettung zu kommen. Plötzlich empfand sie Dankbarkeit. Mit oder ohne Maggie – das Leben ging weiter.

Eine halbe Stunde später bog sie in den unbefestigten Weg ein, der zur Hütte führte. Sie fuhr langsam und nahm die Umgebung genau unter die Lupe, musterte jedes Häuschen, von denen an diesem Wochenende viele bewohnt zu sein schienen, und registrierte jeden Wagen, jeden Truck, der irgendwo geparkt war. Einige hundert Meter vor Camerons Hütte hielt sie an, um sich die Lage und die nähere Umgebung einzuprägen.

Auf der anderen Straßenseite, ein gutes Stück zurückversetzt, befand sich eine verfallene Bretterbude, deren einziges Fenster kreuz und quer mit zwei verwitterten Holzbrettern zugenagelt war. Daneben stand ein alter Toyota Pick-up. Bei ihrem ersten Besuch hatte sie weder die Bretterbude noch den Pick-up gesehen, aber an dem Tag war sie ganz darauf konzentriert gewesen, Joes Hütte zu finden. Die Bretterbude war etliche hundert Meter davon entfernt, und der Pick-up war dermaßen staubbedeckt, dass er vielleicht schon seit Monaten dort stand. Zwei weitere baufällige Hütten befanden sich links und rechts von Camerons Hütte, lagen aber jeweils über hundert Meter entfernt. Sie war an beiden zwei Mal vorbeigefahren. Beide schienen nicht bewohnt, waren vielleicht gänzlich verlassen.

Auf dem umliegenden Gelände standen einige Joshua Trees, ein paar struppige verzweigte Kakteen und etliche Kreosotbüsche, und der Boden war mit dichtem Gestrüpp bewachsen – hinreichend, dachte Kate, um einem Mann, der sich geduckt und im Zickzack anschlich, Deckung zu bieten. Insbesondere nach Einbruch der Dunkelheit, wenn allein der Nachthimmel Licht auf die Wüste warf und vielleicht ein Lichtschimmer aus dem einen oder anderen Gebäude drang – Licht, das verlöschen würde, wenn die Bewohnerinnen und Bewohner zu Bett gingen. Ein Viertelmond oder noch weniger oder eine leichte Wolkendecke und die Nacht würde buchstäblich stockfinster werden.

Kate musterte den Restberg, an den die Hütte angrenzte. Er war gut dreißig Meter hoch, an der einen Seite senkte er sich sachte in vertikalen Stufen, die im Laufe der Jahrhunderte von Wind und Wetter eine nach innen gewölbte Aushöhlung gebildet hatten. Die flache Kuppe war zu einem grasbewachsenen Überhang geworden, und somit würde ein Mann, der sich an einem Seil von dort oben herabließ, die meiste Zeit in der Luft hängen, ohne Halt für seine Füße zu finden. Von den Fotos, die sie gesehen hatte, wusste sie, dass Joe und Jack Kletterer gewesen waren; und sicherlich hatten sie oft Gelegenheit gehabt, gemeinsam mit anderen passionierten Kletterern die spektakulären Felsformationen im nahegelegenen Joshua Tree Nationalpark zu erklimmen. Kate konnte sich jedoch schwerlich vorstellen, dass der heutige Jack Cameron über die nötige Ausrüstung und das Training verfügte, einen solchen Abstieg zu bewältigen.

Sie fuhr an der Hütte vor, nahm ihre 38er aus dem Handschuhfach, entsicherte sie und stieg aus dem Wagen. Sie hielt die Waffe in beiden ausgestreckten Händen und sah sich um; dann sicherte sie die Pistole wieder und schob sie unter ihrem weiten T-Shirt vorn in den Bund ihrer Jeans. Ihre Schulter war steif von der langen Fahrt; sie streckte sich, die Arme auf den Wagen gestützt, und versuchte ihre Schultermuskeln in der warmen Sonne zu lockern. Dann noch ein paar Kniebeugen. Sie wusste die trockene Hitze des frühen Nachmittags zu schätzen.

Die Tür der Hütte öffnete sich, und Joe trat heraus. Er trug nur karierte Shorts und Turnschuhe ohne Schnürsenkel, und mit seinem unrasierten Gesicht und dem struppigen Haar sah er mehr denn je wie ein Einsiedler aus. Er kam auf sie zugeschlendert, lächelnd, die Hände in die Taschen geschoben. Sie blickte ihm entgegen und registrierte, dass sein Gesicht noch ausgemergelter schien, seine Augen rot gerändert vor Erschöpfung. Ohne Hemd oder T-Shirt war sein Gewichtsverlust nicht zu übersehen.

»Gute Fahrt gehabt?«, fragte er und musterte ihr Gesicht so gründlich, wie sie ihn in Augenschein nahm.

»Die die letzten dreißig Meilen ja«, antwortete sie. »Ich verstehe allmählich, warum es dir hier draußen so gut gefällt – weit weg vom Ameisenhaufen L.A.«

»Kate …« Er packte sie bei den Schultern und zog sie unbeholfen an sich. »Kate, das mit Maggie tut mir so leid.«

»Ich weiß … danke«, murmelte sie. Sie war tief gerührt von diesem für ihn so untypischen Beweis seiner Zuneigung. Sie atmete seinen männlichen Schweißgeruch ein, und zum ersten Mal im Leben machte es ihr nichts aus. Sie erwiderte seine Umarmung und drückte ihn fest an sich.

Nachdem sie sich voneinander gelöst hatten, fragte er grinsend: »Ist das eine Waffe, die ich da gespürt habe, oder freust du dich bloß, mich wiederzusehen?«

Sie grinste zurück. »Beides.« Dann wurde ihr die Situation wieder bewusst, und sie fragte: »Und wo ist deine?«

Er wies mit dem Kopf zur Hütte. »Da drinnen. Jean und Jason sind fort – dank dir. So durchgeknallt Jack auch ist – er wird sich nicht damit zufriedengeben, mich einfach bloß zu erschießen. Er wird mehr mit mir vorhaben.«

Kate ließ sich ihren Schrecken nicht anmerken. Sie war froh, dass sie beim Aussteigen unübersehbar gezeigt hatte, dass sie eine Waffe besaß. Vielleicht war Joe einfach zu müde, um zu begreifen, dass Jack, wenn er sie für unbewaffnet hielt, sich einfach nähern und ihnen beiden ins Knie schießen und ihnen anschließend antun konnte, wozu er Lust hatte. Oder, dachte sie dann, vielleicht war dieses *dumm dumm dumm* mittlerweile schon ansteckend.

»Lass mich meine Sachen holen, und dann gehen wir rein«, sagte sie abrupt. Selbst mit einer Waffe im Hosenbund standen sie hier wie auf dem Präsentierteller.

»Klar«, sagte er, riss die hintere Tür ihres Wagens auf und schnappte sich ihre Reisetasche. »Hat Jeanie in deiner Wohnung schon ihr Chaos angerichtet?«

»Noch nicht. Sie sind sehr ordentlich, sehr respektvoll.«

»Echt jetzt?« Er lachte bellend. »Wie hast du das angestellt? Ihr mit dem Pistolenknauf eins übergezogen? Jason räumt immer hinter seiner Mutter her. Das arme Kind braucht seine Ordnung. Aber Jeanie scheint chaossüchtig zu sein. Hat uns als Kinder schon immer in den Wahnsinn getrieben. Du musst sie komplett eingeschüchtert haben.«

Sie zuckte die Achseln. »Möge es so bleiben.«

Sie holte eine kleine Vorratskiste aus dem Wagen, ging Cameron voraus und schob die Tür der Hütte mit dem Fuß auf. Wo Jean und ihr Sohn nun fort waren und ihr Chaos mitsamt den meisten ihrer Besitztümer mitgenommen hatten und Cameron den Raum nach seinen Vorstellungen in Ordnung gebracht hatte, konnte sie sich ein viel besseres Bild machen.

Hinter sich vernahm sie ein unterdrücktes Gähnen. Sie wandte sich zu Joe um. »Wann hast du das letzte Mal richtig geschlafen?«

»Am Tag von Jacks Entlassung. Seither mache ich nur kurze Nickerchen. Letzte Nacht sind dauernd der Alarm und die Lichtanlage ausgelöst worden.«

Dutch, dachte sie. Der gute alte Dutch, der auf Spähtour war.

»Sieh zu, dass du ein bisschen Schlaf bekommst«, ordnete sie an. »Ich schaue mich unterdessen um und peile die Lage.« Sie lächelte. »Ohne dich und deinen voreingenommenen Blick.«

Er grinste zurück. »Ich könnte ein paar ordentliche Stunden Schlaf gebrauchen.« Er wechselte die Reisetasche von einer Hand in die andere. »Soll ich die da abstellen, wo du schlafen wirst?«

»Ja, gut.« Während er zum Schlafbereich hinüberging, fügte sie hinzu: »Joe, mach dir keine Sorgen. Ich halte dir den Rücken frei. Kannst dich drauf verlassen.«

Die Hütte, stellte sie fest, als sie sich umsah, war wie die Buntstiftzeichnung eines Kindes, vor allem die Außenansicht. Spitzes Dach mit einem Schornsteinrohr; die Tür exakt zwischen den beiden kleinen Fenstern, je ein Fenster in beiden Seitenwänden. Die Innenfläche schätzte sie auf etwa fünfundzwanzig Quadratmeter. Die Wände bestanden aus Sperrholzplatten, die vom Alter grau geworden waren und sich an den Enden hochbogen. Der Boden bestand aus unbehandelten Brettern, die sich zwar solide anfühlten, aber bei jedem Schritt knarzten. Auch wenn hinter der Tür eine

Sperrholzwand das Schlafquartier abteilte, bestand die Hütte doch im Grunde aus einem einzigen Raum mit einem halben Dutzend kantiger Pfosten, die das Dach trugen. Der nachlässig aus Zement und Kieselsteinen errichtete Kamin, daneben ein Stapel Feuerholz, befand sich an der hinteren Wand, so dass der Schornstein den abziehenden Rauch in Richtung des Restbergs schicken würde, an den die Hütte angrenzte. Vor dem Kamin stand ein klappriger kleiner Tisch mit vier billigen Plastikstühlen. Auf dem Tisch lagen Joes Dienstwaffe, eine neun Millimeter Beretta 92, und seine private Glock.

Kate stellte die Kiste neben dem Tisch ab, zog ihre Waffe aus dem Hosenbund und legte sie zu den anderen beiden. Dann musterte sie das, was als Küche diente. Ein wackliger kleiner Schrank mit verzogenen Türen stand unter einem abgenutzten Formica-Tresen, auf dem sich eine Kochplatte und eine Mikrowelle befanden sowie ein Gerät, das wie die Zentraleinheit der Alarmanlage aussah, die Joe an der Grundstücksgrenze entlang installiert hatte. Die verrostete Spüle besaß nur einen Kaltwasserhahn, der verbeult und ebenfalls rostig war. Ein winziger Kühlschrank, der neu zu sein schien, stand neben dem Küchentresen. Die übrigen Haushaltsgerätschaften sahen bei näherem Blick alle neu aus – natürlich, Cameron hatte sie allesamt neu besorgen müssen. Die Hütte war seit Jahren verlassen gewesen, und alles, was auch nur den geringsten Wert besessen hätte, wäre sicherlich längst von Eindringlingen und Dieben mitgenommen worden.

Sie ging so leise wie möglich über den knarzenden Boden

zum Schlafbereich hinüber, lugte hinter die Trennwand und sah, dass Joe bereits im Tiefschlaf versunken war – er lag auf einer der beiden Matratzen auf dem Boden, mit dem Gesicht nach unten, die Arme ausgestreckt, den Kopf in dem dünnen grauen Kissen vergraben, und ein schwacher Schweißfilm auf seinem Rücken glitzerte in dem schmalen Streifen Sonnenlicht, das zum Fenster hereinfiel. Ihre Reisetasche stand auf der Matratze neben ihm. Auf der anderen Seite der Matratze trennte eine wacklige Plastikwand einen winzigen Raum ab, der vermutlich eine Toilette und vielleicht eine Kaltwasserdusche enthielt, und bot damit ein klein wenig Privatheit. Kate zog sich so leise wie möglich wieder zurück, auch wenn sie vermutete, dass höchstens ein Schuss Joe in diesem Augenblick wecken würde.

Nachdem sie vorsichtshalber einen Blick aus einem der vorderen Fenster geworfen und die nähere Umgebung überprüft hatte, trug sie die Kiste, die sie mitgebracht hatte, in die Küchenzeile. Sie öffnete das Schränkchen unter der Spüle. Instantkaffee, einige Dosen Bio-Chili, und darüber hinaus hatte Joe die Erdbeben-Notfallration bei sich zu Hause geplündert und einige Dutzend Alu-Beutel mit essfertigem Hackfleisch, Rindergeschnetzeltem, Pasta und Suppen mitgenommen. Er musste seinen Salat und sein Obst vermissen, dachte sie und ärgerte sich, dass sie nicht daran gedacht hatte, unterwegs haltzumachen und einzukaufen, statt Kartoffelchips, abgepackte Nüsse und Cracker aus ihrer Wohnung mitzunehmen.

Teller, Tassen und Besteck befanden sich ordentlich gestapelt auf einem Metalltablett, alles aus Plastik, bis auf den Dosenöffner. Weiterhin gab es eine Schachtel Kerzen und ein Butanfeuerzeug. Eine Rolle Küchentücher und eine kleine halbvolle Flasche Arrowhead-Quellwasser standen neben der Spüle. Der kleine Kühlschrank war bis obenhin mit weiteren Flaschen gefüllt, und drei Gebinde standen noch obendrauf. Wir sind hier in der Wüste, rief sie sich in Erinnerung, wo Wasser das bei weitem wichtigste Gut ist. Ein Wunder, dass die öffentliche Wasserversorgung bis hier in dieses Gebiet reichte und dann auch noch bis zu dieser Hütte, wohingegen im Joshua Tree Nationalpark, der nur wenige Meilen entfernt war, kein Wasser zu haben war. Aber von diesem Wunder abgesehen mochten sich in den alten Leitungen mittlerweile wer weiß was für Giftstoffe lösen und in das Wasser gelangen, und auch sie würde es vorziehen, nicht davon trinken zu müssen.

Ein Transistorradio von der Größe einer Zigarettenschachtel stand vor dem Fenster über der Spüle, und es gab zumindest eine einzelne Steckdose für die elektrischen Küchengeräte, aber keinen Fernseher, kein iPod – Joe konnte sich keine Ablenkung erlauben. Er war ein Leser, aber er hatte augenscheinlich auch keinen Stapel Bücher mitgebracht – auch in Lektüre durfte er sich nicht vertiefen, in nichts, was seine Aufmerksamkeit auch nur einen Augenblick von seiner Umgebung ablenkte. Das schloss auch Alkohol ein. Keine Spur von alkoholischen Getränken, nicht einmal ein Bier. Wie war es ihm gelungen, nicht durchzudrehen – ohne Mobilfunkverbindung, mit einem kleinen Transistorradio als einziger Verbindung zur Außenwelt ... Jack Cameron hatte seinen Bruder praktisch eingekerkert. Um auf seine Hinrichtung zu warten.

Diese primitive Hütte und die Art, wie Joe sie bewohnte, stimmte sie traurig. Es war ein beredtes Zeugnis dafür, dass seit dem Mord an seiner Mutter und dem Selbstmord seines Vaters, der Gedanke, der Hölle, in der seine Familie gefangen war, ein Ende zu bereiten, sein Leitmotiv war, für dessen Erfüllung er jeden Preis zahlen würde.

Aber sie nicht. Sie hatte noch endlose vier oder fünf Stunden vor sich, ehe sie Joe wecken konnte, in denen sie sich mit nichts anderem zu beschäftigen hatte als damit, auf einen Angriff zu warten, der – da war sie ziemlich sicher – nach Einbruch der Dunkelheit erfolgen würde. Sie wusste, was sie zu tun hatte. Solange sie den Verstand und die Entschlossenheit besaß, es durchzuführen.

Sie trat so leise sie konnte in den Schlafbereich, griff sich ihre Reisetasche und brachte sie zum Tisch hinüber. Sie holte die Flasche Cutty Sark heraus.

Die 38er in der einen Hand, die Flasche in der anderen, trat sie aus der Hütte. Ging um sie herum bis zum geröllbedeckten Fuß der Anhöhe. Mit einem scharfen Hieb gegen eine Felsnase schlug sie den oberen Teil des Flaschenhalses ab, dann drehte sie den Kopf weg, krümmte sich innerlich und konzentrierte sich auf die sonnengebleichte Landschaft um sich herum, während sich der Inhalt der Flasche glucksend über die Steine ergoss. Sie behielt die Wüste weiterhin im Blick, die Waffe locker in der Hand, ging in die Hocke und stellte die leere Flasche ab, um den abgeschlagenen Hals aufzulesen. Und blieb in der Hocke und atmete den intensiven stechenden Geruch des Scotch ein, der sie in der trockenen heißen Luft anwehte. Mit einem sardonischen Lächeln überlegte sie, ob sie künftig regelmäßige Pilgerfahrten hierher unternehmen sollte, um das, was sie brauchte, einzuatmen.

Dann stand sie auf und verharrte reglos. Wieder schnüffelte sie, diesmal konzentriert. Der Geruch war schwach, aber es musste sich um irgendein Mineralölprodukt handeln. Konnte Jack ... Sie blickte sich um, stellte sich Benzin als Brandbeschleuniger in dieser höchst entflammbaren Landschaft vor und die Feuerfalle, die die Hütte darstellte.

Unsinn. Es war unmöglich, dass Jack nah genug herankam, um eine Benzinspur zu legen, ohne dass sie ihn sahen. Und Dutch war in der vergangenen Nacht ja auch noch da gewesen ...

Wo mochte der Geruch herkommen? Ein leichter Wind blies in ihre Richtung. War es irgendeine Öllache in der Ferne? Die Kreosotbüsche – rochen die nicht auch so ähnlich? Oder war das das Holzteerkreosot, das sich in Schornsteinen bildete und nach Teeröl roch, und nicht der Kreosotbusch? Sie zuckte die Achseln. Wie sollte eine Großstadtpflanze wie sie das wissen? Das hier war Joes Terrain.

Als sie wieder an der Tür der Hütte angelangt war, verzog sich der Geruch. Vielleicht war es ein alter vorbeifahrender Wagen oder Truck gewesen, eine dieser Smogschleudern, von denen es hier jede Menge zu geben schien. Nach einem weiteren sorgfältigen Rundumblick ging sie wieder hinein.

Zwei Stunden und sechsundfünfzig Minuten. Sie saß auf einem der Plastikstühle, ihre Waffe auf einem weiteren Stuhl neben sich, zusammen mit einer Flasche Wasser, und starrte aus dem Fenster in die flirrende Wüste hinaus. Nach gefühlten zwanzig Minuten löste Kate den Blick und schaute erneut auf die Uhr. Zwei Stunden und *acht*undfünfzig Minuten waren nun verstrichen. Und immer noch zwei Stunden, ehe sie Joe wecken konnte.

Sie fluchte innerlich bereits, weil sie den Scotch weggeschüttet hatte. Wenn sie nicht so verdammt *dumm dumm dumm* gewesen wäre, hätte sie ihn streng rationieren können. Hätte sich einen ganz kleinen Drink genehmigen können, nur um den Druck ein wenig zu lindern, hätte den klitzekleinen Drink in klitzekleinen Schlucken trinken können. Hätte sich selbst einen strengen Zeitrahmen geben können, bis sie sich den nächsten Drink genehmigt hätte – falls sie überhaupt noch einen gebraucht hätte. Hätte die Flasche draußen im Gebüsch aufbewahren können, um noch sicherer zu gehen, dass sie sich diszipliniert verhielt.

Eine Stimme flüsterte ihr etwas zu, eine Stimme, die wie Maggies klang: *Diszipliniert – glaubst du tatsächlich, wirklich, ehrlich, dass du dich diszipliniert verhalten kannst, wenn es um Alkohol geht?*

Ungeduldig, verärgert gab sie laut zurück: »In diesem Fall ja. Es hängen schließlich zwei Leben davon ab.«

Wie abhängig sind Sie, wenn Sie tatsächlich darum feilschen, etwas zu konsumieren, das Ihre Sinne betäubt? Diese provozierende Frage kam von einer Stimme, die nach Calla Dearborn klang.

Mit geballten Fäusten starrte Kate in die Wüste hinaus, aufgewühlt und voller Wut, weil sie nichts hatte, um ihre Anspannung zu lindern und, schlimmer noch, um sich von diesen sinnlosen, sie bedrängenden Gedanken abzulenken.

Jetzt kam ihr Aimee in den Sinn und beschuldigte sie …

Du hast nie mit mir geredet. Selbst wenn du es mir versprochen hattest – dann hast du ein bisschen was erzählt, aber bald wieder aufgehört. Du hast mich komplett ausgeschlossen; deine Karriere hat mehr als ein Drittel deines Lebens beansprucht und sie hat dir alles bedeutet.

»Du weißt warum«, antwortete Kate scharf. »Ich musste dich vor dem, was ich gesehen, was ich erlebt habe und was ich im Rahmen meiner Arbeit getan habe, schützen.«

Unsinn. Maggies Stimme. *Mit Aimee zu sprechen hätte bedeutet, darüber nachzudenken, Kate. Über Leichen, Tod, Blut, Trauer, Leid, all die Seelenqual und die Tragik und den Verlust – alles, was dich innerlich zerrissen hat. Ihr davon zu erzählen hätte bedeutet, es erneut zu durchleben, und das hätte bedeutet, die Gefühle erneut zu spüren.*

»Halt den Mund, Maggie!«, fauchte Kate mit einer abweisenden Handbewegung. »Ich denke, du bist tot?«

Tot zu sein bringt mich nicht zum Schweigen. In Wahrheit ging es nie darum, sie *zu schützen. In Wahrheit hast du dich selbst geschützt.*

»Schnauze!«

Du wollest dich deinen Gefühlen nicht stellen – allein darum ging es immer.

»Ich konnte das nicht, Maggie. Das hätte ich nicht ausgehalten …«, sagte sie flehentlich. »Ich musste trinken, um die Nacht zu überstehen. Mit Aimee reden? Ich hätte doch nicht vor ihren Augen zusammenbrechen können. Ich konnte doch nicht zulassen, dass sie mich so sieht …«

Sie wischte ihre Tränen fort und veränderte ihre Sitzposition auf dem Plastikstuhl; ihr Körper schmerzte, und in ihrem Kopf pochte ein Schmerz, den sie gut kannte – der Schmerz der Nüchternheit. Die Nachmittagshitze war in die Hütte eingedrungen; sie roch nach Staub und trocknete ihre Haut und ihre Augen aus und reizte ihre blankliegenden Nerven noch mehr.

»Diese verdammte, gottverlassene Wüste«, murmelte sie und blickte finster in das flirrende diesige Gelb, das sich bis zum Horizont erstreckte. »Daran liegt es. Ich bin in der Wüste. Ich halluziniere.« Wie zur Antwort ließ eine seufzende Brise die Wüstenflora rascheln und brachte ein Geflüster mit sich, das Kate am liebsten fortgewischt hätte wie einen angreifenden Mückenschwarm.

Warum bist du hier, Kate? Aus welchem Grund?

Die Frage überraschte sie. Wo kam sie her? Wessen Stimme war das? Sie konnte sich gerade noch daran hindern, um sich zu schauen. Sie kam sich lächerlich vor. Sie fauchte zurück: »Um meinem Freund beizustehen! Der jetzt mein engster noch lebender Freund ist.«

Warum bist du so leichthin bereit, den Eid, den du als Police Officer geschworen hast, zu brechen? Warum gibst du so leichthin dein Gewissen preis und die Überzeugungen, an denen du dich all die Jahre als Hüterin des Gesetzes orientiert hast? Des Gesetzes, das zu vertreten du geschworen hast?

»Das tue ich gar nicht«, widersprach sie. »Hier geht's um einen Freund. Das hier ist was ganz anderes. Und wer zum Teufel bist du überhaupt?«

Du hast es gerade selbst gesagt. Der Teufel. Aus der Hölle. In die du kommen wirst. Du hast dir noch etwas aufgeladen, das deinem Gewissen und deinen moralischen Grundsätzen, von denen du dich verabschieden willst, zuwiderläuft: Du setzt dein Leben aufs Spiel. Ein Wert, der nicht länger ein Wert ist, weil du an einem Punkt angelangt bist, an dem es dir nichts mehr bedeutet.

»Und wenn schon«, murmelte sie.

Das ist die Wahrheit, stimmt's? Wenn du wirklich nicht mehr leben willst, dann spielen Gewissen und Grundsätze keine Rolle mehr, denn dein Leben spielt keine Rolle mehr.

»Mir egal. Was macht das schon für einen Unterschied?«

Maggie hat um etwas gebeten, mit dem sie ihrem Leben ein Ende bereiten konnte. Calla Dearborns Stimme war scharf wie ein Messer. *Sie waren nicht bereit dazu, und Sie haben darüber gerichtet, als es jemand anders tat. Was tun Sie hier, Kate? Geht es darum, dass man Ihrem Tod, wenn Sie heute Nacht sterben, eine Bedeutung beimessen wird? Weil Sie aus einem guten Grund gestorben sein werden? Weil Sie Ihrem Polizeipartner beigestanden haben? Ist das der Grund, aus dem Sie hier sind?*

Sie sprang auf. »Himmelherrgott noch mal!«, fauchte sie. Sie ging auf und ab; die Stille in der Hütte wurde nur von dem ächzenden Wind und dem Knarzen ihrer Schritte unterbrochen.

Doch sie konnte nicht verhindern, dass erneut Maggies

Stimme erklang: *Warum hast du Aimee nicht gesagt, aus welchem Grund du hierherfährst, Kate?*

»Sie hätte mich daran gehindert.«

Genau wie du mich daran gehindert hast, als ich meinem Leben ein Ende bereiten wollte. Diese Frau, die dich zwanzig Jahre deines Lebens geliebt hat, hat nicht das Recht zu erfahren, was du vorhast? Was du aufs Spiel setzt?

»Das Recht hat sie schon«, murmelte Kate. »Aber ich kann es ihr einfach nicht sagen. Sie würde mich daran hindern.«

Calla Dearborns Stimme: *Wie können Sie sich so sicher sein, was sie tun würde?*

Die Frage klang in ihr nach.

Aimees Stimme: *»Du glaubst tatsächlich, dass es letzte Nacht* nicht *um mich ging und was ich für dich empfinde.«* Ihre Stimme wurde lauter. *»Du glaubst tatsächlich, dass du mich mehr vermisst als ich dich. Du glaubst immer, du müsstest alle beschützen. Du glaubst immer, dass du zu entscheiden hast, was alle anderen empfinden sollen. Oder brauchen.«*

Was sie mir heute Morgen in dem Cottage gesagt hat, ist die reine Wahrheit, was mich angeht, dachte Kate. Aber ich *muss* hier sein. Ich *muss* das hier tun.

Gehen wir davon mal aus … Calla Dearborn wieder. *Warum haben Sie sich nicht einen Gedanken daran erlaubt, wie Aimee – oder Dylan – sich fühlen werden, wenn sie erfahren, dass Sie hier draußen ums Leben gekommen sind? Wenn Sie Aimee nicht den leisesten Hinweis darauf gegeben haben, was hier los ist, nicht einmal Ihre guten Gründe genannt haben, warum Sie hier sein müssen?*

»Sie ist daran gewöhnt, Calla. Sie wusste jeden Tag, wenn ich zur Tür hinausging, um meinen Job als Cop zu machen, dass das mein letzter Tag sein konnte.«

Du warst Mordermittlerin. Maggies Stimme. *Nicht Mitglied eines SWAT-Teams für Sondereinsätze.*

»Halt den Mund!«, murmelte Kate. »Halt verdammt noch mal einfach den Mund!«

Aimees Stimme: *»Du glaubst tatsächlich, dass es letzte Nacht* nicht *um mich ging und was ich für dich empfinde. Du glaubst tatsächlich, dass du mich mehr vermisst als ich dich.«*

Kate riss die Tür auf und trat hinaus in die Wüste.

»Haltet den Mund!«, schrie sie. »Haltet alle den Mund!«

Die Stimme aus der Hölle sagte: *Du brauchst niemanden, der für dich interpretiert, was sie zu dir gesagt hat. Sie hat dir gesagt, dass sie dich immer noch liebt. Und du tust ihr das hier an. Du bist hier draußen, und sie weiß nichts davon, und du könntest sterben.*

»Nein!«, schrie Kate. »Nein, verdammt noch mal, ich werde nicht sterben! Das wird nicht passieren.«

In der Wüstenhitze fühlte sie sich plötzlich vollkommen nüchtern und so klar bei Verstand, als hätte jemand einen Eimer Eiswasser über ihrem Kopf ausgeleert. Sie blickte wild um sich, wurde sich gewahr, wo sie sich befand. Draußen. Ohne Waffe. Auf dem Präsentierteller.

»Du lieber Himmel«, murrte sie wütend und wandte sich zur Hütte um. »Wie zum Teufel bin ich ohne meine Waffe hier draußen gelandet?«

Sie marschierte wieder hinein, nahm ihre 38er und schob

sie sich entschlossen in den Hosenbund. Sie ging zu der Trennwand hinüber und blickte auf den komatös schlafenden Freund hinunter: »Wir packen das, Joe. Wir werden verdammt noch mal *nicht* hier draußen sterben.«

Sie kehrte zum Fenster zurück und nahm ihren Wachposten wieder ein.

18

Kate versuchte Joe zu wecken; sie rief ihn beim Namen und rüttelte ihn an der Schulter, bis er stöhnend aufwachte, aber groggy und desorientiert schien.

»... verdammt, wie spät ...?«, nuschelte er, wandte den Kopf und spähte mit verschlafenen Augen zum Fenster.

»Showtime! Es ist fast sieben.« Sie hatte ihn so lange wie möglich schlafen lassen, aber nun nahte der Sonnenuntergang.

Ihr wurde bewusst, dass sie ihn noch nie ohne seine Fossil-Uhr gesehen hatte. Wenn sie daran dachte, welche Nervenprobe das Verstreichen der Zeit, bis sie ihn wecken konnte, für sie gewesen war, verstand sie, warum er während der endlosen Tage hier keine Uhr tragen wollte. Vielleicht hatte er das gute Stück mit hierhergenommen, dachte sie weiter, und sie kaputtgetreten und in die Wüste geschleudert. Ein oder zwei weitere Tage hier draußen und sie würde genau das mit ihrer Timex tun.

Er schwang die Beine von der Matratze und hockte vornübergebeugt da, gähnend, die Ellbogen auf die Knie gestützt; dann rieb er sich über die Bartstoppeln im Gesicht und fuhr sich durch die Haare.

»Wie fühlst du dich, Joe?«, fragte Kate. »Besser?«

»Ja, doch.« Er richtete sich auf und klopfte sich auf die Brust über dem Herzen. »Schlafen hat echt gutgetan. Jetzt habe ich meine fünf Sinne wieder beisammen. Aber komisch – obwohl ich tief und fest geschlafen habe, kam es mir so vor, als hätte ich Stimmen gehört.«

»Kam mir auch so vor«, erwiderte Kate mit ausdruckslosem Gesicht.

»Das ist die Wüste.« Er stand auf und schlüpfte in seine Turnschuhe. »Diese vierzig Tage, die Jesus in der Wüste gefastet hat – kein Wunder, dass er sich am Ende für den Messias hielt.« Er streckte die Arme hoch – eine Geste, die sowohl ein Sich-Recken wie ein Anflehen des Himmels sein mochte. »Mann, was gäbe ich für ein Bier.«

»Ja. Kriegst aber nur das hier.« Sie bückte sich und reichte ihm eine Flasche Wasser, die sie aus dem Kühlschrank geholt und neben ihm auf den Boden gestellt hatte.

Er schraubte sie auf und trank die halbe Flasche in einem Zug leer. Kleine Rinnsale liefen über die dunkelblonden Stoppeln auf seinem Kinn und tropften auf seine Brust. »Danke. Du musst hier draußen eine Menge Wasser trinken.«

»Habe ich auch schon festgestellt.« Kate hatte bereits eine Flasche getrunken und war nach einem Blick in das Toilettenkabuff nach draußen gegangen und hatte dort neben der Hütte auf die Stelle gepinkelt, an der sie den wohlriechenden Scotch entsorgt hatte.

»Willst du was essen?«

Kate zuckte die Schultern. »Egal. Wir müssen reden.«

»Klar.« Er ging zu einer Reisetasche hinüber, die an der Trennwand stand, und nahm ein säuberlich zusammengelegtes langärmeliges schwarzes T-Shirt und eine schwarze Hose heraus. Er musterte Kate kritisch. »Ich trage abends immer dunkle Sachen. Solltest du auch tun. Ich kann dir was leihen.« Er zog sich das T-Shirt über den Kopf.

»Ich habe meine eigenen Sachen dabei.« Zum Glück hatte sie das bedacht. Es wimmelte nicht gerade von Waschsalons in der Gegend, und Joes Klamotten mussten inzwischen fast von allein stehen.

»Gut«, erwiderte er. »Abgesehen von allem anderen wird es hier draußen ziemlich kalt.«

»Habe ich schon gemerkt.« Sie ging zu ihrer Reisetasche auf der anderen Matratze.

»Ich lass dich allein, damit du dich umziehen kannst«, bot er an.

»Sei nicht albern«, entgegnete sie, zog den Reißverschluss der Tasche auf und nahm einen Trainingsanzug und ein Basecap heraus.

Er wandte ihr dennoch den Rücken zu, zog seine karierten Shorts aus, wobei seine dünnen nackten Schenkel zum Vorschein kamen, und zog sich die schwarze Hose an. In der einen hinteren Tasche steckte ebenfalls ein Basecap. Dann schob er sich an ihr vorbei und ging um die Trennwand herum in den Wohnraum. Kate streifte rasch ihre Jeans und ihr T-Shirt ab, zog den dunkelblauen Trainingsanzug an, setzte sich auf die Matratze und schlüpfte in ebenso dunkelblaue Turnschuhe. Sie faltete das Basecap zusammen und schob es ebenfalls hinten in die Hosentasche.

Als sie in den Wohnraum trat, stand Joe am Küchenfenster. Er musterte ihr Outfit und nickte beifällig. Dann musterte er die Stühle, die sie vor dem Fenster aufgestellt hatte. »Es ist kein großes Fenster«, stellte er fest, »aber ich käme mir vor wie eine Zielscheibe, wenn ich da säße. Du bist mutiger als ich.«

»Nicht mutiger«, gab sie scherzend zurück, »nur dümmer.«

Doch innerlich schüttelte sie den Kopf. In der Hütte waren sie wirklich leichte Beute. Sie waren von jeder unmittelbaren Hilfe abgeschnitten, und es fehlte bloß noch eine leuchtfarbene Zielmarkierung auf dem Dach. Wie hatte Joe es ausgehalten, hier Nacht für Nacht zu wachen? In einem Schlafsack in der Wüste würde sie sich weniger ausgeliefert fühlen. Lieber Klapperschlangen fürchten als Jack Cameron, der alles niederschoss oder die Hütte abfackelte.

Joe kramte mehrere Aluminium-Beutel aus dem Schrank unter der Spüle. »Welche von diesen leckeren Sachen im Angebot hättest du gern als deine letzte Mahlzeit?«

Sie wies auf ihre Vorratskiste. »Ich esse, was ich mitgebracht habe.«

Er spähte hinein. »Kartoffelchips? Cracker? Cashews?« Er fasste sich gespielt schockiert ans Herz.

Sie zeigte ihm grinsend den Mittelfinger. »Wenn es meine letzte Mahlzeit ist, esse ich das, was ich mag. Also Kartoffelchips.«

»So kenne ich dich – ungesund bis zum Schluss.« Cameron

warf die Aluminium-Beutel in den Schrank zurück. Er holte die Chips aus der Kiste und riss die Tüte auf; dann zupfte er zwei Küchentücher von der Rolle, nahm zwei Flaschen Wasser aus dem Kühlschrank und baute alles auf dem Küchentresen auf. Er trug den klapprigen Tisch ans Fenster, legte Kates und seine Waffen darauf, arrangierte Chips, Wasserflaschen und Küchentücher dazwischen und setzte sich auf den einen Plastikstuhl. »Das Abendessen ist serviert«, verkündete er. Er griff nach der einen Flasche Wasser und bot Kate die Chips an. *»Bon appétit.«*

Lachend nahm Kate sich eine Handvoll Chips, ergriff ihre Flasche und stieß mit ihm an. Sie empfand keine Furcht, was die kommende Nacht anging – noch nicht; sie verspürte zielgerichtete Entschlossenheit und war froh zu sehen, dass sich das auf Joe übertragen hatte. Während sie zusah, wie er in die Chipstüte langte, fragte sie sich, wann er wohl das letzte Mal den Tempel, als den er seinen Körper betrachtete, mit Kartoffelchips kontaminiert hatte. Vermutlich nicht mehr, seit er als Kind in dieser Hütte gewesen war.

Sie leerten die halbe Tüte in trautem Schweigen, hielten durch das Fenster Ausschau, und Joe verspeiste seinen Anteil mit offenkundigem Genuss. Dann fragte er beiläufig: »Irgendwelche Ideen?«

»Eher Fragen als Ideen. Er ist dein Bruder, also sag du's mir. Besteht die Möglichkeit, dass er sich Unterstützung organisiert hat?«

Joe trank einen Schluck Wasser, während er überlegte. »Gibt im Knast eine Menge Typen, die ähnlich drauf sind. Aber ich wette, er ist im Grunde immer noch der Einzelgänger, der er immer schon war. Und das ist seine Angelegenheit. Er und ich. Warum sollte ihm jemand helfen wollen?«

»Okay«, sagte Kate. Das schloss die Möglichkeit zwar nicht aus – manche Leute ließen sich zu allem breitschlagen –, verringerte aber die Wahrscheinlichkeit. »Nächste Frage: Sturmgewehr? Meinst du, er hat sich eines besorgen können?«

»Er hätte es schon stehlen müssen.«

»Würde er?«

»Er hat die meiste Zeit seines Lebens hinter Gittern verbracht. Er hat nie ein Sturmgewehr benutzt, und Jack hat nicht viel Phantasie jenseits dessen, was er kennt. Was er benutzen wird, wird etwas sein, das er kennt.«

»Und das wäre?«

»Handfeuerwaffe.«

»Eventuell auch eine Flinte?«

»Möglich. Hat er als Junge benutzt. Haben wir beide benutzt. Aber ich bezweifele das. Lässt sich schlecht verbergen.«

Es sei denn, er hätte eine im Auto. Aber sie beschloss, das nicht zu erwähnen. »Was noch?«

Cameron lehnte sich zurück und stieß einen langen Seufzer aus. »Ich hatte viel Zeit, darüber nachzudenken, wie es kommen könnte. Er will das Armageddon – die Entscheidungsschlacht. Vielleicht hat er vor, uns so unter Beschuss zu nehmen, dass er die Hütte in Brand setzen kann und wir dann in den Flammen umkommen. Vielleicht mit einem Molotow-Cocktail. Der lässt sich leicht herstellen und transportieren.«

Kate nickte. Auf der Fahrt hierher hatte sie sich unter anderem auch dieses Szenario ausgemalt. »Der Versuch, seine Freundin und seinen Sohn in den Flammen umkommen zu lassen, war auch ein Racheakt. Feuer scheint das Mittel seiner Wahl zu sein.«

Sie betrachtete den Mann, der ihr gegenübersaß – so intelligent und rational, so männlich-attraktiv, trotz Stoppelbart, trotz Haaren, die einen Friseur brauchten wie der ganze Joe ein Bad nötig hatte, trotz der Umstände eine Gestalt von schlanker Eleganz in seiner dunklen Kleidung –, und fragte sich, wie er zu einem Bruder kam, der sich zu einem solchen Monster entwickelt hatte. Aber das kam vor. Konnte in allen Familien vorkommen. Sie hatte während all der Jahre bei der Polizei immer wieder in die entgeisterten Gesichter von Müttern und Vätern, Geschwistern, Freundinnen und Freunden geblickt, die Zeugnis ablegten von der unmenschlichen Grausamkeit, die jemand, den sie doch zu kennen glaubten, an den Tag gelegt hatte.

»Wenn er hierherkommt, wird der Bewegungsmelder ausgelöst und das Licht angehen«, fuhr Joe fort. »Selbst ohne viel Phantasie wird er kapieren, dass er nicht nahe genug herankommt, ohne dass wir ihn entdecken.«

Sie bezweifelte, dass das Licht genug Schutz bieten würde. Oder gar abschreckend wirkte. »Was ist mit dem Mondlicht?«

»Kurz nach Neumond – also nicht viel Licht. Mehr Sterne als Cher Strassklunker hat. Und genauso nützlich.«

Um wirklich alle Möglichkeiten abzudecken, fragte sie auch noch: »Und wie steht's damit, dass er die Anhöhe herunterkommt?«

»Gut möglich.«

»Wirklich?« Sie sah ihn überrascht an.

»Wirklich. Er war ein Kletterer. Ein verdammt guter.«

»Selbst wenn – bräuchte er dann nicht zur Selbstsicherung ein Kletterseil, Haken und so weiter?«

»Nee. In Joshua Tree haben wir nie Seile benutzt. Wir haben gelernt, frei zu klettern – nur mit Händen und Füßen und in speziellen griffigen Kletterschuhen.«

»Aber wie –«

»Wenn du dir die Anhöhe ansiehst: Sie hat senkrechte Spalten –«

»Ich habe sie mir angesehen, und das habe ich gesehen.«

»Er würde in dem engsten Spalt runterkommen, den er findet, und sich an der einen Wand mit den Händen abstützen und an der anderen mit den Füßen.«

Sie schüttelte den Kopf. »Scheint mir unmöglich.«

»Glaub mir, es ist möglich. Gefährlich, aber möglich ...« Er lächelte, als ihm eine Erinnerung kam. Eine Erinnerung, die gleich darauf schmerzlich wurde, wie seine Augen verrieten. »Als Jungs haben wir das so gemacht – Jack und ich. Dad hat uns entdeckt, als wir auf halber Höhe waren, und er und Mom haben uns den Rest des Weges, bis wir unten waren, angeschrien. Es war wirklich gefährlich. Wir hätten uns den Hals brechen können ...«

»Lieber Himmel«, murmelte Kate. Sie war mehr damit beschäftigt, sich von dem Gedanken zu verabschieden, dass die Rückseite der Hütte unzugänglich war, als dass sie sich für Joes Nahtoderlebnis interessierte, das mehr als zwanzig Jahre zurücklag.

Joe musterte ihr Gesicht. Dann sagte er beschwichtigend: »Wenn er das versucht, hören wir ihn. Er kommt da nicht runter, ohne dass sich Felsbrocken lösen. Und in der Wüste hörst du nachts eine Stecknadel fallen.«

Kate nickte, war aber nur halb beruhigt. Selbst wenn sie ihn hörten, würde er in der grenzenlosen Schwärze der Wüstennacht an der Felswand unsichtbar sein, sofern auch er dunkle Kleidung trug.

»Also – irgendwelche Theorien, Mutmaßungen, genialen Ideen, Kate?«

Sie lehnte sich zurück, knabberte einen Kartoffelchip und sammelte ihre Gedanken. »Wir können davon ausgehen, dass er seine Rache während der Zeit im Gefängnis geplant hat. Aber nicht hier – nicht an diesem Ort. Er dachte, dass er dich bei dir zu Hause finden würde. Vermutlich hat er, seit er auf Bewährung raus ist, dort eine Weile auf der Lauer gelegen, weil du deinen RAV4 am Haus geparkt hast. Wahrscheinlich hat er gedacht, dass du irgendwann dort auftauchen würdest.« Vermutlich hat er mich beobachtet, als ich das erste Mal dort eingedrungen bin, überlegte sie, und ein Schauer lief ihr über den Rücken. Sie fuhr fort: »Schließlich kam er zu dem Schluss, dass du weg bist. Er ist ins Haus eingedrungen, um zu sehen, ob er irgendwas findet, und dann hat er all diese Bilder an der Wand gesehen und ist durchgedreht und hat sie zertrümmert. Dann hat er Jean ausfindig gemacht, keine Ahnung wie –«

»Vielleicht hat er in den Bars in der Umgebung nachgefragt«, knurrte Joe.

»– und hat sich ihren Trailer vorgenommen. Meiner Theorie nach ist dies hier der letzte Ort, an den er gedacht hat.«

Er nickte. »Der zeitlichen Abfolge nach trifft das zu.«

»Also wird sein Angriffsplan ziemlich simpel sein. Er hat offensichtlich einen Wagen gestohlen. Wenn ich er wäre und seine Absicht verfolgen würde, dann würde ich schnurstracks auf die Hütte zuhalten.«

Joe stieß einen Pfiff aus und machte eine umfassende Geste. »Wenn er einen Truck fährt, dann walzt er diese Bretterbude platt, ohne auch nur die Stoßstange zu verbeulen.«

Sie gab keine Antwort. Sie war zu verwundert, dass ihm das nicht selbst eingefallen war. Schließlich fragte sie: »Hast du heute irgendwelche Fahrzeuge in der Gegend gesehen, die irgendwo hielten oder vorbeifuhren?«

»Keine fremden. Zumindest die, die ich gesehen habe.« Er griff nach seiner Flasche Wasser.

»Vor einer Weile habe ich Benzin oder so was gerochen. Draußen.«

»Scheiße!«, sagte er und hielt mitten in der Bewegung inne, die Flasche auf halbem Weg zu seinem Mund. »Das erzählst du mir erst jetzt? Wann war das?«

»Etwa zwei Stunden, nachdem du dich schlafen gelegt hast. Ich weiß nicht, ob das irgendwas zu bedeuten hat. Ich bin nach draußen gegangen, um … mich umzusehen«, redete sie sich heraus. »Der Geruch wurde von fern hergeweht und verschwand wieder. Ich habe nicht das Geringste ausmachen können. Ich nehme an, er stammt nicht von einer netten kleinen Wüstenpflanze, die fiese Duftstoffe absondert?«

Er schüttelte den Kopf. »Gibt keine netten Wüstenpflanzen. Alles hier ist zäh und robust und wehrhaft. Um zu überleben.«

Sie schaute in die Dämmerung hinaus, die auf die Landschaft herabsank, und in der zunehmenden Kühle der Luft überlief sie eine Gänsehaut. »Joe«, sagte sie, »wir müssen hier raus!«

»Sehe ich auch so.«

»Ich meine: sofort.«

»Noch nicht«, entgegnete er, und die Autorität, die in seiner Stimme lag, überraschte sie. »Wenn er irgendwo da draußen mit einem Fernglas auf der Lauer liegt, dann behält er die Tür im Blick.« Er wies auf die Fenster. »Ich habe nicht nur auf der faulen Haut gelegen, seit ich hier bin, Kate. Mir war klar, dass ich hier vielleicht mal schnell würde rausmüssen, und zwar nicht durch die Tür und auf einem Weg, der keinen großen Lärm macht. Die Seitenfenster lassen sich herausnehmen. In ein paar Minuten wird es dunkel genug sein, dass wir aus dem Fenster klettern und uns am Fuß der Anhöhe entlang davonschleichen können.«

»Gut, prima«, sagte Kate. Diese Entwicklung wiederum gefiel ihr, und sie revidierte ihr Urteil über ihn. »Wir lassen ein kleines Licht an, damit er ein Ziel hat und davon ausgeht, dass wir hier drinnen sind.«

»So machen wir's. Vielleicht ein paar Kerzen.«

»Perfekt«, erwiderte Kate. Flackernde Kerzen würden von Bewegung zeugen, Anwesenheit suggerieren.

Joe sprang auf. Er setzte sein Basecap auf und zog es tief ins Gesicht, schnürte seine Trainingshose enger zu, nahm seine Beretta und schob sie sich vorn in den Hosenbund und die Glock hinten. Er griff in die Schachtel mit den Kerzen im Schrank und zündete eine davon mit dem Butanfeuerzeug an, hielt sie schräg über einen Plastikteller, damit sie tropfte und er sie in das flüssige Wachs stellen konnte; das machte er noch mit zwei weiteren Kerzen, und dann stellte er den Teller auf den Küchentisch.

»Könnte sein, dass die Hütte auch ohne Jacks Dazutun abfackelt«, sagte Kate. Die Kerzen waren nicht sonderlich groß und würden innerhalb weniger Stunden herunterbrennen.

Joe murmelte etwas Unverständliches und spähte durch das Fenster hinaus auf die dunkler werdende Landschaft. »Was hast du gesagt von wegen Showtime?«

Zum ersten Mal verspürte sie einen Adrenalinschub bei dem Gedanken an die Gefahr, die die kommende Nacht mit sich brachte.

»Wir sollten uns aufteilen«, schlug sie vor. »Du durch ein Fenster, ich durch das andere. Erhöht unsere Chancen.«

»Tja ...« Er stemmte die Hände in die Hüften und schaute sie an. »Wir gehen beide durch dasselbe Fenster raus. Ich zuerst.«

»Und das wäre dann was, Partner?«, erwiderte sie mit leicht schneidender Stimme. »Eine ritterliche Geste?«

»Wann war das je Thema zwischen uns, Kate?«, schnappte

er. »Mein Territorium, meine Regeln. Dass dir was passiert, war nie Teil des Plans. Außerdem …« Er grinste kurz. »… zu sehen, wie du direkt vor meinem Fenster erschossen wirst, würde meine Konzentration beeinträchtigen.«

»Gleichfalls.« *Und dann würde ich alle drei Pistolen auf dieses Arschloch von deinem nichtsnutzigen Bruder abfeuern, bis die Magazine leer sind.* Sie zuckte die Achseln und wies auf das Fenster. »Nach dir, mein lieber Alphonse.«

»Wir nehmen das über den Matratzen«, sagte er. »Das bietet den größten Schutz.«

Sie nickte und stand vom Tisch auf. »Und wenn wir draußen sind –« Sie hielt inne. Sein Territorium, seine Regeln.

»Wir müssen sehen, was Sache ist«, sagte er knapp. »Fürs Erste folgst du mir, geduckt. Absolute Ruhe. Ich bringe uns dahin, wo wir die bestmögliche Deckung haben.« Dann fügte er noch hinzu: »Fass nicht irgendeine Pflanze an oder du wünschst dir den Rest der Nacht, du hättest es gelassen.«

»Alles klar«, erwiderte sie und ging zum Schlafbereich hinüber. »Los geht's.«

Joe trat zu dem Fenster, stellte sich breitbeinig hin und umfasste den Fensterrahmen zu beiden Seiten. Er ruckelte ein wenig daran und hob das Fenster geräuschlos heraus. In dem frischen Luftzug begann das Licht der drei Kerzen hinter Kate zu flackern. Draußen, vor der gähnenden Fensteröffnung, lag die Wüste in tiefem Grau da, nur vereinzelt erhoben sich die schwarzen Schatten eines Joshua Trees, und das Buschwerk erzitterte raschelnd in einem Windstoß.

Mit der Beretta in der Hand setzte Joe einen Fuß auf das

Fensterbrett, drückte sich hoch, duckte sich und sprang hinaus. Kate drückte ihr Basecap fest auf den Kopf, machte es Joe nach und ergriff – Ritterlichkeit hin oder her – seine ausgestreckte stützende Hand, als sie hart auf dem Sandboden landete.

Mit dem Rücken zur Anhöhe stand Joe reglos da und sammelte sich. Genau wie Kate. Es war nirgends eine Bewegung auszumachen, die nicht Teil der natürlichen Landschaft war. Die Abendluft, noch mild von der verbliebenen Hitze des Tages, war aromatisch gewürzt mit den staubigen, pfefferminzartigen Düften der Wüste. Der Wind war stärker, als Kate gedacht hatte; immer wieder zauste eine Brise an ihrem Haar, das unter dem Basecap hervorschaute. Eine blasse Mondsichel war bereits hoch oben am Himmel sichtbar, zusammen mit einigen Sternen, allen voran Orion, dessen Hauptsterne groß und hellstrahlend zu erkennen waren. Doch keines der Himmelslichter besaß genug Strahlkraft, um die Wüste zu erleuchten. Joe hatte recht. Es würde eine sehr dunkle Nacht werden – so dunkel, dass sie jetzt schon froh war, die Idee gehabt zu haben, ein Licht in der Hütte brennen zu lassen – es würde ihr einziger Bezugspunkt in dieser fremden, tückischen Landschaft sein.

Geduckt, die Waffe in der Rechten, ertastete Joe sich den Weg mit der linken Hand, machte kleine vorsichtige Schritte auf dem Geröll, das sich vom Hang gelöst hatte. Kate folgte dicht hinter ihm und orientierte sich mehr an dem leisen Geräusch seiner Turnschuhe als an der schemenhaften Gestalt vor ihr. Jeder Laut ihrer Schritte auf dem Geröllboden wurde von dem im Wind raschelnden Gebüsch verschluckt. Kate hatte ihre Waffe nicht gezogen; es genügte ihr, dass Joe seine parat hatte, und auf dem ihr fremden Terrain konnte sie sich mit freien Händen besser voranbewegen.

Joe führte sie ein Stück in Richtung des baufälligen Schuppens, der sich in etwa hundert Metern Entfernung links von der Hütte befand – ein ungestalter Monolith –, ehe er sich dann der Wüste zuwandte. Kate mutmaßte, dass er diesen Weg wählte, um zu vermeiden, dass er sein eigenes Alarmsystem auslöste. Noch tiefer geduckt, schob er sich langsam zwischen einige Büsche im Unterholz. Er griff hinter sich, packte Kates Arm, hockte sich hinter einen Busch mit dichtem Blattwerk und zog Kate zu sich herunter.

Sie verharrte in der Hocke auf dem Sandboden, der noch die Wärme des Tages gespeichert hatte, und griff nach ihrer Waffe. Doch Joe packte ihr linkes Handgelenk. Sie brauchte einen Moment, ehe sie begriff, dass er ihr Uhrarmband löste: Die Zeiger und Ziffern leuchteten in der Dunkelheit. Sic fluchte innerlich, riss ihm die Uhr aus der Hand und stopfte sie in die Tasche, während sie überlegte, ob sie unterwegs die ganze Zeit über zu sehen gewesen war. Als wäre Joe diese Möglichkeit gleichfalls in den Sinn gekommen, schlich er im Zickzack ein paar Meter weiter zum nächsten dichten Gebüsch und gab ihr dann ein Zeichen, dass das der Ort war, an dem sie warten würden. Soweit Kate sagen konnte, waren sie jetzt ein gutes Stück von der Hütte entfernt, näher zur Straße hin. Eine gute taktische Stelle, von der aus sie die Straße und die

Hütte gleichermaßen überblicken konnten. Sie saß neben Joe im Sand, die Waffe in ihrem Schoß bereit, die Knie leicht angewinkelt, so dass sie schnell aufstehen konnte. Sie ärgerte sich immer noch über ihre letzte *dumme dumme dumme* Unaufmerksamkeit.

Obwohl sich ihre Augen inzwischen völlig an die Dunkelheit gewöhnt hatten, war sie im Grunde blind; sie spürte jedoch die wechselnden Luftzüge, die ihr über Hände und Gesicht strichen, die Konturen und die Grobkörnigkeit des Sandes unter ihren Händen und sogar die schwache Hitze, die Joes Körper abgab. Sie hörte sein Atmen, das Rascheln einzelner Blätter des Busches, hinter dem sie beide sich verbargen; sie roch das regenartige Aroma der Blätter neben sich und meinte fast ihre Erdigkeit zu schmecken. Diese gesteigerte Aufmerksamkeit, die außerordentliche Schärfe ihrer vier übrigen Sinne – Kate fragte sich, ob die Tatsache, dass sie keinen Alkohol getrunken hatte, eine Rolle spielte oder ob ihre bloßliegenden Nerven ihr eine neue Bewusstseinsebene eröffnet hatten. Wenn ja, dann war sie dankbar.

Der Mond stand jetzt höher; über ihnen erstreckte sich nun ein funkelndes Himmelszelt, dessen Sterne zu hart und kalt leuchteten, als dass Joes Vergleich mit Chers warm glitzernden Strassklunkern noch gestimmt hätte. Eher wie Diamanten, dachte Kate, fünf- bis zehnkarätige Solitäre und ringsherum Haufen von Diamantstaub, der wie achtlose Überreste vom Schleifen bei ihrer Herstellung wirkte.

Der Sand unter ihrem Hintern war nachgiebig, aber zunehmend kühl, und sie begann mit einer stillen, praktisch reglosen Abfolge isometrischer Trainingsübungen für ihre Knie und Knöchel, damit sie vom langen Sitzen nicht steif wurden, und sie wusste, dass Joe das Gleiche tat. Wenn sie beide reagieren mussten, dann plötzlich. Sie mussten körperlich bereit sein für den Adrenalinschub.

Wann würde Jack Cameron seinen Vorstoß unternehmen? Wie so oft in der Vergangenheit, versuchte Kate sich auch jetzt wieder in das Denken und die Vorgehensweise des Täters hineinzuversetzen. Logisch wäre es, den Angriff in der tiefsten, schwärzesten Nacht durchzuführen, wenn die Erschöpfung von allen Wachenden ihren Tribut forderte, wenn die Wachsamkeit sich in Langeweile und schließlich in Unaufmerksamkeit, wenn nicht gar Eindösen verwandelte. Also zwischen drei und vier Uhr morgens. Doch nach allem, was sie an Informationen gesammelt hatte über diesen Mann, von dem sie zwei Tage zuvor kaum mehr als den Namen gewusst hatte, mochte Jack Camerons mangelnde Impulskontrolle ihn verleiten, alle Logik in den Wind zu schießen. Falls er jetzt hier war, würde er seinen Plan – sofern er etwas so Strukturiertes wie einen Plan besaß – in die Tat umsetzen, sobald ihm der Augenblick gekommen schien.

Wie schon während der quälenden Geduldsprobe am Nachmittag fühlte sie sich auch jetzt zeitlich desorientiert und fragte sich immer wieder, wie viele Minuten verstrichen sein mochten, und sagte sich immer wieder, dass die Antwort keine Rolle spielte. Doch anders als am Nachmittag verspürte sie nicht das Verlangen nach einem Drink. Nicht hier, nicht in diesem Augenblick.

Neben ihr richtete Joe sich ein Stück auf und ließ sich dann wieder zurücksinken. Sie streckte die Hand aus, um sie ihm kameradschaftlich auf den Arm zu legen, riss sie dann aber zurück, als eine Geräuschexplosion die Stille der Nacht durchbrach und ein Adrenalinstoß sie durchzuckte.

Das Anspringen eines Motors, begriff sie. »Wo?«, fragte sie unter dem Schutz des Lärms und griff nach ihrer Waffe.

Joe war schon auf den Knien. »Auf der anderen Straßenseite.«

»Der Toyota Pick-up?«

»Welcher Toyota Pick-up?«, fragte er heftig.

»Ein alter Pick-up, der neben dieser Hütte geparkt war … Du hast gesagt, du hättest keine fremden Wagen –«

»Den habe ich nie gesehen. Die Hütte war nicht in meinem Blickfeld.«

Natürlich nicht. Und in ihrem auch nicht während all der Stunden, die sie in und außerhalb der Hütte verbracht hatte. »Scheiße!«, fluchte sie.

»Egal jetzt, Kate. Er ist hier.«

»Wo?« Sie vernahm das Knirschen von Rädern und blickte wild um sich.

Sie hörte Joes Antwort nicht, und das war auch nicht nötig. Jack Cameron hatte den unauffälligsten Wagen gestohlen, den er hatte finden können – er befand sich in dem staubbedeckten Pick-up, von dem sie angenommen hatte, dass er zu der Hütte jenseits der Straße gehörte. Er fuhr ohne Licht und nutzte den Lichtschein aus der Hütte seines Bruders als Leuchtfeuer.

»Scheiße, scheiße, scheiße!«, stieß sie wütend hervor und schickte sich an aufzustehen.

Er packte sie. »Bleib unten!«

Sie gehorchte. Er hatte recht. Sie waren nicht in der Hütte und sie waren noch nicht zu sehen. Sie spürte mehr als dass sie sah, wie er beide Waffen aus dem Bund seiner Hose zog.

Seltsamerweise wurde das Geräusch des Motors leiser, es schien sich zu entfernen. Doch dann wurde es wieder lauter – der Wagen hatte offenbar gewendet. Der Motorenlärm wurde lauter und lauter, Kate spannte alle Muskeln an, noch immer in der Hocke, parat, leicht vorgebeugt, die Waffe in beiden Händen, sprungbereit. Der Pick-up rumpelte über den unebenen Wüstenboden, walzte alles platt, was sich im Weg befand, näherte sich und schoss an ihnen vorbei. Dann nahm sie den Geruch wahr, herangeweht vom Wind – der gleiche Geruch wie am Nachmittag.

»Joe, er legt eine Benzinspur!«

Er ließ die Waffen fallen und sprang auf. »Lauf!«

Sie war im Nu auf den Füßen und rannte, warf die Waffe weg, um schneller rennen zu können, begriff, dass Jack Cameron eine halbkreisförmige Benzinspur um die Hütte gelegt hatte – und sie darin eingeschlossen waren. Zu ihrer Linken sah sie in weiter Ferne einen hell leuchtenden Bogen. Irgendetwas Brennendes war aus dem Fenster des Pick-up geworfen worden.

Die Wüste loderte auf. Das plötzliche Aufleuchten von Autoscheinwerfern. Das vom Wind angefachte Feuer, das auf sie zuraste, ihnen den Weg abschnitt, das trockene Buschwerk in Brand setzte, ein urplötzliches Inferno.

Sie wusste, es gab nur eine Chance, und sie rannte bereits, so schnell sie konnte, an Joes Seite, über Stock und Stein, als er brüllte: »*Lauf! Lauf!*«

Er griff nach ihr, verfehlte sie aber, und schon stand die Feuerwand direkt vor ihnen, und sie wusste, dass ihnen nur eines blieb.

Aimee, dachte sie.

Dann holte sie noch einmal tief Luft und stürzte sich Hals über Kopf in die Feuersbrunst.

Sie verspürte ein so scharfes Sengen von Kopf bis Fuß, dass sie meinte, ihre Haut stünde in Flammen. Sie landete auf Knien und Ellbogen auf markerschütternd hartem Sand.

»Wälz dich herum!«, hörte sie und wusste nicht, ob sie schrie oder Joe.

Sie wälzte sich herum und herum und herum, bis sie in einen Busch krachte, dessen Äste spitz wie Speere waren. Ihr ganzer Körper schmerzte sofort von den zahlreichen Stichen. Dann begriff sie, dass sie dem Feuer entronnen war; sie hatte ihre Sachen noch am Leib, und soweit sie sagen konnte, war auch ihre Haut noch fast überall da, und es machte nichts, wie weh es tat: was sie spürte, schien von dem harten Aufprall zu stammen und vom Herumwälzen, nicht vom Feuer.

»Kate!«

»Joe!«, rief sie zurück.

»Ich bin hier! Alles okay?«

»Ja!« Sie kam auf die Knie, zu zittrig und adrenalinüberflutet, um aufzustehen; sie kroch in Richtung seiner

Stimme; sie registrierte das Pochen in den Knien und den Sand unter ihren aufgeschrammten Handflächen.

Wo war Jack Cameron? Dann wusste sie es und war unendlich erleichtert. Das Motorengeräusch des Pick-up verklang in der Ferne. Er war fort.

Im hellen Schein des Feuers hinter ihnen konnte sie ein paar Meter weiter Joe ausmachen, auch er auf Händen und Knien. »Alles okay?«, rief sie.

»Ja. Hab nur 'n Arsch voller Stacheln abgekriegt«, knurrte er, als sie ihn erreichte. Kniend strich er mit den Händen über Brust und Schenkel.

Er sah sie an und streckte die Hand nach ihr aus, aber nur um ihr das Basecap vom Kopf zu reißen, während er sich zugleich sein eigenes vom Kopf riss. Beide kokelten, und als Kate nach ihrem Haar griff, das heiß war, begriff sie, dass er sie beide vor Kopfverbrennungen bewahrt hatte. Sie konnte kaum glauben, dass sie die Kappen bei der wilden Flucht und dem Sprung durch das Feuer nicht verloren hatten.

Sie starrte Joe an, wie er da kniete, das Gesicht vom flackernden Schein des Feuers erhellt. Seine Pupillen waren schwarz und riesig, sein Gesicht sandverschmiert und blutig von einem breiten Kratzer auf seinem Jochbein. Blut tropfte von seinem Kinn, sein T-Shirt hing in Fetzen, und seine Hose war an den Knien zerrissen. Sie schaute an sich selbst herunter: ein versengtes Sweatshirt, sandig und an den Ellbogen zerrissen, die Hosen auf den Schenkeln aufgerissen und an den Knien zerfetzt. Sie hatte keine Ahnung, wie ihr Gesicht aussah, und alles andere tat höllisch weh. Sie wusste nur eines: Ohne den Wind, der in Richtung Hütte blies, wären sie jetzt tot – oder lebensgefährlich verletzt und den Tod herbeisehnend –, denn das Feuer wäre ihnen gefolgt. Sie wären nicht imstande gewesen, vor ihm davonzulaufen. Die Kollegen von der Polizei hätte ihre verkohlten Leichen gefunden –

Joe holte sie aus ihren Gedanken, indem er nach ihr griff und sie an sich zog. Sie umarmten einander mit wildem Ungestüm, wiegten sich vor und zurück.

»Gott sei Dank«, sagte sie zu dem Allmächtigen im Himmel, an den sie nicht glaubte. »Gott sei Dank ist dir nichts passiert.«

»Und dir auch nicht, Kate«, erwiderte er mit heiserer Stimme und lockerte seinen schraubstockartigen Griff schließlich.

»Jack«, sagte sie.

»Weg«, knurrte er. »Hat sich verpisst.«

Ihr ganzer Körper pulsierte vor Schmerz. Sie richtete ihre Aufmerksamkeit auf den Freund in ihren Armen. »Gott sei Dank«, sagte sie noch einmal. »Er glaubt, dass du tot bist, Joe. Es ist vorbei.«

Du musst völlig den Verstand verloren haben, dich in dieses Abenteuer zu stürzen!, giftete sie sich selbst an. *Es ist ein verdammtes Wunder, dass du überlebt hast, wo du so* dumm dumm dumm *mit dem einzigen Leben, das du hast, umgehst.*

»Es ist nicht vorbei, Kate«, entgegnete er, seine Stimme ein Schrei der Verzweiflung in ihrem Ohr. »Er ist bloß abgehauen.«

»Er ist *erledigt,* Joe!« Sie machte sich aufgebracht von ihm los. Hatte das Feuer ihn um den Verstand gebracht? »Es spielt keine Rolle, dass er weg ist. Du hast getan, was du tun musstest, und er hat seinen Plan in die Tat umgesetzt – fertig.«

Er sah sie irritiert an. »Kate, er ist nicht fertig mit mir. Er wird immer noch –«

Sie packte ihn bei den Schultern und schüttelte ihn. »Joe, es ist *vorbei!* Sobald wir Meldung machen, was er hier getan hat, wird er mitsamt dem gestohlenen Toyota zur Fahndung ausgeschrieben, und wir werden ihn kriegen. *Kapierst du das nicht?«,* schrie sie. »Du hast das hier angezettelt, weil die Polizei keine Handhabe gegen ihn hatte, ehe er nicht irgendwas gemacht hat. Jetzt hat er was gemacht. Wir sind *Cops!* Er hat die Polizei als solche angegriffen. Er wird jeden einzelnen Cop im ganzen Land gegen sich haben, und wir werden ihn kriegen!«

»Aber Kate, im Grunde haben wir ihn hier gar nicht gesehen –«

»Herr im Himmel!« In der Ferne vernahm sie das Motorengeräusch sich nähernder Wagen, eine Polizeisirene. »Haben wir nicht?« Wieder schüttelte sie ihn bei den Schultern. Sie hätte ihm am liebsten eine Ohrfeige gegeben.

»Was erzähle ich da?« Er machte sich von ihr los und nahm ihre Hände. »Haben wir unsere Identitäten getauscht, als wir durch das Feuer gegangen sind? Natürlich haben wir ihn gesehen.«

Endlich – endlich hatte er seine fünf Sinne wieder beisammen. Sie sagte ernüchtert: »Ich bin froh, dass du deinen Bruder nicht hast töten müssen, Joe.«

Er schloss die Augen. »O Gott – du machst dir ja keine Vorstellung. Ich bin auch froh.«

Hinter ihnen erklang eine Serie von schussartigen Knallgeräuschen.

»Unsere Waffen«, sagte er. »Die Munition.«

»Oje.«

Dann hörten sie ein lautes *Wuuusch*.

»Entweder Jeans Wagen oder deiner«, sagte Joe, ging in die Hocke, legte die Hände auf die Schenkel und starrte zu dem Feuer und dem Rauch hinüber. »Scheiße.«

Dann hörten sie ein weiteres *Wuuusch*.

»Entweder Jeans Wagen oder deiner«, wiederholte Joe. »Scheiße, Kate.«

»Versichert«, erwiderte sie lapidar. Und fügte hinzu: »Egal. Wir sind am Leben.«

So hockten die beiden da und beobachteten die Feuersbrunst – fünf riesige Fackeln loderten im Wind und brannten lichterloh – drei Hütten, zwei Autos. Kate bekümmerte der Verlust der Joshua Trees mehr als alles andere. Jack Cameron sollte die Höchststrafe allein für diese Bäume bekommen, dachte sie erbost. Jeder einzelne von ihnen war mehr wert als er an seinem besten Tag.

Sie konnte die sengende Hitze riechen, hörte das laute Zischen und Krachen des alles verzehrenden Feuers. Der üble Geruch, der aus ihrer Kleidung aufstieg, ließ sie wünschen, sie könnte sie sich vom Leibe reißen. Das Motorengeräusch kam näher, Autos, Menschen in der Umgebung, die auf den Ausbruch des Feuers reagierten. So wie der Wind stand, würde das Feuer sich nicht über die Grenze hinaus verbreiten, die Jack Cameron mit seiner Benzinspur gezogen hatte. Es erschöpfte sich bereits an der Felswand.

»Die Hütte …« Sie verstummte, weil sie nicht wusste, was sie sagen sollte.

Joe zuckte die Achseln. »Ich habe jedes Jahr die Steuern bezahlt, aber ich konnte nie herkommen und mich an früher erinnern …«

»Nun ist alles weg, Joe. Sie sind alle weg. Jack ist weg. Es ist vorbei.«

»Kate …« Er riss sich sichtlich zusammen. »Wir müssen unsere Geschichten abstimmen. Bevor die hier sind …«

Gleich darauf traf ein Löschfahrzeug ein, gefolgt von einer ganzen Kolonne von Autos. Kate wurde von einer Vielzahl von Scheinwerfern geblendet und hörte, wie jemand rief: »Hey, Leute, alles okay?«

Joe rief zurück: »Wir könnten ein bisschen Hilfe gebrauchen!«

Wenig später wurden sie in der Notaufnahme des Hi-Desert Medical Center in Twentynine Palms untersucht. Ihre Verletzungen wurden dokumentiert und fotografiert. Beide mussten sie wegen Verbrennungen ersten Grades im Gesicht, an Händen und Knien behandelt werden sowie wegen verschiedener Schnitte und Prellungen, und Joes Kinnwunde wurde mit vier Stichen genäht. Anschließend wurden sie auf ein Zimmer gebracht, während man die Röntgenaufnahmen auswertete. Kate bekam eine Spritze gegen ihre Schmerzen, und sie hatte sechs Vicodin auf ihrem Nachttisch liegen; der junge Arzt mit dem kahlrasierten

Schädel hatte Joe die gleiche Anzahl gegeben und ihnen munter versichert, sie würden sich in den nächsten Tagen fühlen wie der Zorn Gottes.

Nachdem sie medizinisch versorgt worden waren, hatten sie die Ereignisse bei der Hütte einem ehrerbietigen, respektvollen Police Officer von der Polizeistation in Joshua Tree, das genau wie Victorville unter der Jurisdiktion des San Bernardino County Sheriff's Department stand, zu Protokoll gegeben. Er war ein bärenstarker junger Mann mit raspelkurzem Haar, der schwer beeindruckt war, dass sie beide dem LAPD angehörten und Kate zudem ein Ex-Marine war – in der Nähe von Twentynine Palms war eine Basis des Marine Corps –, und so verzichtete er darauf, sie separat zu befragen.

Kate war in die Wüste gekommen, so erzählte sie Officer Barnes, um nach dem Tod einer lieben Freundin in Los Angeles bei ihrem engen Freund und ehemaligen Partner zu sein. Joe wiederum hatte Urlaub und war zum ersten Mal seit Jahren in der Hütte, die seiner Familie gehörte. Er habe sich Sorgen wegen seines kürzlich auf Bewährung entlassenen Bruders gemacht, der ihn und seine Schwester Jean bedroht hatte, und zwar so ernstzunehmend, dass Jean Zuflucht in Kates Wohnung in Los Angeles gesucht habe. Deshalb waren sie beide bewaffnet gewesen, auch wenn sie nicht erwartet hatten, dass sein Bruder zur Hütte kommen würde. Sie hatten den Pick-up gehört, aber nicht begriffen, was da passierte – bis sie das Benzin rochen. Sie waren, vorsichtshalber bewaffnet, aus der Hütte getreten und hatten gesehen, wie Jack Cameron etwas Brennendes aus dem Wagenfenster warf und sich sofort aus dem Staub machte. Es war ihnen gelungen, durch die Feuersbrunst zu brechen …

»Nettes Früchtchen, dieser Bruder«, bemerkte Barnes, als er das Protokoll fertig hatte.

»Er hat das schon mal gemacht«, sagte Joe ruhig. »Brandstiftung, versuchter Mord. Hat versucht, seine Freundin und seinen Sohn zu töten.«

»Den kriegen wir«, hatte der junge Cop versichert, als er aufstand. »Der kommt nicht aus Riverside County raus.«

Jetzt sagte Kate zu Joe im Nachbarbett: »Ich kapiere immer noch nicht, wo der Benzingeruch herkam, den ich am Nachmittag gerochen habe. Und wie der Pick-up da hingekommen ist, ohne dass du ihn gesehen hast.«

»Die Frage ist leicht zu beantworten: Jack kennt das Terrain, er wusste, dass ich alles im Auge behalten würde, also hat er nicht die Straße benutzt, sondern ist aus der Wüste gekommen. Was den Rest angeht, so vermute ich, dass er ein paar Kanister Benzin gekauft hat und an der Hütte ankam und sich dort eingenistet hat, ehe du aufgetaucht bist, und als du das Benzin gerochen hast, war er dabei, diese Kanister vorne ins Auto zu laden und die Deckel zu öffnen –«

Plötzlich schwang die Tür zu ihrem Zimmer auf und herein spazierte Dutch Hollander in voller Uniform, einschließlich Hut, den er prompt abnahm und auf einen Stuhl warf.

»Dutch – was zum Teufel tust du hier?«, stieß Joe hervor.

Kate starrte ihn einfach bloß an.

»War zufällig hier in der Gegend.« Grinsend schlenderte er zu Joes Bett hinüber. »Dasselbe könnte ich dich fragen, aber ich weiß bereits, was du hier tust. Wie geht's dir, Kumpel? Du siehst scheiße aus. Sie auch, Kate.«

»Danke. Mir geht's bestens, Dutch«, erwiderte Joe lachend. »Uns beiden geht's prima. Gut, dich zu sehen, Kumpel. Kann dir gerade nicht die Hand schütteln – hab ein paar Kratzer und Brandwunden. Kate hat mir das Leben gerettet.«

»Stimmt nicht«, sagte sie und setzte sich im Bett auf. Sie war froh, Dutch zu sehen. »Joe hat mir das Leben gerettet.«

»Wie auch immer – ich glaube euch«, meinte Hollander und grinste breit. »Ich dachte, ihr würdet gern ein paar Neuigkeiten erfahren. Wir hatten den Toyota Pick-up schon als gestohlen zur Fahndung ausgeschrieben –« Er zwinkerte Kate zu. »Und dann kam eure kleine Eskapade über Funk und dass ein gewisser Jackson Allen Cameron wegen des Verdachts auf alle möglichen Straftaten gesucht wird und einen Toyota fährt, also haben wir die Kavallerie ausschwärmen lassen. Wir sind davon ausgegangen, dass er entweder auf der 62 oder der 247 unterwegs ist und haben ihn auf der 247 gestellt – wir haben ihn in der Scheißkarre, mit der er sich davonmachen wollte, von der Straße gedrängt, null Problem. Wir haben den Arsch festgenommen und eingebuchtet.«

Joe war im Bett hochgeschossen. Ungläubig sagte er: »Ihr habt ihn!?«

»Wir haben ihn. Ein für alle Mal. Jack wurde bereits wegen zwei Schwerverbrechen schuldig gesprochen, richtig?«, sagte Hollander heiter. »Damit wären diese Kapriolen nun ... tja, Nummer drei und Nummer vier und Nummer fünf ...?«

»Neun fallen mir spontan ein«, sagte Kate trocken.

Hollander nickte. »Damit entfällt die Möglichkeit, je wieder auf Bewährung rauszukommen. Das heißt lebenslänglich. Ich habe mich echt gefreut, dass ich dem Deckskerl höchstpersönlich versichern konnte, dass du mit dem Leben davongekommen und frisch und munter bist, Joe.«

Kate sah Dutch Hollander an und hoffte, dass ihr die Dankbarkeit, die sie empfand, ins Gesicht geschrieben stand. Er grinste, gab ihr ein Daumen-Hoch und zwinkerte ihr noch einmal zu. »Wie ich hörte«, meinte er dann, »sind eure fahrbaren Untersätze draufgegangen. Dann braucht ihr vielleicht einen Freund, der euch morgen nach L.A. zurückbringt. Einen Freund wie mich.«

»Dutch, danke ... was kann ich sagen?«

»Kein Problem, Joe. Aber jetzt muss ich euch verlassen. Papierkram – ihr kennt das ... Man hat mir gesagt, dass sie euch über Nacht hierbehalten. Ich bin morgen früh wieder da.« Mit einem fröhlichen Winken schnappte er sich seinen Hut vom Stuhl, und schon war er verschwunden.

Joe wandte sich an Kate. »Ich muss Jeanie anrufen ...«

»Das musst du.« Und sie musste Aimee anrufen. Bevor sie es in der Zeitung las.

Sie schüttelte den Kopf, als ihr klar wurde, dass sie zum ersten Mal in ihrer Karriere – falls sie diese Erfahrung zu ihrer Karriere zählen konnte – daran beteiligt gewesen war, einen Straftäter zu fassen, den sie noch nie gesehen hatte.

Joe schüttelte ebenfalls den Kopf. »Ich kann noch immer nicht glauben, dass es vorbei ist …«

»Glaub es, Joe. Es ist vorbei.«

19

»Wird verdammt noch mal aber auch Zeit, dass Sie sich melden«, knurrte Carolina Walcott am Telefon.

»Captain, es ist eine Menge passiert –«

»Hier sitze ich an einem Sonntagmorgen am Küchentisch«, fuhr Walcott unbeeindruckt fort, »und lese die Meldung einer Nachrichtenagentur, die mir diese Nervensäge geschickt hat, diese Polizeireporterin von der *L.A. Times* –«

»Corey Lanier.«

»Ja, genau die. Bittet mich um eine Stellungnahme zu einem Artikel, der morgen in der Zeitung stehen wird, und zwar mit der Überschrift: ›LAPD Detectives außer Dienst überleben Brandanschlag in der Wüste – mutmaßlicher Täter gefasst‹.« Dann fuhr sie mit beißendem Sarkasmus fort: »Abgesehen von der schlichten Tatsache, dass zwei meiner Detectives bei einem Brandanschlag, bei dem sie fast kremiert worden wären, nur – ich zitiere – ›leichte Verletzungen‹ erlitten haben – was sollte ich noch wissen, Kate?«

Kate saß auf einem Barhocker – Miss Marple hockte anmutig neben ihrem Ellbogen – und feixte bei Walcotts Tirade. Dank der Reporterin von der *L.A. Times* würde sie die Geschichte bloß noch ein wenig ausschmücken müssen – die glatte, geschönte Version, die sie dem Police Officer in Yucca Valley erzählt hatten, würde ihr Walcott mit ihrem messerscharfen Verstand nicht abkaufen. »Was Sie da gelesen haben, entspricht vermutlich so ziemlich dem Tathergang, Captain. Ich habe Joe gefunden und war bei ihm, als sein Bruder auftauchte und ihn umbringen wollte.«

»Ja, klar!«, schnaubte Walcott. Dann fragte sie besonnen: »Ihnen beiden geht's soweit gut? Ich gehe davon aus, dass der Bericht insofern stimmt?«

»Kratzer und Prellungen, leichte Brandwunden, ansonsten ist alles in Ordnung. Joe kümmert sich gerade um den Schaden, der bei einem Einbruch in sein Haus hier in L.A. angerichtet wurde – schöne Grüße von eben jenem mörderischen Bruder –, und er ruft Sie an, sobald er kann. Ich weiß, dass er morgen wegen des Tamara-Carter-Falles zu Ihnen will.«

»Das sind sehr gute Nachrichten«, sagte Walcott ruhig.

»Es kommt noch besser. Ihm geht's gut. Er wird seinen Dienst wieder aufnehmen.«

»Kate, ich habe viele Jahre mit Ihnen gearbeitet und Sie sind eng mit Joe befreundet – ich weiß also, dass ich von Ihnen nicht erfahren werde, was wirklich geschehen ist. Die entscheidende Frage ist jedoch: Gibt es etwas – irgendetwas, das Sie über Joe Cameron wissen und das ich als sein Captain wissen sollte, bevor ich meine Reputation und meinen Arsch aufs Spiel setze, wenn ich ihn für die Sonderermittlung Mord vorschlage?«

Lächelnd wechselte Kate das Telefon von einem Ohr

zum anderen. Jetzt, wo seine Dämonen der Vergangenheit angehörten, würde Joe einzig von dem Wunsch getrieben werden, in seinem neuen Aufgabenfeld ein noch besserer Ermittler zu sein. »Nicht das Geringste, Captain. Er ist eine großartige Wahl – er wird Ihnen Ehre machen. Darauf gebe ich Ihnen mein Wort.«

Walcott räusperte sich. »Kate«, sagte sie dann. »In dem Artikel steht auch, dass Sie bei Joe waren, weil Ihre Freundin gestorben ist. Das tut mir sehr leid.«

»Danke, Captain. Ein Segen – für sie.«

»Aber für Sie nicht. Ich habe Sie in einer für Sie sehr schwierigen Zeit um Hilfe gebeten, und ich möchte, dass Sie wissen, dass ich Ihnen zutiefst dankbar bin, dass Sie geholfen haben, einen der Unseren zu beschützen. Das werde ich nie vergessen. Wenn ich je etwas für Sie tun kann – rufen Sie mich an.« Walcott beendete das Gespräch.

Kate legte das Telefon auf die Ladestation zurück, hob die schnurrende Miss Marple hoch, die ihr pelziges Köpfchen unter Kates Kinn schmiegte, und wanderte durch ihre Wohnung – einfach nur um den Frieden ihres Heimes zu atmen und zu genießen.

Jean und Jason waren fort. Nach dem Gespräch am Vorabend, in dem Joe seiner Schwester erzählt hatte, was geschehen war – die Hütte und ihr Auto ein Opfer der Flammen, die Verhaftung ihres Bruders und die Verwüstung, die Jack Cameron in ihrem Trailer angerichtet hatte –, hatte Jean sich am Morgen einen Leihwagen genommen und war mit Jason nach Victorville zurückgefahren.

Nach Kates Anruf bei Aimee hatte diese Jean in Kates

Wohnung angerufen und war vorbeigefahren, um ein paar Anziehsachen für Kate zu holen, da ihre und Joes Kleidung vom Krankenhaus abgeholt und als Beweismaterial sichergestellt worden war. Aimee hatte außerdem Kates Reisepass und andere Papiere, die ihrer Identifizierung dienen konnten, zusammengesammelt, weil Kates Brieftasche mit allem, was sich darin befand – einschließlich Führerschein und Krankenversicherungskarte –, verbrannt war.

Aimee hatte Kate einen Schock versetzt, als sie an diesem Morgen um sieben Uhr in ihr Krankenzimmer getreten war – es bedeutete, dass sie noch vor fünf Uhr in West L.A. losgefahren sein musste. Obwohl Kate ihr versicherte, dass es ihr gutging, dass all ihre Verletzungen halb so schlimm waren, waren Aimee bei Kates Anblick die Gesichtszüge entgleist. Sie hatte sich jedoch schnell wieder gefangen. »Ich Dummkopf! Ich hatte gedacht, den Polizeidienst zu quittieren, würde dein Leben weniger gefährlich machen.«

Kate wusste, dass sie nicht nur von dem Feuer sprach. »Ich tue mein Bestes«, erwiderte sie. »So wie sich die Ereignisse überschlagen haben, hatte ich nur noch keine Gelegenheit, es dir zu erzählen. Ich mache eine Therapie. Und dies ist schon der dritte Tag ohne Alkohol.«

»Echt jetzt?« Das war Joes Reaktion im Bett neben ihr. Aimee nickte bloß. Sie hatte das mit dem Trinken schon mal gehört. Viele Male.

»Ein Aufenthalt in der Wüste scheint irgendwas zu bewirken … Ich weiß nicht … Klarheit vielleicht«, fuhr Kate fort. »Ich fühle mich hier irgendwie anders. Ich überlege sogar, ob ich mir nicht hier draußen eine Hütte kaufen soll.«

»Echt jetzt?«, wiederholte Joe sich. Nach einem giftigen Blick von Kate hob er entschuldigend die Hand und hielt den Mund. Wieder hatte Aimee nur kurz genickt.

Joe war mit Dutch Hollander nach L.A. zurückgefahren, und Aimee hatte Kate in ihrem geräumigen alten Outback mitgenommen und die Lehne von Kates Sitz nach hinten gekippt, damit sie es bequem hatte. Kate war müde von den Schmerzmitteln und einer ruhelosen Nacht, in der sie von Träumen voller Blut und Feuer verfolgt worden war, an die sie sich jedoch nur vage erinnerte. Sie war entschlossen, keine weitere Tablette zu nehmen, auch wenn das Vicodin ihre Schmerzen nicht vollständig hatte verschwinden lassen – das Brennen ihrer Ellbogen und Knie, das Pochen der Brandwunden an ihren Händen, die Zerrung, die sie sich in ihrer ohnehin angeschlagenen Schulter zugezogen hatte.

Nachdem sie Aimee von dem Geheimnis erzählt hatte, das Joe um die tragische Geschichte seiner Familie und um seinen Bruder gemacht hatte, und nachdem sie Aimees leicht anklagende Fragen, was ihre Aktivitäten in der vergangenen Woche angingen, sorgsam beantwortet hatte, erfuhr sie einige Neuigkeiten über Kolleginnen und Kollegen aus Aimees Kanzlei, die Kate kannte. Dann hatten sie für den Rest der mehr als zweistündigen Fahrt geschwiegen.

Kate fühlte sich nicht in der Lage, über Maggie oder das deprimierende Verschwinden der Nightwood Bar zu sprechen. Sie hätte gern Aimees Ausbruch im Cottage angesprochen, doch sie fühlte sich noch nicht stark genug, irgendetwas in der Richtung anzuschneiden. Sie wusste, dass es eigentlich nichts zu sagen gab – weder über die

Vergangenheit, die sie miteinander teilten, noch über eine mögliche Zukunft. Es war alles schon einmal gesagt worden. Ob es eine Zukunft mit Aimee geben würde – ehe diese kluge, liebevolle, wunderschöne Frau sich einer anderen zuwandte und alles verloren wäre –, lag vor allem bei Kate. So war es immer gewesen.

Kate kehrte in ihre Küche zurück und setzte Miss Marple sanft auf dem Küchentresen ab; sie seufzte, setzte sich auf einen der Barhocker, wappnete sich und rief ihre Versicherung an. Die nächste halbe Stunde war sie damit beschäftigt, sich mit den vertrackten Formalitäten zu befassen, die die Meldung eines Kraftfahrzeug-Totalschadens mit sich brachte, und zu arrangieren, dass ihr bis zum Mittag ein Leihwagen gebracht wurde.

Der nächste Anruf galt Calla Dearborn, die sie wenige Augenblicke, nachdem Kate eine Nachricht mit der Bitte um einen Termin auf dem Anrufbeantworter hinterlassen hatte, zurückrief.

»Wie geht es Ihnen, Kate?«

»Wie es mir geht?«, wiederholte sie und stand auf, um die schmerzende Schulter zu lockern. »Nun, letzte Nacht habe ich mein Auto verloren und beinahe auch mein Leben bei einem Brandanschlag in der Wüste. Ich bin heute früh erst aus dem Krankenhaus gekommen.«

Die ganze vergangene Woche kam ihr plötzlich vollkommen surreal vor, vollkommen absurd, und sie begann zu lachen. Dearborn lachte kurz mit, als sei sie unsicher, ob Kate vielleicht einen Scherz gemacht hatte, dann hielt sie inne, als Kates Gelächter, hart an der Grenze zu einem

Weinanfall, etwas Hysterisches annahm. Miss Marple sprang vom Küchentresen und floh den Flur hinunter, während Kate prustend um Luft rang, sich auf den Barhocker sinken ließ und lachte und lachte, bis ihre Seiten so schmerzten wie der Rest ihres Körpers.

Calla Dearborn sagte kein Wort während Kates Ausbruch, und als Kate sich beruhigte, kehrte Stille ein. »Sind Sie noch da?«, schnaufte Kate schließlich und wischte sich mit dem Handrücken über die Augen.

In ruhigem, unaufgeregtem Ton sagte Dearborn: »Wenn das, was Sie mir gerade erzählt haben, stimmt, und ich habe jeden Grund, Ihnen zu glauben, dann würde man das in meinem Metier ›unangemessenes Lachen‹ nennen.«

Was Kate zu einem erneuten hysterischen Anfall veranlasste.

»Hören Sie, Kate«, sagte Dearborn, nachdem Kate die Kontrolle wiedererlangt hatte. In ihrer Stimme lag ein Lächeln, Wärme. »Sehen Sie zu, dass Sie herkommen, und dann lachen wir gemeinsam über die Sache. Zwei Uhr?«

»Zwei Uhr«, bestätigte Kate und legte auf, ohne zu gucken, wie spät es inzwischen war. Es spielte keine Rolle. Bis dahin würde sie ein Auto haben, und sie würde verdammt noch mal ohne Führerschein fahren, bis sie sich einen neuen besorgt hatte. Was sie am dringendsten auf der Welt brauchte, war ein Gespräch mit Calla Dearborn.

Als Kate den Weg entlang zu Calla Dearborns Praxis ging, kam ihr in den Sinn, dass Aimee ihr allein wegen Maggie und ihrem Leidensweg beigestanden hatte, und wo dieser

Leidensweg nun zu Ende war, mochte es das letzte Mal gewesen sein, dass Aimee sie vor ihrer Wohnung abgesetzt hatte. Der Gedanke raubte ihr auf der Stelle jede Kraft – sie konnte plötzlich kaum noch einen Fuß vor den anderen setzen.

Calla Dearborn stand in der Tür und sah ihr entgegen. Ihr Blick wanderte von Kates schlurfenden Füßen langsam nach oben bis zu ihrem lädierten Gesicht. »Kommen Sie herein«, sagte sie leise und blieb bei der Tür stehen, als Kate eintrat.

Sie streckte die Hände aus und legte sie behutsam auf Kates Unterarme. »Es tut mir leid, was Ihnen alles zugestoßen ist.«

Kate machte einen Satz nach vorn und schlang ihre Arme um sie und wurde ebenfalls umarmt – es war eine innige Umarmung, so warm und tröstlich, dass Kate sich beinahe in Tränen aufgelöst hätte.

Dann kam sie zur Besinnung; sie löste sich und trat beschämt einen Schritt zurück. »Es tut mir schrecklich leid – das war völlig unangemessen.«

»Das war es nicht. Überhaupt nicht. Ich hätte Sie von mir aus umarmt, wenn wir Therapeutinnen nicht –«

»Ich verstehe schon. Berufsethos. Hatte ich auch mal.« Kate lächelte sie an. »Sie dürfen mich umarmen. Jederzeit.«

Dearborn erwiderte ihr Lächeln und ging zu ihrem Sessel hinüber. Auf dem Tischchen daneben stand eine Tasse mit dampfendem Kaffee. »Nehmen Sie sich auch einen Kaffee und setzen Sie sich.«

Kate brauchte zwei Tassen Kaffee in der halben Stunde,

die es dauerte, von den Ereignissen der vergangenen beiden Tage zu erzählen, angefangen mit Maggies Tod.

»Es grenzt an ein Wunder, dass ich nicht verhaftet wurde«, gestand sie Dearborn. »Ich wusste, dass Maggie im Sterben lag – es war nur eine Frage von wenigen Tagen –, und obwohl ich es verstandesmäßig wusste, konnte ich mich, jahrelang ein Cop, nur mit Mühe und Not davon abhalten, nicht auf Alice loszugehen.«

»Darf ich Ihnen eine Erklärung anbieten?« Nachdem Kate genickt hatte, fuhr Dearborn fort: »Was von Maggies Leben übrigblieb, war Ihnen außerordentlich kostbar. Alice hat Ihnen nicht allein das genommen – sie hat Ihnen auch den natürlichen Tod einer lieben Freundin genommen und Ihnen den Tatort eines Verbrechens geboten, auf dem diesmal Sie das überlebende Opfer waren.«

Kate blinzelte erstaunt, als sie die Wahrheit dieser Deutung erkannte, und saß schweigend da, um sie auf sich wirken zu lassen. Dann schaute sie Dearborn an und nickte anerkennend. Sie fuhr fort mit den Ereignissen am Abend von Maggies Tod und dem folgenden Morgen in Aimees Cottage; dann folgte ein ausführlicher Bericht über die Geschehnisse in der Wüste.

Dearborn beendete ihre Notizen, lehnte sich zurück und schüttelte den Kopf. »Sie können von Glück sagen, dass Sie am Leben sind, Kate. Eine in jeder Hinsicht lebensverändernde Woche. All der Druck, unter dem Sie gestanden haben ...«

Kate lehnte sich ebenfalls zurück; sie merkte, dass sie ihre körperlichen Beeinträchtigungen während des Erzählens gar nicht mehr gespürt hatte. All das, was sie in den vergangenen Tagen vor so vielen Menschen hatte geheimhalten müssen, nun erzählen zu können war wie das Abstreifen einer schweren Last, und so fühlte sie sich nun leicht an Körper und Geist. »Ich wünschte, ich würde verstehen«, sagte sie dann trocken, »warum ich in der Lage bin, Ihnen das alles zu erzählen, während alle anderen Menschen in meinem Leben immer nur Bruchstücke erfahren. Selbst Maggie. So nah wir uns auch standen, auch ihr habe ich nur ausgewählte Dinge erzählt.« Sie lächelte. »Reine Selbsterhaltung.«

»Hierher können Sie mit allem kommen, Kate. Dies hier ist ein sicherer Ort. Fühlen Sie sich hier sicher?«

»Sicher«, wiederholte Kate. »*Sicher* ...« Sie probierte das Wort aus, kostete es beinahe. »Ich weiß nicht, ob ich mich je irgendwo vollkommen sicher gefühlt habe. Alles kann überall passieren, jederzeit – das sollte ich am besten wissen. Aber ich glaube, hier fühle ich mich sicherer als sonst irgendwo.«

Wie würde ich überhaupt wissen, ob ich sicher bin?, fragte sie sich. Wenn ich in diesem Cottage schlafen würde, in Gegenwart dieser Frau, würde ich dann sicher schlafen? Würde ich träumen?

Dearborn überließ sie eine Zeitlang ihren Gedanken, dann fuhr sie fort: »Wo wir gerade von ›sicher‹ sprechen. Sie haben mir erzählt, dass Sie all Ihre Entscheidungen, die Sie in Sachen Detective Cameron getroffen haben, für sich behalten haben, weil Sie glaubten, für ihn da sein zu müssen, und zwar um jeden Preis. Sagen Sie mir jetzt eines: Wäre er ohne Sie ums Leben gekommen?«

Betroffen saß Kate da, den Kopf gesenkt, und ließ die Ereignisse, wie sie sich in der Wüste abgespielt hatten, innerlich Revue passieren. Die Schlüsselfrage war, ob Joe auf sich alleingestellt, ohne ihre Diskussion der Strategien und Möglichkeiten, sich dasselbe Szenario überlegt hätte und aus der Hütte geklettert wäre, ehe Jack in den Toyota Pick-up gestiegen war …

»Joe erwartete etwas wie einen Molotow-Cocktail, also hätte er den gleichen Ausweg gewählt wie wir zusammen«, sagte sie schließlich. »Die Antwort lautet: Ja, er wäre noch am Leben.«

Dearborns Miene war ernst, aber ihre Stimme klang freundlich, als sie fragte: »Sie haben also Ihr Leben aufs Spiel gesetzt. Wozu?«

»Noch ehe die Sache losging, wurde mir klar, dass ich aus reiner Dummheit dort war …«

»Es war reine Verzweiflung«, entgegnete Dearborn.

Kate nickte. »Zum Teil – ja, Calla. Verzweiflung. Es kümmerte mich nicht, ob ich leben oder sterben würde. Zu dem Zeitpunkt, als ich dort ankam, hatte ich zwei Tage lang nicht getrunken. Und ich sah mich gezwungen, einen stocknüchternen Blick auf den Preis zu werfen, den meine Entscheidung, dort zu sein, die Menschen, die ich liebte, kosten könnte.«

Dearborn legte ihr Notizbuch auf den Beistelltisch und lehnte sich gelassen zurück, die Hände im Schoß gefaltet, ihre hauchdünne Hose und das entsprechende Top umschmeichelten ihre Rundungen in weichen Falten. »Und was ist mit dem Preis, den *Sie* zahlen, Kate?«

»Tja … nun …« Sie zuckte unwirsch die Achseln.

Dearborn musterte sie einen Moment. In ihren Augen lag etwas wie Enttäuschung. Dann sagte sie ruhig: »Wie auch immer – Sie sind geblieben. Also ist da noch mehr.«

»Ja. Joe Cameron war mein Freund – vorher, dachte ich. Bis ich herausfand, was ich alles, was ihn anging, nicht gewusst hatte. Weite, wirklich wichtige Bereiche seines Lebens hatte er mir, wie er fand, verheimlichen müssen. Weil es eine Freundschaft ohne Vertrauen war. Gestern Nachmittag habe ich beschlossen, dass wir beide diese Sache überstehen müssen. Gestern Abend haben Joe und ich zu vollem Vertrauen gefunden. Und jetzt fühle ich mich sicher … sicherer, was ihn angeht. Ich weiß, dass er mir immer, immer den Rücken stärken wird. Wie Maggie es auch immer getan hat. Er steht mir jetzt näher als ein Bruder.« *Näher als mein Bruder auf jeden Fall.*

Calla Dearborns Gesichtszüge wurden weicher. »Eine bedeutsame Erkenntnis. ›Niemand hat größere Liebe denn die …‹«

»Ich wollte nicht sterben«, sagte Kate, »und ich bin froh, dass ich mein Leben nicht für das meines Freundes geben musste. Aber ohne Maggie in meinem Leben bedeutet Joe mir jetzt mehr als irgendjemand sonst. Außer Aimee.«

»Wir müssen über Aimee sprechen.«

Kate nickte. »Und über mein Trinken. Aber Calla«, sagte sie ernst, »es hat keinen Sinn, über irgendeines dieser Themen zu sprechen, ehe ich nicht eine Antwort auf die große Frage bekommen habe. Als ich das letzte Mal hier war, haben Sie gesagt, Sie hätten einige Ideen …« Sie rutschte in ihrem Sessel herum und starrte auf ihren Schoß und dachte, dass sie eine hilfreiche Antwort auf ihr Dilemma genauso gut vom Webmuster ihrer schwarzen Leinenhosen erwarten konnte wie von Calla Dearborn. »Ich muss herausfinden, was zum Teufel ich mit dem Rest meines Lebens anfangen will.«

Dearborn antwortete nicht, bis Kate den Kopf hob und ihren Blick erwiderte. »Okay, wenden wir uns dieser Frage zu. Zumal Ihre Feuerprobe in der Wüste einige Klarheit und verschiedene wichtige Einsichten mit sich gebracht zu haben scheint.«

»Klarheit«, wiederholte Kate. »Das ist das Wort, das ich Aimee gegenüber heute Morgen benutzt habe, als es um meine Erfahrungen in der Wüste ging.«

»Dann lassen Sie uns erforschen, wie tief diese Klarheit reicht. Beginnen wir mit den praktischen Aspekten des Lebens. Wie sieht Ihre finanzielle Situation aus?«

»Ich kann Sie mir leisten«, witzelte Kate.

»Das hoffe ich«, erwiderte Dearborn lächelnd. »Ich baue auf Sie, was meine Altersrente anbetrifft.« Dann fragte sie: »Werden Sie zu irgendeinem Zeitpunkt in Ihrem Leben wieder arbeiten müssen, um sich eine Therapie oder sonst etwas Grundlegendes in Ihrem Leben leisten zu können?«

Kate schüttelte den Kopf. »Ich bekomme eine Pension von der Polizei und eine von meiner Zeit bei den Marines. Aus einer Erbschaft finanziere ich eine Operation meines Neffen ...«

Ihr kam in den Sinn, dass Aimee zumindest bis nach Dylans Operation in ihrem Leben bleiben würde. Aimee liebte Dylan ebenso wie sie, und gemeinsam mit seiner Mutter würden sie ihn während seiner Operation und anschließend bis zur völligen Genesung begleiten ...

Sie sammelte ihre Gedanken. »... und ich überlege, ob ich mir ein kleines Cottage in der Nähe von Joshua Tree kaufe. Ich bin wirklich gut dran.«

Dearborn zuckte die Schultern. »Ja, im Vergleich zu vielen anderen Menschen. Aber Sie haben sich Ihre finanzielle Unabhängigkeit auch mit Ihrem vollen Einsatz verdient, wenn ich bedenke, was Sie für Ihr Land und für diese Stadt aufs Spiel gesetzt haben. Haben Sie je überlegt, Ihre Erfahrungen aus dem Polizeidienst anderweitig zu nutzen?«

Kate machte eine abwehrende Geste und war schwer enttäuscht, dass es das war, was Dearborn im Sinn gehabt hatte. »Ich habe null Interesse daran, Privatdetektivin zu werden.«

»Warum nicht?«

»Ich habe mehr als zwei Jahrzehnte polizeiliche Ermittlungserfahrung auf höchster Ebene. Und jetzt soll ich fremdgehende Ehemänner oder vermisste Personen suchen oder diebische Mitarbeiter überführen? Da verbringe ich meine Tage lieber mit Lesen und Trinken.«

»Bis auf das Trinken bin ich mit Ihnen einer Meinung. Denken Sie über Folgendes nach, Kate: Nachdem Sie Ihren Collegeabschluss hatten, war buchstäblich alles, was Sie in Ihrem Leben unternommen haben – nicht nur während Ihrer Zeit bei der Polizei –, auf ein ganz bestimmtes Thema fokussiert.«

»Seit dem College ...« Kate zählte an den Fingern ab: »Das Marine Corps, Vietnam, LAPD, Mordkommission ...

Hat alles mit Töten zu tun.« Sie zuckte die Achseln. »Okay, ich bin im Todesgeschäft tätig gewesen.«

»Im Todesgeschäft.« Dearborns Grübchen erschienen mit ihrem Lächeln. »Ich hätte es nicht treffender formulieren können.«

»Ich lasse es auf meine Visitenkarten drucken«, murmelte Kate.

Dearborns Lächeln schwand, und sie war wieder ernst. »Sie haben schon einmal vom Todesgeschäft gesprochen«, fuhr sie fort. »Davon, was Ihre Arbeit als Mordermittlerin von allen anderen Bereichen der Polizeiarbeit unterschied.«

»Die Opfer wurden ermordet.« Kate begriff nicht, worauf Dearborn hinauswollte.

»Und Ihre Aufgabe bestand worin?«

»Für Gerechtigkeit zu sorgen«, antwortete sie mit mehr als einer Spur Sarkasmus.

»Für wen?«

»Für die Familie«, sagte sie sofort. »Das ist alles, was ihnen bleibt. Und außerdem für die Gesellschaft, theoretisch.«

»Und konnten Sie das?«

»Manchmal. In gewisser Weise. Wer weiß?« Sie zuckte ungeduldig die Achseln. »Worauf wollen Sie eigentlich hinaus?«

»Auf Sie. Auf das, was Sie in den letzten Wochen während Maggies Krankheit mit Ihrem Leben angefangen haben.«

»Abgesehen davon, dass ich sie zweimal am Tag besucht habe?«

»Maggie – und diese andere Frau ...«

»Ida. Ida Appleby.«

Dearborn legte ihre Fingerspitzen aneinander. »Ich möchte auf Folgendes hinaus: Menschen in einem Hospiz haben einiges mit Mordopfern gemein. Sie sind unheilbar krank, dem Tode geweiht; ihr Schicksal ist besiegelt – ein *Fait accompli*. Wie Mordopfer auch sind sie von hilflosen, kummervollen Menschen umgeben, deren Schmerz ihnen keine Hilfe und kein Trost ist –«

»Stimmt«, fiel Kate ihr ins Wort. Sie erinnerte sich, wie sie mit ihren Besuchen bei Maggie zu kämpfen gehabt hatte – ganz anders dagegen ihre Freude an den Besuchen bei Ida. Und sie erinnerte sich auch daran, wie Ida gesagt hatte, dass sie mit den ehrenamtlichen Hospizhelferinnen – einschließlich Kate – über ihr Sterben reden konnte, nicht aber mit ihrer eigenen Familie.

Dann fragte Kate ungläubig: »Wollen Sie mir vorschlagen, mich als Sterbebegleiterin im Hospiz zu engagieren?«

»Warum nicht?«

»Erstens: Was ist mit all diesen Träumen, die ich habe? Nichts als Tod und Blut … Sterbenskranke Menschen im Hospiz zu besuchen würde das alles doch noch viel schlimmer machen, oder?« Ungläubig, zornig fuhr sie fort: »Ich soll noch mehr Tod in den Schrank stopfen, der mir jetzt schon Alpträume beschert?«

»Wie wäre es, wenn Sie sich dem, was in dem Schrank ist, nicht nur hier in meinem Arbeitszimmer stellen, sondern auch im echten Leben?« Dearborns Stimme wurde lauter, nahm einen nachdrücklichen Ton an. »Indem Sie dem Sterben ins Antlitz sehen? Indem Sie sich tatsächlich mit dem Tod befassen, statt hinter ihm herzuräumen? Indem Sie etwas Echtes, etwas Konkretes und Wertvolles mit Ihrem Leben anfangen?«

Sie beugte sich vor und wies mit dem Finger auf Kate. »Sie – genau Sie können etwas bewirken. Unsere Kultur befasst sich nicht mit der Sterblichkeit, der wir alle ausgesetzt sind. Wir laufen vor ihr davon. Aber Sie – Sie haben das nie getan. Sie haben sich Tag für Tag damit konfrontiert. Sie behaupten, niemand verstünde, wie das ist, als Mordermittlerin zu arbeiten. Nun, verdammt wenige Menschen wissen, wie es ist, Sterbebegleiterin zu sein. Verdammt wenige Menschen möchten mit etwas, das so schwer ist, wie bei Sterbenden zu sitzen, etwas zu tun haben. Sie können sich das nicht einmal vorstellen. Sterbenden Menschen ins Gesicht zu sehen ist hart. Es verlangt einem viel ab. Es zerreißt einem das Herz. Es ist von *Bedeutung*. Es hat einen *Wert*. Es ist so real, wie es nur sein kann.«

Kate blieb still.

Schließlich sagte Dearborn: »Kate. Was denken Sie?«

»Ich glaube, Sie sind verrückt.«

»Nicht gerade ein günstiger Ruf in meinem Gewerbe«, erwiderte Dearborn. Sie sah auf die Uhr. »Genug für heute. Außerdem müssen Sie noch wohin.«

»Ach ja?«

»Ja. Sie müssen eine sterbende Frau namens Alice besuchen. Und eine weitere namens Ida. Meinen Sie nicht?«

»Sie stecken voller ungeahnter und interessanter Ideen.« Kate lächelte. »Manche davon klingen sogar verrückt genug, um Sinn zu ergeben.«

»Wann werden Sie lesen, was Maggie in den Roman geschrieben hat, den Alice Ihnen gegeben hat?«

Kate stand auf. »Ich weiß nicht, Calla. Wenn ich mich dazu in der Lage fühle.«

»Eine gute Antwort. Nehmen Sie noch Ihr Medikament?«

»Seit gestern nicht mehr.« Sie hob die Hand. »Meine Pillen sind in der Hütte in der Wüste verbrannt. Ich muss mir ein neues Rezept besorgen.«

»Ja. Und zwar sofort. Ich rufe Natalie an. Sie müssen sie nehmen.« Dearborn begleitete sie zur Tür.

»Ich weiß. Danke.« Kate blieb stehen und wandte sich um. »Ich könnte noch eine Umarmung gebrauchen. Bis ich Sie wiedersehe.«

20

»Was ist – Wie sieht der andere Kerl aus?«, nuschelte Alice und sah blinzelnd zu Kate hoch.

Kate stand neben Alices Bett und brauchte einen Moment, ehe sie begriff. Dann berührte sie ihr angeschlagenes Gesicht und lächelte Alice an. »Der? Hackfleisch.«

»... jede Wette.« Alices Blick war trüb, sie stand offenbar unter starken Medikamenten. Sie brachte ein schwaches Lächeln zuwege. »In ... Wüste? Joe?«

»Ja, in der Wüste. Wir haben Joes Bruder festgenommen. Ihnen entgeht nicht viel, Alice, stimmt's?«

»Ich hörte ... Sie ...« Alice hob schwach einige Finger und wies auf das Bett neben sich. »... mir erzählt.«

Kate warf einen kurzen Blick auf das sorgfältig gemachte Bett am Fenster.

»Bald neue Zimmergenossin«, sagte Alice stirnrunzelnd.

Kate nickte. »Ja, morgen. Hat Marla mir erzählt.«

»… vermisse sie«, sagte Alice, und ihr stiegen Tränen in die Augen.

»Ich auch«, erwiderte Kate leise.

Alice holte tief Luft. Sie schien sich zu wappnen. »Nehmen Sie mich fest?«

Kate nickte. »Klarer Fall. Nächstes Mal werde ich daran denken, Handschellen mitzubringen.«

»Gibt's ein nächstes Mal?« Alices Lider senkten sich. »So müde heute …«

»Ich dachte, ich schaue morgen wieder vorbei.«

Alice lächelte und streckte die Hand nach ihr aus. Kate ergriff sie und hielt eine Hand, die sich anfühlte wie eine heiße trockene Ansammlung von Knochen. Alices Augen schlossen sich flatternd, und ihre Hand wurde kurz fest, dann schlaff, und Kate legte sie auf die Bettdecke zurück und streichelte sie. Während sie das fast nicht wahrnehmbare Heben und Senken von Alices Brust beobachtete, hoffte sie, dass es ein Morgen geben würde.

Kurze Zeit später ging sie den Flur hinunter zu Idas Zimmer und spähte hinein. Ida schlief, aber Mary bellte: »Ida! Wach auf! Kate ist da!« Dann sagte sie treuherzig: »Ich musste ihr versprechen, sie zu wecken, falls Sie auftauchen.«

»Meine Güte – Sie sind's, Kate!«, sagte Ida groggy und hob dann den Kopf vom Kissen, um sie besser in Augenschein nehmen zu können. »Ihr Gesicht – was um alles in der Welt ist passiert?«

Kate trat an ihr Bett. »Es ist halb so schlimm. Sie sollten lieber weiterschlafen. Ich kann morgen wiederkommen und Ihnen alles erzählen. Heute bin ich eigentlich nur gekommen, um Marla und all den anderen zu danken.«

»Wo Sie schon mal hier sind …« Ida lächelte. »Sie wissen ja, an einem Ort wie diesem gibt's kein Morgen.«

Eine halbe Stunde später ging Kate den Flur entlang in die Eingangshalle und hatte das Gefühl, dass noch etwas von Maggie an diesem Ort verblieben war. Sie mochte noch nicht nach Hause fahren; sie setzte sich in einen Sessel in der Sitzecke am Kamin und holte das neue Handy hervor, das sie sich gleich besorgt hatte, als ihr Leihwagen eingetroffen war. Sie fühlte sich ruhig und entspannt in der friedvollen Atmosphäre des Hospizes und sprach eine halbe Stunde mit Dylan über seine Mutter und seinen Vater, über seine Operation und über Maggie und gab ihm, da sie wusste, dass am folgenden Tag etwas über ihre Erlebnisse in der Wüste in der Presse stehen würde, eine knappe, leicht entschärfte Zusammenfassung der Geschehnisse, beantwortete seine aufgeregten Fragen und kicherte, als er sie als seine »supergeile Tante« bezeichnete. Sie erfuhr, dass ihr Bruder nicht mehr so wild darauf war, ihr einen Tritt in den Hintern zu geben, sondern sich lieber darum kümmerte, seine zerrüttete Ehe zu kitten. Beruhigt stellte sie fest, dass Dylan das Bestmögliche im Hinblick auf seine Eltern und seine Operation erreicht hatte. Nachdem sie sich für die folgende Woche noch mit ihm zum Mittagessen verabredet hatte, beendete sie das Gespräch und rief Joe zurück, der versucht hatte, sie zu erreichen.

»Joe, wie kommst du klar ... mit dem Chaos zu Hause?«

»Das Arschloch«, sagte er. Dann: »Jack konnte allerdings nicht wissen, dass ich sowieso vorhatte, meine Kunstsammlung auszutauschen.«

Sein Versuch, einen unbekümmerten Ton anzuschlagen, war nicht annähernd überzeugend, und sie antwortete ihm ernst: »Das ist eigentlich eine gute Idee, Joe. Nach allem, was passiert ist – wie wär's, wenn wir mal darüber sprechen, dass wir beide ein neues Kapitel aufschlagen?«

»Kate ...« Nach eine längeren Pause fuhr er fort: »Ich weiß gar nicht, wo ich anfangen soll, so viel möchte ich dir sagen. Wie wär's, wenn du heute Abend zu Joes Special Dinner kommst?«

Das hieß Barbecue mit Schweinerippchen. »Ich komme.«

Als sie das Handy in einer Seitentasche ihrer Cargohose verstaute, kam Marla auf sie zugeeilt, als hätte sie bloß darauf gewartet, dass Kate ihr Telefonat beendete.

»Haben Sie Ida besucht, Kate?«, fragte sie und setzte sich in den Sessel neben Kate.

Kate nickte. »Ich wollte eigentlich bloß Alice kurz hallo sagen. Ich hoffe, das war dennoch in Ordnung?«

»Das ist mehr als in Ordnung. Aber ich dachte, ich sollte Ihnen vielleicht sagen ... Falls Sie vielleicht überlegen, weiterzumachen ... ich meine, über Alice, über Ida hinaus ... Sie müssen wissen, dass staatlicherseits gewisse Richtlinien ... Es gibt spezielle Schulungen ...« Sie brach verlegen ab.

»Die ehemalige Polizistin hat also das Gesetz übertreten?« Sie lächelte Marla an. »Ich bin froh zu hören, dass es Richtlinien gibt.»

»Und zwar sehr gute. Strenge. Die überwacht werden«, erklärte Marla. »Es herrscht großer Bedarf in allen Hospizen, und die Ausbildung deckt alle möglichen Situationen ab ...« Sie musterte Kates Gesicht. »Ich weiß ja nicht, ob Sie überhaupt interessiert sind, aber ich dachte, ich lasse es Sie einfach wissen.«

»Ich bin froh darüber.«

Kate erhob sich aus ihrem Sessel und lächelte Marla noch einmal an. »Ich werde darüber nachdenken.«

21

Zwei Tage später

Kate schloss die Wohnungstür hinter sich, ging zu ihrem ledernen Ruhesessel und scheuchte Miss Marple herunter. Miss Marple sah zu, wie Kate sich mit einer Schachtel auf dem Schoß setzte, und ließ sich herab, sich zu Kates Füßen auf dem Teppich zusammenzurollen. Kate hob den Deckel von der hellen Bambusschachtel, die sie am Morgen abgeholt hatte, und nahm einen länglichen Gegenstand in einem roten Samtbeutel heraus. Sie stellte die Schachtel neben sich auf den Boden, löste die Seidenkordel, mit der der Beutel verschlossen war und nahm den Gegenstand heraus.

»Maggie«, sagte sie, als sie die Urne andächtig betrachtete. »Ich hoffe, du magst brüniertes Kupfer ... Es war die wärmste Farbe, die ich finden konnte.«

Sie drehte die Urne in den Händen, betrachtete die polierte makellose Oberfläche. »Die Gravur wäre inklusive gewesen, aber ich habe mich dagegen entschieden, meine Liebe. Ich glaube, du hättest das für Blödsinn gehalten.«

Sie setzte die Urne auf ihrem Schenkel ab und hielt sie mit einer Hand fest. Mit der anderen nahm sie das Buch, das auf dem Bücherregal neben ihrem Sessel lag, und legte es auf ihren Schoß. *The Kiss That Counted.* Dann stellte sie die Urne mitten auf das Bücherregal.

»Ich hoffe, es ist in Ordnung, dass ich dich hierbehalte, damit ich mit dir reden kann, Maggie. Ich hoffe, es ist in Ordnung, dass ich dich bei mir behalte, bis ... wann auch immer.«

Sie ergriff das Buch und hielt es in beiden Händen. »Da Patton keine Gelegenheit mehr hatte und das Buch jetzt so kostbar ist, dachte ich, ich könnte es dir vielleicht vorlesen.« Sie lächelte der Urne zu. »Es sei denn, das, was du mir darin zu sagen hast, veranlasst mich, es den Balkon runterzuwerfen. Zusammen mit deiner Asche.«

Sie öffnete das Buch.

Die Schrift war spillerig, zittrig, schwer zu entziffern. Tinte hatte gekleckst, als Maggie die Kontrolle über den Stift verloren hatte, und war durch mehrere Seiten gedrungen. Kate blätterte um und sah, dass sich die Schrift über die Seiten von Titelei und Danksagung erstreckte und dass Maggie sich nicht die zusätzliche Mühe gemacht hatte, ganze Sätze zu bilden. Sie begann von vorn zu lesen:

gut, dass Alice auch geht
vielleicht sonst noch Serienmörderin
Scherz
gute Frau
vergib ihr
Katie fang an dich selbst zu lieben
glaub
du verdienst Liebe
wirklich
tu das und du kriegst Aimee zurück
sie liebt dich
lass das Trinken
jeder Tropfen = Gift Körper Seele
nicht länger stur verrückt du
ich meckere
ein Tag nach anderem
ich liebe dich auf ewig
aus Lesbenhimmel

Und dann folgte ihr eigener Name, in Großbuchstaben, jeder mehrmals mit dem Stift nachgezogen und unterstrichen:

KATE

Klar und dick geschrieben. Direkt zu Beginn des ersten Kapitels. Damit der Symbolgehalt unübersehbar war: Das erste Kapitel dieses Buches stellvertretend für das erste Kapitel des Rests ihres Lebens.

Sie wandte sich um und legte das Buch neben die Urne, umfing die warme Rundung mit zärtlichen Händen.

Ich habe Dylan. Ich habe Joe. Ich habe Calla. Und vielleicht … ganz vielleicht … habe ich auch Aimee.

Das war genug.

Die englische Originalausgabe erschien unter dem Titel
High Desert. A Kate Delafield Mystery
2013 bei Spinsters Ink, P.O. Box 242, Midway, FL 32343

Canada Council for the Arts Conseil des arts du Canada

Wir danken dem Canada Council for the Arts für die freundliche Förderung der deutschen Übersetzung.

Forrest, Katherine V.: *Wüstenfeuer* / Ein Kate-Delafield-Roman
ISBN 978-3-95917-008-6

Satz und Gestaltung: Grafikbüro Schadenberg, Berlin
Umschlagfoto: © Fotolia/rasica
Druck: CPI – Clausen & Bosse, Leck

Verlag Krug & Schadenberg, Hauptstr. 8, 10827 Berlin
Tel. (030) 61 62 57 52, info@krugschadenberg.de
www.krugschadenberg.de

Wenn Sie mögen, abonnieren Sie unseren Newsletter und folgen Sie uns auf Facebook und Twitter.